W0282855

Nés à Minuit

Renaissance

C.C. Hunter

Nés à Minuit

Renaissance

Tome 1

Métamorphose

Traduit de l'anglais (États-Unis)
par Laurence Boischot

Michel Lafon

DE LA MÊME AUTEURE
CHEZ LE MÊME ÉDITEUR

Nés à minuit

Tome 1 : *Attirances*
Tome 2 : *Soupçons*
Tome 3 : *Illusions*
Tome 4 : *Frémissements*
Tome 5 : *Crépuscule*

À PARAÎTRE

Nés à minuit – Renaissance
tome 2

Titre original
Shadow Falls After Dark – Reborn
© Christie Craig, 2014

*Tous droits de traduction, d'adaptation
et de reproduction réservés pour tous pays.*

Première publication en langue originale par
St. Martin's Press en 2014.
Publié en accord avec St. Martin's Press, LLC.

© Éditions Michel Lafon, 2015, pour la traduction française
118, avenue Achille-Peretti
CS70024 – 92521 Neuilly-sur-Seine Cedex
www.lire-en-serie.com

Je dédie ce livre à tous ces merveilleux lecteurs
et à mes amis
qui défendent mes livres sans relâche :
Betty Hobbs, Susan et Ally Brittain,
Shawna Stringer
et Lucero Guerrero.
Un coup de chapeau à Natasha Benway,
la meilleure bibliothécaire pour enfants qui soit.
Enfin, un grand merci à mon équipe de choc.
Vous êtes géniaux !

Chapitre 1

Le monstre fonçait droit sur Della Tsang. Même dans l'obscurité de la ruelle éclairée par les seuls rayons de lune, elle aperçut ses crocs jaunis, ses griffes sales et ses redoutables cornes effilées comme des lames. La créature lui rappelait une gargouille géante et dodue, mais à part ça, elle n'avait pas la moindre idée de ce que c'était.

Pas un vampire, en tout cas. Ce truc était beaucoup trop moche.

Peut-être un loup-garou enragé. Elle en avait entendu parler mais n'en avait jamais croisé.

Elle essaya de distinguer la configuration de la bête. Chaque espèce en avait une bien précise, que les surnaturels avaient le don d'identifier. Sauf que le monstre se déplaçait beaucoup trop vite.

Della était au moins sûre d'une chose : il n'était pas venu en paix. Il avait les yeux injectés de sang, le regard meurtrier. Ses intentions ne faisaient aucun doute.

Elle avait le choix : se carapater ou se battre. *Seuls les lâches fuient la bataille,* se rappela-t-elle, son cœur martelant dans sa poitrine. Elle prit une profonde inspiration et ajusta le haut de son pyjama – celui avec des Schtroumpfs –, prête à affronter la bête.

Mon pyjama Schtroumpfs ?

Qu'est-ce qu'elle fabriquait en pyjama dans une ruelle au clair de lune ?

Tandis que les brumes de son esprit se dissipaient un peu, elle se rendit compte qu'elle avait une troisième option : se réveiller.

Ce n'était qu'un rêve.

Pourtant, le simple fait de se réveiller pour échapper à cet affrontement lui paraissait lâche, or Della Tsang était tout sauf lâche. Elle se laissa donc happer par le cauchemar et vit le monstre se précipiter sur elle. Il l'atteindrait dans quelques secondes.

Une.

Deux.

Trois.

La bête énorme puait la mort. Arrivée à une trentaine de centimètres de Della, elle bondit par-dessus la jeune fille et, dans son élan, se tordit pour retomber derrière son dos. Della n'eut pas le temps de faire volte-face. La créature lui sauta sur les épaules, et la vampire sentit une douleur cuisante à la base de sa nuque, comme si une griffe ou un croc lui avait brisé la colonne vertébrale. Elle leva le bras et attrapa la peau étonnamment moelleuse de la chose, puis tira de toutes ses forces pour se débarrasser du monstre.

– Dégage, gros tas puant !

Un bruit sourd la réveilla pour de bon. Elle se redressa, en panique, et vit son oreiller – l'objet si doux qu'elle avait pris pour le gros tas puant – à moitié encastré dans le plâtre de son mur.

Rectificatif : le mur de ses parents.

Elle était à la maison pour le week-end – l'école leur imposait de rentrer chez eux de temps en temps.

À la maison. Cette idée resta coincée dans son esprit comme une arête en travers de la gorge.

Elle n'était plus chez elle, ici. Shadow Falls était devenu son foyer, cet internat que tout le monde prenait pour un centre de réinsertion pour adolescents en difficulté mais qui, en réalité, accueillait de jeunes surnaturels et leur apprenait à vivre avec leurs dons.

Kylie, Miranda, tous ses amis… c'étaient eux, sa famille, à présent. Della parcourut du regard sa chambre de gamine. Cette pièce truffée de souvenirs lui rappelait tout ce qu'elle avait perdu.

Elle reporta son attention sur l'oreiller à moitié coincé dans le mur.

Et merde !

Elle se mordit la lèvre en essayant de trouver un moyen d'expliquer ça à ses parents.

Puis elle pivota et aperçut la coiffeuse disposée contre le mur d'en face. Elle n'avait qu'à réaménager sa chambre pour dissimuler le trou, et le tour serait joué. Quand elle retourna la tête vers l'oreiller, elle perçut une vive douleur à la base de sa nuque. Pile à l'endroit où cette saleté de monstre l'avait griffée ou mordue, dans son cauchemar.

Elle se massa doucement, et sentit quelque chose de légèrement gluant. En examinant ses doigts, elle aperçut une trace de sang. *Hein ?*

En tâtonnant, elle comprit qu'un gros bouton avait pointé pendant la nuit. C'était sans doute ce qui avait causé ce rêve complètement fou. L'odeur de son propre sang lui rappela qu'elle ne s'était pas alimentée depuis deux jours, mais il n'aurait pas été prudent d'apporter une poche de sang chez ses parents.

La dernière fois qu'elle était revenue là, elle avait surpris sa mère en train de fouiller dans ses affaires.

– Pardon, lui avait dit cette dernière d'un air penaud. Je voulais m'assurer que tu n'avais pas rapporté de… Je me fais du souci pour ta sœur, tu comprends.

– Ah bon ? Tu ne t'en fais plus pour moi ? avait demandé Della.

Cela ne l'avait pas chiffonnée plus que ça que sa mère croie qu'elle se droguait. Ce qui lui avait fait mal, ç'avait été de constater qu'elle ne s'inquiétait plus pour elle. Della était sortie de la pièce avant que sa mère ait le temps de répondre. Si elle avait menti, Della l'aurait perçu à son rythme cardiaque.

Refoulant ce passé désagréable, elle prit un mouchoir en papier sur sa table de nuit et tamponna doucement sa nuque pour arrêter le saignement. Au bout de quelques minutes, elle le jeta à la poubelle, récupéra l'oreiller dans le mur et déplaça la coiffeuse de façon à dissimuler son petit accident de cauchemar.

Elle recula d'un pas et admira le résultat avec un soupir de soulagement. Ses parents ne se rendraient pas compte de l'astuce – ou, du moins, pas tout de suite. Son père finirait sans doute par découvrir le trou. Alors il appellerait Della pour lui faire part de l'immense déception qu'elle lui avait causée, une fois de plus. Autant repousser l'instant de ce désagréable coup de fil.

En croisant son reflet dans le miroir, elle eut une révélation. Elle était peut-être capable d'affronter des monstres – dans la vraie vie comme dans ses rêves – mais, à la simple perspective de faire face à ses parents, de voir leur dépit quand ils la regardaient, elle redevenait une petite fille apeurée.

Ils avaient perçu chacun des petits changements qui l'avaient affectée depuis qu'elle avait été transformée en vampire comme un acte de rébellion. Ils la prenaient pour une adolescente grincheuse et égoïste, sans doute droguée, peut-être même enceinte, et manifestement décidée à faire de leur vie un enfer. Pourtant, elle préférait qu'ils croient cela plutôt que d'apprendre la vérité.

Elle se demandait parfois si elle n'aurait pas mieux fait de simuler sa mort – la solution de facilité que choisissaient la plupart des adolescents dans son cas. Cela aurait été horrible de perdre sa famille, mais après tout, n'était-ce pas ce qui était en train de se passer de toute façon ? Ils devenaient de plus en plus distants. Ils ne lui parlaient presque plus. Quant à la serrer dans leur bras, ça remontait à une éternité. Ils lui manquaient tellement que, parfois, elle avait envie de leur hurler que ce n'était pas sa faute. Elle n'avait pas demandé à devenir vampire.

– Qu'est-ce que tu fais ? demanda une voix fluette derrière elle.

Della sursauta. Normalement, avec son ouïe surdéveloppée, elle entendait sa petite sœur se retourner dans son sommeil. Comment cette dernière avait-elle pu se glisser dans sa chambre sans qu'elle s'en rende compte ?

– Rien, rien, dit Della. Et toi ? Qu'est-ce que tu fais debout ?

– Tu faisais du bruit, répondit Marla avant d'écarquiller les yeux. Tu as déplacé ta coiffeuse !

Della jeta un regard au meuble.

– Oui. Je n'arrivais pas à dormir, alors j'en ai profité pour... changer un peu la déco.

– Mais c'est super lourd, ce truc !

– Je mange mes cinq fruits et légumes par jour. Il faut croire que ça marche.

Marla fronça les sourcils.

– Pourtant, tu n'as presque rien avalé au dîner. Maman s'inquiète pour toi.

Ce n'est pas vrai, pensa Della.

Marla inspecta la pièce un instant.

– D'ailleurs, tu lui as demandé l'autorisation de réaménager ta chambre ?

– Qu'est-ce que ça peut lui faire ?

– Je n'en sais rien, mais tu aurais peut-être mieux fait de lui en parler avant, répondit Marla en haussant les épaules.

Della se mordit la lèvre. Avant sa métamorphose, elle aurait sans doute demandé l'avis de sa mère, même pour quelque chose d'aussi trivial que ça. C'était sans doute un des avantages de Shadow Falls. Holiday et Burnett dirigeaient l'école d'une main ferme, mais ils laissaient suffisamment de liberté à leurs étudiants pour que ces derniers volent de leurs propres ailes – ou se ramassent par terre. Jusque-là, Della ne s'était pas ramassée. Enfin, pas trop violemment. Au cours des six derniers mois, elle avait commencé à apprécier son indépendance.

Marla s'approcha doucement d'elle. Sa chemise de nuit rose ne lui arrivait qu'à mi-cuisse, et Della se rendit compte que sa sœur avait changé. Elle avait beaucoup grandi et, à quatorze ans, elle avait perdu son côté petite fille. Ses longs cheveux noirs étaient encore plus foncés que ceux de Della. Des deux sœurs, c'était celle qui ressemblait le plus à leur père, avec ses traits asiatiques.

Papa doit être content, se dit Della.

– Tu vas bien ? demanda Marla.

Avant que Della ne devine son intention, sa sœur tendit la main vers elle et la toucha. Elle eut un mouvement de recul, mais Marla la retint par le bras.

– Oui, ça va.

– Pourtant, tu es gelée, rétorqua Marla avec une petite moue. Je ne te reconnais plus. Tu as tout le temps l'air grincheuse.

C'est parce que j'ai faim !

– Je t'assure que je vais bien. Allez, tu ferais mieux de te recoucher.

Marla ne bougea pas d'un pouce.

– Je veux retrouver ma grande sœur d'avant.

Della sentit soudain ses paupières la piquer. Parfois, elle aussi se prenait à regretter cette fille-là.

– Il est tard, souffla-t-elle en cillant pour chasser ce moment de faiblesse.

Elle pleurait rarement à Shadow Falls, mais chez ses parents, les larmes lui montaient facilement aux yeux. Était-ce parce qu'elle se sentait plus humaine quand elle était dans sa famille ? Ou parce que, au contraire, elle avait l'impression d'être le monstre que ses parents verraient en elle s'ils apprenaient la vérité ?

– Papa se fait beaucoup de souci pour toi, tu sais, reprit Marla. J'ai entendus les parents discuter, l'autre jour. Papa disait que tu lui rappelais son frère. Apparemment, il est devenu froid et compliqué, puis il est mort. Tu ne vas pas mourir, hein ?

Della surmonta ses émotions pour se concentrer sur ce que Marla venait de révéler.

– Papa n'a jamais eu de frère.

– Si. Moi non plus, je ne le savais pas. J'ai demandé à maman, depuis, et elle m'a confirmé que papa avait eu un frère jumeau, mais qu'il était mort dans un accident de voiture.

– Pourquoi est-ce qu'il n'en parle jamais ? fit Della.

– Tu connais papa, il n'aime pas parler de ce qui lui fait de la peine. Il ne parle plus de toi, non plus.

Le cœur de Della se serra. Elle savait bien que Marla n'avait pas dit ça par méchanceté, mais cela n'empêcha pas ces paroles de l'atteindre comme un poignard bien aiguisé. Elle eut envie de se rouler en boule pour pleurer comme une dégonflée.

Sauf que c'était impossible. Les vampires n'étaient pas des dégonflés.

Deux heures plus tard, le soleil n'était toujours pas levé. Della regardait le plafond de sa chambre, la tête posée sur l'oreiller qui l'avait attaquée dans son rêve. Il n'était pas rare qu'elle n'arrive pas à dormir, mais cette fois, son insomnie n'était pas due qu'à ses habitudes nocturnes de vampire. Sa nuque lui faisait mal. Elle décida de ne pas y faire attention. Elle n'allait quand même pas se laisser abattre par un vulgaire bouton.

Elle se rappela un dicton que répétait souvent sa mère : « Les gifles et les coups causent des plaies et des bosses, mais les mots ne sauraient me faire souffrir. »

Della ignorait où sa mère avait dégotté ce proverbe débile, mais elle avait tout faux.

« Tu connais papa, il n'aime pas parler de ce qui lui fait de la peine. Il ne parle plus de toi, non plus. » Ces mots-là lui avaient brisé le cœur.

Tandis que la nuit suivait lentement son cours, Della repensa à ce qu'avait dit Marla. « Papa disait que tu lui rappelais son frère. Apparemment, il est devenu froid et compliqué, puis il est mort. »

Ces phrases lui trottaient dans la tête comme si elles détenaient un secret vital. Soudain, Della se redressa quand elle comprit. Son père avait-il utilisé « froid » de façon littérale, ou dans le sens de « distant » ? Était-il possible que son oncle ait été… un vampire ? Avait-il simulé sa propre mort pour épargner à sa famille l'horrible vérité ?

Le V-1, le virus du vampirisme, se transmettait parmi les membres d'une même famille. Della savait déjà que son cousin

Chan était un vampire. Sauf que ce dernier aimait faire cavalier seul et défier les lois, ce qui ne facilitait pas leurs relations.

Le frère jumeau de son père, en revanche… S'il ressemblait à son père, ce serait un homme sévère mais juste, respectueux des règles au point d'en être un peu rigide. Ce serait tout sauf un hors-la-loi. S'il ressemblait à son père, évidemment…

Le problème, c'est qu'elle n'avait aucun moyen de se lancer à sa recherche. Son père ne lui donnerait aucune information, pas plus que sa mère. Quant à Marla, elle lui avait déjà sûrement dit tout ce qu'elle savait.

Des questions commençaient à se bousculer dans sa tête. Comment s'appelait-il ? Où vivait-il quand il avait disparu ? Il avait peut-être vraiment trouvé la mort dans un accident de voiture…

Soudain, une image lointaine lui revint en mémoire – celle d'un gros album photo. Son père l'avait sorti quelques années auparavant pour leur montrer un portrait de son arrière-grand-mère. Della en revit la couverture de cuir et se rappela que son père l'avait rangé dans son bureau, dans le meuble où il enfermait ses bouteilles d'alcool.

L'album s'y trouvait-il toujours ? Contiendrait-il une photo du jumeau de son père ? Une photo avec son nom écrit dessous, peut-être ? Della se leva, les poings serrés. Il fallait qu'elle en ait le cœur net. Un coup d'œil à l'horloge lui apprit qu'il n'était que quatre heures du matin. Elle avait tout le temps d'aller voir.

Elle prit une profonde inspiration puis sortit de sa chambre et descendit l'escalier pour se faufiler jusqu'au bureau de son père. C'était sa pièce à lui, son sanctuaire. Son père était un homme très secret.

Elle hésita un instant et déglutit, émue. Elle n'aimait guère l'idée d'entrer par effraction dans cet endroit interdit, mais elle ne voyait pas d'autre moyen d'obtenir des réponses à ses questions.

Elle tourna la poignée de la porte et entra. Aussitôt elle perçut l'odeur de son père – un mélange caractéristique d'eau de toilette et de thé aux épices bien particulières, avec un soupçon du brandy dont il s'accordait un verre le dimanche après dîner. Des souvenirs lui revinrent de moments passés ensemble, dans cette pièce, tous les deux. Il l'avait aidée à faire ses exercices de maths, assise à son grand bureau. Il lui avait appris à jouer aux échecs et lui avait transmis son amour du jeu. Une fois par semaine, au moins, il l'invitait à venir disputer une partie avec lui. En général, il la battait à plate couture mais, à une ou deux reprises, elle avait eu l'impression qu'il la laissait gagner, pour lui faire plaisir. Il était peut-être strict au point d'en être coincé, mais il l'aimait. Qui aurait cru que son amour serait si fragile ?

À présent, il n'était plus question de jeux ou de complicité entre père et fille. Mais peut-être que, avec un peu de chance, elle pourrait retrouver une nouvelle figure paternelle. Quelqu'un qui comprendrait les difficultés auxquelles elle était confrontée. Un oncle qui éprouverait peut-être de l'affection pour elle, alors même que son propre père lui avait tourné le dos.

Elle s'agenouilla devant le bar. Si ses souvenirs étaient exacts, l'album se trouvait au fond, derrière le brandy. Elle sortit la bouteille du meuble et tendit le bras à l'intérieur. Quand ses doigts rencontrèrent la surface douce du vieux cuir, son cœur s'emballa.

Elle saisit le gros volume, s'assit en tailleur et l'ouvrit, mais il faisait trop sombre. Elle se rappela que son père gardait une lampe de poche dans un tiroir, en cas de panne de courant. Elle se releva donc et s'approcha du bureau.

Elle trouva la lampe sans mal, mais ce qu'elle découvrit alors lui coupa le souffle : une photo d'elle et de son père, prise lors d'un tournoi d'échecs, et qui avait longtemps trôné sur une des étagères de la pièce, avait disparu. Della se retourna vers le meuble en question, aussi vide que son propre cœur.

Plus déterminée que jamais à retrouver son oncle, elle retourna s'asseoir.

Elle cala l'album photo sur ses genoux et alluma la lampe de poche. Les clichés étaient si vieux, si délavés, qu'il lui fallait parfois plisser les yeux pour distinguer de qui il s'agissait.

Certaines pages contenaient des photos de la famille de

sa mère. Elle feuilleta l'album lentement, avec un soin infini, croisant parfois des visages qui lui paraissaient étrangement familiers, alors même qu'elle ne les reconnaissait pas. Dans la courbe d'un menton ou d'une joue, elle voyait un peu de ses parents – un peu d'elle-même.

Elle était presque arrivée à la fin de l'album lorsqu'elle aperçut une photo de sa grand-mère en compagnie de son père et d'un autre garçon qui lui ressemblait trait pour trait. Elle souleva le film protecteur et retira tout doucement la photo. Le papier en était si fin qu'elle avait peur de la déchirer. Elle retint son souffle jusqu'à l'avoir complètement décollée, tout en priant pour qu'il figure une inscription au dos. Lorsque, enfin, elle retourna le cliché, son cœur cessa de battre un instant. « Feng et Chao Tsang avec leur mère, Houston. » Chao était le prénom de son père. Feng devait donc être celui de son oncle. S'il était réellement devenu vampire, il se trouvait peut-être encore dans les parages. À Houston ou, du moins, aux États-Unis.

Elle glissa la photo dans la poche de son pyjama. Alors qu'elle s'apprêtait à ranger l'album, elle remarqua un autre cliché coincé dans la couverture. En le retirant, elle vit qu'il s'agissait d'un groupe d'enfants, deux garçons et deux filles. L'image était un peu floue, mais Della crut reconnaître son père en compagnie de son frère jumeau. L'une des deux filles ressemblait à sa tante. Malheureusement, il n'y avait rien d'inscrit au dos de cette photo-là. Della la rangea dans l'album, replaça celui-ci au fond du meuble, et s'apprêtait à remettre la bouteille à sa place quand quelqu'un alluma la lumière dans le bureau.

– Merde ! souffla-t-elle.

C'était la deuxième fois de la nuit que quelqu'un arrivait dans son dos sans qu'elle l'entende ! Où était passée son ouïe ultra fine ? Elle se retourna en espérant que ce soit encore Marla – mais en se doutant qu'elle n'aurait sans doute pas cette chance.

Son père la toisait, furieux.

– Alors comme ça, tu en es réduite à voler le brandy de ton père ?

Sa colère, son accusation… elle aurait pu supporter tout ça, mais c'était la déception qu'elle lut dans son regard qui lui donna envie de se jeter par la fenêtre. Plus que tout, elle aurait voulu partir loin de lui et de la vie qu'elle aimait autrefois et qu'elle avait perdue.

Au lieu de cela, elle fit ce qui lui venait naturellement face à ses parents. Elle se releva et laissa son père imaginer les pires horreurs à son sujet. C'était toujours mieux que la vérité.

– Tu rentres tôt, fit remarquer Burnett.

Il s'était approché en la voyant franchir le portail de Shadow Falls, tandis que sa mère redémarrait la voiture. Elle ne lui avait pas décroché un mot de tout le trajet. En même temps, la conversation qui avait précédé son départ n'avait pas été particulièrement joviale. Rien de nouveau à cela.

– Oui, dit-elle.

Elle n'avait pas envie de parler. Ou, du moins, elle n'avait pas envie de lui parler. Burnett n'était pas seulement le directeur de Shadow Falls, il faisait également partie de l'URF – l'Unité de recherche de Fallen, le département du FBI qui s'occupait des surnaturels. Della aurait aimé y travailler, elle aussi. Elle était persuadée qu'elle serait douée pour ça. Elle avait déjà participé à une enquête de l'URF et attendait impatiemment qu'une nouvelle occasion se présente. Elle préférait donc éviter de paraître vulnérable aux yeux de Burnett. Par ailleurs, elle savait qui elle avait besoin – et envie – de voir en cet instant précis : un certain métamorphe qui avait le chic pour toujours trouver le mot juste. Sauf qu'il n'était sans doute pas encore rentré.

– Qu'est-ce qui ne va pas ? demanda Burnett en pressant le pas pour rester à sa hauteur.

– Rien.

Elle se moquait complètement que son rythme cardiaque trahisse son mensonge. De toute façon, son cœur était trop brisé pour révéler quoi que ce soit. C'était du moins son impression.

– Della, arrête-toi une seconde et dis-moi ce qui ne va pas, insista Burnett sur un ton autoritaire.

– Pour quoi faire ? rétorqua-t-elle, irritée.

Après avoir joué la gentille fille tout le week-end, elle n'avait vraiment pas la patience d'essuyer un interrogatoire en règle.

Soudain, Holiday, l'autre directrice de l'école – qui était aussi la femme de Burnett – s'approcha en se dandinant doucement, le ventre arrondi par leur futur enfant.

– Qu'est-ce qui se passe ?

– Rien. Je veux retrouver mon bungalow, c'est tout.

– Tu es en avance, ajouta Holiday.

– Quoi ? C'est un crime de rentrer en avance ? Vous voulez que je reparte et que je revienne dans quatre heures ? Ça peut se faire, vous savez.

– Non. Ce que nous voulons, c'est que tu nous racontes ce qui te chiffonne, articula Burnett d'un air exaspéré.

– Je ne suis pas chiffonnée, marmonna Della en haussant les épaules.

– Alors pourquoi tu pleures ? demanda Holiday.

Je pleure ? Elle s'essuya la joue d'une main.

– C'est une allergie, bredouilla-t-elle.

Burnett poussa un grondement excédé.

– Ne nous mens…

– On se calme ! intervint Holiday en posant une main sur le bras de son mari.

Ce simple geste suffit à faire fondre le vampire, pourtant super endurci. Certes, le contact d'une fée était naturellement apaisant et persuasif, mais Della pensait que c'était surtout l'amour de Burnett pour Holiday qui le faisait réagir ainsi.

– Tout va bien, insista Della.

Elle grinça des dents en voyant l'expression douce et compatissante de Holiday. Elle détestait qu'on la regarde comme ça.

– N'empêche, reprit Holiday. Si tu as besoin de quoi que ce soit, tu sais que tu peux compter sur moi.

Elle posa gentiment la main sur l'épaule de Della. La chaleur calme et rassurante de la fée parvint à tempérer un peu les émotions de la jeune fille, mais pas assez. Rien n'aurait su les apaiser complètement.

– Merci, souffla-t-elle.

Puis elle tourna les talons et partit en courant avant que Burnett ne décide de contredire son épouse – avant qu'il ne voie l'étendue des faiblesses de Della et qu'il ne la juge incapable d'enquêter pour l'URF.

– N'oublie pas que nous sommes là si tu as…

Les paroles d'Holiday se fondirent dans l'air tandis que Della fonçait droit devant elle.

La seule chose dont elle avait besoin, c'était qu'on la laisse tranquille. Elle courait de plus en plus vite, et cela lui fouettait le sang de sentir ses pieds décoller du sol de plus en plus longtemps. Elle volait presque, mais n'accéléra pas davantage. Cela la défoulait de frapper le sol de toutes ses forces, même si, avec chaque enjambée, sa tête l'élançait un peu plus. Ce n'était rien comparé à la souffrance de son cœur.

En arrivant à la fourche qui menait à son bungalow, elle décida de ne pas y retourner tout de suite. Elle n'avait pas encore fini d'évacuer les émotions qui la secouaient. Elle déposa son sac à dos au pied d'un arbre et fonça à travers bois vers le nord, écartant les branches d'arbre sur son passage.

Elle atteignit rapidement la clôture et faillit la franchir, mais cela déclencherait l'alarme, et Burnett ne tarderait pas à rappliquer. Elle piqua donc à l'est et fit le tour de la propriété à deux reprises. Elle s'apprêtait à regagner la fourche où elle avait laissé son sac quand elle entendit quelque chose. Un bruit de pas. Quelqu'un fonçait droit sur elle.

Elle éprouva une minuscule pépite de soulagement à savoir que son ouïe fonctionnait de nouveau, puis se concentra sur la source du son. Les arbres l'empêchaient de voir qui approchait, aussi leva-t-elle légèrement le nez au vent. À son odeur, elle identifia qu'il s'agissait d'un vampire, pourtant elle ne reconnut aucun des résidents de Shadow Falls.

Avait-elle affaire à un intrus ? Un renégat venu semer les embrouilles ? Bien décidée à défendre cet endroit qui était désormais son seul foyer, Della sentit ses canines pointer. L'idée d'affronter une ordure qui n'avait rien à faire là lui arracha un frisson. Dans l'humeur où elle était, ce serait un vrai plaisir de botter le train de quelqu'un – surtout si elle n'avait pas à se sentir coupable après.

Soudain les pas ralentirent. Le vampire inconnu avait-il entendu Della ? L'avait-il sentie ? Quand le bruit s'estompa, Della comprit qu'on s'éloignait d'elle. Elle avait donc vu juste.

– C'est ça, cours, qu'on rigole un peu, marmonna-t-elle. Ça ne va pas m'empêcher de t'attraper !

Alors elle passa en mode vampire et s'envola au-dessus des arbres pour localiser sa proie. Si courir mobilisait ses muscles, voler faisait appel à un autre genre d'énergie. C'était son corps tout entier qui se tendait pour aller de l'avant.

Le sol se brouilla sous ses yeux, tant elle allait vite.

Brusquement, elle se rendit compte que l'intrus s'était arrêté, sans doute pour se mettre à couvert. *Il est bête, ou quoi ?* N'avait-il pas compris qu'elle était vampire, elle aussi, et qu'elle pourrait donc le sentir ? Elle alla se poser dans une clairière près du lac. L'odeur du fuyard indiquait qu'il se trouvait tout près, juste à l'orée du bois.

Della se dit que Burnett allait sans doute débouler d'une seconde à l'autre. L'intrus avait dû sauter par-dessus la clôture et déclencher l'alarme.

Elle espérait seulement qu'elle attraperait cette ordure la première – ou, encore mieux, qu'elle aurait complètement maîtrisé la situation le temps que le directeur arrive. Cela lui prouverait qu'elle n'était pas lâche, même s'il l'avait vue pleurer. Burnett verrait bien qu'elle était digne de l'assister dans ses enquêtes.

– Je sens ton odeur d'ici ! Montre-toi, ça te facilitera la vie, lança-t-elle, magnanime. Ou alors, reste où tu es et laisse-moi le plaisir de venir t'attraper par la peau du cul.

Elle s'approcha des arbres, prête à bondir.

Elle crut entendre une brindille craquer et s'avança vivement, aux aguets. À chaque pas, le parfum du vampire devenait plus familier. Il ne faisait peut-être pas partie des pensionnaires de Shadow Falls, mais ce n'était pas la première fois qu'elle le rencontrait. Elle reconnaissait sa signature olfactive. Une soudaine méfiance s'empara d'elle – la désagréable impression que, la première fois qu'elle avait croisé ce vampire, ça ne s'était pas bien passé du tout.

La chair de poule la gagna et sa migraine l'élança de plus belle. Pourtant, elle continua à avancer jusqu'à apercevoir un gros buisson touffu. Son instinct lui soufflait que l'intrus se trouvait là. Quelque peu ébranlée par sa réaction négative à l'odeur du vampire, elle prit une profonde inspiration, laissant à Burnett une dernière occasion d'intervenir.

Puis elle se rendit compte que cette hésitation pouvait passer pour un instant de faiblesse, et fonça tête baissée avec un grondement grave. Son attaque ne provoqua pas le moindre mouvement dans le buisson. En revanche, elle vit quelque chose de bleu accroché aux ronces. Une chemise. Ce scélérat avait enlevé sa chemise pour l'envoyer sur une fausse piste ?

Oui, et sa ruse avait fonctionné. Della leva la tête pour flairer de nouveau son odeur. Elle la perçut au moment où elle entendit sa voix, juste derrière elle.

– C'est moi que tu cherches ?

Chapitre 2

Della fit volte-face et sentit ses canines s'allonger de plus belle. À quelques pas se tenait un garçon aux cheveux bruns et aux yeux vert très pâle, vêtu d'un jean et d'un tee-shirt blanc, sur lequel manquait sans doute la chemise bleue accrochée dans les buissons. Della effleura du regard le fin coton blanc tendu sur un torse musclé et de larges épaules. Puis elle se rappela à l'ordre et l'affronta du regard.

Son odeur indiquait clairement qu'il s'agissait d'un vampire, pourtant ses canines ne s'étaient pas allongées et ses yeux n'avaient pas changé de couleur. Elle examina donc son front pour lire sa configuration. Pas de doute, c'était bien un vampire. Elle remarqua que lui aussi l'observait avec attention, mais il ne semblait pas être sur la défensive.

Il n'avait donc pas peur d'elle, cet imbécile ?

– Tu n'as rien à faire à Shadow Falls, déclara-t-elle brusquement.

Il haussa un sourcil moqueur.

– Ah bon ? Tu crois ?

Exaspérée par l'arrogance de ce type, elle bondit, plaqua

une main sur son torse musclé, et le repoussa violemment. Si violemment qu'il tomba sur les fesses, l'air choqué.

Della inclina la tête sur le côté, satisfaite.

– Oui, je crois.

Il se releva d'un geste vif et décolla du sol pour venir se poser à quelques centimètres d'elle.

– Pas commode, la crevette, commenta-t-il en se penchant sur elle.

Il n'avait pas froid aux yeux. Ou alors, il était vraiment débile. Certes, il faisait une bonne tête de plus qu'elle, mais il en fallait davantage pour l'intimider.

Elle voulut le repousser de nouveau, histoire de le lui prouver, mais il intercepta son geste et lui saisit les poignets fermement. Della tenta de se libérer mais il tint bon. Elle vit ses yeux se teinter d'or et ses canines pointer légèrement.

Bon. Il avait enfin compris qu'elle ne plaisantait pas.

– Lâche-moi ! gronda-t-elle.

Comme il tardait à obéir, elle passa à l'attaque. Elle lança son genou droit en direction de son entrejambe. D'une main, il para le coup, comme elle l'avait espéré. Elle préférait éviter d'entrer en contact avec les parties intimes des autres, et surtout des inconnus. Elle attrapa au vol son bras gauche et l'envoya valser à au moins cinq mètres du sol. Malgré sa surprise, il parvint à retomber sur ses pieds, les canines entièrement sorties et les yeux couleur d'or.

– Qu'est-ce que tu essaies de prouver, exactement ? demanda-t-il en s'approchant d'elle sans la moindre trace de peur.

Que j'ai l'étoffe d'un agent de l'URF.

– Que les minables comme toi n'ont rien à faire dans l'enceinte de Shadow Falls.

En équilibre sur la pointe des pieds, elle se tenait prête à bondir de nouveau. Sauf que, cette fois, elle ne comptait pas retenir ses coups.

– Della, arrête ! lança une voix qu'elle reconnut aussitôt.

– Tu en as mis, du temps, dit-elle en se retournant vers Burnett, ravie qu'il l'ait vue en action. J'ai trouvé ce type qui rôdait dans la forêt.

– Est-ce que tu t'es donné la peine de lui demander s'il avait le droit d'être ici ? lança Burnett d'une voix froide.

– Plus ou moins.

Oh, merde ! Della grimaça quand elle comprit qu'elle avait sans doute commis une gaffe.

Burnett toisa l'autre vampire.

– Et toi ? Est-ce que tu t'es donné la peine de lui dire que tu avais le droit d'être ici ?

L'inconnu était donc une nouvelle recrue ? Della s'abstint de poser la question, c'était la seule explication logique.

– Alors ? insista Burnett.

– Plus ou moins, répondit l'ordure en haussant les épaules.

Burnett poussa un soupir exaspéré.

– Dans ce cas, on va dire que c'est plus ou moins votre faute à tous les deux, gronda-t-il. Maintenant, est-ce que je peux compter sur vous pour rester bien sages, ou est-ce qu'il vous faut un baby-sitter ? railla-t-il en les toisant tour à tour.

Della fronça les sourcils. Elle n'allait pas porter le chapeau toute seule.

– Tu aurais dû me dire qu'il y avait un nouveau, lança-t-elle en soutenant le regard du directeur.

– Je t'en aurais parlé si tu ne t'étais pas enfuie en courant, rétorqua Burnett.

Puis, sans un mot de plus, il s'envola.

Della se tourna vers l'autre vampire, prête à lui présenter des excuses à contrecœur, mais elle repensa à la désagréable impression de déjà-vu qu'elle avait ressentie. Elle inspira profondément et, de nouveau, reconnut sa signature olfactive. Elle avait déjà croisé ce type. Mais où ? Et surtout, pourquoi était-elle instinctivement aussi méfiante à son égard ?

Elle faillit lui demander s'ils s'étaient déjà rencontrés, puis se ravisa. Elle n'avait pas très envie de discuter avec ce mec alors que, une minute auparavant, elle ne pensait qu'à lui botter le train. Sans rien dire, elle tourna les talons et prit la direction de son bungalow.

– Enchanté d'avoir fait ta connaissance ! lança l'insolent.

Elle ne ralentit même pas l'allure. Pour toute réponse, elle leva la main droite et lui fit un doigt d'honneur.

L'éclat de rire de ce sale type la fit enrager de plus belle.

Della se coucha aussitôt rentrée. Elle avait encore le cœur lourd après son court passage chez ses parents. Contre toute attente, elle parvint à s'endormir. Il fallut l'arrivée de Kylie et de Miranda pour la réveiller. Ses deux amies tambourinaient à sa porte, comme si elles ignoraient tout du cycle de sommeil des vampires, ces pestes. Pourtant, Della devait bien admettre qu'elle était pressée de les voir. Tant qu'elle pouvait compter sur ses amies, elle se moquait bien de ce que pouvaient penser ses parents. Pas vrai ?

– J'arrive ! lança-t-elle quand les filles se mirent à tambouriner de plus belle.

Aussitôt qu'elle leur ouvrit la porte, elles se ruèrent sur elle pour la serrer dans leurs bras. Elle aurait voulu leur rappeler qu'elle était allergique aux câlins, mais elle se contenta de lever les yeux au ciel en attendant qu'elles aient fini leur cirque. À vrai dire, ça ne lui déplaisait plus autant, tous ces débordements d'affection.

– Pourquoi tu ne nous as pas appelées ? demanda Kylie, l'air inquiet.

Cette jolie blonde était un caméléon – un être surnaturel hyper rare qui pouvait prendre la forme de toutes les autres espèces, et donc accéder à leurs facultés. Comme si cela ne suffisait pas, Kylie était une protectrice, ce qui voulait dire que, si quelqu'un osait attaquer une personne qui lui était chère, ses pouvoirs devenaient tout simplement phénoménaux.

– Parce que mon téléphone n'avait plus de batterie et que j'avais oublié mon chargeur, expliqua Della.

– Tu es toujours super organisée, d'habitude, fit remarquer Miranda.

La jeune sorcière avait raison. Cela ne ressemblait pas à Della d'oublier ce genre de choses. Que lui arrivait-il ? Cela faisait déjà une semaine qu'elle ne se sentait pas dans son assiette. Elle se passa une main sur la nuque et effleura le bouton qui avait causé son drôle de cauchemar. Il était presque entièrement résorbé.

Soudain elle se rendit compte que ses deux amies la dévisageaient.

– Quoi ? fit-elle en grimaçant. Vous n'allez quand même pas me faire un scandale parce que, pour une fois, j'ai oublié mon chargeur !

– On se faisait du souci, c'est tout, se défendit Kylie avec un soupir. Ça ne s'est pas trop mal passé ?

– Est-ce qu'ils t'ont fait passer un test de grossesse ? s'enquit Miranda.

– Non, répondit Della. Mais, si vous voulez que je vous raconte tout, il va me falloir un Coca light. Et votre week-end à vous, il était comment ? demanda-t-elle en se dirigeant vers la cuisine.

– Moi aussi, j'ai besoin d'un Coca, renchérit Miranda. Sérieusement, ma mère est la pire des mégères magiques. Elle n'a pas arrêté de me parler de la fille de sa copine, qui a remporté tous les concours de sorcellerie wiccane. Comme si j'en avais quelque chose à faire, de ces stupides concours ! Franchement, qu'est-ce que ça peut me faire que cette pouffe sache changer une sauterelle en luciole ? Je suis bien contente d'être dyslexique.

Della referma la porte du frigo et entendit le cœur de la sorcière battre un peu plus vite, trahissant son mensonge. Elle crispa les mâchoires et résista à la tentation de serrer une cannette dans son poing jusqu'à la faire exploser. Cela la mettait en rage de voir Miranda si soucieuse de faire plaisir à sa mère. Elle aurait aimé que son amie ait le cran de dire à cette vipère d'aller s'empaler sur son balai.

Della était même prête à aller le lui dire elle-même. Elle qui souffrait de décevoir ses parents parce qu'ils ignoraient qu'elle était vampire et qu'ils ne la comprenaient pas, elle imaginait que ça devait être encore pire pour Miranda : sa mère la trouvait nulle en toute connaissance de cause. À chaque réunion avec les parents, Della avait épié les conversations entre Miranda et sa mère et, plus d'une fois, elle avait eu envie d'aller planter ses canines de vampire dans les fesses de cette saleté de sorcière.

Ne voyait-elle pas que Miranda avait besoin de son soutien ? Si on tenait compte de la dyslexie de la jeune fille, elle faisait des progrès remarquables dans la maîtrise de sa magie. Cela faisait presque un mois qu'elle n'avait changé personne en kangourou ou en putois par erreur. Pour Miranda, c'était un beau record.

Della tendit un Coca à Kylie.

– Et toi ? Ton week-end ?

– Pas trop mal, répondit Kylie en ouvrant sa cannette.

Dans le silence qui suivit, Della entendit le bruit des bulles qui éclataient doucement. Bizarrement, elle avait commencé à associer ce son pétillant à ces conversations entre copines qui ne manquaient jamais de l'apaiser. C'était devenu sa petite musique antistress. La preuve sonore qu'elle avait des amies qui tenaient à elle – même si elles n'avaient toujours pas compris qu'elle aimait dormir le jour et préférait éviter les câlins.

– Tu as dit à ta mère que tu pouvais te rendre invisible ? demanda Miranda à Kylie.

Cette dernière avait fini par avouer à sa mère qu'elle n'était qu'en partie humaine, mais elle ne lui avait pas encore fait le récit de tous ses dons surnaturels.

– Non, j'ai peur que ça la fasse flipper, répondit Kylie. Il faut y aller doucement, comme quand on explique à un enfant comment on fait les bébés.

Della éclata de rire.

– J'ai vu un documentaire sur l'accouchement, une fois. C'était un peu comme quand on passe à côté d'un accident : on ne veut pas regarder, mais on ne peut pas s'en empêcher.

Elle passa une cannette à Miranda puis ouvrit la sienne. Bercée par le doux pétillement des bulles, elle s'assit à la table de la cuisine, aussitôt imitée par ses deux amies. Ces conférences arrosées au Coca light étaient devenues leur rituel. Un rituel sur lequel Della comptait bien plus qu'elle n'aurait voulu. Elle s'était sincèrement attachée à ses colocataires, ce qui pouvait se révéler dangereux. Après tout, si ses propres parents étaient capables de lui tourner le dos, ses copines l'étaient sans doute aussi.

– Vous m'avez manqué, les filles, dit Kylie en faisant tourner sa cannette entre ses mains.

– Nous, peut-être, mais pas Lucas, déclara Miranda en se dandinant sur sa chaise.

Cette petite danse malicieuse était le signe que la sorcière avait un potin juteux à raconter. Cependant, malgré ce côté un peu commère, Della faisait entièrement confiance à Miranda. Les trois amies avaient conclu un pacte : tout ce qui se disait à la table ronde du Coca light demeurait strictement secret.

– Sa mère a accepté que Lucas vienne chez elle, ajouta Miranda en ponctuant cette révélation d'un petit couinement.

Della se tourna vers Kylie.

– C'est vrai ? Est-ce qu'elle t'a forcée à lire quinze mille prospectus sur la contraception avant qu'il arrive ?

– Non. Un seul, répondit Kylie avec un grand sourire. Saviez-vous que seulement quinze pour cent des mères adolescentes finissent le lycée ? Et que leurs enfants courent beaucoup plus de risques que la moyenne d'avoir de mauvais résultats à l'école, de lâcher leurs études en cours de route, de tomber malade ou de finir en prison ? Au moins, cette fois, ce n'était pas le mode d'emploi des capotes, conclut-elle en souriant de plus belle.

Elles partirent d'un même éclat de rire, ce qui leur arrivait souvent à cette table.

– Est-ce qu'elle vous a autorisés à sortir ? Genre pour aller dîner en amoureux ?

– Non, ma mère nous a emmenés au restaurant, puis Lucas et moi sommes montés discuter dans ma chambre.

– Discuter, discuter… la taquina Della avec un clin d'œil.

Kylie et Lucas étaient un vrai couple, dans le sens où ils avaient franchi le pas. Kylie n'en parlait jamais, à part une fois où elle s'était contentée de dire que c'était merveilleux. Della comprenait qu'elle n'ait pas envie de s'étendre sur le sujet. Franchement, le sexe, c'était… compliqué. Et un peu gênant.

Et parfois merveilleux. L'espace d'une seconde, elle repensa à son ex, Lee. Puis elle se rappela que les choses avaient bien failli tourner au merveilleux avec Steve, le métamorphe au charme insupportable. Heureusement, elle s'était ressaisie avant de s'engager sur ce terrain glissant.

– Bon, assez tourné autour du pot, raconte-nous ton week-end, dit Miranda à Della.

Cette dernière fronça les sourcils. Elle n'aimait pas ébruiter ses petits malheurs. Certes, c'était toujours salutaire, au final, mais cela lui donnait également la désagréable impression d'être une pleurnicheuse ingrate envers ses parents, alors que son père lui avait toujours enseigné la plus grande loyauté.

Elle repensa au cliché qu'elle avait trouvé dans le vieil album photo. Alors elle se souvint de son sac à dos, qu'elle avait oublié au pied de l'arbre.

– Merde ! lança-t-elle en se levant d'un bond.

– Qu'est-ce qu'il y a ? demanda Kylie.

– J'ai laissé mon sac au bord du chemin.

– Non, intervint Miranda. Il était sous le porche, alors je l'ai rentré et je l'ai posé sur le canapé.

– Ah. Burnett a dû le trouver et…

Soudain, une idée frappa Della. Et si ce n'était pas Burnett ? Et si c'était le vampire suspect qu'elle avait croisé ? Il ne savait pas dans quel bungalow elle habitait, mais il avait peut-être suivi sa trace.

Avait-il fouillé dans ses affaires ? Cette éventualité la mit dans une colère noire – et pas seulement parce que ce type avait peut-être vu ses soutiens-gorge rembourrés. Si jamais cet odieux personnage avait abîmé sa photo… Qu'est-ce qu'il lui avait pris d'être aussi peu soigneuse et de laisser son sac dehors ? Elle devait vraiment être dans un sale état quand elle était rentrée.

– Qu'est-ce qui t'arrive ? insista Kylie, qui avait deviné son humeur.

Affolée, Della sauta par-dessus la table de la cuisine et fonça dans le salon pour attraper son sac.

– Il y a un nouveau à Shadow Falls. C'est peut-être lui qui a rapporté mon sac.

– Oui, Lucas m'a dit qu'il était arrivé samedi, juste après notre départ, annonça Kylie. C'est un vampire.
– C'est un sale con, oui ! gronda Della.
– Pourquoi tu dis ça ? demanda Miranda. Si c'est bien lui qui t'a rapporté ton sac, c'est plutôt gentil, non ?
– Oui, et si ça se trouve, il s'est amusé à regarder ce qu'il y avait dedans, rétorqua Della.
Elle ne comprenait pas que ses amies restent aussi calmes. Elles n'auraient certainement pas aimé qu'un inconnu mette le nez dans leurs sous-vêtements et leurs pyjamas ridicules !
Elle approcha le sac de son visage et renifla.
– Oh non ! Il est imprégné de son odeur !
– Tu l'as déjà rencontré ? s'enquit Kylie.
– Oui. Burnett avait omis de m'annoncer qu'on avait un nouveau pensionnaire. Quand j'ai croisé ce type, je l'ai pris pour un intrus…
– Oups ! fit Miranda en riant. Tu lui as botté les fesses ?
– Je venais à peine de commencer quand Burnett est arrivé.
– Il est mignon ? reprit Miranda. Si je dis ça, c'est juste pour le plaisir des yeux, hein… ajouta-t-elle en riant de nouveau.
– Je vous l'ai déjà dit, c'est un sale type.
Aussitôt – et bien malgré elle –, l'image du nouveau en tee-shirt blanc moulant s'imposa à son esprit. Elle ouvrit son sac à dos et y chercha la photo de sa grand-mère avec son père et son frère jumeau.
– Tout ce cirque au sujet de ton sac… ce ne serait pas un prétexte pour éviter de nous parler de ton week-end, par hasard ? demanda Miranda.
– Non, répondit Della. Je veux juste m'assurer que…
Elle déplia son pyjama, au milieu duquel elle avait rangé la petite enveloppe blanche, mais celle-ci ne s'y trouvait plus. Paniquée, Della commença à sortir ses affaires pêle-mêle. Puis elle retourna le sac et le secoua, dans l'espoir que la photo tombe par terre. En vain. Le sac était vide. Pas la moindre enveloppe blanche !
– Oh non ! gémit-elle.
Écœurée, elle se rendit compte qu'elle avait peut-être perdu

la seule photo que son père gardait de son frère. C'était impossible ! Son père la tuerait s'il apprenait cela.

Non, même pas, lui souffla une petite voix. *Il serait encore plus déçu, c'est tout.*

– Ce n'est pas possible, murmura-t-elle.

– De quoi tu parles, enfin ? s'inquiéta Kylie.

– C'est lui qui l'a prise. Mais pourquoi ?

– C'est lui qui a pris quoi ? insista Kylie.

Della ne répondit pas. Il fallait qu'elle retrouve ce salaud et la photo qu'il lui avait volée. Elle sortit en trombe.

Elle s'envola et, quelques secondes plus tard, se rendit compte qu'elle n'était pas seule. Kylie s'était transformée en vampire et fusait à son côté.

– Qu'est-ce qu'il t'a piqué ? demanda-t-elle, les cheveux fouettés par le vent.

– Une photo, répondit Della tout en scrutant le sol à la recherche de ce sale voleur. Un vieux cliché qui appartient à mon père. Je te jure, s'il l'a, ne serait-ce qu'écorné, je vais le…

– Pourquoi est-ce qu'il t'aurait pris cette photo ?

– Je n'en sais rien mais je compte bien l'apprendre. Il vaudrait peut-être mieux pour toi que tu ne t'en mêles pas parce que, s'il le faut, je suis prête à lui botter le cul pour obtenir des explications.

– Tu ne vas quand même pas…

– On parie ? rétorqua Della.

Au même instant, elle aperçut le nouveau entre les arbres et passa en mode attaque.

Chapitre 3

Le nouveau leva les yeux une fraction de seconde avant que les pieds de Della touchent le sol. Elle atterrit à deux mètres de lui, et Kylie, toujours soucieuse de maintenir la paix, vint se placer entre eux.

– Où est ma photo ? gronda Della.

Elle serrait et desserrait les poings, penchée sur le côté pour voir le voleur malgré la présence de son amie.

Le nouveau se concentra un instant sur cette dernière pour lire sa configuration. Comme elle avait pris une forme vampire, il ne sembla pas s'inquiéter. Pendant un instant, Della espéra que ce salaud allait s'en prendre à elle, histoire que Kylie passe en mode protectrice. Avec elles deux, il recevrait la dérouillée de sa vie.

Il reporta son attention sur Della.

– Ça alors, c'est le retour de la Schtroumpfette ! railla-t-il. Au moins, tu n'as pas des personnages de Disney sur tes culottes. C'est déjà ça…

Le sang de Della se mit à bouillir.

– Quoi ? Tu prends ton pied à fouiller dans les sous-vêtements des filles, espèce de pervers ? gronda-t-elle d'une voix rauque et menaçante.

Elle s'avança vers lui, mais Kylie ne la laissait pas passer.

– Où est ma photo ? insista-t-elle.

Il avait intérêt à montrer patte blanche, ou elle allait sortir les griffes.

Kylie lui jeta un regard par-dessus son épaule et leva une main comme pour lui faire signe de se calmer. Sauf que Della ne pouvait pas se calmer. Ce salaud lui avait piqué la photo de son père. Le fait qu'elle-même l'ait prise sans l'autorisation paternelle était sans importance.

– Tu veux parler de ça ? demanda le nouveau en sortant l'enveloppe de la poche arrière de son jean.

Della la saisit d'un geste vif.

– Pourquoi tu me l'as prise ? demanda-t-elle.

Elle s'assura que la photo était intacte et soupira, étourdie de soulagement.

– Je venais justement te la rapporter, dit-il. Quand j'ai trouvé ton sac à dos, j'ai regardé dedans pour savoir à qui il appartenait et je l'ai déposé sous le porche de ton bungalow. Ce n'est qu'en repartant que j'ai vu l'enveloppe au pied de l'arbre. Elle a dû tomber par terre quand j'ai ouvert ton sac.

– Menteur, lança-t-elle.

Pourtant son rythme cardiaque était resté stable, comme s'il disait la vérité. Elle contourna Kylie d'un bond.

– Doucement, intervint cette dernière en venant se replacer entre Della et le nouveau. Tu as récupéré ta photo, et j'ai écouté son pouls : il est sincère.

Della avait eu la même impression, pourtant elle restait persuadée que quelque chose clochait.

– Comment tu as fait pour savoir que c'était mon sac si tu n'as pas vu la photo avec mon nom de famille dessus ? Et d'ailleurs, comment est-ce que tu connais mon prénom ?

Il sourit à Kylie avant de regarder Della en fronçant les sourcils.

– J'ai entendu M. James t'appeler Della. Et puis, ta mère a cousu une étiquette avec ton nom à l'intérieur de ton sac

– sans doute juste après y avoir soigneusement plié ton pyjama Schtroumpfs.

Della crispa les mâchoires mais garda le silence. Ce n'était pourtant pas l'envie qui lui manquait de passer sa rage sur ce clown. Elle ne se rappelait pas avoir vu l'étiquette avec son nom dessus, mais c'était bien le genre de sa mère – du moins à l'époque où elle se souciait de Della. Elle se promit de vérifier une fois rentrée au bungalow.

– Viens, dit Kylie. Tu as retrouvé ce que tu voulais.

Ce n'était pas tout à fait vrai. Della voulait une bonne bagarre. Elle contourna Kylie de nouveau et vint se poster tout près du jeune homme pour le renifler.

– On s'est déjà rencontrés ? demanda-t-elle.

Il mit les mains dans les poches de son jean et reporta le poids de son corps sur ses talons.

– Tu as déjà oublié ? Je suis le type à qui tu as cherché des embrouilles dans la forêt, tout à l'heure.

– Je sais bien, andouille ! Je voulais dire avant ça.

Il prit une longue inspiration, comme pour identifier l'odeur de Della.

– Non, je ne pense pas.

Son rythme cardiaque demeurait calme et ne trahissait pas de mensonge, cependant Della avait entendu parler de vampires qui savaient maîtriser leur pouls. Par ailleurs, les mythomanes pathologiques ne se rendaient même pas compte qu'ils mentaient. Ce type aurait très bien pu en être un, avec son arrogance et ses yeux verts si pâles qu'ils en paraissaient irréels.

Elle rangea l'enveloppe dans la poche arrière de son jean puis lui tourna le dos et s'adressa à Kylie.

– Tu as raison, laissons ce guignol planté là.

– Quel dommage, railla-t-il. Ça commençait justement à devenir intéressant.

Della lui jeta un regard blasé par-dessus son épaule.

– Intéressant ? J'aimerais autant me regarder pousser les ongles de pied que passer du temps avec toi.

Il éclata de rire, ce qui la fit enrager de plus belle. Elle émit un grondement sourd.

– Viens, Della, on y va, souffla Kylie en lui touchant doucement le bras.

Puis sa gentillesse naturelle se manifesta une fois de plus. Elle adressa un sourire au nouveau et ajouta :

– Bienvenue à Shadow Falls. Je m'appelle Kylie.

Della leva les yeux au ciel. Pourquoi son amie se sentait-elle obligée d'être toujours aussi aimable ?

– Kylie Galen ? s'enquit le nouveau en écarquillant les yeux, admiratif. J'ai beaucoup entendu parler de toi.

– Il ne faut pas croire tout ce qui se raconte, bredouilla Kylie, un peu gênée.

– Je m'appelle Chase Tallman.

De toute évidence, il espérait impressionner Kylie. Il alla même jusqu'à bomber le torse comme un oiseau en pleine parade nuptiale.

Continue comme ça, mon pote, tu risques de te retrouver avec un loup-garou furieux aux trousses. Della se ferait un plaisir de prêter main-forte à Lucas s'il décidait de botter le cul à... Chase Tallman. Elle mémorisa ce nom dans sa banque de données mentale – mais pas dans la catégorie « amis » – puis tourna les talons et s'envola.

Ce type ne lui plaisait pas du tout.

Il ne lui inspirait pas confiance.

Elle se promit de rester sur ses gardes jusqu'à ce qu'elle ait déterminé où elle l'avait déjà croisé et pourquoi il lui avait menti à ce sujet.

– Je déteste que vous me laissiez en plan comme ça, se plaignit Miranda quand Della et Kylie revinrent au bungalow. J'aurais voulu venir avec vous, moi !

Della poussa un soupir exaspéré. Ce n'était quand même pas sa faute si les sorcières ne savaient pas voler.

Tu aurais voulu qu'on te porte sur notre dos ?

– Et pourquoi pas, d'abord ? ronchonna la petite sorcière. Je rate toujours les meilleurs moments.

– Franchement, tu n'as rien raté du tout. Ce type est un

pervers aux yeux verts qui aime fouiller dans les affaires des filles, gronda Della en se précipitant vers son sac.

Le nouveau n'avait pas menti, il y avait bien une étiquette à son nom cousue à l'intérieur. *Merde !* Elle qui aurait tant aimé prendre ce salaud en flagrant délit de mensonge. Elle retourna dans la cuisine, lança l'enveloppe sur la table et se laissa tomber sur sa chaise d'un air renfrogné.

– Cache ta joie, commenta Miranda.

Della la vit jeter un regard interrogateur à Kylie, qui haussa les épaules.

– C'est bizarre, pourtant, reprit la sorcière, j'ai entendu dire qu'il était super beau. Pas aussi beau que Perry, évidemment, mais quand même… (Elle adressa un nouveau coup d'œil à Kylie en souriant.) Alors c'est vrai ? Il est mignon ?

– Je dois avouer qu'il est plutôt pas mal, bredouilla Kylie, mais ça ne veut pas dire que ce n'est pas un pervers.

– En même temps, tous les mecs sont des pervers, non ? fit remarquer Miranda.

– Ce n'est pas seulement ça, intervint Della. Il y a un truc qui cloche, chez lui. Et puis, son odeur… Je la reconnais. Je ne sais pas d'où, mais j'ai une impression très désagréable.

– Peut-être que son odeur te rappelle quelqu'un d'autre, suggéra Kylie.

Della secoua la tête.

– Tu ne dirais pas ça si tu avais complètement développé ton odorat de vampire. Une fois qu'on a identifié une signature olfactive, on ne l'oublie plus. Et puis, s'il se passe quelque chose de marquant au moment où tu fais la connaissance de quelqu'un, ça laisse une empreinte émotionnelle.

– Waouh, souffla Kylie. Lucas m'a déjà parlé d'un truc comme ça chez les loups-garous.

– Ce n'est pas aussi fort chez les garous, rétorqua Della. Je sais bien que ce sont des loups, mais c'est encore plus intense chez les vampires parce qu'on ne passe pas notre temps à fourrer notre nez partout.

– Ça alors, les vampires sont les meilleurs du monde, railla Miranda. Étonnant.

Della lui jeta un regard qui lui signifiait qu'elle pouvait aller se faire voir en enfer, et sans traîner.

Miranda ricana, malicieuse.

Clairement, Della ne lui avait pas fait peur.

– Quel genre d'émotion as-tu éprouvé en reconnaissant son odeur ? demanda Kylie.

Elle revint s'asseoir à la table, imitée par Miranda.

– J'ai eu une impression de danger, avoua Della en sortant la photo de son enveloppe.

Son père et son oncle se ressemblaient vraiment comme deux gouttes d'eau.

– Ce n'est pas forcément un danger désagréable, intervint Miranda. Peut-être qu'il te plaît, mais que ça t'inquiète à cause de ce que tu ressens pour Steve.

– Je ne ressens rien du tout pour Steve, râla-t-elle.

Aussitôt, son cœur se mit à battre plus fort. Peut-être qu'elle ressentait quelque chose, mais cela ne voulait pas dire qu'elle allait se laisser entraîner dans cette histoire. Elle déglutit et reporta son attention sur le cliché.

– Mais bien sûr, rétorqua Miranda.

– Oh, arrête de raconter n'importe quoi !

Kylie leva les deux mains en geste d'apaisement.

– Qu'est-ce qui t'arrive, Della ?

– Rien du tout, grommela-t-elle.

– Je ne te crois pas, persista Kylie. Tu es toute ronchonne.

– Je suis toujours ronchonne ! rétorqua Della.

– Oui, mais là, tu es particulièrement arrogante, renchérit Miranda.

– Ne confonds pas arrogance et assurance, corrigea Della.

Pourtant, ses amies ne semblaient pas convaincues.

– Qu'est-ce qui s'est passé ce week-end ? demanda Kylie.

Della ressentit une vague d'émotion soudaine, qu'elle s'efforça de refouler. Elle ne voulait pas se mettre à pleurnicher comme une gamine. Puis, une fois qu'elle se fut ressaisie, elle leur raconta son week-end d'une voix monotone. Elle évoqua son cauchemar, le trou qu'elle avait fait dans le mur et les révélations de Marla sur le fait que son père ne parlait plus jamais d'elle. Elle leur apprit qu'elle avait peut-être un oncle vampire, mais elle garda le meilleur pour la fin : son intrusion dans le bureau de son père, qui l'avait plus ou moins accusée d'être une alcoolique doublée d'une voleuse.

Kylie l'observait en silence, une inquiétude sincère dans ses yeux bleu pâle. Quant à Miranda, elle l'écoutait d'un air peiné et, les mains jointes, faisait tourner ses petits doigts – son tic habituel.

– Je suis vraiment désolée, souffla Kylie.

– Pourquoi ? Ce n'est pas ta faute, lança Della en essayant de dédramatiser la situation.

– Je pourrais peut-être t'aider, intervint Miranda. Je pourrais jeter un sort à ton père. Une bonne mycose des pieds... ou ailleurs. Je suis super forte en mycoses. Il y avait un type dans mon ancienne école, il faisait partie de l'équipe de foot et...

– Je ne veux pas savoir ! Laisse les pieds de mon père en dehors de ça. Les pieds, et le reste...

– Je disais ça pour t'aider, protesta Miranda.

– C'est gentil, mais ça n'aiderait pas à grand-chose, reprit Della, plus calmement. Je ne peux pas vraiment lui en vouloir. Au moment où il est arrivé, j'avais sa bouteille de brandy à la main.

– Pourquoi tu ne lui as pas dit la vérité, tout simplement ? demanda Kylie avec le plus grand sérieux, compatissante.

Le cœur de Della se serra. L'inquiétude sincère de Kylie et la suggestion farfelue de Miranda d'attaquer son père à coups de sorts dégoûtants étaient deux des raisons pour lesquelles elle adorait ses amies. Elles tenaient à elle et s'en souciaient. Tout le monde avait besoin de se sentir soutenu de la sorte. Della était tellement heureuse de les avoir trouvées ! Elle sentit son nez la picoter mais parvint à ravaler ses larmes. Elle tendit la main vers l'enveloppe. Elle trouvait cela réconfortant de se dire qu'elle avait peut-être un oncle capable de la comprendre, ou même de l'aimer.

– Tu aurais pu lui dire que Marla avait mentionné son frère et que tu étais curieuse d'en savoir plus, poursuivit Kylie. Peut-être qu'il t'aurait raconté ce qui s'était passé.

– Ça se voit que tu ne connais pas mon père… Non, Marla l'a entendu parler de son frère avec ma mère, et c'est à elle qu'elle est allée poser la question. Mon père ignore sûrement que Marla est au courant, et je ne veux surtout pas qu'il se fâche contre elle. Il a déjà perdu une de ses filles…

– Tu as sans doute raison, souffla Kylie.

– N'empêche qu'il a été vachement dur avec toi, grommela Miranda.

– C'est vrai, concéda Della, mais si j'avais réellement fait ce dont il m'a accusée, ç'aurait été justifié.

– Ouais, sauf que tu n'avais rien fait, insista Miranda.

– Je sais bien, mais j'avais l'air prise en flagrant délit et je n'avais aucun moyen de me défendre. Il ne me restait plus qu'à m'écraser.

– Ce n'est vraiment pas cool, commenta Miranda. Je suis bien contente de ne pas avoir à cacher ma nature surnaturelle à mes parents.

Ça n'empêche pas ta mère de te pourrir la vie, pensa Della. Cependant, elle se garda bien d'exprimer cette réflexion à voix haute.

Comment Holiday lui avait-elle présenté la chose ? « Tout ce qui te passe par la tête n'a pas forcément besoin de franchir tes lèvres », avait dit la fée un jour. Elle lui avait également révélé qu'une équipe de scientifiques surnaturels envisageaient d'étudier les vampires afin de prouver qu'il leur manquait le filtre mental empêchant de parler à tort et à travers. Della ne savait toujours pas si la directrice du centre était sérieuse ou si elle la taquinait.

Dans la mesure où Holiday était mariée à Burnett, un vampire connu pour sa tendance à dire ce qu'il pensait sans se censurer, Della soupçonnait que Holiday lui avait dit la vérité.

Pour être tout à fait honnête, Della devait bien reconnaître qu'elle n'avait jamais été très douée pour se taire.

Elle s'était fait renvoyer de son école maternelle pour avoir comparé sa maîtresse à Yoda – en plus grosse, plus moche et plus malodorante. Évidemment, cet incident avait eu lieu un jour où la maîtresse lui avait demandé pourquoi, avec un nom comme Tsang, elle n'avait pas les traits plus asiatiques que cela.

À l'époque, Della était terriblement complexée par le fait de ne pas ressembler davantage à ses cousines plus typées – surtout qu'elle ne ressemblait pas non plus à sa mère, une blonde cent pour cent américaine.

Kylie se pencha en avant pour regarder la photo de plus près.

– Tu as demandé à Burnett s'il pouvait t'aider à retrouver la trace de ton oncle ?

Della prit une profonde inspiration.

– Non. Je ne veux pas mêler l'URF à cela.

– Pourquoi ? Tu as peur que ton oncle soit un hors-la-loi ? s'enquit Kylie, l'air inquiet.

– Non, ça m'étonnerait. Mon père est très à cheval sur les principes et les règlements, alors si son frère lui ressemble... Par contre, s'il ne s'est pas déclaré, ça m'embêterait de lui attirer des ennuis.

– Burnett n'a pas dénoncé mon grand-père et ma tante quand il les a découverts, fit remarquer Kylie.

– C'est uniquement parce que ce sont des caméléons. Sinon, en tant que membre de l'URF, il aurait été obligé de les signaler aux autorités. Il m'a confié que ça faisait partie de ses devoirs quand il m'a posé des questions au sujet de mon cousin Chan.

– Bon, mais alors, comment allons-nous faire pour le retrouver ? demanda Kylie.

Ce « nous » émut profondément Della. C'était ça, les amies, quand l'une d'entre elles était en difficulté, elles se serraient les coudes. Ce qui n'était pas normal, en revanche, c'étaient les élans sentimentaux que ressentait Della ces derniers temps. Qu'est-ce qui clochait, chez elle ?

Elle s'efforça de se ressaisir – avec un peu plus de succès, cette fois – et se racla la gorge.

– Je pensais demander un coup de pouce à Derek. Tu m'as dit qu'il avait déjà travaillé pour un détective privé, et je sais qu'il t'a aidée à comprendre quelques trucs au sujet de tes fantômes.

– Excellente idée ! lança Kylie. Il jouait au basket avec les autres, tout à l'heure, quand on est venues te chercher. Peut-être qu'ils y sont encore.

– On est vraiment obligées ? soupira Miranda. Je veux dire, il n'y a rien de pire que d'être forcée de regarder une poignée de beaux mecs en plein effort. Il fait chaud, en plus ; certains risquent d'être torse nu. Certes, je suis sûre qu'aucun d'entre eux n'arrive à la cheville de Perry, mais bon… c'est juste pour le plaisir des yeux, conclut-elle avec un sourire malicieux.

Les trois amies éclatèrent de rire et sortirent de la cuisine, mais Della revint sur ses pas pour prendre la photo, au cas où Derek aurait besoin de la voir. En la remettant dans l'enveloppe, elle perçut l'odeur de ce sale pervers de Chase Tallman. De nouveau, l'impression de danger qu'elle associait à sa signature olfactive la frappa. Elle se rembrunit ; il fallait vraiment qu'elle retrouve dans quel contexte elle l'avait rencontré, et le plus tôt serait le mieux.

– Je vous avais bien dit que certains seraient torse nu, murmura Miranda en donnant un petit coup de coude à Della.

On était en octobre, pourtant l'été semblait s'attarder. À quatorze heures, un chaud soleil brillait sur le terrain de basket. Sans même y réfléchir, Della chercha du regard un torse en particulier parmi les joueurs. Celui de Steve, le métamorphe au charme irrésistible.

Elle le trouva au moment même où le regard de ce dernier croisait le sien. Il avait gardé son tee-shirt mais celui-ci, trempé de sueur, lui collait à la peau. Ses cheveux étaient mouillés, eux aussi, ce qui les rendait plus sombres et les faisait boucler légèrement. Le ballon à la main, il souriait à Della. Elle sentit son cœur s'emballer et lutta de toutes ses forces pour ne pas émettre de phéromones.

– Oh ! Kylie avait raison, le pervers est super mignon, chuchota Miranda. Pas étonnant qu'il t'ait tapé sur les nerfs.

Paniquée, Della chercha Chase du regard et le trouva – sans son tee-shirt. Son torse paraissait plus large et plus musclé que dans son souvenir. Elle déglutit et se rappela ce qu'avait dit Miranda au sujet du plaisir des yeux. Elle rassembla son courage et chassa cette pensée traîtresse de son cerveau détraqué. Il ne fallait pas qu'elle laisse voir à quel point elle appréciait son… absence de tee-shirt. Aussitôt, elle comprit qu'il était trop tard. Son regard s'était attardé une fraction de seconde de trop, et il s'en était aperçu. Le poing posé sur la hanche, il la toisait, amusé. *Et merde !* Avait-il entendu la remarque de Miranda ?

– Ça alors, voilà la Schtroumpfette ! lança-t-il en se passant une main dans les cheveux.

Au même moment, le ballon de basket le heurta à la tempe.

Tout le monde éclata de rire. Même Della. Surtout Della. Elle jeta un coup d'œil à Steve et lui sourit, reconnaissante. C'est alors que Chase fit volte-face en poussant un grondement menaçant.

Chapitre 4

Della redressa les épaules, prête à intervenir, mais elle n'en eut pas le temps. Avant même que Chase ait pu faire un pas vers Steve, Derek et Lucas, le copain de Kylie, vinrent s'interposer entre les deux garçons.

– Règle numéro un : pas de bagarre sur le terrain, dit Lucas. À la moindre embrouille, on risque tous d'être privés de basket pendant une semaine.

Plus diplomate, Derek s'approcha de Chase et posa une main sur son épaule.

– Il ne l'a pas fait exprès, souffla-t-il.

Della savait pertinemment que Steve avait très bien visé, mais elle se tut.

Chase haussa les épaules pour échapper au contact du demi-Fae, qui avait sûrement cherché à apaiser les tensions. De fait, le vampire semblait un peu calmé, mais cela ne l'empêcha pas de toiser Steve froidement. Le métamorphe soutint son regard sans ciller et, l'espace d'un instant, Della eut peur qu'ils se sautent à la gorge. Steve saurait se défendre, là n'était pas le problème – Della l'avait déjà vu en action –, mais elle ne voulait pas qu'il s'attire des ennuis à cause d'elle.

– Et si on arrêtait le match ? suggéra Lucas.

Della remarqua qu'il observait Kylie d'un air affamé. Ces deux-là étaient tellement amoureux qu'ils ne pouvaient pas échanger un regard sans sourire bêtement.

C'était une des raisons pour lesquelles Della préférait garder la tête froide : vampires et sourires niais ne faisaient pas bon ménage.

Lucas alla récupérer son tee-shirt sur un banc avant de reporter son attention sur Kylie.

– Ça te dit qu'on aille se promener ?

– Oui, mais d'abord, il faut que je parle à Derek.

– Ah bon ? De quoi ? demanda Lucas avec une pointe de jalousie.

– C'est Della qui a besoin d'un coup de main. On se retrouve devant le bureau dans cinq minutes ?

– OK.

Les sourcils légèrement froncés, il se pencha néanmoins pour embrasser Kylie. Della détourna la tête – juste à temps pour voir Miranda et Perry en pleine action.

– On pourrait s'embrasser, nous aussi, et leur montrer comment s'y prendre, murmura une voix chaude à son oreille.

Elle n'avait pas entendu Steve approcher. Il y avait vraiment quelque chose qui clochait avec son ouïe.

Elle fit volte-face et le regarda droit dans les yeux. Il se tenait si près d'elle que son odeur l'enveloppait entièrement. Elle ne voyait plus que ses iris noisette aux reflets dorés. En se penchant imperceptiblement, elle perçut son souffle sur ses lèvres.

Son premier instinct fut de se laisser faire – de le laisser l'embrasser et de lui rendre son baiser, histoire de donner une bonne leçon à ces amateurs. Elle eut des papillons dans le ventre en se souvenant à quel point cela pouvait être bon. La première fois qu'ils s'étaient embrassés, c'était au cours d'une enquête pour l'URF. Malgré les bonnes résolutions de la jeune fille, cela s'était reproduit plusieurs fois depuis. Elle mettait ces rechutes à répétition sur le compte de l'étrange électricité qui crépitait entre eux chaque fois qu'ils s'approchaient l'un de l'autre. Steve l'étudiait patiemment, et elle envisagea de lui lancer une repartie cinglante pour lui faire regretter de suggérer qu'ils s'embrassent alors qu'ils n'étaient pas… ensemble. Puis elle se rappela qu'il avait lancé le ballon sur la tête du pervers anti-Schtroumpfs. Steve ne méritait pas de se faire rembarrer méchamment. Au contraire, il méritait sûrement un baiser, mais le moment était mal choisi. Peut-être qu'elle s'acquitterait de sa dette quand ils seraient seuls.

Elle recula d'un pas.

– Salut, Steve.

– Salut, dit-il en se penchant vers elle. Tu vas bien ?

– Oui. Pourquoi tu me demandes ça ?

– Le nouveau… Qu'est-ce qu'il a fait pour te mettre en rogne ?

– Oh, rien… rien d'important.

Steve fronça les sourcils.

– C'est quoi, cette histoire de Schtroumpfette ?

En général, elle ne mentait jamais à Steve mais, bizarrement, elle n'avait aucune envie de lui révéler qu'elle était l'heureuse propriétaire d'un pyjama Schtroumpfs.

– J'ai cru qu'il était entré à Shadow Falls par effraction, et on a failli se battre.

En relevant la tête, elle vit que le pervers les observait, Steve et elle.

– C'est marrant, rétorqua Steve sans pourtant paraître amusé. À la façon dont tu le matais, on n'aurait pas dit que vous aviez failli vous battre.

Della se mordit la lèvre pour se retenir de sourire. Elle aurait dû rougir que Steve lui rappelle son intérêt bien visible pour le physique du pervers – de fait, elle était gênée que ça se soit remarqué –, mais elle était surtout flattée qu'il tienne suffisamment à elle pour s'agacer d'un simple regard.

Elle fit basculer le poids de son corps sur ses talons et leva les yeux vers lui.

– Serais-tu jaloux, par hasard ? Pourtant, on ne sort pas ensemble, toi et moi. On est juste amis, alors…

Elle lui jeta un coup d'œil faussement innocent.

Steve esquissa un demi-sourire et avança d'un pas. L'air se mit à crépiter autour d'eux. Ils se tenaient à peine à un centimètre l'un de l'autre. Cette fois, Della, consciente de la magie qui émanait de Steve, refusa de reculer. Cela faisait des semaines qu'ils jouaient à ce petit jeu, s'amusant à se taquiner et à se chauffer chaque fois qu'ils se voyaient. Della était une adversaire à la hauteur.

– C'est vrai, on est juste amis, mais les amis, ça sert aussi à s'éviter de faire des yeux de guimauve à des petits nouveaux dont on ne sait rien du tout.

Des yeux de guimauve ? Elle se mordit la joue pour ne pas rigoler.

– Je ne vois pas du tout de quoi tu parles. Tu as dû avoir une hallucination, les vampires ne savent pas ce que c'est que la guimauve. Peut-être qu'un peu de sueur t'est tombé dans l'œil ?

Elle leva la main et essuya une goutte imaginaire sur sa tempe. Dès qu'elle toucha sa peau, le cœur du métamorphe s'emballa, et Della dut s'efforcer de contrôler les battements du sien.

Steve lui saisit le poignet et dessina un petit cœur à l'intérieur, juste au-dessus de sa veine.

– Pourtant, tu parais sur le point de fondre, mademoiselle Nitouche.

Elle faillit éclater de rire puis se retint, soudain consciente qu'ils n'étaient pas seuls mais entourés d'autres surnaturels curieux et, pour certains, dotés d'une ouïe hyper fine. Ce petit jeu délicieusement agaçant, elle tenait à ne le jouer qu'en privé. Qu'est-ce qui lui avait pris de le taquiner ainsi en public ? Elle avait mis son cerveau sur « pause », ou quoi ?

Elle recula d'un pas et remarqua que Derek s'éloignait. C'était pourtant lui qu'elle était venue voir afin de lui parler de son oncle.

– On discutera plus tard, lança-t-elle à Steve. Il faut que je parle à Derek.

– De quoi ? demanda Steve comme s'il avait le droit de savoir.

Derek s'engageait déjà sur le chemin.

– Euh… il faut vraiment que j'y aille. À plus !

Elle jeta un bref coup d'œil à ses deux amies, qui étaient occupées à faire les yeux doux à leurs chéris respectifs, et décida de ne pas les attendre pour rattraper Derek.

Elle s'élança derrière lui et arriva à sa hauteur alors qu'il tournait en direction de son bungalow.

– Derek !

Elle s'efforça de se défaire de l'excitation joyeuse que sa rencontre avec Steve avait laissée dans son sillage. Ce type avait vraiment le chic pour la mettre dans tous ses états.

Le demi-Fae se tourna vers elle.

– Oui ?

– Euh… Tu as une minute ?

Il fronça les sourcils.

– Juste une minute, alors. Je dois retrouver quelqu'un. Tu as besoin de quelque chose ?

Était-ce Jenny qu'il allait retrouver ? Probablement. À croire que tout le monde était amoureux – ou sur le point de le devenir. Tout le monde, sauf elle. Ce qu'il y avait entre Steve et elle n'était qu'une attirance passagère. En effet, il faudrait bien qu'elle finisse par passer, puisque Della en avait décidé ainsi.

Elle leva les yeux vers Derek.

– Je…

Comment formuler sa requête ? Elle se força à cracher le morceau, consciente qu'il lui était terriblement difficile de demander de l'aide à qui que ce soit.

– Voilà, je cherche quelqu'un qui a disparu depuis longtemps, et je me suis dit que… Enfin, j'espérais que tu pourrais me prêter tes talents de privé.

– Mes quoi ?

– Tes talents d'enquêteur, expliqua-t-elle. Je sais qu'il t'est arrivé de collaborer avec un détective privé, alors j'aimerais que tu m'aides.

– Qui est-ce que tu recherches ?

– Mon oncle.

– Cela fait combien de temps qu'il a disparu ?

Della fit un rapide calcul.

– Environ dix-neuf ans.

– Quoi ? s'écria Derek, bouche bée.

– Mon père avait un frère jumeau dont il ne nous a jamais parlé. J'ai appris son existence seulement ce week-end. Apparemment, il aurait été tué dans un accident de voiture.

Derek semblait abasourdi.

– Mais s'il est mort, pourquoi tu...

– Je me dis qu'il a peut-être fait croire à sa famille qu'il était mort parce qu'il était devenu vampire. Ça arrive souvent.

– Mais tu es sûre qu'il était vampire ?

– Non, mais le virus se transmet aux membres d'une même famille. Ce serait donc assez logique. Tu ne trouves pas ?

– Pas vraiment, non. En termes de probabilités, il y a cinquante fois plus de risques qu'il ait été tué dans un accident de voiture plutôt que changé en vampire. Et puis, le virus n'est pas toujours héréditaire ; ça ne concerne qu'environ trente pour cent des vampires. Justement, on en parlait, Chris et moi.

– Je sais, mais j'ai aussi un cousin vampire. Ça compte, non ? Et ma sœur a entendu mon père dire que son frère était devenu froid peu de temps avant de mourir.

– Il était devenu froid ? Physiquement ? s'enquit Derek, qui commençait seulement à la prendre au sérieux.

– Je n'en sais rien. C'est ma sœur qui a surpris une conversation entre mon père et ma mère et qui me l'a racontée. J'espérais que tu pourrais mener ta petite enquête, voir si tu déniches des infos à son sujet.

Derek fit la grimace, et Della eut peur qu'il refuse.

– S'il te plaît, lança-t-elle.

Elle qui avait horreur de demander quoi que ce soit...

Derek poussa un gros soupir.

– Je veux bien tenter le coup, mais c'est long, dix-neuf ans. En général, je commence par chercher sur Internet, mais là, je ne risque pas de trouver grand-chose.

Il se tut un instant et parut réfléchir.

– Mais attends, pourquoi tu ne demandes pas à Burnett ? Je suis sûr qu'il pourrait...

– J'aimerais autant éviter de mêler Burnett à cette histoire, du moins jusqu'à ce que j'aie la certitude que mon oncle se soit bien déclaré.

Derek fronça les sourcils.

– Pourquoi ? Tu as peur que ce soit un renégat ?

– Ça m'étonnerait, mais je ne voudrais pas lui coller l'URF aux trousses, dans le doute.

Derek hocha la tête puis consulta sa montre, visiblement pressé.

– Est-ce que tu peux me donner son nom, sa date de naissance et la date de sa mort ?

– Euh… pas la date précise de sa mort, mais j'ai une photo, répondit Della en sortant l'enveloppe de sa poche arrière.

Derek l'arrêta d'un geste.

– Je… j'ai rendez-vous avec Jenny. Est-ce que tu peux scanner la photo et me l'envoyer par mail avec le reste des infos ? N'hésite pas à me préciser d'autres détails qui pourraient m'être utiles – où il vivait, par exemple, ou s'il avait déménagé… Je ne te promets rien, mais je vais faire de mon mieux.

Un fol espoir s'empara de Della.

– D'accord. Je m'y mets dès que je rentre chez moi.

Derek tourna les talons, mais Della était tellement bouleversée par la possibilité que son oncle soit vivant qu'elle saisit Derek par le bras et le serra gentiment.

– Merci !

Aussitôt, elle se rendit compte de la bizarrerie de la situation, car ce genre de geste affectueux ne lui ressemblait pas du tout.

– Je t'en prie, marmonna-t-il en lui jetant un regard étrange.

Pour une fois, elle ne s'en formalisa pas. Le fait qu'elle puisse peut-être retrouver une figure paternelle capable de comprendre la vie qu'elle menait à présent… c'était tout simplement incroyable !

Peut-être qu'alors elle pourrait cesser de pleurer la perte de sa famille – et de sa vie d'avant.

Ce soir-là, Della ne parvint pas à trouver le sommeil. Elle aurait dû être épuisée, étant donné qu'elle avait passé la nuit précédente à siffler le brandy de son père, d'après ses parents, et que ses amies l'avaient réveillée après seulement une heure de sieste. Pourtant elle ne cessait de penser à la possibilité que son oncle soit encore en vie. Elle sortit la photo de son enveloppe et la contempla longuement. Son père et lui se ressemblaient comme deux gouttes d'eau. Ce devaient être de vrais jumeaux.

Elle se demanda si le respect de cet homme la comblerait autant que celui de son père.

Il lui vint soudain à l'esprit que son cousin Chan savait peut-être quelque chose au sujet de leur oncle. Sa mère lui en avait peut-être parlé, elle. Della se leva et attrapa son téléphone, sans se préoccuper de l'heure tardive. Chan était un vampire qui vivait en marge de la société des surnaturels ; il ne cherchait pas à calquer son rythme et ses habitudes sur ceux des humains.

Après plusieurs sonneries, Della tomba sur le répondeur.

– Salut, c'est Della. J'ai une question à te poser. Est-ce que tu pourrais me rappeler ?

Elle raccrocha et retourna se coucher en gardant son téléphone à la main. Elle passa une heure à regarder l'écran en silence. Chan lui avait laissé un message une semaine auparavant, mais elle n'avait pas répondu tout de suite et n'y avait plus pensé par la suite. Finalement, elle décida d'aller faire un tour. Peut-être que, si elle épuisait complètement ses forces, elle parviendrait à s'endormir.

Elle enfila un jean et un tee-shirt puis, au cas où elle croiserait Steve, passa à la salle de bains pour se brosser les cheveux et se rincer la bouche.

Après avoir glissé son téléphone dans sa poche arrière, elle ouvrit la fenêtre et sortit dans la nuit fraîche. La lune n'était qu'un mince croissant argenté, encore bas. Quelques nuages se promenaient lentement dans le ciel noir, comme pour attirer son attention. Della courut jusqu'à l'orée du bois, levant de temps en temps les yeux pour voir si un certain oiseau la surveillait depuis les branchages. Elle ralentit pour s'assurer que son ouïe fonctionnait correctement.

Elle perçut quelques cris aigus, le bruissement de plumes agitées dans un nid. Des criquets chantaient sous un buisson et, à une vingtaine de mètres d'elle, un lapin ou un opossum s'avançait dans l'herbe haute. Elle entendait parfaitement. Pourtant, elle ne voyait toujours pas l'oiseau qu'elle cherchait. D'ordinaire, Steve se changeait en faucon pèlerin – le plus rapide de tous.

Della se remit en mouvement, esquivant vivement les branches basses, heureuse de frapper le sol de ses pieds pour libérer un peu de l'énergie qui bouillonnait en elle. Elle repensa à sa rencontre avec Chase, ce matin-là, puis le revit sur le terrain de basket, sans son tee-shirt.

Elle inspira longuement pour s'assurer que ce pervers anti-Schtroumpfs n'était pas dans les parages et ne perçut que les parfums de la nature – l'odeur de l'automne, de la terre humide et des feuilles qui, lentement, perdaient leur couleur verte pour revêtir des tons d'ocre, de jaune et de rouge. La beauté de cette palette cachait pourtant une vérité un peu triste : l'automne était la saison de la mort.

Della fit deux fois le tour de la propriété, la clôture à sa droite marquant les limites de Shadow Falls. Son cœur battait à un rythme soutenu, puissant et régulier. Elle perçut de nouvelles odeurs… des animaux sauvages. Un cerf passa non loin, évoluant gracieusement entre les arbres au son étouffé de ses sabots. Puis elle sentit la présence d'un oiseau et entendit un battement d'ailes au-dessus de sa tête. En levant les yeux, elle vit les rayons de lune se refléter sur le plumage d'un faucon.

Était-ce Steve ?

Elle s'arrêta et regarda le rapace décrire un cercle avant de se poser dans un arbre.

– Tu m'espionnes ? lança-t-elle sans grande conviction.

Même en plissant les paupières, elle distinguait à peine l'oiseau.

– Je sais que c'est toi, alors montre-toi.

Elle entendit le volatile agiter ses ailes. Était-il en colère ?

Le cerf se rapprochait lentement d'elle, mais elle n'y fit pas attention et resta concentrée sur Steve, qui était perché sur sa branche. Puis, prenant son élan, elle bondit dans l'arbre à son tour. Steve s'éloigna à grands battements d'ailes, comme s'il menaçait de s'envoler.

– Oh, ça va, arrête de faire semblant, râla-t-elle.

Voyant qu'il ne reprenait pas sa forme humaine, elle repensa à leur dernière rencontre. Elle l'avait laissé en plan alors qu'il lui réclamait un baiser.

– Écoute, il fallait vraiment que je parle à Derek. Je ne voulais pas te fâcher.

L'oiseau baissa la tête et émit un petit bruit sourd.

– Je suis désolée si j'ai été grossière. Ce n'était pas mon intention.

Toujours aucune réaction.

– Tu m'en veux parce que j'ai refusé de t'embrasser ? Je te l'ai pourtant déjà dit : ce n'est pas mon genre, surtout en public. Et puis, on n'est même pas ensemble, toi et moi…

Le faucon inclina la tête sur le côté.

– Ne me regarde pas comme ça. C'est vrai qu'on s'est déjà embrassés, mais… Disons que si tu n'étais pas aussi doué, je ne serais même pas tentée de renouveler l'expérience.

Soudain, elle entendit un bruit au pied de l'arbre.

– Alors, comme ça, tu as déjà bécoté ce piaf ?

Della baissa les yeux vers le cerf, qui venait de parler avec la voix de… *Oh, merde !* Les rayons de lune éclairaient juste assez l'animal pour qu'elle voie de petites bulles éclater tout autour de lui. Un instant plus tard, Steve se tenait à sa place.

Della se retourna vers l'oiseau.

– Qui es-tu ?

Le faucon se contenta de crier d'un air mécontent.

– Je suis à peu près sûr que c'est juste un oiseau. Mais, d'après ce que j'ai entendu, votre relation est plutôt intime. Tu devrais peut-être lui trouver un nom.

Elle poussa un grognement, honteuse de s'être fait duper par un bête volatile, puis sauta de sa branche. À la seconde où ses pieds touchèrent le sol, Steve l'attira contre lui. Ses mains s'adaptaient parfaitement à la courbe de sa taille, en un geste à la fois ferme et tendre. Pourquoi le contact de ce garçon était-il si rassurant ?

– Donc tu as une liaison secrète avec ce piaf… reprit-il avec une lueur amusée dans le regard.

Ses cheveux châtains étaient légèrement ébouriffés et bouclaient un peu. Il portait un tee-shirt marron clair et un jean délavé – et il les portait plutôt bien.

Della posa les mains à plat sur la poitrine de Steve avec la ferme intention de le repousser, mais la chaleur de son corps sous ses paumes eut vite fait de chasser sa gêne. Elle n'avait plus qu'une envie : caresser son torse large et viril puis l'attraper par le cou pour lui voler un baiser.

L'expression rieuse de son regard et son parfum épicé, si spécial, eurent raison de sa colère. Elle était incapable de rester fâchée contre lui bien longtemps, même quand il se moquait d'elle. Surtout qu'il ne se moquait pas méchamment. Il la taquinait d'une façon affectueuse qui lui réchauffait le cœur.

Trop beau pour être vrai, se dit-elle. Steve était trop gentil. C'était suspect.

– Ne t'avise pas de rigoler, gronda-t-elle.

Elle aurait voulu feindre la colère, mais n'y parvint même pas.

– Je n'y peux rien, je suis heureux quand je suis avec toi, lança-t-il. Je ne voulais pas me coucher, au cas où tu décides de venir me voir. J'ai été bien inspiré.

– Ce n'est pas pour venir te voir que je suis sortie, rétorqua-t-elle.

Cependant, les paroles de Steve résonnaient dans son esprit. « Je suis heureux quand je suis avec toi. » Une bonne dose de guimauve bien sucrée l'atteignit en plein cœur.

Son cœur qui battait de plus en plus fort, comme celui d'une menteuse.

– Je suis sortie courir parce que je n'arrivais pas à dormir.

Cela avait le mérite d'être vrai, même si elle avait pensé à Steve au moment de quitter son bungalow. Elle avait espéré le croiser, et ce n'était pas la première fois – loin de là. Elle s'adonnait à ces petites escapades nocturnes au moins trois fois par semaine et, dans quatre-vingt-dix pour cent des cas, elle finissait par tomber sur Steve. *Oh, merde !* Il fallait vraiment qu'elle cesse de trop compter sur lui.

Il se pencha doucement et appuya son front contre celui de Della.

– Je ne te crois pas.

– Tu es impossible, dit-elle.

– Et toi, tu es magnifique, rétorqua-t-il. Qu'est-ce que tu disais exactement, au sujet de cet oiseau si doué ?

Elle lui jeta un regard noir.

– Ne me cherche pas trop.

– Je suis obligé de te chercher depuis le début, dit-il sur un ton redevenu sérieux. Si je n'avais pas persévéré un peu, tu ne daignerais même pas m'adresser la parole.

– Encore maintenant, je préférerais éviter de te parler en public, grommela-t-elle.

– Peut-être, mais tu viens d'admettre que tu appréciais mes baisers, murmura-t-il en effleurant ses lèvres.

Elle se recula un peu.

– J'ai admis que j'appréciais les baisers de l'oiseau, corrigea-t-elle en souriant malgré elle.

Elle aussi était heureuse quand elle était avec lui, et elle se rendait bien compte à quel point c'était dangereux.

– Je m'en souviendrai la prochaine fois que je me métamorphoserai. Est-ce que tu as une préférence pour une espèce d'oiseaux en particulier ?

Alors il l'embrassa, doucement, tendrement, et elle se sentit fondre.

Elle se laissa subjuguer pendant quelques secondes, peut-être même une minute, avant de s'écarter un peu. Le souffle court, elle posa une main sur son torse pour l'empêcher de recommencer.

– On ne devrait pas…

– Pourquoi pas ?

– Parce que… Je ne suis pas prête à…

– À t'embarquer dans une histoire sérieuse, conclut-il en fronçant les sourcils. Je sais, tu me l'as répété au moins une dizaine de fois. Je ne t'en demande pas tant, Della. Ici, maintenant, il n'y a rien de sérieux. Juste toi et moi... et quelques baisers.

– Oui, mais on sait très bien où ça risque de nous mener, et je ne suis pas prête pour ça non plus.

Elle détourna la tête, en partie parce qu'elle était gênée d'avouer cela, et en partie parce qu'elle avait cru entendre quelque chose dans la forêt.

Steve lui caressa doucement la joue et la força à le regarder de nouveau.

– Écoute, j'aime beaucoup t'embrasser, et si c'est tout ce que tu peux m'accorder pour le moment, alors je m'en contenterai. Jusqu'à ce que tu te sentes prête...

– Mais peut-être que je ne serai jamais prête et que tu perds ton temps avec moi !

Il la serra tout contre lui.

– Je pense avoir les moyens de te faire changer d'avis.

– Ah oui ? Tu te crois vraiment si doué que ça ?

– Je ne le crois pas, je le sais, répondit-il en riant doucement. C'est un petit oiseau qui me l'a dit.

Elle lui donna un petit coup de poing dans les côtes.

C'est alors qu'elle entendit de nouveau un bruit. Elle fit volte-face et leva le nez juste à temps pour percevoir l'odeur d'un autre vampire – ainsi que l'odeur du sang. Beaucoup de sang.

Chapitre 5

– Qu'est-ce qu'il y a ? demanda Steve lorsqu'il comprit qu'elle avait flairé un danger.

– Un vampire, murmura-t-elle en inspirant profondément.

Elle s'attendait à reconnaître l'odeur de Chase, ce salaud qui l'avait traitée de Schtroumpfette, mais ce n'était pas lui. Elle distinguait nettement la différence, alors même que l'air était saturé de l'arôme épicé du sang frais. Du sang humain, B négatif… ainsi qu'un autre groupe.

Della sentit ses yeux devenir plus sensibles à la moindre lumière.

Elle leva la tête, mais vit à peine le vampire qui les survolait. Elle hésita à le suivre mais, avant d'avoir eu le temps de se décider, elle reconnut une autre odeur familière.

Elle s'écarta de Steve au moment même où Burnett atterrissait à côté d'eux. Il portait en tout et pour tout un jean, et ses cheveux étaient ébouriffés. Ce type était taillé tout en muscles.

– Vous allez bien ? demanda-t-il.

– Oui, répondirent Steve et Della en même temps.

– Quelqu'un a sauté par-dessus la clôture nord, ajouta Burnett en leur jetant un regard suspicieux.

– Je sais, dit Della en s'appliquant à ne pas trop regarder son torse nu.

Le directeur du centre avait beau être vieux – enfin, trop vieux pour elle –, il aurait pu tourner des pubs pour Coca light.

– Je l'ai entendu et senti, reprit-elle. Il nous est passé juste au-dessus. Je pense qu'il est parti.

– Ouais, fit Burnett. Tu as identifié les odeurs ?

– Oui. Un vampire et deux groupes sanguins différents.

Burnett crispa les mâchoires.

– Du sang humain ?

Della hocha la tête.

Il poussa un grondement.

– Qu'est-ce que vous faites debout à cette heure-ci, tous les deux ?

Della tressaillit légèrement.

– Je n'arrivais pas à dormir.

C'était la vérité, aussi son cœur ne s'emballa-t-il pas.

Burnett se tourna vers Steve.

– Euh…

Le cœur du jeune homme accéléra un peu, comme s'il s'apprêtait à mentir. Il jeta un coup d'œil à Della.

– J'espérais qu'elle n'arriverait pas à dormir.

Della le fusilla du regard, mais il se contenta de hausser les épaules. Burnett poussa un long soupir.

Au même moment, son téléphone sonna et il le sortit de sa poche.

– Zut, fit-il en voyant qui l'appelait.

Il se détourna avant de décrocher.

– Agent James.

Au ton de sa voix, Della comprit qu'il s'agissait d'un appel officiel. Elle tendit l'oreille.

– *Nous avons retrouvé deux corps aux abords de la ville de Fallen. On dirait que c'est l'œuvre d'un vampire.*

– Oh, merde ! râla Burnett. Il est sans doute passé par ici. Où êtes-vous exactement ? OK, j'arrive.

Il raccrocha et se tourna vers Della et Steve.

– Tu veux que je vienne avec toi ? demanda-t-elle.

À l'idée d'accompagner Burnett lors d'une vraie mission, une décharge d'adrénaline la parcourut. Elle rêvait de faire ce métier. Elle était persuadée qu'elle était faite pour ça.

– Non, reste ici et monte la garde. Réveille Lucas, Derek et Perry pour qu'ils te rejoignent, en renfort. Appelez-moi à la moindre alerte. Entendu ?

– Mais j'ai senti l'odeur du vampire, protesta-t-elle, déçue. Je pourrais te dire s'il s'agit de la même personne ou pas.

Burnett soupira.

– Ça risque d'être assez moche, Della.

– Il en faut plus pour me faire peur.

– Bon, d'accord, dit Burnett avant de se tourner vers Steve. Va chercher les autres, vous organiserez des patrouilles.

Steve acquiesça.

– Della, retrouve-moi devant le portail. Il faut que j'aille mettre un tee-shirt.

Burnett s'envola, et Della s'apprêtait à l'imiter quand Steve la retint par le bras.

– Fais attention à toi, souffla-t-il.

Della vit de l'inquiétude dans son regard. Avant qu'elle ait le temps d'anticiper son geste, il se pencha sur elle et l'embrassa. Elle se laissa faire une seconde avant de s'écarter. Elle était profondément touchée qu'il se fasse du souci pour elle, mais cela ne faisait que confirmer ce qu'elle soupçonnait déjà : cette petite histoire entre eux avait déjà trop duré.

Elle hocha brièvement la tête et s'esquiva. Elle n'était qu'à deux mètres du sol quand elle reconnut une autre odeur familière. Celle de Chase. Elle l'aperçut entre les arbres. Depuis combien de temps était-il caché là ? Les avait-il espionnés, Steve et elle ? Elle fut tentée d'aller lui demander des explications, mais elle savait que Burnett ne lui pardonnerait pas le moindre retard. Elle dépassa donc Chase et gagna le portail.

Cependant, elle se promit que, à son retour, elle aurait une petite conversation avec ce sale pervers. Une conversation musclée.

Della s'était persuadée qu'elle tiendrait le choc. Elle n'était plus une gamine. Le sang ne la dérangeait pas. Au contraire, ça lui donnait faim. Lorsqu'elle vomit pour la seconde fois, elle se demanda comment elle avait pu se tromper à ce point.

Mais le sang sur un cadavre n'était pas de la nourriture. Cela devenait quelque chose de laid, d'écœurant. Une preuve de mort violente. Une atrocité.

Della sentit une main se poser sur son épaule. Il y avait vraiment quelque chose qui clochait avec son ouïe. Elle fit volte-face en grondant, furieuse d'avoir été surprise dans un moment de faiblesse, mais se tut en reconnaissant Burnett.

Elle avait fui le lieu du crime, sous le pont, pour venir se cacher derrière un bouquet d'arbres. Apparemment, elle s'était mal cachée.

– Je vais bien, dit-elle en haussant les épaules pour échapper à son contact. J'ai mangé trop de bonbons et de trucs dans ce genre quand j'étais chez mes parents, c'est tout.

Il arqua un sourcil pour lui indiquer qu'il avait entendu les battements révélateurs de son cœur. Pourtant, quand elle croisa son regard, elle n'y vit que de la sympathie, ce qui réveilla sa colère.

– Je vais bien, je te dis ! cria-t-elle.

Il se pencha vers elle pour que personne d'autre ne l'entende.

– Pendant toute ma première année à l'URF, je vomissais chaque fois qu'il y avait un cas de ce genre, dit-il d'une voix basse mais sincère. Pour être honnête, si tu n'avais pas été malade, je me serais inquiété.

Ces paroles réconfortantes lui piquèrent le nez et les paupières, mais elle refusa de laisser couler ses larmes. Elle revit malgré elle la scène du crime. Les deux victimes, un homme et une femme, avaient été arrachées à leur voiture et égorgées, les yeux encore ouverts dans une expression d'horreur pure. Et tout ce sang… Ils en étaient littéralement couverts. Elle n'osait pas imaginer ce qu'ils avaient dû ressentir tandis que leur vie s'échappait.

– Comment… Qui a bien pu faire une chose pareille ?

Burnett poussa un profond soupir.

– Ça pourrait être un vampire récemment transformé qui n'avait personne pour l'aider à surmonter sa faim. Mais on pourrait aussi avoir affaire à un individu qui méprise les humains.

Della inspira longuement pour refouler sa nausée.

– Nous sommes des monstres, souffla-t-elle.

Elle n'avait pas eu l'intention d'exprimer cette pensée à voix haute.

– Non, nous sommes des vampires, corrigea Burnett. Nous ne sommes pas plus monstrueux que d'autres – humains inclus. Le bien et le mal ne dépendent pas des espèces. Ne l'oublie jamais.

Elle cilla, agacée d'avoir exprimé de tels doutes face à celui qu'elle cherchait à impressionner plus que tout autre.

Burnett lui posa de nouveau une main sur l'épaule et serra gentiment. Elle hocha la tête avant de détourner le regard.

– Est-ce que tu as repéré sa signature olfactive ? Ou est-ce que c'était trop contaminé par tout le reste ? demanda-t-il, comme s'il avait compris son besoin de parler d'autre chose.

Della jeta un coup d'œil en direction du pont avant de regarder Burnett. Les rayons de lune se reflétaient sur ses cheveux noirs. Elle percevait toujours une lueur de sympathie dans ses yeux sombres, mais il était redevenu l'agent de l'URF que rien ne pouvait ébranler.

– Je n'en suis pas absolument sûre, à cause de l'odeur du sang des victimes, mais je crois bien que c'est le même vampire que celui qui est passé à Shadow Falls. Je reconnais sa signature olfactive.

Burnett haussa les épaules.

– Je suis désolée de t'avoir fait venir…

– Non, il ne faut pas, Burnett. Je ne regrette pas d'être venue, au contraire. Je veux faire partie de l'URF. Je suis certaine que j'en suis capable. Tu as dit toi-même qu'il fallait s'accrocher, au début.

– Oui, mais il y a des moyens plus faciles de gagner sa vie, tu sais.

– Je m'en fous, que ce soit facile ! s'écria-t-elle, sincère. Ce que je veux, c'est mener des enquêtes, coincer des criminels…

Burnett haussa un sourcil.

– Tu es sûre qu'il ne s'agit pas plutôt de chercher la bagarre ?

– J'avoue que ça ne me déplaît pas, concéda-t-elle avec une petite grimace malicieuse, dans l'espoir de détendre l'atmosphère.

– C'est ce qui m'inquiète, Della, rétorqua Burnett avec un sérieux qui effaça le demi-sourire de la jeune fille. Tu sais te défendre, j'en suis bien conscient, mais tu risques de te retrouver face à des types bien plus forts et bien plus dangereux que toi. Avec une attitude comme la tienne, c'est un coup à finir comme nos victimes, là. Ce n'est pas parce que tu es prête à en découdre que tu peux forcément faire un bon agent. Il vaut mieux savoir reconnaître et éviter les bagarres que tu ne peux pas gagner. Dans ces cas-là, mettre sa fierté de côté est une qualité précieuse – une qualité qui te fait encore défaut.

Della releva le menton et réprima son envie de corriger l'opinion de Burnett à son sujet.

– Je vais apprendre, dit-elle.

– Je l'espère bien, rétorqua-t-il en tournant les talons.

Elle le rattrapa par le bras.

– Je veux vous aider à arrêter ce vampire meurtrier. Je veux leur rendre justice… souffla-t-elle en désignant le pont.

– On va voir, soupira Burnett.

– S'il te plaît.

– J'ai dit : on va voir. De toute façon, l'enquête ne commencera réellement que quand on aura le rapport d'autopsie.

Sur ce, il s'éloigna pour aller rejoindre l'équipe de l'URF. « Une qualité qui te fait encore défaut. » Ces paroles résonnaient dans l'esprit de Della comme une gifle cuisante. Burnett ne la croyait pas capable de faire un bon agent de l'URF.

Elle comptait bien lui prouver qu'il avait tort.

Pour commencer, elle allait se forcer à affronter la scène du crime. Elle avança doucement, se promettant de ne pas vomir.

Il avait peut-être fallu un an à Burnett pour s'endurcir, mais elle ne céderait plus jamais à cette faiblesse.

Elle lui prouverait qu'elle avait l'étoffe d'un agent. Puis elle coincerait le salaud qui avait commis ce crime.

Il était presque quatre heures du matin quand elle regagna son bungalow. Assise à la table de la cuisine, Kylie formait un drôle de tableau avec sa chemise de nuit blanche qui se détachait dans l'obscurité. Ses longs cheveux blonds lui tombaient librement sur les épaules et, à en juger par l'expression de son visage, elle aurait pu se trouver au milieu d'une scène digne de *L'Exorciste* ou de *Vendredi 13*. Ou alors, c'était l'imagination de Della qui lui jouait des tours parce qu'elle venait d'être confrontée à la mort… pour de vrai.

– Ça va, Kylie ?

Son amie cilla.

– Oui. Je n'arrivais pas à dormir, c'est tout.

Ce n'était visiblement pas tout. À tous les coups, Kylie avait de la compagnie – le genre de compagnie que Della ne supportait pas bien.

– Est-ce qu'on est seules ? demanda-t-elle.

Kylie haussa les épaules en guise de réponse, et Della ne put réprimer un gémissement. Parmi ses nombreux pouvoirs de caméléon, Kylie avait la faculté de communiquer avec les fantômes. Heureusement que c'était sa meilleure amie, sinon Della l'aurait déjà mise à la porte – elle et les spectres qui lui collaient si souvent aux basques. Sauf qu'il était tout simplement impossible d'en vouloir à Kylie ou d'être méchant avec elle. Ç'aurait été comme frapper un chiot affamé et à la patte blessée. Et puis, si quelqu'un avait un jour le mauvais goût d'être méchant envers Kylie, Della lui botterait le cul plus vite que son ombre.

– Réponds-moi, s'il te plaît. Est-ce qu'on est seules ?

– Là, tout de suite, oui, souffla Kylie avec un petit sourire désolé.

– Tu veux dire que quelqu'un vient de s'éclipser ?

– Quelqu'un s'amuse à jouer à cache-cache avec moi.

– Ça a l'air marrant, présenté comme ça.

– Ouais, sauf que ça ne l'est pas, rétorqua Kylie en fronçant les sourcils. Il ou elle n'arrête pas de me passer au-dessus de la tête sans rien dire, trop vite pour que je distingue ses traits. Holiday dirait que c'est un signe, ajouta-t-elle avec une petite grimace. Qui est-ce que je connais qui fuse à toute allure sans jamais ralentir ?

Elle inclina la tête et désigna Della du doigt.

– Désolée, ce n'était pas moi, je ne suis pas morte.

– Je sais. Ce que je voulais dire, c'est que mon nouveau fantôme est sans doute celui d'un vampire.

– Génial. Nous voilà hantées par un vampire mort et furax.

Kylie se renfrogna.

– Je n'ai pas dit qu'il ou elle était en colère.

– Ah bon ? Le fantôme n'est pas en colère ? demanda Della en s'approchant de la table.

– Si, mais je ne l'avais pas dit, répondit Kylie avec un sourire malicieux.

Della leva les yeux au ciel.

– Sérieux, tu traînes trop avec Miranda ; tu commences à réfléchir avec la même logique tordue.

– J'aime bien sa logique tordue, avoua Kylie.

Della aussi, mais elle n'était pas d'humeur à l'admettre. Elle jeta un coup d'œil à la porte de sa chambre, tentée d'aller se réfugier sous sa couette pour tout oublier. Puis elle se retourna vers Kylie et vers la chaise vide en face d'elle. Pourquoi ne pas en profiter pour passer un peu de temps avec sa meilleure amie ?

Elle s'assit donc et posa les coudes sur la table en s'efforçant de relâcher ses épaules, qui avaient tendance à se crisper.

– Qu'est-ce qui s'est passé ? demanda Kylie.

L'estomac de Della se noua.

– J'étais sortie faire un tour parce que je n'arrivais pas à dormir, et un vampire inconnu est passé au-dessus de Shadow Falls. J'ai eu le temps de sentir sa signature olfactive avant que Burnett arrive, alors, quand l'URF l'a appelé, je l'ai accompagné.

Elle se mordit la lèvre. Il lui était douloureux d'en dire davantage.

– Pourquoi l'URF avait besoin de Burnett ?

Della hésita un instant, puis comprit que si elle voulait vraiment faire ce métier, elle allait devoir s'habituer à en affronter les dures réalités. Or elle voulait exercer ce métier plus que tout.

– Deux personnes ont été tuées aux abords de Fallen.

Kylie la regarda avec empathie.

– Est-ce que l'une des victimes était vampire ?

Della comprit que son amie se demandait si le fantôme qui lui avait rendu visite était l'un d'eux.

– Non, c'étaient deux humains.

Elle s'était approchée du carnage pour en être absolument sûre, même si cela n'avait pas été facile.

– En revanche, c'est un vampire qui les a tués, se força-t-elle à ajouter.

Kylie fronça les sourcils.

– Est-ce que Burnett soupçonne une bande de renégats ?

– Je n'en sais rien, mais je ne pense pas qu'ils aient déjà des suspects. Il faut d'abord faire une autopsie. Évidemment, ils vont organiser un code rouge.

Cela signifiait que l'URF allait déguiser ce crime en accident pour que le reste du monde ne soupçonne pas l'existence des surnaturels.

– Ça devait être horrible à voir, commenta Kylie, l'air sincèrement inquiète pour son amie.

– Non, ça va, mentit Della.

Mais, aussitôt, son cœur se serra et le souffle lui manqua.

– Enfin, si, c'était horrible, avoua-t-elle.

– Je suis désolée, dit Kylie en posant une main sur la sienne. Tu veux un Coca light ?

Della faillit accepter mais secoua la tête avec un soupir.

– Non, merci. Il faut que je dorme.

Elle retira sa main de celle de Kylie. Elle ressentit immédiatement une désagréable impression de manque et fut tentée de réclamer un câlin à son amie – un de ces longs câlins qui parvenaient à atténuer les pires migraines. Mais elle n'était pas faible à ce point-là.

Elle se leva et se dirigea vers la porte de sa chambre.

– Tu pourrais peut-être t'accorder une grasse matinée, demain ? lança Kylie dans son dos.

Della se retourna vers son amie en réfléchissant à cette suggestion. Puis elle se rappela que Burnett ne la considérait pas comme une recrue valable pour l'URF.

– Non, ça va aller.

Il fallait absolument qu'elle arrive à convaincre le directeur de Shadow Falls qu'elle était capable d'encaisser les scènes de crime, la violence et les nuits sans sommeil que cela impliquait. Elle devait lui montrer qu'elle avait l'étoffe d'un agent.

Elle ouvrit la porte de sa chambre.

– Merci, dit-elle avant de franchir le seuil.

– Merci pour quoi ? demanda Kylie.

– Je ne sais pas. Pour avoir été réveillée quand je suis rentrée.

Kylie sourit.

– Dans ce cas, c'est le fantôme qu'il faut remercier.

– Euh… sans façon, grommela-t-elle.

Elle parcourut la pièce du regard, sans bien savoir ce qu'elle cherchait. Elle ne voyait pas les fantômes mais, parfois, quand Kylie lui disait qu'il y en avait un dans les parages, elle ressentait un désagréable frisson. Une impression qu'elle associait à la mort.

Et, naturellement, aux anges de la mort, ces créatures qui jugeaient les âmes des surnaturels et qui les punissaient pour leurs fautes, sans délai et sans pitié. Della avait déjà commis tant de fautes…

Elle se rendit compte qu'elle avait les yeux dans le vide depuis un instant et se tourna vers son amie.

– Ton vampire fantôme… il est parti, hein ?

– Oui, confirma Kylie.

– Bon. Tant mieux.

Della rentra dans sa chambre, où elle pourrait enfin réfléchir seule. Du moins l'espérait-elle. Elle s'immobilisa, essayant de déterminer si le fantôme se trouvait dans la pièce, mais elle n'eut pas d'impression particulière.

Aussitôt qu'elle se laissa tomber sur son lit, elle oublia complètement le visiteur de Kylie et repensa à la scène atroce qu'elle avait vue un peu plus tôt. Des images aussi sinistres que précises lui revinrent en mémoire.

La jeune femme paraissait à peine plus âgée qu'elle, et le jeune homme qui l'accompagnait était sans doute son copain. On aurait dit qu'ils étaient venus se garer là, au clair de lune, pour s'embrasser et s'enivrer de caresses. Puis ils avaient été attaqués et avaient tenté de s'enfuir à pied. Un jeune couple brutalement arraché à un moment d'intimité… Finalement, il valait peut-être mieux qu'elle pense au fantôme.

Les paroles de Burnett résonnèrent dans son esprit. « Nous ne sommes pas plus monstrueux que d'autres. » Il avait beau dire, Della avait l'impression que son cœur saignait. C'était un vampire qui avait commis ce crime atroce. Elle avait honte pour son espèce – honte d'avoir besoin de sang pour se nourrir.

Pas monstrueux… Tu parles ! Elle aurait déjà dit la vérité à ses parents si elle ne craignait pas que, justement, ils la prennent pour une affreuse aberration de la nature. Sans cette peur viscérale, elle ferait peut-être encore partie de sa famille ; elle serait encore la fille adorée de son père. Au lieu de cela, elle se retrouvait condamnée à leur rendre visite de temps en temps – et à mesurer tout ce qu'elle avait perdu. Elle n'avait pas d'autre choix que de les laisser croire qu'elle se droguait et qu'elle en était réduite à leur voler de l'alcool en douce.

Elle tenta de chasser l'image du jeune couple allongé sur la terre humide, la gorge mutilée par des morsures sauvages et répétées, les yeux écarquillés dans une expression d'horreur sans vie. Elle eut beau essayer, elle n'y parvint pas.

– Nous sommes des monstres, murmura-t-elle dans la chambre silencieuse – et, avec un peu de chance, vide de tout fantôme.

Elle sentit des larmes rouler le long de ses joues et les cueillit d'un geste rageur. Elle espérait que son désir de coincer le salaud assoiffé de sang qui avait tué ces innocents et son désir de le lui faire payer compenserait quelque peu sa nature monstrueuse.

– Je t'aurai, sale ordure, gronda-t-elle.

Elle se promit de ne jamais oublier l'odeur du coupable. Tôt ou tard, elle croiserait sa route à nouveau.

– Et ce jour-là, conclut-elle à voix haute, je prendrai un malin plaisir à te botter le cul, quoi qu'en dise Burnett.

– Della ?

Une voix grave s'invita dans son rêve et résonna dans sa tête. Elle reconnut ce rêve. Elle se trouvait dans une ruelle sombre, vêtue de son pyjama Schtroumpfs. L'affreuse créature à tête de gargouille géante se tenait à deux mètres d'elle à peine. Elle toisait Della de ses yeux rouges à la lueur maléfique. Ses intentions étaient clairement annoncées par la bave qui coulait au coin de ses babines.

Que lui voulait donc cette espèce de gros machin moche et baveux ?

– Della ? Ça va ?

Cette fois, la voix résonna de derrière les poubelles. Dommage, c'était précisément là que Della avait l'intention d'envoyer valser son adversaire, qui se mit à courir vers elle.

Elle se tendit, prête à riposter, et tout devint plus cohérent.

– Della !

La voix ne se trouvait plus derrière les poubelles, mais de l'autre côté du voile noir – du côté de la vraie vie, là où les gargouilles animées n'existaient sans doute pas et où les monstres n'étaient autres que des vampires.

Elle se ressaisit complètement quand elle sentit une main se poser sur son front. Instinctivement – et avant même d'avoir ouvert les yeux – elle saisit le poignet de l'intrus et le repoussa.

Alors, malgré l'obscurité, elle reconnut la silhouette du métamorphe qui se tenait là, penché sur elle.

– Qu'est-ce que tu fais ici ? demanda-t-elle en lui lâchant le poignet.

Steve fronça les sourcils.

– J'ai frappé à la vitre puis, comme tu ne réagissais pas, je me suis inquiété.

– Et tu as décidé que ça te donnait le droit de t'introduire dans ma chambre, rétorqua-t-elle, énervée.

Surtout, elle se trouvait confrontée à la preuve que son ouïe était réellement détraquée. Cela devenait vraiment préoccupant.

– Je voulais m'assurer que tu allais bien. D'habitude, j'ai à peine le temps de m'approcher du bungalow que tu es déjà réveillée. Là, j'ai frappé pendant une bonne dizaine de secondes, et tu n'as même pas bougé. Tu es sûre que tu te sens bien ?

Il tendit la main pour la poser sur son front, mais elle l'écarta, agacée.

– Ne me touche pas.

– Je veux juste prendre ta température, insista-t-il en joignant le geste à la parole. Ça m'a paru bizarre, tout à l'heure.

Elle fut tentée de le repousser de nouveau, mais elle savait bien qu'il aurait été injuste de s'en prendre à Steve alors que ce qui la mettait en rogne, c'étaient son rêve bizarre et ses problèmes d'audition.

– Je te rappelle que je suis un vampire. Par définition, je suis à température ambiante.

Steve fit une grimace tout en lui caressant tendrement le front.

– Justement, c'est ça qui est bizarre. Tu n'es pas aussi… euh, froide que tu le devrais. Tu as peut-être de la fièvre.

– Mais non, ça va, dit-elle en s'asseyant dans son lit. Je n'ai presque pas dormi, c'est tout.

Elle jeta un coup d'œil en direction de la fenêtre. Le soleil n'avait pas encore fait son apparition, mais le petit coin de ciel qu'elle voyait commençait à rosir.

– Quelle heure est-il ?

– Cinq heures et demie.

Elle se laissa retomber sur son oreiller.

– Ça veut dire que j'ai eu droit à presque soixante minutes de sommeil.

– Désolé de t'avoir réveillée. J'étais vraiment inquiet. Je t'avais demandé de m'appeler et j'étais sans nouvelles, alors...

– Quand est-ce que tu m'as demandé de t'appeler ?

Elle inclina la tête et plissa les yeux. Assis sur son lit, Steve avait l'air frais et dispos. Della détestait les gens qui étaient en forme dès le matin. Elle essaya de se rappeler leur précédente conversation, quand Burnett lui avait dit de le rejoindre près du portail.

– Tu ne m'as jamais demandé de t'appeler, marmonna-t-elle.

– Si, dans le petit mot que je t'ai laissé. Je te disais de me faire signe dès que tu serais rentrée.

– Quel petit mot ?

Il se pencha vers elle et dégagea un bout de papier coincé sous son épaule.

– Tu t'es endormie dessus. Après ton départ, je n'étais pas rassuré, alors je suis passé et je t'ai déposé ce message. Je n'ai quasiment pas fermé l'œil, moi non plus. Je me réveillais toutes les dix minutes pour regarder mon téléphone. J'avais peur qu'il se soit passé quelque chose de grave.

Ça, on pouvait le dire, en effet. Deux innocents avaient été tués, et Della s'était rendu compte que Burnett ne l'estimait pas capable de faire partie de l'URF.

L'image des deux victimes s'imposa à son esprit, et elle eut l'impression que sa poitrine s'emplissait de sirop. Un sirop épais et collant. Pourtant il n'y avait rien de doux ou de sucré là-dedans. Elle ne ressentait qu'une tristesse pesante pour ces deux amoureux.

– Bref, j'ai craqué et j'ai fini par venir voir si tout allait bien, conclut Steve. Je dois repartir dans dix minutes.

Il s'était sincèrement inquiété. Il devait déjà repartir ? Della avait du mal à suivre le cours de ses pensées. On était lundi. Il n'allait pas jouer les docteurs le lundi, d'habitude. Ce n'était pas vraiment un jeu, d'ailleurs. Tandis que Della rêvait d'entrer dans les rangs de l'URF, Steve aspirait à devenir médecin. Comme il n'existait pas de formation reconnue en médecine du surnaturel, les jeunes gens qui souhaitaient suivre cette voie devaient décrocher un diplôme de vétérinaire ou de médecin traditionnel en plus de suivre un apprentissage auprès d'un surnaturel. Steve essayait de prendre de l'avance en passant quelques heures par semaine dans le cabinet du seul médecin surnaturel de la ville.

– Je n'ai pas vu ton petit mot. J'étais… j'étais épuisée.

Il lui caressa doucement l'avant-bras.

– Tu es sûre que ça va ?

– Oui.

Il sourit d'un air malicieux.

– Tu es mignonne avec ton pyjama Schtroumpfs.

Ah ! Je le savais, il est très bien mon pyjama Schtroumpfs. Non mais !

Aussitôt, elle se maudit d'avoir pensé à cette saleté de vampire pervers.

– D'ailleurs, si jamais le nouveau a la mauvaise idée d'en reparler, je me ferai un plaisir de lui donner une bonne leçon.

Pourquoi pensait-il à… ?

Steve ajusta le col de son haut de pyjama et se pencha vers elle.

– Je suis le seul à avoir le droit de te taquiner au sujet de ce que tu portes pour dormir… ou de ce que tu ne portes pas, ajouta-t-il avec un sourire malicieux.

Alors il l'embrassa.

Elle avait la ferme intention de le repousser mais, au moment où les lèvres de Steve effleurèrent les siennes, eh bien… elle ne fit rien du tout. N'était-ce pourtant pas comme ça que tout avait commencé au cours de leur mission ? Elle avait laissé Steve l'embrasser alors qu'elle était couchée, et un instant plus tard, leurs vêtements avaient disparu.

Si, c'était effectivement ce qui s'était passé, et elle n'avait aucune envie que cela se reproduise. Elle posa la main à plat sur le torse de Steve et le repoussa fermement. Pas méchamment, mais… Au même moment, il fit glisser sa paume ouverte sous son haut de pyjama et le long de sa taille. Après tout, elle pouvait peut-être attendre un peu. Il suffisait qu'elle l'arrête avant que leurs vêtements se volatilisent…

Alors qu'elle commençait à ressentir un délicieux picotement sur sa peau, il se recula, l'air perplexe, les lèvres légèrement humides.

– Est-ce que tu as tes règles ?

Elle écarquilla les yeux, choquée, et lui donna une tape dans la poitrine.

– Hé ! Ça ne se fait pas, de poser cette question à une fille ! Et puis, si tu croyais que j'allais…

– Non, attends ! lança-t-il en riant. Je ne voulais pas… Je demandais ça en tant que médecin, pas en tant que petit ami.

– Tu n'es pas mon petit ami.

– Mais bien sûr…

Oh, merde ! Était-il, de fait, son petit ami ? La situation avait-elle dérapé au point qu'il puisse se considérer comme tel ?

– Sérieusement, Della, est-ce que tu as tes règles ?

Elle fronça les sourcils.

– Tu n'es pas médecin non plus, je te signale.

Il secoua la tête, comme s'il avait affaire à une gamine butée.

– Écoute, ça arrive que les vampires de sexe féminin aient un peu de fièvre pendant leurs règles, et je te trouve un peu plus chaude que d'habitude. C'est tout.

De nouveau, il posa la main sur son front.

– Ce n'est rien – juste le manque de sommeil, dit-elle.

Puis elle repensa au mal de tête qui la poursuivait depuis la veille et à son ouïe qui partait en sucette. Peut-être avait-elle un rhume, ou un truc de ce genre.

– Est-ce que tu as tes règles, Della ?

Elle hocha la tête en soupirant. Ce n'était pas tout à fait vrai – elles ne devaient commencer que deux ou trois jours plus tard. Della se demanda si le syndrome prémenstruel pouvait avoir un impact sur son audition.

Elle se redressa et regarda Steve, tranquillement assis sur son lit comme si c'était la chose la plus naturelle du monde.

– Tu as dit que tu devais partir bientôt… Où est-ce que tu vas ?

– Je vais aider le Dr Whitman.

– Mais… on est lundi.

– Je sais, mais Whitman a demandé à Holiday si je pouvais l'assister quatre jours au lieu de trois et dormir sur place. La moitié de sa clientèle vit la nuit, tu comprends. Il y a une petite chambre à la clinique que je pourrai utiliser. (Il étudia son visage un instant.) J'allais te le dire, hier soir, quand tu t'es envolée pour aller jouer les agents de l'URF.

Ce n'était pas un jeu, pensa-t-elle.

– Mais… et les cours ? s'enquit-elle.

Cela la chiffonnait de se dire que Steve ne serait pas dans les parages, la nuit, quand elle sortirait courir pour s'éclaircir les idées. Et elle n'aimait pas du tout que cela la chiffonne. Elle ne voulait dépendre de personne ; c'était le début des ennuis. Cependant, elle devait bien admettre que depuis que Miranda et Kylie passaient le plus clair de leur temps avec Perry et Lucas, elle en était venue à compter sur Steve de plus en plus souvent.

Elle n'en voulait pas à ses amies… Enfin, pas vraiment. Elle se comportait exactement de la même façon à l'époque où elle sortait avec Lee.

– Les cours ne devraient pas poser de problème, expliqua Steve. J'ai réussi les examens d'entrée aux universités avant d'arriver à Shadow Falls.

– Malin et modeste à la fois, railla-t-elle dans l'espoir de cacher son émoi.

Pourtant, son cœur battait la chamade à l'idée qu'il s'en aille.

– Grosse maligne toi-même ! lança-t-il en souriant. Holiday me fera passer un test chaque vendredi pour prouver que j'ai bien suivi le programme. Comme ça, mon dossier sera impeccable quand je postulerai à la fac.

Il se tut un instant et lui caressa tendrement la joue, repoussant une mèche de cheveux.

– Je vais te manquer ?

Elle pinça les lèvres. Avait-il lu dans ses pensées ?

– Non, mentit-elle.

Il fit la grimace.

– En tout cas, toi, tu vas me manquer. Mais on se verra le vendredi et le week-end. Évidemment, si tu arrêtais de faire comme s'il n'y avait rien entre nous et que tu acceptais qu'on se montre en public, on pourrait passer encore plus de temps ensemble. Je ne serais pas obligé d'attendre le milieu de la nuit ou le petit matin pour te voler un baiser.

Il se pencha sur elle comme pour l'embrasser, mais elle leva une main et posa les doigts sur ses lèvres.

– Il est tard. Je ferais bien de m'habiller.

– Vas-y, je t'en prie, dit Steve.

Il s'allongea sur le dos, les mains derrière la tête, comme s'il s'apprêtait à assister à un spectacle. Cette position mettait en valeur ses biceps et ses pectoraux – et il le savait sûrement. Il lui décocha ce sourire incroyablement sexy dont il avait le secret et qui donnait à Della envie de lui botter les fesses.

– Dehors ! lança-t-elle.

Il se redressa.

– Seulement si tu me donnes un baiser d'adieu.

– Non ! Tu es vraiment incorrigible, grommela-t-elle en agitant son index. Sans oublier présomptueux, arrogant…

– Balance-moi les pires adjectifs si ça te fait plaisir ; je ne partirai pas avant d'avoir eu mon baiser.

– … et insupportable ! conclut-elle entre ses dents. Tu sais que je pourrais t'attraper, te faire tourner au-dessus de ma tête comme un bâton de majorette et te jeter par la fenêtre. Non ?

– Tu pourrais… mais je sais que tu ne le feras pas, ma belle.

Enfer et damnation ! Comment se faisait-il qu'il la connaisse aussi bien ? Quand avait-elle commis l'erreur de se confier à lui ? De le laisser voir qui elle était vraiment ?

Il se pencha et l'embrassa. Elle recula bien vite, mais c'était déjà trop. Finalement, c'était une bonne chose qu'il passe le plus clair de sa semaine à la clinique. Della éprouvait le besoin de mettre un peu de distance entre eux – de calmer le jeu.

– On se verra vendredi, mais promets-moi de m'appeler.

– Je ne fais jamais de promesses, rétorqua-t-elle.

Puis, voyant l'expression sur le visage de Steve, elle déglutit, la gorge nouée.

– Mais j'essaierai, ajouta-t-elle dans un souffle.

J'essaierai d'éviter, plutôt, corrigea-t-elle intérieurement. Il fallait vraiment qu'elle mette un frein à ses sentiments avant qu'ils ne l'entraînent sur un terrain glissant.

Il se leva et se dirigea vers la fenêtre. Avant de sortir, il lui jeta un regard par-dessus son épaule.

– Méfie-toi du nouveau vamp. Il ne m'inspire pas confiance.

À moi non plus, pensa-t-elle, mais elle garda le silence.

Le menton posé sur les genoux, Della regardait la fenêtre ouverte et s'efforçait de penser à autre chose qu'à ce fichu métamorphe qui la mettait dans tous ses états. Un courant d'air glacial s'insinua dans sa chambre, et elle frissonna. En se levant pour aller fermer la fenêtre, elle se rendit compte d'une chose étrange : elle avait froid.

Depuis qu'elle était devenue vampire, elle sentait les changements de température, mais ils ne l'affectaient pas. Elle repensa à ce que lui avait dit Steve. Peut-être avait-elle de la fièvre. Une main posée sur le front, elle s'approcha de la fenêtre, juste à temps pour voir Derek qui suivait Steve du regard.

Génial. Le demi-Fae allait croire que Steve et elle avaient fait des cochonneries ensemble. Derek tourna la tête vers elle avec un sourire malicieux et s'avança. Elle fut tentée de lui fermer la fenêtre au nez en le saluant d'un doigt d'honneur, mais elle se souvint qu'elle lui avait demandé de l'aide pour retrouver son oncle. Était-ce la raison de sa visite ? Avait-il déniché des informations ? Elle sortit d'un bond et alla à sa rencontre.

– On ne couche pas ensemble, Steve et moi, annonça-t-elle d'entrée de jeu, histoire que les choses soient claires.

– Franchement, vous faites ce que vous voulez, je m'en fiche, rétorqua Derek en levant les yeux au ciel.

Puis il reporta son attention sur elle et remarqua son pyjama.

– Sympas, les Schtroumpfs, gloussa-t-il.

– Oh, c'est bon, soupira-t-elle. Je sais bien que les mecs fantasment sur les nuisettes sexy, mais figure-toi qu'on préfère porter des trucs confortables, alors il va falloir te faire à cette idée !

– Tu veux dire que je vais devoir faire le deuil de mes fantasmes ? railla-t-il en se grattant le menton.

Elle secoua la tête, agacée, et ses cheveux noirs lui balayèrent le visage.

– Est-ce que tu portes des strings ou de la dentelle qui gratte pour dormir, toi ?

– Euh… non.

– Eh bien les femmes non plus. Si tu n'aimes pas l'effet fil dentaire entre les fesses, il n'y a pas de raison que nous, on apprécie. Pas vrai ?

– Euh… je… bredouilla-t-il. Je ne parlais pas de ça. C'est juste que je ne m'attendais pas à ce qu'un vampire soit fan de petits bonshommes bleus.

– Et pourquoi pas, d'abord ? J'aime bien les gens de toutes les couleurs et de toutes les espèces. Même toi, je t'aime bien – la plupart du temps.

Derek eut l'air un peu surpris.

– Tu es au courant que les Schtroumpfs n'existent pas vraiment ?

– Mais oui ! rétorqua-t-elle. Et maintenant, toi, tu es au courant que les femmes ne dorment pas forcément en nuisette sexy. Il n'y a rien de mal à porter un pyjama avec des Schtroumpfs dessus.

Steve avait même dit qu'il l'aimait bien, son pyjama Schtroumpfs.

Derek eut la délicatesse de rougir.

– OK, faisons comme si je n'avais rien dit.

Della avait bien conscience que sa réaction était exagérée, surtout que Derek était sûrement venu pour l'aider.

– Désolée. Je n'ai quasiment pas dormi de la nuit.

Et puis, il fallait se rendre à l'évidence, la remarque du

nouveau au sujet de son pyjama l'avait profondément vexée – bien plus qu'elle n'aurait dû.

– Tu as trouvé quelque chose au sujet de mon oncle ? demanda-t-elle.

– Oui. C'est pour ça que je viens te voir.

Chapitre 6

– Qu'est-ce que tu as découvert ? demanda Della, pleine d'espoir.

Si son oncle était encore en vie…

Derek haussa les épaules, comme s'il savait qu'elle serait déçue par sa réponse.

– Pas grand-chose… juste une mention dans la rubrique nécrologique d'un vieux journal dont les archives sont disponibles sur Internet. J'ai imprimé la page, ajouta-t-il en lui tendant une feuille de papier. Ça ne veut pas dire qu'il est réellement mort, évidemment, mais c'est un début. Je vais continuer à enquêter sur le Net pour voir si je retrouve le nom du lycée où il allait. S'il y a des réunions des anciens élèves, peut-être que quelqu'un aura quelque chose à m'apprendre.

Della lui prit le papier des mains en fronçant les sourcils.

– Je ne connais pas le nom de son lycée, mais je vais me renseigner.

– Je ne veux pas te faire de peine, mais nos chances de retrouver des infos valables sont minces. Ça fait tellement longtemps…

Elle ne dit rien mais ne put cacher sa déception.

– Oh, est-ce que je peux te demander un service, en échange ?

Elle n'était pas vraiment en position de refuser, mais elle ne voyait pas bien en quoi il pouvait avoir besoin d'elle.

– Qu'est-ce que tu veux ?

– Eh bien… j'espérais que tu pourrais être un peu plus sympa avec Jenny.

Derek avait donc vraiment un faible pour Jenny. Ce n'était pas qu'une histoire passagère.

– Comment ça ? Je n'ai pas été méchante avec elle.

D'une manière générale, elle ne s'embarrassait pas de politesses inutiles envers ses petits camarades de Shadow Falls, mais Kylie avait pris Jenny sous son aile et semblait l'apprécier, aussi Della avait-elle fait un effort pour se montrer à peu près aimable avec elle.

– Je n'ai pas dit que tu étais méchante avec elle. Je t'ai demandé si tu pouvais être un peu plus sympa. Ce n'est pas tout à fait la même chose.

– Si je ne suis pas méchante, c'est que je suis sympa, grommela Della.

Derek plissa les yeux, l'air agacé.

– Écoute, Jenny n'est pas très… à l'aise, en ce moment. Quand elle vous voit toutes les trois, Kylie, Miranda et toi, elle se sent un peu mise à l'écart.

– Mise à l'écart ? Kylie passe la voir régulièrement et déjeune avec elle presque tous les jours.

– Oui, mais pas toi, ni Miranda.

– Normal, c'est la table des caméléons, crétin.

Il fronça les sourcils.

– Il n'y a pas assez de caméléons à Shadow Falls pour occuper toute une table ! Jenny aimerait s'intégrer et elle semble t'admirer. Je ne comprends pas bien pourquoi, mais elle trouve que tu es cool.

– C'est parce que je suis cool, rétorqua Della.

– Oui, eh bien tu pourrais peut-être être sympa avec elle, en plus d'être cool.

Elle poussa un gros soupir.

– OK, je vais essayer.

– Merci. De mon côté, je vais continuer à me renseigner au sujet de ton oncle. Tiens-moi au courant si tu retrouves le nom du lycée qu'il fréquentait.

Della suivit le demi-Fae des yeux tandis qu'il s'éloignait. Puis elle jeta un regard à la notice nécrologique qu'il lui avait remise. Elle ne savait pas encore comment elle allait s'y prendre pour obtenir des informations concernant le lycée de son oncle – ou pour se montrer plus sympa avec Jenny. Elle n'avait rien contre cette fille, mais elle n'éprouvait pas le besoin de se faire de nouvelles amies. Kylie et Miranda lui suffisaient largement.

Elle tourna les talons et rentra dans sa chambre. Alors qu'elle s'apprêtait à refermer la fenêtre, elle reconnut une odeur familière.

Chase.

Satané vamp ! Elle poussa un grondement, le nez au vent. Elle se rappela avoir perçu sa présence tandis qu'elle allait rejoindre Burnett devant le portail. Peut-être qu'il ne faisait que passer près de son bungalow pour aller prendre son petit déjeuner – ou peut-être que, pour une raison mystérieuse, il gardait un œil sur elle. Dans un cas comme dans l'autre, il fallait qu'elle en ait le cœur net.

Cinq minutes plus tard, elle était habillée, la feuille de papier toujours pliée à la main. Elle n'avait pas encore osé lire la nécrologie de son oncle. Soudain on frappa à sa porte.

– Oui ? lança-t-elle.

Kylie passa la tête à l'intérieur, l'air inquiète.

– Ça va, Della ?

– Oui. Pourquoi tu me demandes ça ?

– Pour plusieurs raisons, répondit Kylie. Déjà, tu es ici, ce qui veut dire que tu n'es pas allée à la réunion des vampires.

– J'ai choisi de dormir un peu plus longtemps, comme tu me l'avais suggéré, rétorqua-t-elle en haussant les épaules.

Elle se garda bien de dire à son amie que Steve l'avait réveillée ou que, après la scène de crime qu'elle avait vue, l'idée de boire du sang lui retournait l'estomac.

– Je vois ça. Tu te sens mieux ?

Le souvenir des deux cadavres, ainsi que de la déception que lui avait causée Burnett en l'écartant de l'enquête, lui revint en mémoire.

– Ça va aller.

Kylie lui sourit gentiment.

– C'est Derek que je viens de voir partir ?

– Oui. Il a trouvé une notice nécrologique correspondant à mon oncle, répondit Della en lui montrant le papier plié.

– Ça veut dire qu'il est vraiment mort ?

– Pas forcément. Ça veut juste dire que sa famille le croyait mort.

– Je vois… murmura Kylie en se mordillant la lèvre.

De toute évidence, quelque chose la tracassait, mais quoi ? Elle avait dit à Della qu'elle avait plusieurs raisons de se faire du souci pour elle.

– Il y a autre chose qui t'inquiète ? demanda-t-elle.

Kylie hésita un instant avant de répondre.

– Oui… C'est à propos du fantôme.

Voilà qui s'annonçait mal.

– Raconte-moi.

– Tu te souviens ? Je t'ai dit que c'était sans doute un vampire.

– Oui.

– J'en suis quasiment sûre. Il ne s'est pas encore entièrement manifesté, mais… Le truc, c'est que je ne pense pas qu'il vienne me voir, moi. Il n'est pas entré dans ma chambre.

– Où est-ce qu'il va, alors ? s'enquit Della.

Elle avait une petite idée de la réponse mais elle ne pouvait s'empêcher d'espérer qu'elle se trompait.

– Dans la tienne, répondit Kylie après une nouvelle hésitation.

– Oh, non ! Je n'ai aucune envie d'avoir un fantôme dans les pattes ! Dis-lui d'aller squatter ailleurs !

Kylie soupira.

– Malheureusement, ce n'est pas aussi simple que ça. Et puis, en général, quand un esprit se montre, c'est qu'il a une bonne raison. Je… Enfin, voilà, je me disais que c'était peut-être ton oncle.

L'estomac de Della se noua.

– Pourquoi ?

– Je n'en suis pas sûre, hein… C'est juste que… tu t'es lancée à sa recherche, et tout le monde le croit mort, alors…

– Non ! J'ai besoin qu'il soit vivant ! s'écria Della.

C'est seulement à cet instant qu'elle comprit à quel point elle avait besoin d'une famille – même d'une seule personne, pourvu que celle-ci ne la considère pas comme un monstre.

– Non, répéta-t-elle en secouant la tête. Ce n'est pas lui.

Kylie acquiesça, même si elle ne semblait pas convaincue.

– Je… je vais retrouver Lucas pour un petit déjeuner pique-nique, et Miranda est à une réunion du conseil des sorcières. Je suis désolée, du coup, tu te retrouves toute seule.

– Ce n'est pas grave, dit Della, préoccupée par cette histoire de fantôme.

Kylie lui sourit et tourna les talons, mais Della la rappela.

– Attends ! Il n'est pas dans la pièce, là ? Le fantôme ?

– Non, répondit Kylie, l'air inquiète. Tu es sûre que ça va ? Même Miranda se fait du souci pour toi.

– Je t'assure que je vais bien.

Della détestait qu'on s'apitoie sur son sort. Tout ce qu'elle voulait, c'était échapper aux fantômes – et retrouver son oncle, vivant. C'était la raison pour laquelle elle n'avait pas encore osé lire la nécrologie.

Des images de la veille lui revinrent en mémoire.

– Allez, file ! dit-elle à Kylie.

Quand la porte se referma derrière son amie, Della observa un instant le bungalow vide. Puis elle rangea la feuille de papier dans sa poche et décida d'affronter des œufs au plat gluants et du bacon trop cuit avant de faire face à l'éventualité que son oncle soit mort.

Della traversa la cantine qui résonnait du bruit des voix. Elle s'apprêtait à rejoindre les autres vampires qui avaient esquivé leur réunion matinale quand elle aperçut Jenny, seule à une table. Alors elle saisit un plateau et alla s'asseoir à côté de la jeune fille.

– Salut, lança-t-elle.

Puis elle jeta un coup d'œil à son assiette. Les jaunes d'œuf flottaient dans une mare translucide, et son bacon était, comme prévu, carbonisé. *Beurk*. Elle n'avait aucune envie de manger ça.

– Salut ! répondit Jenny d'un air enjoué, avec un sourire dans ses yeux verts.

Della dut se retenir de faire la grimace. Il était beaucoup trop tôt pour affronter tant d'énergie positive, mais elle avait une dette envers Derek.

– Est-ce que tu as vu Kylie, ce matin ? demanda Jenny, sans doute pour combler le silence.

– Oui, elle est allée pique-niquer avec Lucas.

Ce qui voulait dire qu'ils étaient en train de se bécoter ou se peloter quelque part dans la forêt. Quoique Kylie ne fût pas du genre à se laisser déshabiller dans les bois. Elle était beaucoup trop maligne pour ça. C'était un coup à récolter des piqûres d'insectes à des endroits vraiment pas pratiques.

– C'est mignon. répondit Jenny, la tête ailleurs.

Della suivit son regard et vit qu'elle observait la table des Faes, et plus particulièrement l'endroit où Derek était assis. Au même moment, ce dernier éclata de rire, sans doute parce que sa voisine – une nouvelle – avait dit quelque chose de drôle. Il ne donnait pas l'impression de flirter avec elle, pourtant Della vit une lueur de déception dans le regard de Jenny.

– Comment ça se passe, avec Derek ? demanda-t-elle en plantant sa fourchette dans ses œufs gluants.

– Il ne se passe rien du tout avec Derek, se défendit Jenny.

– Ah bon ? Je croyais que vous étiez ensemble. Tu as couché avec lui quand tu es arrivée ici, non ?

– Non ! lança Jenny en rougissant. On a dormi dans le même lit, mais on n'a pas… enfin, on n'a rien fait. On est amis, c'est tout.

Le cœur de la jeune fille ponctua cette phrase d'un léger sursaut. Ce n'était donc pas un mensonge, même si ce n'était certainement pas l'entière vérité.

– Ça ne me regarde pas, mais j'ai l'impression qu'il aimerait bien devenir plus qu'un ami.

Della vit que le bacon de Jenny était à peine cuit, pile comme elle l'aimait. Son estomac gronda.

– Oui, il me l'a plus ou moins fait comprendre, avoua Jenny.

Della n'arrivait pas à détacher son regard du bacon presque cru.

– Tu ne finis pas ton assiette ? demanda-t-elle.

– Non, je préfère la viande cuite, répondit Jenny avec une grimace.

– Je t'échange mon bacon cramé contre le tien.

Jenny poussa son plateau vers Della, qui se servit de bon cœur. Après une bouchée, elle demanda :

– Alors, comme ça, notre ami demi-Fae ne te plaît pas ? Pourtant, Kylie était intarissable à son sujet.

– Ouais, je sais, marmonna Jenny.

Son bel entrain s'était envolé, et Della comprit qu'elle avait mal interprété ses paroles.

– Non, attends… Je disais juste que, à un moment, elle le trouvait craquant. C'est tout.

Jenny déplaça ses œufs du bout de sa fourchette.

– Oui, j'ai cru comprendre qu'elle avait longuement hésité entre Lucas et Derek.

Della perçut une certaine tristesse dans la voix de la jeune fille.

– Mais tu sais aussi que, maintenant, Lucas et elle sont très amoureux. Pas vrai ?

Jenny hocha la tête mais ne semblait pas convaincue.

– Est-ce que c'est pour ça que tu gardes tes distances avec Derek ? Parce que tu as peur de ce qu'il a pu y avoir entre Kylie et lui ?

– Non, répondit Jenny, mais son cœur s'emballa.

Della lui jeta un regard en coin.

– Je ne comprends pas pourquoi les gens s'obstinent à me mentir.

– OK, je l'admets, ça me fait un peu peur. J'aime beaucoup

Kylie et je ne voudrais pas que ça crée des ennuis si on sortait ensemble, Derek et moi.

– Discutes-en avec elle, lui conseilla Della en mordant dans sa tranche de bacon. Je suis sûre qu'elle va te dire de foncer. Derek est un type bien – si on aime son genre.

Jenny observa la table des Faes un instant encore avant de reporter son attention sur Della.

– Il t'a demandé de venir me parler. Pas vrai ?

– Non.

Cette réponse laissa un arrière-goût désagréable dans la bouche de Della.

– Enfin, il ne m'a pas demandé de te parler de lui, corrigea-t-elle.

– Alors de quoi voulait-il que tu me parles ?

Trop tard, Della avait mis les pieds dans le plat. Elle mâcha longuement le reste de son bacon avant de répondre :

– Il ne m'a pas demandé de te parler.

– Et c'est toi qui me traitais de menteuse ! s'écria Jenny en haussant un sourcil.

Son regard vert rappela à Della celui de Chase.

– Dis-moi la vérité, reprit le jeune caméléon.

Della hésita à être complètement honnête et se rendit compte qu'elle n'avait pas vraiment menti.

– Je t'assure qu'il ne m'a pas demandé de te parler.

Parler et être sympa, ce n'était pas exactement la même chose, après tout, mais Jenny ne semblait pas satisfaite. *Oh, et puis zut.*

– Il m'a juste demandé d'être sympa avec toi, avoua-t-elle.

Jenny se voûta légèrement.

– C'est pour ça que tu es venue t'asseoir à côté de moi.

– Non. Enfin, si, mais ça ne veut pas dire que je ne t'apprécie pas.

– Ne te fatigue pas. Je suis un caméléon, ça te fait peur.

– Pourquoi tu dis ça ? Kylie aussi est un caméléon, et c'est ma meilleure amie. Je me fiche complètement de savoir ce que tu es.

Jenny croisa son regard.

– Alors pourquoi es-tu aussi… distante ?

– Parce que… je suis comme ça, c'est tout. Ce n'est pas facile pour moi de me faire de nouveaux amis.

Jenny désigna du menton la cantine bondée.

– Tout le monde me regarde comme si j'étais une bête curieuse.

– Ce n'est pas vrai. Pas tout le monde. Qu'est-ce que tu veux… il y a des cons partout, même ici.

En disant cela, Della aperçut Chase. Il fallait vraiment qu'elle demande des explications à ce sale type. Au même instant, il se tourna vers elle. Avait-il épié leur conversation ? Elle attaqua la seconde tranche de bacon de Jenny, qui gardait les yeux rivés sur son assiette.

– Tu n'es vraiment pas bien, ici ? demanda Della dans un murmure.

– Je ne me sens pas à ma place. En même temps, je ne me sentais pas à ma place non plus quand j'habitais chez mes parents, répondit Jenny d'une voix tremblante d'émotion.

Ces paroles résonnèrent dans l'esprit de Della avant de l'atteindre en plein cœur. Elle savait ce que c'était, de se faire l'effet d'une étrangère dans sa propre maison. C'était un peu comme si quelqu'un avait attaqué les fondations de son existence à grands coups de massue. Cela l'avait brisée.

– Ça va s'arranger avec le temps, souffla-t-elle, pleine d'empathie. On n'est pas si mal, à Shadow Falls.

– Je n'ai pas dit qu'on était mal ; j'ai dit que je ne me sentais pas à ma place ! s'écria la jeune fille, les yeux brillants de larmes. Il faut que j'y aille, ajouta-t-elle en se levant.

Della la suivit du regard tandis qu'elle s'éloignait. Avant de franchir le seuil, Jenny devint brusquement invisible, arrachant des cris de surprise à ceux qui avaient assisté à cela. Cette faculté qu'avaient les caméléons – et qui était aussi rare que les caméléons eux-mêmes – effrayait encore pas mal de surnaturels.

Della poussa un soupir, déçue. Elle n'était pas sûre que sa tentative d'être sympa avec Jenny ait été un succès. Elle soupçonnait plutôt l'inverse. Quelqu'un s'arrêta à sa hauteur, et le fait qu'elle n'ait rien entendu acheva de lui mettre le moral dans les chaussettes.

– Je t'ai demandé d'être plus sympa avec elle, pas de la faire pleurer, gronda Derek. Qu'est-ce que tu lui as dit ?

Della poussa un profond soupir et leva les yeux vers lui. Les Faes avaient le don de percevoir les émotions des autres. Avait-elle blessé Jenny par ses paroles ? Cela n'avait pourtant pas été son intention, au contraire. Elle comprenait bien le malaise de la jeune fille. « Je ne me sens pas à ma place. En même temps, je ne me sentais pas à ma place non plus quand j'habitais chez mes parents. »

– Je n'ai pas… Enfin, tout ce que j'ai… Oh, et puis merde. Je t'avais prévenu que je n'étais pas douée pour être sympa.

Derek sortit à grands pas, comme s'il comptait rattraper Jenny, et Della jeta la tranche de bacon entamée sur son plateau. Cela lui faisait mal au cœur d'imaginer la souffrance du caméléon. Enfin, elle n'avait pas vraiment besoin de l'imaginer. Sa propre famille, les personnes sur qui elle avait cru pouvoir compter en toute circonstance, lui avait tourné le dos. Avec un haussement d'épaules, elle décida qu'elle avait déjà assez d'ennuis comme ça. Elle n'avait vraiment pas besoin de se préoccuper de ceux des autres.

C'était précisément pour ça qu'elle évitait soigneusement de se montrer trop sympa !

– N'oublie pas de venir à l'Heure pour faire connaissance, lança quelqu'un à côté d'elle.

Encore une personne qu'elle n'avait pas entendue approcher. *Mais qu'est-ce qui m'arrive, sérieux ?*

Della leva les yeux vers Chris, le vampire qui s'occupait de cette animation censée encourager les représentants des différentes espèces de surnaturels à se rencontrer. Les noms étaient tirés au sort, sauf si quelqu'un faisait un don de sang, auquel cas il avait le droit de choisir avec qui il passait une heure.

Le grand vampire blond au look de surfeur californien la toisait avec un sourire narquois. Della eut l'impression de se trouver face à un chat qui venait d'avaler une souris. Bien dodue, la souris.

– Pourquoi ? demanda-t-elle à cet arrogant spécimen qui se prenait pour un beau gosse.

– Pourquoi ? Parce qu'il est inscrit dans le règlement que les vampires doivent assister à cette animation. Après tout, c'est grâce à cela qu'on a du sang frais tous les jours, je te signale, grosse maligne.

Elle connaissait le règlement, mais personne ne s'était jamais donné la peine de punir ceux qui esquivaient cette activité. Par ailleurs, elle décelait dans les yeux bleus du vampire une lueur malicieuse, comme s'il lui cachait quelque chose.

Oh, merde ! Quelqu'un avait-il payé le prix du sang pour passer une heure avec elle ?

Chapitre 7

– La curiosité est un vilain défaut, marmonna Della.

Debout au milieu de ses camarades, elle essayait de ne pas faire attention à la légère migraine qui pointait. Elle avait envisagé de sécher cette activité débile et avait même pris le chemin des bois afin de se dégourdir les jambes et de lire la notice nécrologique que lui avait remise Derek. Elle se moquait bien d'enfreindre le règlement. Pourtant, au dernier moment, elle avait tourné les talons pour revenir vers la cantine.

Tant pis pour les vilains défauts.

Pour que Chris vienne lui rappeler que sa présence était obligatoire, il fallait que quelqu'un ait demandé à passer une heure avec elle. C'était la seule explication logique. Mais qui ? Steve n'était pas à Shadow Falls. Chase ? Della ne voyait pas bien pourquoi il aurait fait une telle requête. C'était elle qui avait des explications musclées à lui demander, et elle doutait que Chase anticipe cet affrontement avec plaisir – ou même qu'il sache qu'elle comptait l'affronter. C'était quand même très bizarre qu'il ait pris la photo de son oncle dans son sac. Della avait du mal à croire que la photo soit tout simplement tombée par terre – surtout qu'elle était persuadée d'avoir déjà croisé ce sale type.

Soudain elle entendit deux personnes approcher dans son dos. Ses oreilles s'étaient donc remises à fonctionner... Elle reconnut même de qui il s'agissait.

– Coucou, dit Kylie en arrivant à sa hauteur.

Miranda vint se placer à sa gauche.

Della jeta un coup d'œil à Kylie.

– Alors, ce pique-nique ?

– Sympa, répondit Kylie.

Elle ne donnait jamais beaucoup de détails au sujet de sa relation avec Lucas.

– Il est censé me rejoindre ici, ajouta-t-elle en regardant autour d'elle.

– Tu as vu Perry ? demanda Miranda en rejetant par-dessus son épaule ses cheveux blonds agrémentés de mèches roses, vertes et noires.

Della ne comprenait pas bien les choix capillaires de son amie, mais cela faisait partie de son style – et témoignait sans doute de son désir de ne pas passer inaperçue.

– Non, répondit Della après une seconde de réflexion. Et je ne me souviens pas de l'avoir vu au petit déjeuner. Est-ce que tu as réussi à jeter des sorts pendant ta réunion de sorcières ?

– Non, soupira Miranda en levant les yeux au ciel. On ne passe pas notre temps à jeter des sorts, tu sais.

– Pourquoi pas ? Si j'avais un tel pouvoir, je ne me priverais pas de m'en servir.

Miranda secoua la tête.

– Notre devise est de ne pas causer de tort.

– Ce n'est pas drôle...

– Encore heureux que tu ne sois pas une sorcière, rétorqua Miranda. Avec une attitude pareille, tu t'attirerais un sacré karma...

– Quoi ? Qu'est-ce qu'elle a, mon attitude ?

– Ça suffit, vous deux, soyez un peu plus sympas, intervint Kylie en leur jetant une regard sévère.

– Désolée, je ne suis pas douée pour ça, grommela Della en repensant à Jenny.

Elle chercha cette dernière du regard mais ne la vit pas. En revanche, elle aperçut Chase qui se tenait à l'écart, tourné vers la forêt, comme s'il aspirait à y disparaître. Comme si lui non plus ne se sentait pas à sa place à Shadow Falls. Della se souvenait très bien de sa première semaine. Elle aurait été complètement perdue sans Kylie et Miranda. Brusquement, Chase tourna la tête et ses yeux s'arrêtèrent sur Della.

Elle fronça les sourcils.

Il sourit.

Miranda donna un petit coup d'épaule à Della.

– Je crois qu'il t'aime bien.

– Il aurait tort, lança Della avant de se détourner.

– Pourquoi donc ? demanda Perry en s'approchant.

Il passa un bras autour de la taille de Miranda. C'était systématique : le métamorphe ne pouvait pas rester deux secondes à côté de la petite sorcière sans la serrer contre lui.

– Il a l'air plutôt sympa, reprit Perry. Évidemment, Steve risque de lui faire la peau s'il commence à t'aimer un peu trop.

– Steve n'est pas mon…

Della se tut quand Miranda se dressa sur la pointe des pieds pour embrasser Perry.

– Ils sont mignons, non ? murmura Kylie à son oreille.

Della se tourna vers son amie et leva les yeux au ciel d'un air exaspéré, comme le faisait tout le temps Miranda. Kylie gloussa.

La vampire allait ouvrir la bouche pour dire qu'elle s'en allait quand Chris prit la parole. Sa curiosité réveillée, elle prit une profonde inspiration et se tourna vers le podium.

– Bienvenue à tous, lança-t-il.

Ce type se prenait pour un présentateur télé. Étant donné qu'il venait de Californie, Della se demandait s'il avait tenté une carrière d'acteur. Il avait clairement le look et la vanité qu'il fallait.

– Voyons voir… qui est notre premier candidat ?

Della retint son souffle en espérant s'être trompée. *Pourvu que ce ne soit pas moi ! Pourvu que ce ne soit pas moi !*

Chris parcourut l'assemblée du regard… et s'arrêta sur Della.

Et merde !

Il plongea la main dans son chapeau débile et en tira un morceau de papier, qu'il déplia avec une lenteur toute théâtrale, sans même y jeter un coup d'œil. C'était évident qu'il savait déjà ce qu'il allait annoncer. Il sourit un instant, comme pour faire durer le suspense.

Della avait envie de l'attraper par les oreilles et de le secouer jusqu'à ce qu'il crache le morceau.

Enfin, il se racla la gorge.

– Della Tsang. Moi, Chris Whitmore, je m'engage à payer par un don de sang afin de passer une heure en ta compagnie.

Chris ? Della en resta bouche bée. Tous les regards étaient braqués sur elle, et l'on entendait des « oh » et des « ah » un peu partout.

– Ça va chier, fit remarquer Perry.

– Qu'est-ce qui va chier ? demanda Lucas en venant se poster à côté de Kylie.

– Chris vient de promettre de payer une pinte de sang pour pouvoir passer une heure avec Della, expliqua Miranda.

Lucas se tourna vers Della.

– Ça ne m'étonne pas. Il a toujours eu un petit faible pour toi, alors maintenant que Steve passe le plus clair de son temps chez le Dr Whitman…

– C'est un peu fourbe, non ? commenta Perry.

– En même temps, c'est un vampire… rétorqua Lucas.

Kylie lui donna un coup de coude dans les côtes, et il poussa un grognement avant de jeter un regard à Della.

– Désolé.

Dans d'autres circonstances, elle lui aurait balancé une repartie bien sentie, mais elle ne trouva rien à dire. Elle était trop sonnée. Certes, elle se souvenait qu'il y avait eu des tensions entre Steve et Chris à un moment donné, et la rumeur racontait que c'était à cause d'elle, mais elle n'y avait pas vraiment cru.

– Je veux bien donner deux pintes pour passer cette heure avec Della, lança une voix forte.

Della tourna vivement la tête. C'était Chase.

Elle retint son souffle et crispa les poings.

Chris chercha Chase des yeux et, lorsqu'il le trouva, son expression se durcit. Ses yeux bleus se mirent à luire légèrement.

– Peut-être que d'où tu viens, les vampires boivent le sang d'autres vampires, mais ici ce n'est pas le cas.

Della en resta bouche bée. Cette histoire allait mal finir.

– Je ne parlais pas de donner mon propre sang, se défendit Chase. J'ai des réserves avec moi. Avant d'arriver ici, j'ai passé pas mal de temps tout seul. J'ai appris à ne jamais me déplacer sans quelques rations d'avance.

– Ça ne change rien, rétorqua Chris. Cette animation n'est pas une vente aux enchères.

– Je croyais qu'elle servait, entre autres, à constituer une banque du sang pour les vampires de Shadow Falls. Plus vous en récoltez, mieux c'est, non ? À moins que tu n'aies pas besoin de sang pour vivre ?

Les yeux de Chris se firent encore plus brillants.

– Bon, d'accord.

– Oh merde ! Steve va devoir tuer deux rivaux au lieu d'un, maintenant, commenta Perry.

– Ça va ? souffla Kylie à l'oreille de Della.

– Pas trop, non. Cette histoire est ridicule.

– Je promets de donner trois pintes de sang ! lança Kylie.

Tous les regards se braquèrent sur elle, y compris celui de Della. Elle aurait dû se douter que son amie volerait à son secours.

– Quatre ! renchérit Chase.

– Cinq, dit Kylie tout en jetant un regard noir au nouveau.

Chris ricana d'un air moqueur, mais Peter, qui s'occupait de cette animation avec lui, se racla la gorge.

– Euh, tu n'as pas le droit de donner cinq pintes de sang. C'est trop, objecta-t-il.

– Je ne serai pas la seule à contribuer, expliqua Kylie avant de réfléchir un instant. Il y aura aussi Miranda, Lucas, Perry et…

– Ça ne fait que quatre pintes, intervint Chase.

Kylie jeta un regard autour d'elle, comme si elle cherchait un cinquième candidat prêt à prendre la défense de Della.

– Et Derek, conclut-elle d'un air confiant.

Derek écarquilla les yeux. Della n'aurait pas été étonnée qu'il refuse. Plusieurs secondes s'écoulèrent dans un silence pesant sans qu'il dise rien, puis il croisa le regard de Della et hocha lentement la tête.

– Je suis partant. J'offre une pinte de mon sang, affirma-t-il.

– Et moi aussi, ajouta une petite voix derrière lui.

Della sursauta en reconnaissant Jenny. Elle croyait pourtant avoir blessé la jeune fille au petit déjeuner. Certes, elle ne l'avait pas fait exprès, mais Jenny n'avait aucun moyen de le savoir.

Comme personne ne prenait la parole, le jeune caméléon redressa les épaules d'un air décidé.

– Mon sang vaut bien celui d'un autre.

Chris se tourna vers Chase.

– Tu déclares forfait ?

Tous les regards se braquèrent sur le nouveau, curieux de découvrir combien de litres de sang ce dernier avait en réserve.

– Je l'avoue, j'ai perdu, déclara-t-il. Au moins, on aura de quoi se nourrir pendant un bout de temps.

Il sourit lentement, sûr de lui, comme si c'était le résultat qu'il visait depuis le début.

– D'ailleurs, Chris… pour info, c'est comme ça qu'on s'y prend pour animer une vraie banque du sang.

Alors il tourna les talons et s'éloigna, les mains dans les poches, comme s'il venait de remporter une victoire et non d'essuyer un échec.

Della le suivit du regard, interloquée. N'avait-il renchéri que pour renflouer les réserves de sang de Shadow Falls ?

– Bon. Reprenons le tirage au sort, annonça Chris en plongeant la main dans son chapeau.

Kylie se pencha vers Della.

– Je ne sais pas si on a gagné ou si on s'est fait avoir.

– Moi non plus, grommela Della entre ses dents. Désolée.

– Il ne faut pas. C'était pour la bonne cause. Et puis, je ne voulais pas que tu te retrouves forcée de faire quelque chose qui te mettait aussi mal à l'aise.

– Merci, souffla Della.

Toute cette histoire lui avait donné le vertige. Pas seulement le fait que Chase renchérisse sur l'offre de Chris, mais aussi l'intervention de Kylie et des autres.

Jenny s'approcha d'eux.

– Où est-ce que je dois aller pour donner mon sang ?

– Je t'y emmènerai cet après-midi, répondit Kylie avec un grand sourire.

Della croisa le regard de la jeune fille.

– Merci.

– Je t'en prie, souffla Jenny.

Aussitôt, Della se sentit coupable. Elle n'avait pas mérité tant de gentillesse. Elle contempla en silence le petit cercle qui l'entourait – tous ces gens qui avaient accepté de faire don de leur sang afin de lui éviter de passer une heure désagréable.

C'étaient de vrais amis – tous. Elle avait longtemps cru ne pouvoir compter que sur Kylie et Miranda mais elle s'était trompée. Ils avaient été plusieurs à prendre sa défense, et elle savait déjà que si l'un d'entre eux avait besoin de son aide un jour, elle n'hésiterait pas une seconde.

Brusquement, elle sentit son nez et ses yeux picoter. Elle cilla à plusieurs reprises pour refouler ses larmes. Elle était vraiment malade, c'était obligé. Elle ne voyait pas d'autre raison à cette émotivité soudaine.

Libérée de la corvée de cette Heure pour faire connaissance, Della décida de retourner à son bungalow pour lire la nécrologie de son oncle et, peut-être, faire une petite sieste avant le début des cours.

Elle fut tentée de passer la journée au lit – surtout que son mal de tête ne la quittait pas – mais elle ne voulait pas que Burnett la prenne pour une pauvre petite chose fragile, alors elle se botta mentalement les fesses.

Tandis qu'elle se trouvait déjà à mi-chemin, quelque chose l'arrêta. Un bruit cristallin, comme celui d'une douche. Ou, plutôt, une cascade. Étaient-ce les chutes d'eau, cet endroit étrange et quelque peu effrayant qui avait donné son nom à Shadow Falls ? On racontait que c'était là que se rassemblaient les anges de la mort – les esprits qui jugeaient les âmes des surnaturels.

Della inclina la tête sur le côté. Cela ne pouvait pas être la cascade. Même son ouïe de vampire n'était pas capable de l'entendre à une telle distance.

Elle décida d'en avoir le cœur net et s'engagea dans la forêt, guidée par ce son mélodieux qui lui parut soudain très apaisant. Elle laissa derrière elle la lumière dorée du soleil et gagna l'obscurité du bois. L'air embaumait d'un parfum de terre humide, et les feuilles des arbres faisaient danser des ombres sur le sol meuble. C'était une belle journée, pourtant il faisait presque froid à l'abri de la futaie. En levant la tête, Della reconnut les couleurs de l'automne : rouge, orange et brun doré. Les couleurs de la mort…

Elle avançait à pas feutrés, comme attirée par le bruissement liquide. Au bout de quelques minutes, elle comprit que c'était bien vers les chutes d'eau qu'elle se dirigeait.

Elle n'y était allée qu'une seule fois. Kylie les avait suppliées, Miranda et elle, de l'accompagner. Elles avaient commencé par refuser puis, voyant que Kylie s'apprêtait à y aller seule, elles avaient eu des remords et l'avaient suivie.

Della s'immobilisa brusquement. Qu'est-ce qu'il lui prenait de venir là ? Elle avait une trouille bleue de cet endroit.

D'habitude, en tout cas.

Ce jour-là, la peur avait cédé la place à la curiosité. Les talons de ses bottes noires fermement plantés dans la terre meuble, elle réfléchit aux raisons qui la poussaient à avancer. C'était le territoire des anges de la mort. La rumeur voulait qu'ils dansent sur les parois rocheuses, derrière les chutes d'eau. Elle n'avait aucune envie de les voir – ou de subir leur jugement.

Della était à peu près sûre de n'avoir pas commis de crimes assez graves pour que les anges la brûlent vive – ce qui, d'après Miranda, pouvait réellement arriver – mais elle savait aussi que son âme n'était pas blanche comme neige. Le matin même, son manque de délicatesse avait fait pleurer Jenny. Elle se sentait d'autant plus mal que la jeune fille avait ensuite fait don de son sang pour lui venir en aide.

Un frisson glacial lui parcourut l'échine. Elle aurait sûrement eu intérêt à rebrousser chemin. Mais, au même moment, le son se fit plus intense, comme une mélodie lointaine. Della décida de continuer encore un peu. Elle pourrait toujours s'arrêter avant d'arriver à la cascade.

Elle se remit donc en marche, presque effrayée de ne pas ressentir la moindre peur.

C'était vraiment étrange.

Soudain pressée d'en finir, elle se mit à courir si vite que le paysage se brouilla autour d'elle. Légèrement essoufflée, elle sentait ses cheveux lui fouetter le visage avec force, pourtant elle ne ralentit pas. Elle guettait le malaise qui lui intimerait de ne pas s'approcher davantage.

Elle ne ressentit rien de tel.

Elle n'avait même pas besoin de réfléchir à la direction à prendre, elle se contentait de suivre ce son cristallin et presque hypnotique. Enfin elle s'arrêta au bord de l'eau. Un rideau bouillonnant de vingt mètres de haut tombait tout droit de la falaise, projetant de fines gouttelettes sur les rochers et la végétation alentour.

Étrangement, alors que la forêt avait revêtu ses couleurs d'automne, tout ici demeurait vert – même le parfum de l'air évoquait la fraîcheur du printemps, de la vie, du renouveau…

Les rayons du soleil filtraient entre les branches et faisaient briller les gouttes d'eau comme autant de guirlandes de Noël. On se serait cru au cœur d'un conte de fées. D'un pays des merveilles complètement irréel.

Della se rappelait clairement s'être tenue au même endroit quelques mois auparavant, terrifiée. Où était passée cette terreur ?

Était-ce ainsi que Kylie voyait cet endroit ? Pourquoi cette expérience était-elle si différente de la précédente ? Qu'est-ce que cela signifiait ? Cela avait-il même un sens ?

Della brûlait d'envie d'entrer dans l'eau et de passer derrière le rideau de la cascade pour mieux s'imprégner des lieux, mais quelque chose l'en empêcha. *Pas encore, et peut-être jamais*, murmura quelque chose dans son esprit.

Aussitôt, elle se demanda d'où sortait cette voix. Elle se sentait légèrement insultée par cette intrusion.

– Pourquoi pas maintenant ? Et pourquoi jamais ? lança-t-elle à voix haute.

Aussi fou que cela puisse paraître, elle aurait juré que quelqu'un l'écoutait. Mais qui ? Comme rien ni personne ne lui répondait, elle insista.

– Qui est là ?

Toujours pas de réponse. C'est alors qu'elle le ressentit, ce malaise qui lui faisait comprendre qu'elle n'était pas la bienvenue. Elle recula d'un pas, rattrapée par la terreur qu'elle avait éprouvée la première fois. Elle ne percevait plus rien de la beauté des lieux – seulement cette vive hostilité. Alors qu'elle s'apprêtait à tourner les talons, elle entendit quelque chose. Le bruit sec d'une brindille qui se casse. Quelqu'un – ou quelque chose – s'approchait dans son dos.

Une douleur cuisante explosa sous son crâne, comme si on l'avait frappée…

Elle tomba à genoux, et sa vision s'obscurcit. La dernière chose qu'elle distingua fut une silhouette brumeuse qui dansait derrière la cascade.

Chapitre 8

Une odeur épouvantable lui souleva le cœur.

– Elle revient à elle ? demanda une voix lointaine.

Della reconnut Holiday.

Elle sentit une main passer sous son nez, et la puanteur atroce s'intensifia. Avec un grondement, elle saisit le poignet du coupable et l'éloigna autant que possible. Ce n'est qu'à ce moment-là qu'elle ouvrit les yeux – et qu'elle aperçut la gousse d'ail fendue en deux.

Elle aperçut également Steve.

– C'est moi, dit-il.

– Ça pue, ce truc ! cria-t-elle en lui secouant le poignet jusqu'à ce que la gousse d'ail lui échappe des mains.

Il la regardait d'un air inquiet.

– L'ail agit sur les vampires comme des sels, expliqua-t-il. Tu voudrais bien éviter de me casser le poignet ?

Elle le relâcha et tenta de saisir la situation. Elle aurait voulu comprendre pourquoi elle se trouvait… là où elle se trouvait, et comment elle y était arrivée.

– Qu'est-ce qui s'est passé ? lança une voix grave qui résonna dans son cerveau endolori.

Pire que le mal de crâne... le mal de cerveau.

En tournant la tête, elle vit Burnett, posté à quelques mètres de la table sur laquelle elle était allongée.

Génial ! Elle qui tenait tant à prouver sa force et sa valeur au directeur... elle n'était même pas capable de répondre à sa question. Elle n'avait aucune idée de ce qui s'était passé.

– Heureusement que tu n'as rien ! s'écria Holiday en s'approchant aussi vite que le lui permettait son gros ventre.

– Qu'est-ce qui s'est passé ? répéta Burnett.

Della cilla tandis qu'elle cherchait quoi répondre. Elle avait les mots « je ne sais pas » sur le bout de la langue, mais elle se doutait bien que Burnett n'apprécierait guère cette réponse.

Le problème, c'est qu'elle n'en avait pas de meilleure.

– Je... euh...

Des souvenirs lui revinrent par bribes. Elle avait prévu de rentrer à son bungalow mais s'était retrouvée à... Elle fit mine de se redresser et, aussitôt, Steve s'approcha pour l'aider, mais elle le repoussa. Elle savait encore s'asseoir toute seule comme une grande. Non mais.

Elle passa les jambes par-dessus le bord de la table et jeta un coup d'œil autour d'elle. Outre la puanteur de l'ail et le parfum épicé de Steve, elle perçut une odeur... animale.

Sur un mur, un poster représentait deux chatons mignons qui couraient après un papillon.

De nouveau, elle croisa le regard soucieux de Steve.

Elle se trouvait au cabinet du vétérinaire, qui servait également de clinique pour les surnaturels. Cela répondait donc à l'une de ses questions. Il ne lui restait plus qu'à découvrir ce qu'elle faisait là.

Burnett se racla la gorge en la toisant avec autorité, comme s'il attendait qu'elle se décide à parler. Il ne semblait pas vraiment d'humeur patiente.

– Je suis allée me promener et j'ai fini par arriver à la cascade, dit-elle au prix d'un effort.

Elle se rappelait que c'était le bruit de l'eau qui avait guidé ses pas, mais elle décida de taire ce détail. Elle ne voulait pas passer pour une folle.

– Je… J'allais repartir quand j'ai entendu quelque chose – ou quelqu'un – derrière moi.

– Ça expliquerait la bosse que tu as à l'arrière de la tête, intervint Steve. Quelqu'un t'a frappée.

Della adressa un regard interrogateur à Holiday.

– Est-ce que ça pourrait être un coup des anges de la mort ?

La fée fronça les sourcils.

– Je ne vois pas pourquoi les anges t'auraient attaquée.

– Parce qu'ils ne voulaient pas de moi près de leur cascade, parce que ce sont de sales bêtes, parce que leur maman les a habillés n'importe comment et que ça les met en rogne… Je n'en sais rien, moi !

Elle eut un nouveau haut-le-cœur quand l'odeur de l'ail tombé à terre parvint à ses narines.

– Je ne pense pas que les anges de la mort en soient responsables, dit Burnett. L'alarme s'est déclenchée à peu près au même moment.

Holiday s'appuya légèrement contre son mari.

– C'était peut-être juste quelqu'un qui était curieux de voir les chutes d'eau et qui a pris peur quand Della est arrivée.

– Ce n'est pas une excuse pour lui donner un coup sur la tête ! s'écria Steve d'une voix étranglée.

Burnett se tourna vers lui avec une grimace.

– Est-ce que tu pourrais nous débarrasser de cette gousse d'ail, s'il te plaît ?

Steve hocha la tête avant de se retourner vers Della.

– Ne t'approche plus de la cascade.

Elle le fusilla du regard. C'était déjà bien suffisant d'avoir Burnett et Holiday sur le dos, elle n'avait pas besoin que Steve lui donne des ordres en plus. Ils n'étaient pas en couple. Le métamorphe ramassa la gousse d'ail et sortit de la pièce.

Holiday s'approcha de sa démarche de canard.

– Heureusement que j'étais en route pour la cascade. Sinon, tu serais peut-être encore là-bas, inconsciente.

C'était donc Holiday qui l'avait trouvée.

– Je ne comprends pas pourquoi quelqu'un s'amuserait à entrer par effraction à Shadow Falls juste pour le plaisir de me donner un coup sur la tête. Et puis c'est quoi, ces lâches qui attaquent par-derrière, d'abord ? lança-t-elle, soudain furieuse. Ils ne pouvaient pas m'affronter à la loyale ?

– Peut-être que ça a quelque chose à voir avec le meurtre du jeune couple, suggéra Burnett. Tu as perçu sa signature olfactive, donc il a pu sentir la tienne aussi. Est-ce que tu as reconnu l'odeur de ton agresseur ?

Della tenta de se souvenir.

– Non…

Elle se demanda si son odorat faisait des siennes, comme son ouïe. Puisqu'elle se trouvait chez le médecin, elle aurait peut-être eu intérêt à mentionner cet agaçant détail, mais elle décida de tenir sa langue.

– Je crois que… j'étais trop impressionnée par les chutes d'eau.

Ce n'était pas un mensonge.

Burnett hocha la tête d'un air compréhensif. Della, en revanche, n'était pas dupe. Quelque chose clochait chez elle.

– Mais… si c'est le meurtrier qui m'a attaquée, pourquoi s'est-il contenté de m'assommer ? On a vu de quoi il était capable.

Elle réprima un frisson en revoyant l'image du couple égorgé.

– Peut-être que les anges de la mort t'ont sauvé la vie en chassant l'intrus, intervint Holiday.

Elle avait la rare faculté de communiquer avec les esprits – et donc avec les anges de la mort.

Elle posa gentiment la main sur le bras de Della. Le contact de la fée suffit à apaiser la panique qui menaçait de la submerger – et que Holiday avait sans doute perçue.

Gênée par sa propre faiblesse, Della la repoussa doucement.

– Ça va, merci.

– Tu dois être secouée, souffla Holiday.

Secouée ? Furieuse, oui !

– Je t'assure que ça va, marmonna-t-elle.

Ça irait encore mieux une fois qu'elle aurait attrapé le salaud qui avait osé lui faire ça.

Burnett jeta un coup d'œil à sa femme.

– Si les anges de la mort sont effectivement venus à son secours, tu crois qu'on pourrait leur demander des renseignements au sujet de son agresseur ?

L'idée de chercher à entrer en contact avec ces créatures arracha un autre frisson à Della.

– À mon avis, il vaut mieux ne pas les déranger, intervint-elle. Si ce sont eux qui m'ont fait ça, ils risquent de vouloir terminer ce qu'ils ont commencé.

Holiday secoua la tête.

– Je ne pense pas que ce soient les anges de la mort qui t'aient fait ça, Della. Cela dit, ajouta-t-elle en se tournant vers Burnett, ce n'est pas comme si je pouvais décrocher le téléphone et leur poser la question.

Burnett se rembrunit.

– Pourtant, ça leur est arrivé de t'envoyer des messages et des visions.

– Oui, quand ça leur paraît nécessaire. Honnêtement, je ne suis pas leur interlocutrice préférée à Shadow Falls.

– Kylie, souffla Burnett. Je vais lui en parler dès mon retour.

Steve revint dans la pièce, accompagné du Dr Whitman.

– Bonjour, lança ce dernier.

Il portait une blouse blanche – ainsi qu'une odeur d'anesthésiant et de chien. La clinique vétérinaire n'était donc pas qu'une couverture pour le centre de médecine surnaturelle. Della aurait pu le deviner plus tôt si elle avait remarqué le bocal de biscuits pour chiens posé sur le comptoir. Elle inspecta discrètement la configuration du médecin. Mi-Fae, mi-humain.

Ce dernier s'adressa à Holiday.

– Tout va bien ? Nous avons rendez-vous la semaine prochaine, n'est-ce pas ?

Ce fut Burnett qui répondit.

– Oui, nous serons là sans faute, docteur.

Della trouvait cela étrange de voir ce grand méchant vampire dans le rôle du mari protecteur. Cela dit, elle avait déjà pu constater que Burnett n'était pas vraiment un grand méchant. Vraiment pas, même.

– Et Della, elle va s'en remettre ? demanda Holiday en la désignant.

– Oui, cette jeune demoiselle va vite s'en remettre, lança le médecin en s'approchant d'elle.

Il lui souleva doucement le menton pour la regarder dans les yeux. Malgré ses paroles rassurantes, il semblait préoccupé.

– Tu as un léger traumatisme crânien, ce qui est fort inhabituel pour un vampire. Le virus…

– J'ai un virus ? l'interrompit Della en pensant qu'il allait peut-être lui révéler la cause de ses troubles de l'ouïe.

– Le virus des vampires, expliqua Steve.

– Oh, fit Della.

– Le V-1 renforce les vaisseaux sanguins, reprit le médecin. Il guérissent plus vite que la normale, ce qui évite la formation d'ecchymoses, et donc des traumatismes visibles, comme les bosses.

– Mais alors, pourquoi j'en ai une ?

Le Dr Whitman sortit de sa poche une petite lampe à l'aide de laquelle il examina ses pupilles.

– Il se trouve qu'il y a une exception, marmonna-t-il en fronçant les sourcils, mais moi-même, je ne l'ai découvert que parce que…

– Parce que quoi ? l'encouragea Della, agacée par la fâcheuse tendance du médecin à ne pas finir ses phrases.

Sans répondre à la question, il alla se poster derrière elle et commença à tâter son cuir chevelu. Elle tressaillit lorsqu'il toucha un endroit sensible, mais s'efforça de n'en rien laisser paraître.

– Ça fait mal quand j'appuie là ? demanda le médecin.

– Pas vraiment, mentit-elle.

– Si, ça fait mal, rectifia Burnett sur un ton cassant.

Della avait presque oublié que ce détecteur de mensonge sur pattes se trouvait dans la pièce.

Le médecin continua à l'examiner.

– Oui, c'est une belle bosse, et…

– Et quoi… ? marmonna Della, de plus en plus agacée.

– J'avais raison, conclut le médecin.

– À quel propos ? demanda-t-elle en croisant son regard noisette.

– Dans le dernier numéro de *Médecine surnaturelle*, paru hier, il y avait un article qui parlait d'un point faible, à un centimètre derrière l'oreille droite. En causant un choc à cet endroit précis, il est possible de provoquer une hémorragie cérébrale chez un sujet infecté par le virus. Ce n'est pas dangereux au point de laisser des séquelles durables, mais ça peut faire perdre connaissance.

– Ce qui est déjà bien assez dangereux, intervint Burnett.

– Cette histoire ne me plaît pas du tout, gronda Steve, les lèvres pincées.

– C'est quand même une drôle de coïncidence, fit remarquer le Dr Whitman en se grattant le menton.

– Comment ça ?

– J'ai lu cette théorie hier et j'en vois la preuve physique aujourd'hui. C'est comme si…

– Vous croyez que quelqu'un aurait pu lire le même article et s'en inspirer pour agresser Della ? intervint Burnett, clairement excédé par la manie du médecin, lui aussi. Pourquoi publier un truc pareil, d'ailleurs ? Pour le plaisir de divulguer notre point faible au reste du monde ?

– Il s'agit d'une revue médicale qui relaie les dernières études en date, se défendit le médecin. Évidemment, je n'ai aucun moyen de savoir si c'était intentionnel ou… juste une coïncidence.

– Je ne crois pas aux coïncidences, rétorqua Burnett.

Della n'y croyait pas non plus, mais les gens qui lisaient des revues médicales n'étaient pas du genre à aller assommer des jeunes filles dans la forêt. Si ? Elle n'y comprenait plus rien.

Cela dit, elle ne comprenait pas grand-chose à sa vie en général depuis que son virus avait été activé. Elle aurait déjà dû être habituée à toute cette folie, mais la seule habitude qu'elle semblait avoir prise, c'était celle de toujours supplanter ses adversaires. Cela l'irritait profondément qu'un inconnu l'ait mise K-O alors qu'elle cherchait à prouver à Burnett qu'elle avait l'étoffe d'un agent de l'URF.

Elle se promit de mettre la main sur ce lâche et de lui faire payer. Elle se prit à espérer qu'il s'agissait effectivement du meurtrier. Sa revanche n'en serait que plus douce.

Quelques minutes plus tard, alors que le Dr Whitman venait de mesurer sa tension artérielle et de lui recommander de se reposer pendant quelques jours, quelqu'un frappa à la porte.

Une fille d'environ dix-sept ans passa la tête à l'intérieur. Ses cheveux blonds bouclaient légèrement sur ses épaules, et ses grands yeux bleus se posèrent immédiatement sur Steve. Son visage s'illumina d'un grand sourire.

– Notre patiente a de la visite. Ses amies sont venues la voir. (Elle jeta un coup d'œil à Della, et son sourire s'évanouit.) Oh, et papa, Mme Ledbetter est venue avec son chat. Je les ai installés dans la salle numéro 2.

– J'arrive, dit le médecin.

La jeune fille recula d'un pas, et Della aperçut Miranda et Kylie qui se tenaient derrière elle. La petite sorcière, toujours impatiente, se faufila à l'intérieur et se précipita sur Della.

– Tu vas bien ? demanda-t-elle.

Ses grands yeux verts étaient brillants de larmes.

– Oui, ça va, la rassura Della.

Elle détestait passer pour une petite chose fragile échouée sur la table d'un médecin, dans une pièce qui sentait l'ail et le chien.

Miranda poussa un gros soupir de soulagement.

– Lucas nous a dit qu'il avait vu Burnett te porter jusqu'à la voiture pour t'emmener à la clinique. On commençait à paniquer, Kylie et moi.

– Elle va s'en remettre, intervint Holiday.

– On s'est inquiétées, renchérit Kylie en s'adressant à la directrice. Pourquoi tu ne nous as pas appelées ?

– J'allais justement le faire ; je préférais attendre le diagnostic.

– Mais j'aurais pu… aider.

Kylie voulait dire qu'elle aurait pu utiliser ses talents de guérisseuse. Le seul problème, c'était que chaque fois qu'elle tentait de guérir quelqu'un, elle se mettait à briller.

– Ce n'était pas nécessaire. Je vais bien.

– Et puis, un coup sur la tête, c'est toujours délicat, ajouta Holiday. Mon instinct me dictait de l'emmener chez le médecin.

– Ton instinct a exagéré, je vais bien, insista Della.

En levant les yeux, elle remarqua que la petite blonde – de toute évidence, la fille du médecin – se tenait toujours dans l'encadrement de la porte. Son regard était rivé sur Steve. Della observa sa configuration : elle était mi-fée, mi-métamorphe – et elle polluait la pièce de ses phéromones. L'estomac de Della se noua. Cette fille avait donc un faible pour Steve.

Della n'avait rien à dire. Après tout, ils n'étaient pas en couple. Et pourtant…

– Tout ce qui compte, c'est que tu ailles bien, dit Steve sur un ton un peu trop affectueux à son goût.

Il ne faisait pas du tout attention à la petite blonde, pourtant cette dernière ne cherchait pas à dissimuler son intérêt.

Kylie s'approcha de Della et lui prit gentiment la main.

– Ne me fais plus jamais de frayeurs pareilles ! Qu'est-ce qui s'est passé ?

– Et si on sortait de cette pièce qui empeste l'ail et qu'on parlait de tout ça dehors ? suggéra Burnett en se dirigeant vers la porte.

Tous suivirent son exemple, comme de bons petits soldats, et Della se laissa glisser de la table.

Avant même qu'elle ait eu le temps de poser les pieds par terre, Steve vint lui prendre le bras, comme s'il avait peur qu'elle tombe.

– Arrête ! râla-t-elle à voix basse.

– Quoi ?

– Je n'aime pas qu'on me traite comme une pauvre petite chose fragile.

– Je te traite comme quelqu'un à qui je tiens, c'est tout,

répliqua-t-il dans un murmure. Appelle-moi quand tu seras rentrée.

Il lui caressa doucement l'avant-bras, et elle en eut un petit pincement au cœur.

Elle hocha la tête, puis grimaça malgré elle quand elle se rendit compte que Steve allait rester là, avec la blonde aux phéromones.

De retour dans le parking de Shadow Falls, Della subit un nouveau câlin de la part de Miranda avant de regarder ses deux amies s'éloigner en direction de leur bungalow. Elle s'attendait presque à ce que Burnett et Holiday lui passent un savon pour avoir osé se rendre seule à la cascade mais, surtout, elle voulait demander à Burnett s'il y avait du nouveau au sujet de l'enquête.

– Tu as besoin de te reposer, dit Holiday après un long silence.

– Non, ça va.

– Non, ça ne va pas, insista Holiday. Va te reposer. Je passerai d'ici une heure ou deux. Il faut qu'on parle toutes les deux.

Et tu pourras me faire la morale...

– Mais...

– Ne discute pas, gronda Burnett.

Della poussa un soupir exaspéré.

– Est-ce qu'on a reçu les résultats de l'autopsie ? demanda-t-elle.

– Pas encore.

– Appelle-moi quand tu les auras, s'il te plaît.

– Ne t'occupe pas de ça pour le moment, rétorqua Burnett. Fais ce que t'a dit Holiday et va te reposer.

– Je fais toujours partie de l'enquête, hein ? demanda-t-elle.

Pour toute réponse, Burnett gronda de plus belle.

Comprenant qu'il était plus sage de se taire, Della tourna les talons et prit la direction de son bungalow. Cependant, une fois hors de vue des deux directeurs, elle dirigea son regard vers les bois. Si elle retournait à la cascade, y retrouverait-elle la signature olfactive de son agresseur ? Il était sans doute trop tard.

Mais peut-être pas.

Au souvenir de la terreur qu'elle avait ressentie quelques secondes avant d'être assommée, son estomac se noua. Ce n'était pas l'intrus qui lui avait inspiré cette peur – elle n'avait pas senti sa présence – mais les chutes d'eau ellesmêmes. Les anges de la mort et ce qu'ils représentaient, le jugement ultime. Le fait d'être examinée à la loupe et lapidée pour ses péchés.

Bien décidée à ne pas laisser la peur dicter sa conduite, Della s'engagea dans la forêt.

De nouveau, la sensation de n'être pas la bienvenue la prit aux tripes, mais elle s'interdit de ralentir le pas.

Les anges de la mort allaient devoir s'accommoder de sa présence, et tant pis pour eux s'ils n'étaient pas contents.

Ou tant pis pour elle, si c'étaient eux qui l'avaient attaquée…

Un détail la chiffonnait : quand elle s'était dirigée vers la cascade le matin, c'était parce qu'elle s'était sentie attirée. Au début, elle n'avait pas éprouvé la moindre crainte. Au contraire, elle avait eu l'impression de se trouver dans un endroit paradisiaque – pas dans un repaire sinistre infesté d'anges vengeurs.

Enfin, elle entra dans la clairière, s'immobilisa et inspira profondément. Le fracas de la cascade résonnait un peu trop fort à ses oreilles, comme pour la dissuader d'approcher. Les arbres semblaient alourdis par le poids de l'humidité ambiante. Des ombres menaçantes balayaient le sol.

Repoussant la terreur qui lui remontait l'échine comme une armée d'araignées, elle releva la tête et inspira de nouveau dans l'espoir de percevoir une signature olfactive.

Seul le parfum de la terre humide flottait dans l'air, mais il suffisait que quelqu'un ait touché quelque chose pour que son odeur persiste plus longtemps. Della s'approcha donc des arbres les plus proches pour en renifler les branches – en vain. Soudain, son regard s'arrêta sur un gros caillou, par terre. N'était-ce pas précisément l'endroit où elle avait été attaquée ?

Se pouvait-il que ce soit l'arme du crime ? Elle ramassa la pierre et la renifla longuement.

Aussitôt, sa gorge se noua sous l'effet d'une rage folle. Elle jeta le caillou par terre et, avec un grondement furieux, s'élança à la poursuite du coupable.

Chapitre 9

Cachée derrière une remise, non loin des bâtiments de l'école, Della consultait son téléphone toutes les deux minutes. Holiday ne lui avait pas dit à quelle heure elle comptait passer la voir, mais Della savait qu'elle avait intérêt à être de retour à son bungalow quand la directrice viendrait frapper. Si elle n'était pas en train de se reposer sagement, elle devrait en découdre.

Or ce n'était pas avec la fée qu'elle voulait en découdre.

De là où elle se tenait, elle voyait les salles de classe mais ne parvenait pas à sentir s'il se trouvait à l'intérieur. Les cours n'allaient pas tarder à prendre fin. Si elle ne le voyait pas, alors elle devrait… Soudain, la porte d'une des salles s'ouvrit, et le nouveau vampire fut le premier à en sortir. En le voyant, Della se mit à bouillir de rage.

Il s'éloigna d'un pas tranquille en direction de la forêt.

Tant mieux. Elle préférait faire ça en privé.

Elle attendit que les autres élèves se dispersent avant de s'élancer à sa suite.

Était-il conscient de sa présence ? Sans doute. Puisqu'elle avait repéré son odeur, il avait sûrement perçu la sienne.

Elle s'en fichait complètement. Il était temps d'affronter ce sale fourbe. L'heure de la bagarre était venue, et le résultat ne serait sans doute pas beau à voir.

Della aperçut, entre les troncs d'arbre, le tee-shirt vert pâle du vampire et son jean délavé. Mais, aussitôt qu'elle franchit l'orée du bois, elle se rendit compte qu'il avait disparu. Elle poussa un grondement sourd tandis que ses yeux commençaient à luire de colère. Levant le nez, elle tenta de retrouver sa trace.

– C'est moi que tu cherches ? lança une voix au-dessus de sa tête.

Elle sursauta. Perché sur une branche à environ quinze mètres du sol, Chase balançait les jambes d'un air nonchalant – ou plutôt insolent.

Certes, il savait grimper aux arbres en un instant. Et alors ? Cela n'avait rien d'exceptionnel.

Soudain le soleil sortit de derrière un nuage, et Della cilla un instant. Quand sa vision s'ajusta, le vampire avait de nouveau disparu.

À quoi jouait-il, exactement ?

– Je vais finir par t'attraper, tu sais, grommela-t-elle entre ses dents. Et alors, tu...

– Pas besoin de te fatiguer, je suis juste ici, lança-t-il de derrière un arbre.

Elle bondit, prête à lui tordre le cou, mais il s'était éclipsé une fois de plus.

– Derrière-toi, murmura-t-il, si proche qu'elle sentit son souffle sur sa nuque.

Elle fit volte-face et le saisit par le col.

– Arrête ! siffla-t-elle, les poings crispés sur le coton de son tee-shirt.

– Quoi ? fit-il d'un air innocent.

Il se tenait si près qu'elle vit ses pupilles se dilater dans ses yeux vert de jade.

Elle l'attira plus près d'un geste furieux, au risque de déchirer son tee-shirt.

– Je vais te faire regretter de m'avoir attaquée.

– Mais de quoi tu parles ? demanda-t-il.

– Oh, ça va ! J'ai bien senti ton odeur sur la pierre, près de la cascade.

– Oui. M. James – enfin, Burnett – m'a demandé d'aller voir si je reconnaissais la signature olfactive de ton agresseur pendant qu'ils t'emmenaient chez le médecin.

Elle écouta le cœur du vampire, dont les battements demeuraient calmes et réguliers. Cela ne signifiait pas forcément que Chase disait la vérité, mais pourquoi se serait-il amusé à mentir alors qu'il suffisait à Della d'aller demander confirmation à Burnett ?

Le jeune homme esquissa un lent sourire, comme s'il avait deviné qu'elle venait de parvenir à cette conclusion. Il se pencha vers elle, si près que son souffle fit voler ses cheveux.

– Tu es mignonne quand tu t'énerves.

Elle le repoussa d'un geste brusque.

Il recula d'à peine deux centimètres. Elle sentait toujours sa présence, l'odeur de sa peau… et elle voyait une lueur d'amusement dans son regard.

– Elle est bien flippante, cette cascade, ajouta-t-il.

Della faillit lui demander s'il avait perçu une signature olfactive sur la pierre, mais elle se retint. Elle ne voulait surtout pas lui être redevable.

Ça, je m'en doute, que tu as trouvé ça flippant. Les anges de la mort ont dû se régaler à juger ton âme de gros crâneur pervers. Soudain elle se souvint de l'autre raison pour laquelle elle se méfiait de ce type.

– Tu m'as suivie, hier soir ? demanda-t-elle brusquement.

– Est-ce que je t'ai suivie ? répéta-t-il.

Elle sentit ses canines s'allonger un peu.

– Je t'ai aperçu quand je suis allée rejoindre Burnett pour…

– … pour te rendre sur le lieu du crime ? acheva-t-il.

– Tu admets donc que tu étais là, rétorqua-t-elle en serrant les poings.

– Oui, mais pas parce que je te suivais. Je n'arrivais pas à dormir, alors je suis sorti courir. Désolé, je n'avais pas l'intention d'interrompre ton petit rendez-vous galant.

Il l'avait vue en compagnie de Steve. Elle gronda en montrant les dents au jeune vampire.

Il sourit de plus belle, visiblement ravi de l'avoir agacée. Elle résolut donc de ne plus se laisser atteindre par ses taquineries sournoises. Il fallait qu'elle le traite par le mépris, comme s'il n'était qu'un insecte insignifiant juché sur un brin d'herbe.

– Allez, salut, lança-t-elle.

Elle se détourna, et les talons de ses bottines noires s'enfoncèrent dans la terre meuble. *Pauvre naze*, ajouta-t-elle intérieurement.

– Hé, attends ! cria-t-il en lui barrant le chemin.

Ce type était d'une rapidité hallucinante. Presque autant que Burnett.

Della croisa les bras et le toisa d'un air menaçant. Pourtant il ne parut pas impressionné. Il resta planté là, à la dévisager tranquillement. L'envoyer bouler d'une repartie acerbe serait revenu à admettre qu'il lui tapait sur les nerfs, aussi supporta-t-elle son regard en silence pour lui prouver que cela ne l'affectait pas le moins du monde.

Pourtant elle n'y était pas indifférente, ce qui l'agaçait plus que tout.

– On ne pourrait pas faire la paix ? demanda-t-il au bout d'un instant.

– Je pense qu'on serait plus doués pour la guerre, rétorqua-t-elle.

Il rit doucement. Elle n'avait pourtant pas eu l'intention d'être drôle. Ce type était pire qu'un moustique. Elle n'avait qu'une envie : l'écraser entre ses paumes avant de s'essuyer les mains sur son jean.

Au lieu de cela, elle le contourna et reprit son chemin.

– Tu ne veux pas qu'on parle ? insista-t-il, juste derrière elle.

Pour quoi faire ? On n'a rien à se dire.

– Non, lança-t-elle sans ralentir.

Elle aurait voulu s'envoler et mettre autant de distance que possible entre eux, mais cela aurait trahi son agacement.

– Allez, Della. J'étais prêt à faire don de mes réserves de sang pour t'éviter d'avoir à passer une heure avec l'autre vampire blond, là…

Elle s'arrêta et fit volte-face si brusquement qu'il lui rentra dedans. Il lui saisit les poignets pour l'empêcher de perdre l'équilibre et ne la lâcha pas tout de suite. Emportés par leur élan, ils se cognèrent et elle sentit ses seins se presser contre le torse du jeune homme. Vu leur taille modeste, cela relevait du tour de force. Elle recula d'un pas.

– Je croyais que tu avais fait ce don pour aider notre banque du sang. Ou alors, c'était juste pour me faire enrager.

– Peut-être qu'il y avait un peu des trois, dit-il en haussant les épaules.

– Pourquoi ? demanda-t-elle.

Sa curiosité l'avait emporté sur sa méfiance. Elle était presque sûre de l'avoir déjà rencontré quelque part. Son odeur était inscrite dans sa mémoire, associée à une impression de danger imminent.

– Pourquoi quoi ?

– Pourquoi est-ce que tu voulais faire un don de sang pour passer une heure avec moi ?

– Parce que je voulais qu'on parle, répondit-il simplement. Je crois qu'on n'a pas démarré sur le bon pied, toi et moi.

Della inclina la tête, attentive. Son cœur battait lentement.

– Je viens tout juste de débarquer et, crois-moi, cet endroit n'est pas exactement accueillant pour les nouveaux, poursuivit-il. Tu es la seule personne avec qui j'ai accroché, jusqu'ici.

Quoi ? Quand est-ce qu'on a…

– Tu as peut-être accroché, mais moi, pas du tout, je te signale, rétorqua-t-elle sèchement. J'étais plutôt partie pour te botter le cul.

– Et pourtant, tu ne l'as pas fait, lança-t-il en souriant de toutes ses dents.

– Uniquement parce que Burnett est intervenu.

– Tu veux dire que Burnett t'a évité une sévère correction…

Elle parvint tout juste à réprimer un grognement exaspéré.

– Tu sais, tu arriverais peut-être à te faire des amis si tu n'étais pas aussi arrogant.

– Je ne suis pas arrogant, je suis sûr de moi. Je sais bien que ça peut prêter à confusion, des fois, mais ça n'a rien à voir.

Della eut le vague souvenir d'avoir fait une remarque semblable à Miranda, mais elle se garda bien de mentionner ce détail. Le simple fait d'être d'accord avec ce sale type la mettait hors d'elle.

– Oui, c'est ça, lança-t-elle avant de tourner les talons.

– Qu'est-ce qu'il y a ? Tu as peur que ton copain métamorphe n'apprécie pas de savoir qu'on traîne ensemble ?

Cette fois, quand elle s'arrêta pour lui faire face, elle tendit les bras devant elle pour éviter qu'il ne la touche. Sauf que son plan se retourna contre elle quand ses mains rencontrèrent le torse solide du jeune homme. Les battements de son cœur résonnaient sous ses paumes, et elle sentait la force de ses muscles sous sa peau fraîche de vampire. Elle recula précipitamment.

– Je n'ai peur de rien, se défendit-elle.

C'était un mensonge. Plus d'une chose lui inspirait de la crainte : les anges de la mort, les fantômes, la perspective de perdre un jour les gens qu'elle aimait, les araignées quand elles étaient vraiment grosses et poilues… Mais elle espéra que Chase ne faisait pas attention au rythme menteur de son cœur.

– Tu veux dire que vous n'êtes pas ensemble ? reprit-il en haussant un sourcil.

Au même moment, Della sentit vibrer son téléphone dans la poche arrière de son jean. Elle saisit cette excuse pour ne pas répondre à cette question – pour ne pas y penser. En sortant son portable, elle espéra voir s'afficher le numéro de Chan. Son cousin ne l'avait toujours pas rappelée. Certes, elle avait mis du temps à le contacter après avoir reçu son message, mais il avait bien précisé que ce n'était pas urgent. Peut-être voulait-il essayer de la convaincre de quitter Shadow Falls, une fois de plus. Il ne semblait pas comprendre qu'elle préfère étudier là plutôt que de vivre à la rue, comme lui – et elle ne comprenait pas comment il pouvait penser ça.

Merde ! pensa-t-elle en voyant le numéro s'afficher.

Ce n'était pas Chan.

C'était Holiday. Elle devait se trouver devant le bungalow, furieuse que Della n'ait pas suivi ses instructions. La jeune fille n'éprouvait pas le moindre besoin de se reposer. Cela dit, elle n'avait pas non plus besoin de mettre Burnett et Holiday en rogne.

– Je dois y aller, marmonna-t-elle avant de décoller.

– On se croisera bientôt ! lança Chase.

– C'est ça, oui ! Quand les poules auront des canines qui s'allongent sous l'effet de la colère ! cria-t-elle sans ralentir.

En parlant de colère, elle allait sans doute essuyer celle de Holiday... puis de Burnett quand cette dernière lui raconterait tout.

Della aperçut Holiday avant même d'atterrir. La fée rousse était assise au bord du perron et balançait lentement les pieds dans le vide. Une expression d'immense tendresse sur le visage, elle se caressait le ventre en murmurant de douces paroles à son bébé. Della avait failli lui envoyer un texto, mais cela lui aurait pris autant de temps que de revenir au bungalow.

Elle se posa juste devant les marches du perron. Holiday leva les yeux vers elle et, aussitôt, son expression affectueuse se changea en une moue sévère.

– Tu étais censée te reposer, gronda-t-elle.

Della s'assit à côté de Holiday.

– Désolée... J'étais en chemin pour revenir ici quand j'ai éprouvé le besoin de retourner à la cascade pour voir si je pouvais y trouver un indice quelconque.

– Tu as éprouvé le besoin de désobéir ?

– Non, je voulais attraper le salaud qui m'a assommée.

Holiday poussa un soupir.

– Tu as perdu connaissance, Della. Le médecin a recommandé que tu te reposes. Je ne veux pas que tu passes ton temps à courir partout.

Della savait très bien que Holiday disait cela parce qu'elle s'inquiétait pour elle, mais…

– C'était important, tu comprends. Je n'aime pas…

Sa gorge se noua, et elle sentit des larmes lui picoter le nez. Ravalant cette faiblesse, elle tenta d'expliquer ce qu'elle ressentait.

– Je veux travailler pour l'URF, alors je me disais que, si j'arrivais à découvrir qui m'avait attaquée, Burnett verrait que je ne suis pas qu'une incapable.

– Burnett ne te prend pas pour une incapable ! s'écria Holiday, surprise.

– Si. Il m'a fait comprendre que je n'avais pas l'étoffe d'un agent de l'URF.

Holiday fit une petite grimace.

– Je ne crois pas que… Burnett a beaucoup de respect pour toi, Della.

– Pas assez pour m'encourager à rejoindre l'agence. Il m'a même dit qu'il y avait des moyens plus faciles de gagner sa vie. Pourtant, il sait très bien que c'est la carrière dont je rêve.

Le regard de Holiday s'adoucit.

– Je ne suis pas sûre qu'il ait réellement essayé de te décourager, mais, si c'est le cas, je pense que c'est uniquement parce que c'est un gros macho.

Della écarquilla les yeux, choquée par cet aveu brutal. Elle s'attendait à ce que la fée prenne la défense de son mari.

– C'est ce que je me suis dit aussi. Tout ça, c'est parce que je suis une fille. Pas vrai ?

– Que les choses soient claires, j'aime cet homme plus que tout et il a un cœur en or, mais le fait est qu'il se montre particulièrement protecteur envers les femmes. D'ailleurs, si ce bébé est une fille, on risque d'assister à de belles prises de tête entre son père et elle, dès la naissance.

– Ce n'est pas juste, grommela Della.

– Je sais bien, mais si je peux te donner un conseil, dit Holiday en pointant son index vers Della, il y a une qualité fondamentale que Burnett recherche chez ses agents, et c'est l'obéissance. Si tu n'es pas capable de suivre ses ordres, alors c'est sûr qu'il ne te fera jamais confiance. C'est ça, ton problème, jeune fille. Tu as de la chance que je ne l'aie pas appelé quand je suis arrivée ici et que je ne t'ai pas trouvée.

Della aurait voulu se défendre en expliquant que son désir de retourner à la cascade n'était pas tant un acte de désobéissance qu'une nécessaire entorse à la règle, mais elle décida de se taire.

– Je vais essayer de corriger ça, dit-elle après un long silence.

Aussitôt elle se demanda si c'était le résultat que Holiday recherchait depuis le début, lui faire prendre conscience de ses propres défauts. La fée était très forte pour ce genre de manipulation – ou plutôt, d'encouragement.

Holiday sourit gentiment.

– Super. De mon côté, je vais veiller à ce que son côté macho ne t'empêche pas de poursuivre tes rêves.

– Merci, souffla Della.

Holiday posa les mains à plat sur ses hanches et cambra le dos, ce qui mit en valeur son ventre arrondi.

– Maintenant que cette question est réglée, je voudrais qu'on parle un peu de ce qui s'est passé chez tes parents ce week-end, puis de ce qui est arrivé hier soir.

Della replia les jambes et passa les bras autour de ses genoux.

– On est obligées ?

– Non, mais j'aimerais bien que tu te confies à moi, répondit Holiday en tournant la tête vers elle. Je sais que tu n'es pas du genre à raconter ta vie. Cela fait partie des caractéristiques des vampires, et je le respecte. Crois-moi, je suis mariée à un type qui croit pouvoir résoudre tous les problèmes du monde à lui tout seul. Pourtant, même mon grand méchant mari a appris que ce n'était pas une preuve de faiblesse de se reposer sur quelqu'un de temps en temps. (Holiday leva la tête vers le ciel un instant.) Je ressens ta douleur d'ici, Della, et cela fait partie de mon travail d'essayer de t'aider.

L'espace d'une seconde, Della envisagea de parler de son oncle à Holiday, mais la possibilité qu'il ne soit pas déclaré auprès de l'URF l'en empêcha. Si Holiday rapportait ce détail à Burnett, il se sentirait obligé de le signaler à l'agence.

– En ce qui concerne mes parents, rien ne peut m'aider, soupira-t-elle.

C'était au moins un sujet qu'elle pouvait aborder avec la fée.

– Qu'est-ce qui s'est passé ?

– Oh, c'est toujours la même chose. Comme ils ne comprennent pas ce qui m'arrive, ils croient que c'est purement de la rébellion de ma part. J'ai envisagé de leur dire la vérité, mais je pense que ce serait plus dur à accepter pour eux que ce qu'ils soupçonnent en ce moment. Ça me fait mal de savoir que je les déçois à ce point, soupira-t-elle, le cœur lourd. De savoir que… que je leur fais du mal, ajouta-t-elle avant de se détourner, les yeux pleins de larmes. J'ai l'impression de ne plus faire partie de ma propre famille.

Elle s'essuya les joues d'un geste furtif.

Holiday lui posa doucement la main sur l'épaule, et la chaleur de ce contact l'apaisa aussitôt. Presque malgré elle, Della savoura cet instant. Pas étonnant que Burnett soit tombé amoureux de la fée. Holiday était tout simplement magique.

– Je sais combien il est difficile de vivre avec un tel secret. C'est parfaitement injuste. Je sais aussi qu'il serait beaucoup plus simple de faire comme la plupart des vampires et de simuler ta propre mort. C'est très courageux de ta part de continuer à voir ta famille. Aussi fou que ça puisse paraître, j'ai déjà vu des cas où ça fonctionnait plutôt bien.

– Comment est-ce que ça peut fonctionner alors qu'ils me prennent pour une menteuse droguée et voleuse ?

Holiday poussa un profond soupir.

– Une fois que tu seras pleinement adulte et qu'ils verront que tu as trouvé ta place dans la société, ils se diront que c'était juste une phase mouvementée de ton adolescence et que tu as su résoudre ces problèmes. Tu pourras renouer une relation affectueuse avec eux, alors que si tu avais suivi l'exemple de tant d'autres vampires, tu les aurais perdus pour toujours.

– Rien ne garantit que je ne vais pas les perdre de toute

façon, grommela Della. J'ai l'impression qu'ils ont déjà commencé à m'oublier.

Son père ne parlait déjà plus d'elle.

– Ce n'est pas vrai, objecta Holiday. Ils t'aiment toujours. Sinon, ils ne se préoccuperaient pas de ce que tu deviens. Ta mère m'appelle au moins une fois par semaine pour prendre de tes nouvelles, tu sais.

– Mais pas mon père.

Della retint son souffle dans l'espoir que Holiday la contredise, même si elle se doutait que c'était vain.

– C'est un homme. Les hommes ont une façon bien à eux de faire face aux situations compliquées.

Ouais… en arrêtant d'aimer, tout simplement. Bizarrement, Della repensa à Steve et à la fille du médecin. Steve allait-il l'oublier, lui aussi ?

Un long silence s'installa entre elles. Della était étrangement émue que sa mère appelle régulièrement… mais peut-être n'était-ce que le soulagement de savoir qu'au moins un de ses deux parents tenait encore à elle.

– À propos de ce que tu as vu hier soir… reprit Holiday.

– Ça va, l'interrompit Della. Si je veux travailler pour l'URF, il va falloir que je m'habitue à ce genre de scène. Je suis sûre que je vais y arriver.

L'image des victimes mutilées avait presque cessé de la hanter.

– Bien sûr, mais rien ne t'oblige à affronter ça toute seule. Si tu tiens vraiment à intégrer l'URF, tu vas aussi devoir t'habituer à compter sur les autres. Il faudra apprendre à compenser le mal par le bien, sinon tu risques de te perdre dans toutes les horreurs que tu verras. Ce genre de chose peut noircir ton âme et te priver de toute joie.

– Ma plus grande joie, ce serait d'attraper le salaud qui a fait ça, rétorqua Della.

Aussitôt, elle revit le jeune couple égorgé, et son cœur se serra. Il fallait à tout prix que justice soit faite.

– Je sais, souffla Holiday en lui prenant la main. Mais, avant de régler les problèmes des autres, tu vas devoir mettre de l'ordre dans ta propre vie. J'ai l'impression que tu recherches quelque chose – quelque chose qui te tient à cœur – mais j'ai aussi l'impression que tu n'as pas encore osé te lancer pour de bon.

La vérité de ces paroles atteignit Della de plein fouet. Son oncle. Elle recherchait bel et bien quelque chose : une famille de substitution. Pourtant, elle n'avait pas encore osé lire la notice nécrologique. Elle détourna la tête, gênée que Holiday devine si facilement ce qui la préoccupait.

– Ne t'inquiète pas, je ne vais pas te forcer à me raconter quoi que ce soit. En revanche, si je peux me permettre de te donner un conseil : consacre-toi entièrement à cette quête, mais sans prendre de risques inutiles. Je te connais bien, Della. Il t'arrive d'agir avant de réfléchir.

– Mais non, je réfléchis vite, c'est tout, répliqua Della en souriant, dans l'espoir de détendre l'atmosphère.

Holiday leva les yeux au ciel.

– C'est une des caractéristiques communes aux vampires, mais cela fait aussi partie de ta personnalité, Della. Je ne connais personne qui ait autant de cran et de culot que toi. C'est quelque chose que j'admire, mais j'ai peur que cela te cause du tort si tu n'es pas un peu prudente.

Della hocha la tête.

– Je tâcherai d'y penser.

– Vraiment, insista Holiday.

Puis, avec un soupir, elle se redressa et posa une main sur son ventre.

– Est-ce que le bébé bouge beaucoup ? demanda Della, désireuse de changer de sujet.

– Il n'arrête pas ! Ça va être un grand impatient, comme son papa. Tu veux le sentir ?

Della hésita.

– Ça ne te gêne pas ?

– Pas du tout, répondit Holiday en prenant la main de la jeune fille pour la placer sur son ventre.

Aussitôt, Della perçut une légère secousse.

– Oh ! Il vient de me donner un coup. C'est génial, dit-elle, sincère.

Elle n'imaginait pas du tout ce que cela pouvait faire de sentir un être humain grandir en soi.

– Bizarre, mais génial, reprit-elle en souriant à la directrice. Et tu es absolument énorme. Tu es sûre qu'il n'y en a qu'un et pas deux ?

– « Absolument énorme » ? répéta Holiday avec une grimace. Je te remercie.

Della se mordit la lèvre.

– Pardon, je ne voulais pas…

– T'inquiète ! lança Holiday en lui donnant un petit coup d'épaule. Tu as raison, je suis effectivement énorme. Et non, ce ne sont pas des jumeaux. En revanche, il semblerait que cette bestiole soit à dominante vampire.

– Tu es passée aux rayons X, ou un truc du genre ? Ça montre la configuration du bébé ?

– Il existe une échographie spéciale qui peut le révéler, mais j'ai demandé à ne pas savoir. Je veux avoir la surprise.

– Mais alors, comment tu sais qu'il aura une dominante vampire ?

– Il est très rare que les grossesses surnaturelles arrivent à terme. La période de gestation des vampires peut varier d'un cas à l'autre. Le bébé peut naître au bout de quatre ou cinq mois. Et vu la taille de mon ventre…

– Oh ! Tu veux dire qu'il pourrait naître bientôt ?

– Oui.

– Tu as peur ? De l'accouchement, je veux dire.

En cours de biologie, Della avait vu un documentaire qui l'avait traumatisée. On voyait tout, y compris le moment où le bébé sortait. Depuis, elle prenait la contraception très au sérieux.

La fée jeta un bref coup d'œil à son ventre arrondi.

– Je mentirais si je disais que je n'appréhende pas du tout la naissance, mais c'est surtout pour le bébé que je m'inquiète.

Elle ramena ses cheveux par-dessus son épaule et, soudain,

tourna la tête pour regarder derrière elle, puis sur sa droite. Un peu comme Kylie quand elle voyait...

– Qu'est-ce qu'il y a ?

– Rien, répondit Holiday, mais son cœur trahit son mensonge.

– C'est le fantôme ? demanda Della en ramenant ses genoux tout contre sa poitrine.

Holiday braqua sur elle son regard vert tout en fronçant les sourcils.

– Oui. Comment tu le sais ?

– Kylie m'a dit qu'un fantôme se baladait dans les parages. Elle pense que c'était un vampire.

Holiday hocha la tête.

– Je suis d'accord avec elle. Il se déplace vraiment très vite.

Kylie avait également suggéré que c'était peut-être l'oncle de Della.

– Est-ce que tu as vu à quoi il ressemblait ?

– Non, il va trop vite, répondit Holiday en regardant de gauche à droite. Est-ce qu'il est entré en contact avec Kylie ? Elle sait ce qu'il veut ?

Della secoua la tête.

– Pas que je sache, mais elle l'a peut-être revu depuis ce matin.

– C'est bizarre, dit Holiday.

– Quoi donc ?

– Je ne comprends pas pourquoi il se montre à la fois à Kylie et à moi. En général, les fantômes s'attachent à une seule personne. Et puis, il n'a aucune raison de traîner ici alors que Kylie est en cours. Ça n'a pas de sens.

Un frisson remonta l'échine de la jeune fille quand elle se rappela ce que lui avait dit Kylie. Cette dernière semblait croire que c'était Della que le fantôme cherchait à contacter, or elle n'avait vraiment pas envie qu'un spectre lui colle aux basques.

Elle redressa les épaules et jeta un coup d'œil autour d'elle.

– Est-ce que tu peux lui demander de dégager ?

– Non, ce n'est pas comme ça que ça marche.

– Je me doutais que tu allais me répondre un truc dans ce genre…

C'était presque mot pour mot ce que lui avait expliqué Kylie.

Holiday sortit son téléphone de sa poche et regarda l'heure.

– Zut. Il faut que je retourne à mon bureau. Je vais être en retard ; j'ai convoqué Perry.

Della fronça les sourcils.

– Pourquoi ? Il y a quelque chose qui ne va pas ?

Holiday hésita un instant.

– Non, pas vraiment, mais il faut que je file, dit-elle enfin avant de jeter un regard sévère à la jeune fille. Quant à toi, va dormir un peu. Si j'apprends que tu es repartie gambader, tu auras affaire à Burnett.

Sur ce, elle tenta de se relever, encombrée par son gros ventre. Della sauta sur ses pieds et lui tendit la main.

– Arrête de me narguer, grommela la fée.

Néanmoins elle accepta son aide.

Della la regarda s'éloigner en se dandinant, précédée par son ventre.

– Et le fantôme ? lança-t-elle soudain.

– Oh, il devrait me suivre, dit Holiday. Les fantômes ne fréquentent que les gens qui ont la faculté de les détecter.

Della espérait de tout cœur qu'elle avait raison. Pourtant, en entrant dans le bungalow, elle sentit un courant d'air froid sur son bras, comme si quelqu'un était passé près d'elle en volant – un vampire, par exemple. Elle s'immobilisa et regarda autour d'elle. Pas le moindre vampire en vue – pas même un éclat de couleur rendu flou par la vitesse.

Pourtant, elle gardait la désagréable impression de ne pas être seule.

– Merde, marmonna-t-elle.

« Les fantômes ne fréquentent que les gens qui ont la faculté de les détecter », avait dit Holiday. Le simple fait de sentir un courant d'air comptait-il comme la faculté de détecter un fantôme ? Peut-être n'était-ce que son imagination qui lui jouait des tours. Soudain elle sentit quelque chose vibrer contre sa hanche. Elle sursauta violemment avant de comprendre que c'était son téléphone.

Soulagée, elle le sortit de sa poche en espérant que c'était Chan qui l'appelait enfin. Elle regarda le numéro. Ce n'était pas Chan.

Chapitre 10

– Pourquoi tu ne m'as pas appelé ? demanda Steve dès qu'elle décrocha.

– Je… j'ai eu des trucs à faire, j'étais occupée, répondit Della.

Pourtant elle savait pertinemment que ce n'était pas entièrement vrai. Si elle n'avait pas appelé Steve, c'était surtout parce qu'elle avait peur. Elle craignait de laisser échapper une remarque acerbe au sujet de la jolie petite blonde qui avait pollué la pièce de ses phéromones en folie tout en décochant à Steve un sourire digne d'une pub pour du dentifrice.

Della n'avait pas le droit d'être jalouse. Elle n'avait aucun droit sur Steve – certainement pas celui d'exiger qu'il garde ses distances avec les jolies blondes à forte poitrine qui ne demandaient qu'à le croquer tout cru.

Elle eut beau essayer de s'en convaincre, cela n'aida pas beaucoup son affaire. Au contraire, jusque-là, elle n'avait pas vraiment pensé aux seins rebondis de la fille du médecin.

– Trop occupée pour m'appeler ? reprit Steve, visiblement piqué au vif.

– Désolée, souffla-t-elle.

Elle gagna sa chambre et referma la porte derrière elle avant de se laisser tomber sur son lit.

– Je voulais retourner à la cascade pour voir si j'arrivais à y détecter l'odeur du taré qui m'a assommée.

– Le Dr Whitman t'avait pourtant recommandé de te reposer.

Elle leva les yeux au ciel.

– Je sais. Holiday m'a déjà fait la morale, je n'ai pas besoin que tu en remettes une couche.

– Hé ! râla Steve. Je me fais du souci pour toi, c'est tout. En relisant ton dossier après ton départ, le docteur a remarqué que ta température était plus élevée que la normale. C'était déjà mon impression ce matin, rappelle-toi. Bref, il m'a demandé si je t'avais posé la question au sujet de ton cycle, et je lui ai dit que tu avais tes règles, effectivement, mais... Disons que ça m'a inquiété de le voir s'inquiéter.

Della se posa une main sur le front. Avait-elle réellement de la fièvre ?

– Surtout, ça ne me plaît pas de savoir que quelqu'un t'a assommée dans l'enceinte de Shadow Falls. Est-ce que Burnett a la moindre idée de qui c'était ?

– Non, pas que je sache.

Elle faillit lui dire qu'elle avait repéré l'odeur de Chase sur une pierre dans la clairière, puis elle se ravisa. Steve se méfiait déjà du nouveau, elle ne voulait pas en rajouter.

– Est-ce que ça pourrait avoir un lien avec l'enquête de l'URF et l'intrus que tu as senti hier soir ?

Elle fronça les sourcils.

– D'après Burnett, ce n'est pas impossible.

– Est-ce qu'il s'agit du jeune couple assassiné dans sa voiture ?

Aussitôt, elle revit la scène de la veille.

– Comment tu sais ça ?

– Il y avait un article dans le journal au sujet d'un accident de la route... Je me suis dit que c'était peut-être le même meurtre.

Steve se tut un moment.

– Je n'aime vraiment pas cette histoire ! reprit-il d'une voix plus forte. Si ça se trouve, tu as un criminel aux trousses.

– On n'a aucune preuve de ça. Et puis, s'il décide de revenir m'attaquer, c'est lui qui aura besoin d'un médecin, cette fois.

Un silence pesant s'installa entre eux. Della jeta un coup d'œil alentour et remarqua que la porte était entrouverte. Elle était pourtant sûre de l'avoir fermée en arrivant.

– Est-ce que tu les as vues ? Les victimes, je veux dire ? demanda Steve.

Elle inspira longuement avant de répondre.

– Oui.

– Oh merde. Je suis désolé, Della. Ça devait être horrible.

– Oui, mais ça m'a aussi prouvé que c'est vraiment ce que je veux faire dans la vie : attraper les tarés capables de faire ce genre de choses et les empêcher de nuire.

– Je comprends, mais ça ne me rassure pas beaucoup.

Et moi, ça ne me rassure pas beaucoup que tu passes tout ton temps avec l'autre blondasse.

– Désolée, dit-elle après un long silence.

Elle chercha quelque chose d'autre à dire. *Parle-moi un peu de la fille du médecin. Tu sais, celle qui a un gros faible pour toi.* Elle se mordit la langue pour ravaler ces paroles et choisit un sujet plus neutre.

– Tu vois tous les patients du Dr Whitman ? Même les animaux ? demanda-t-elle.

– Oui, dit-il.

– Et ça te plaît ?

Ça te plaît d'avoir une jolie blonde dans les parages ?

– Oui. Le Dr Whitman m'a conseillé de faire une école vétérinaire. Parmi ses collègues surnaturels, ceux qui ont fait médecine ont beaucoup plus de mal à concilier les deux. Et puis, il m'a proposé de travailler pour lui pendant mes études. En plus, j'aime bien les animaux.

Della ne put s'empêcher de se demander si le médecin voyait en Steve un futur gendre parfait.

– Tu n'es pas obligé de devenir vétérinaire. Il y a aussi des surnaturels dans les hôpitaux. Je le sais, parce que quand je suis devenue vampire, j'ai croisé un infirmier et un médecin.

– Oui, mais ça n'arrive pas souvent que des surnaturels se pointent aux urgences. Du coup, mes patients seraient quasiment tous humains. Évidemment, je pourrais ouvrir mon propre cabinet, mais c'est compliqué à cause des histoires d'assurance. Jessie m'a dit que Whitman et son associé envisageaient d'embaucher une troisième personne dans un avenir proche. Avec un peu de chance, une fois mon diplôme en poche, je n'aurai même pas besoin de me faire une clientèle.

– Qui c'est, Jessie ? demanda-t-elle, même si elle se doutait de la réponse.

– La fille du Dr Whitman. Tu l'as croisée, je crois. Une petite blonde très souriante.

Ça, pour être souriante…

– Oui. Je vois, dit-elle.

Elle voyait même très bien. Jessie, la petite blonde souriante, avait devant elle une vie toute tracée, et Steve en faisait partie.

Restait à savoir si Della avait envie d'être le grain de sable dans ces beaux projets. Ou plutôt si Della souhaitait prendre le risque de voir son cœur réduit en lambeaux.

Une heure plus tard, alors que l'après-midi était déjà bien entamé, elle n'avait toujours pas fermé l'œil. Ce n'était pourtant pas faute d'essayer.

Depuis sa conversation téléphonique avec un certain métamorphe, Della n'arrêtait pas de penser à la fille du docteur.

Blottie sous sa couette, elle s'entraîna à sourire pendant de longues minutes, mais elle ne faisait pas le poids à côté de Jessie.

Quand elle n'était pas préoccupée par ça, elle pensait au fantôme. Spectres, sourires et beau décolleté se succédaient dans son esprit, entrecoupés parfois d'images du meurtre de la veille. Della avait la tête qui tournait et le cœur qui saignait du besoin de rendre justice au jeune couple – entre autres choses.

Il régnait un froid inhabituel dans sa chambre. Elle se pelotonna sous sa couette tout en regardant le plafond. Un petit insecte s'y était aventuré et se déplaçait très lentement, comme si lui aussi souffrait du froid.

Chaque fois qu'un fantôme venait voir Kylie, la température tombait. Della avait-elle de la visite ou de la fièvre ? Elle choisit de considérer que c'était de la fièvre. Elle préférait avoir affaire à une bonne grippe qu'à un fantôme.

Les paroles de Holiday lui revinrent en mémoire : « J'ai aussi l'impression que tu n'as pas encore osé te lancer pour de bon. »

La nécrologie de son oncle était toujours pliée dans la poche de son jean.

Elle se redressa pour l'en sortir. De nouveau son regard s'arrêta sur la porte. Elle était persuadée de l'avoir refermée après le coup de fil de Steve.

En inspectant la pièce du sol au plafond, elle murmura :

– C'est toi ? Tu es là ?

– À qui tu parles ? lança une voix depuis le seuil.

Della sursauta puis, en tournant la tête, elle aperçut Kylie et Miranda.

– À personne, dit-elle.

Mais, aussitôt, Kylie leva les yeux au plafond, comme si elles avaient de la visite.

– Il est là ? demanda Della, sans même chercher à dissimuler sa peur.

– Qu'est-ce qui est là ? intervint Miranda.

Kylie fronça les sourcils.

– Non, il est déjà reparti.

– Qu'est-ce qui est déjà reparti ? insista Miranda.

– Un fantôme, répondit Kylie.

– Tu as encore un fantôme ? s'écria la petite sorcière en écarquillant les yeux.

– Je crois bien que celui-là n'est pas venu pour me voir moi.

Bouche bée, Miranda se tourna vers Della.

– Tu as un fantôme ? Mais comment c'est possible ? Tu ne sais pas parler aux esprits !

– Non, et je n'ai pas envie d'apprendre, rétorqua Della en jetant un coup d'œil à Kylie. Qu'est-ce qui m'arrive ?

Kylie vint s'asseoir sur le bord du lit.

– Holiday m'a dit un jour que certains fantômes recèlent tellement d'énergie qu'ils apparaissent même à des gens normaux.

– Si j'étais normale, ça se saurait, marmonna Della.

– Normale ou pas, nous, on t'aime ! lança Miranda en se laissant rebondir sur le lit. Il est parti, hein ? ajouta-t-elle en regardant Kylie.

Cette dernière hocha la tête avant de se retourner vers Della.

– Tu sais qui c'est ?

– Non, répondit Della en remontant les genoux sous le menton.

– Il ne t'est pas apparu ?

– Non.

– Et il ne t'a pas parlé ?

– Non plus.

– Mais alors... comment tu as su qu'il était là ?

– Parce qu'il faisait froid et... et que j'ai senti quelque chose me frôler l'épaule. Oh, et je suis presque sûre qu'il a ouvert la porte de ma chambre.

– Ah bon ? fit Kylie, étonnée.

– Oui, confirma Della.

– Ça m'étonne, reprit Kylie en secouant la tête. En général, les fantômes ont juste assez de force pour déplacer de petits objets, comme un téléphone portable, par exemple.

– Alors comment tu expliques que ma porte était ouverte quand vous êtes arrivées alors que je l'avais fermée ?

Kylie regarda la porte un instant avec une lueur de doute dans ses yeux bleus.

– Peut-être que tu as cru la fermer mais que tu t'es trompée.

– Tu veux dire que je suis folle ?

– Non, pas du tout !

– Je n'ai pas rêvé, insista Della en se frottant les yeux. C'est n'importe quoi, cette histoire. Et d'abord, pourquoi est-ce qu'on ne peut pas envoyer bouler un fantôme ? Qu'est-ce qu'ils ont de si spécial ?

Miranda rit doucement.

– Ils se disent sans doute que le fait d'être mort leur donne tous les droits. Ça fait peut-être partie du contrat. Qui sait ? Peut-être que, une fois qu'on est mort, on n'a plus besoin de se plier au règlement. On fait ce qu'on veut, quand on veut.

– Je ne plaisante pas, gronda Della. Ça ne me plaît pas du tout, d'avoir un fantôme.

– Oh, désolée, soupira Miranda. Tu es encore plus grincheuse que d'habitude depuis que tu as reçu un coup sur la tête.

– Tu ne serais peut-être pas Miss Bonne Humeur si tu avais un fantôme qui te colle aux fesses ! rétorqua Della en montrant les dents à la petite sorcière.

– Ça suffit, vous deux, intervint Kylie.

Au même moment, son téléphone sonna.

– C'est Holiday, dit-elle avant de décrocher. Allô ?

Sans cesser de toiser Miranda, Della tendit l'oreille pour tenter de saisir ce que disait la fée, mais en vain. Son ouïe s'était encore mise en grève.

– Oui, dit Kylie avant de jeter un coup d'œil à Della. Non, mais elle est couchée. D'accord, lança-t-elle avant de raccrocher.

– Elle voulait prendre de mes nouvelles ? demanda Della.

– Oui. Elle a dit que tu devais rester au lit. Elle t'apportera ton dîner.

– Elle m'a raconté que tu étais retournée à la cascade alors que tu étais censée te reposer, intervint Miranda. Qu'est-ce qui t'a pris d'aller là-bas, de toute façon ? Cet endroit est tellement flippant… Tu aurais pu croiser un ange de la mort !

Comme Della ne répondait pas, Miranda écarquilla les yeux.

– Ne me dis pas que tu as croisé un ange de la mort ! s'écria-t-elle.

– Non… pas vraiment, marmonna Della. J'ai vu des ombres, c'est tout. Et puis, c'est arrivé une fraction de seconde avant que je me fasse assommer, alors… Si ça se trouve, j'ai rêvé.

C'était du moins ce dont elle essayait de se convaincre.

– Des ombres comment ? insista Miranda. Elles ressemblaient à des monstres, ou quoi ?

Della vit le regard de Kylie s'animer. Comme Holiday, elle avait la faculté de communiquer avec les anges de la mort.

– Non, dit la vampire, seulement à des ombres.

Puis, voyant que la sorcière n'était pas satisfaite par cette réponse, elle désigna Kylie.

– C'est à elle qu'il faut poser la question ! C'est elle qui est super copine avec eux.

– Ce ne sont pas des monstres, souffla cette dernière. Je dirais plutôt que ce sont des entités spirituelles.

– En tout cas, ils me fichent la trouille, grommela Miranda en se retournant vers Della. Et je ne comprends toujours pas ce qui t'a pris d'aller là-bas.

– La seconde fois, c'était pour retrouver la trace de mon agresseur, rétorqua Della. La première fois, en revanche… Je ne sais pas trop pourquoi j'y suis allée. Je me promenais et je me suis retrouvée là-bas.

– Oui, eh bien, si ça se reproduit, tu tournes les talons et tu te carapates, commenta Miranda.

– C'est ce que j'aurais fait si on ne m'avait pas assommée, marmonna Della avant de s'adresser à Kylie. Au fait, est-ce que Burnett t'a demandé d'aller voir si les anges de la mort savaient qui m'avait frappée ?

Kylie hocha la tête.

– J'y suis allée et j'ai posé la question, mais je n'ai pas encore obtenu de réponse. Peut-être qu'ils n'étaient pas là quand tu t'es fait agresser.

– Pourtant, j'ai eu l'impression de les sentir, dit Della, un peu comme s'ils voulaient me faire comprendre que je n'étais pas la bienvenue. Je ne suis pas entièrement sûre que ce ne soient pas eux qui m'aient attaquée, conclut-elle en réprimant un frisson.

– Et pourtant, tu y es retournée, soupira Miranda en attrapant un oreiller pour s'installer plus confortablement. Moi qui te croyais futée…

Della lui adressa une grimace.

– Je te l'ai déjà dit, je voulais y chercher des indices sur mon agresseur.

– Et alors ? Tu as trouvé quelque chose ? demanda Kylie.

– J'ai trouvé Chase.

– Quoi ? s'esclaffa Kylie, bouche bée.

Miranda se redressa, les yeux écarquillés.

– C'est Chase qui t'a assommée ? Pourtant j'avais l'impression que tu lui plaisais ! Burnett va lui flanquer une sacrée correction pour avoir osé toucher à sa chouchoute.

– N'importe quoi, je ne suis pas la chouchoute de Burnett ! s'écria Della.

– Ah si, dit Miranda.

Della jeta un coup d'œil à Kylie, qui hocha la tête. Si elle était vraiment la préférée du directeur, alors pourquoi voulait-il l'empêcher de rejoindre les rangs de l'URF ? Elle se promit d'y réfléchir plus tard.

– Non, quand j'ai dit que j'avais trouvé Chase, c'est parce que j'ai détecté son odeur, à la cascade, mais il m'a expliqué que Burnett lui avait demandé de venir voir s'il trouvait des indices, lui aussi.

Kylie remonta un genou contre sa poitrine et posa le menton dessus.

– Tu as demandé confirmation à Burnett ?

– Non, mais ça m'étonnerait qu'il m'ait menti là-dessus alors que c'est tellement facile à vérifier.

– Sauf si, justement, il a anticipé que tu ferais ce raisonnement, objecta Miranda en croisant les jambes en tailleur.

– Peut-être…

Della chercha un moyen de poser la question à Burnett.

– C'est la notice nécrologique ? demanda Kylie en désignant la feuille de papier posée à côté de Della.

– Oui.

– Quelle notice nécrologique ? fit Miranda.

– Celle de mon oncle. Derek l'a trouvée dans un vieux journal, répondit Della en repoussant sa couette.

Il faisait presque trop chaud, à présent.

– Ce n'est pas juste. Pourquoi Kylie est toujours au courant de tout avant moi ? grommela Miranda avec une petite moue.

Della lui fit la grimace.

– Parce que tu es toujours avec Perry, en train de te faire sucer les lobes des oreilles.

– Hé !

Miranda jeta son oreiller à la figure de Della.

Cette dernière l'attrapa à deux mains, énervée, et le tissu se déchira. Un nuage de plumes jaillit jusqu'au plafond et retomba lentement, comme de la neige.

Miranda éclata de rire, aussitôt imitée par Kylie. Bientôt Della se joignit à elles, prise d'un fou rire inextinguible.

Elles passèrent cinq bonnes minutes dans un état d'hilarité totale, à se jeter des poignées de plumes à la figure. À la fin, elles en avaient coincées dans les cheveux et collées au visage. Miranda en retira même quelques-unes de son soutien-gorge. Quand, enfin, elles recouvrèrent leur sérieux, Kylie retrouva la nécrologie sous un monceau de duvet blanc.

Elle se tourna vers Della d'un air compatissant.

– Tu veux que je te la lise ?

Della faillit refuser, de peur que ses amies la croient trop lâche pour affronter la vérité seule. Elle se sentait un peu coupable, aussi. En espérant que son oncle soit encore en vie, c'était un peu comme si elle affirmait que sa famille d'adoption à Shadow Falls ne lui suffisait pas. Mais elle savait que Kylie et Miranda la comprenaient mieux que personne.

– Oui, je veux bien. Mais d'abord, je crois qu'il va me falloir un Coca light.

Alors qu'elles faisaient mine de se lever, la porte de la chambre claqua violemment et l'air devint soudain glacial. Les plumes se mirent à tourbillonner dans la pièce.

Della déglutit à grand-peine.

– Tu me prends toujours pour une folle ? demanda-t-elle à Kylie.

– Oh merde, dit cette dernière. Ce n'est pas bon, ça.

Chapitre 11

Les plumes voletèrent pendant quelques secondes. Recroquevillées sur le lit, les trois amies ne dirent pas un mot, terrifiées, jusqu'à ce que la pièce se réchauffe.

– Il est parti ? demanda Miranda en serrant ses genoux dans ses bras, l'air paniquée.

Kylie hocha la tête. Elles se levèrent prudemment et se rendirent à la cuisine, où elles prirent chacune une cannette avant de s'attabler. Personne n'osait parler, de peur que cela rappelle le fantôme.

Au bout d'un moment, Della finit par demander :

– Il est revenu ?

– Non, répondit Kylie en faisant tourner son Coca entre ses mains. Tu penses que c'est un homme ?

– Je n'en sais rien. Tu as dit que c'était peut-être mon oncle.

– Ce n'était qu'une supposition. (Kylie se mordilla la lèvre un instant.) On devrait appeler Holiday.

– Non, fit Della.

– Pourquoi ? demandèrent Kylie et Miranda à l'unisson.

– Parce qu'elle voudrait savoir si on a une idée de l'identité du fantôme, et je serais obligée de lui parler de mon oncle.

Sauf que s'il est toujours vivant et qu'il n'est pas déclaré, elle se sentirait obligée de le dire à Burnett, et…

– Elle ne le dirait pas forcément à Burnett, intervint Kylie.

Della fit la grimace.

– Ils sont mariés. Ils ne se cachent rien. Je parie que tu racontes tout ce qui t'arrive à Lucas.

Kylie poussa un long soupir.

– Pas faux, mais…

– Il n'y a pas de « mais » qui tienne. D'habitude, c'est toujours toi qui dis ça.

– Oui, mais…

Kylie se tut un instant et pinça les lèvres avant de reprendre :

– Cependant, Holiday saurait sans doute quoi faire dans cette situation.

– Non, insista Della. On a discuté tout à l'heure, Holiday et moi. Elle avait senti que j'étais à la recherche de quelque chose et elle m'a conseillé de m'y consacrer pleinement mais sans prendre de risques inutiles, alors c'est ce que je compte faire. Tu te souviens de la fois où ce taré en avait après toi ? Tu t'en es sortie toute seule comme une grande. L'une comme l'autre, quand vous avez eu des ennuis, vous les avez réglés sans demander d'aide à personne.

En croisant le regard de ses amies, elle vit qu'elles la comprenaient. Miranda se cala contre le dossier de sa chaise.

– C'est vrai. Des fois, on a envie de se débrouiller soi-même.

– D'accord, mais n'oublions pas le conseil de Holiday et évitons de prendre des risques inutiles, renchérit Kylie.

– Comment ça ? intervint Della. Vous ne comptez quand même pas… ?

– Ne commence pas à râler, lança Miranda. On forme une équipe, toutes les trois, que ça te plaise ou non.

– Elle a raison, dit Kylie. On est là pour s'entraider.

Le cœur de Della se serra sous le coup de l'émotion.

– OK. Pas de risques inutiles, souffla-t-elle en levant sa cannette.

Les trois amies trinquèrent, et elle ajouta :

– Et à la vôtre, les copines.

Elle n'aimait pas passer pour une grande sentimentale, mais elle se rendait compte qu'elle serait perdue sans Kylie et Miranda.

– Bon. Maintenant, il s'agit de savoir si ton oncle est vivant, dit cette dernière. Il nous faut un plan d'action.

Ouais, je serais complètement perdue.

– On va déjà commencer par lire sa notice nécrologique, décida Kylie, qui tenait la feuille de papier à la main.

Della hocha la tête.

– Derek m'a aussi suggéré de chercher le nom du lycée que fréquentait mon oncle au moment de sa mort. Je suis sûre que c'est le même que celui de mon père, mais il faudrait que je demande confirmation à ma mère. Enfin, si elle accepte de me parler.

– Pourquoi est-ce qu'elle refuserait ? fit Miranda.

– Elle était furieuse quand elle m'a déposée. Elle ne m'a pas décroché un mot de tout le trajet.

L'estomac de Della se noua à ce souvenir.

– Peut-être, mais c'est ta mère, objecta Miranda. Elle ne va pas rester fâchée très longtemps.

Della haussa les épaules. Elle aurait aimé le croire, mais… Soudain elle repensa à ce que lui avait dit Holiday. Si sa mère appelait une fois par semaine, c'était parce qu'elle tenait encore à elle, même si elle cachait bien son jeu.

– Tu veux que je te lise ça ? proposa Kylie en agitant la notice.

– Tu es sûre qu'on ne risque rien ? demanda Della en refermant les mains sur sa cannette, dont la fraîcheur la surprit et lui rappela qu'elle avait peut-être de la fièvre. J'ai l'impression que c'est la nécrologie qui a réveillé le fantôme, tout à l'heure.

Kylie jeta un coup d'œil autour d'elle avant de répondre :

– Là, tout de suite, je ne le vois pas.

À peine avait-elle prononcé ces mots qu'une plume blanche tourbillonna lentement du plafond et vint se poser au centre de la table.

– Tu es sûre ? fit Miranda.

Elles passèrent plusieurs minutes à observer la plume en silence puis, comme celle-ci ne bougeait pas, Kylie finit par prendre la parole.

– Jenny m'a appelée deux fois pour prendre de tes nouvelles, murmura-t-elle, comme si elle avait peur qu'on les épie. Je ne sais pas pourquoi ; j'ai l'impression qu'elle t'aime bien.

Miranda s'esclaffa, et Della lui jeta un regard noir avant de reporter son attention sur la plume.

– Ce que je voulais dire, c'est qu'elle semble t'admirer, corrigea Kylie.

– La pauvre, si elle savait ! lança Miranda en riant. Oh, ça va, je plaisante, ajouta-t-elle quand Della lui fit un doigt d'honneur.

Della se tourna vers Kylie en soupirant.

– Moi aussi, je l'aime bien. Elle me fait un peu penser à toi quand tu es arrivée ici.

– Je n'ai pas changé, rétorqua Kylie.

Della et Miranda firent la grimace en même temps.

– Tu as changé en bien, dit Miranda. Tu es plus… téméraire.

– Ce qui est une qualité, renchérit Della.

Elles se turent un instant, absorbées par la contemplation de la plume immobile. Enfin, Kylie déplia la feuille.

– Vous êtes prêtes ?

Della et Miranda hochèrent la tête.

Kylie commença donc à lire :

– « Feng Tsang nous a été arraché le 23 décembre. C'était un jeune homme prometteur, qui savait ce qu'il voulait faire de sa vie. Il comptait devenir médecin et épouser Jing Chen, son amour d'enfance. D'une loyauté sans faille, il avait choisi une voie dont sa famille était extrêmement fière. À présent son chemin l'entraîne vers d'autres horizons. Apprécié de tous et… »

– Attends, intervint Della. Tu peux relire la dernière phrase ?

– « À présent, son chemin l'entraîne vers d'autres horizons. »

Della secoua la tête.

– Vous ne trouvez pas ça bizarre ?

– Comment ça ? demanda Miranda.

– Cette histoire de chemin, là. Rien ne dit qu'il est mort. Ça donne l'impression que la personne qui a rédigé cette notice savait qu'il était encore en vie.

– Je ne suis pas sûre qu'on utilise le terme « mort » dans les nécrologies, fit remarquer Kylie. Ça paraît tellement brutal…

– Brutal ? fit Della. En quoi c'est brutal de dire que quelqu'un est mort s'il est mort ?

– Il me semble qu'on emploie plutôt le verbe « décéder », ou des métaphores du genre « rejoindre son créateur ».

– Oui, mais là, ils ne disent même pas qu'il est décédé, objecta Della. Lis la suite.

Kylie reprit sa lecture.

– « Apprécié de tous et aimé de beaucoup, il va terriblement nous manquer. Il sera très regretté par sa famille : ses parents Wei et Xui Tsang, ses sœurs Miao et Bao Yu Tsang… »

– Mais non ! s'écria Della. Mon père n'a qu'une sœur.

– Je me contente de lire ce qui est écrit, rétorqua Kylie en haussant les épaules.

Della se rappela la photo des quatre enfants qu'elle avait vue dans l'album.

– Si ton oncle était un vampire, alors peut-être que ta tante aussi, suggéra Miranda.

Était-ce possible qu'elle ait eu une tante vampire ? Della en avait le vertige.

Kylie baissa la tête et poursuivit sa lecture.

– « … ainsi que son frère jumeau, Chao Tsang, dont il était inséparable. »

Elle s'interrompit un instant en fronçant les sourcils, comme si elle avait deviné que ces paroles étaient douloureuses à entendre.

– « Même s'il nous a quittés, la personne qu'il était demeure à jamais dans nos cœurs, reprit-elle. Un service sera tenu en son honneur au *Rosemount Funeral Home.* »

– « Même s'il nous a quittés », répéta Della. C'est comme s'il était parti, mais qu'il était encore vivant.

Kylie haussa les épaules.

– C'est peut-être juste une métaphore habituelle dans les notices nécrologiques. Ou alors, c'est une coïncidence.

Della repensa à ce que Burnett lui avait dit au sujet des coïncidences : il n'y croyait pas. Des dizaines de questions se bousculaient dans son esprit comme autant de souris effrayées. Son oncle était-il réellement mort ? Qu'était-il arrivé à l'autre sœur de son père ?

Della avait-elle une tante devenue vampire, elle aussi ? C'était de plus en plus fou ! La voix de Kylie résonnait dans sa tête. « Son frère jumeau, Chao Tsang, dont il était inséparable. »

Sa gorge se noua quand elle tenta d'imaginer ce que ce serait de perdre sa sœur. Marla lui tapait sur les nerfs, parfois, mais Della aurait remué ciel et terre pour elle. Cela avait dû être atroce pour son père d'être privé de son jumeau, surtout en pleine adolescence. Si, par la suite, l'une de ses sœurs avait disparu à son tour… Son chagrin avait dû être immense. Le fait que son oncle et sa tante ne soient peut-être pas morts n'y changeait rien. La douleur du deuil demeurait la même.

La personne qui avait rédigé cette notice savait-elle que son oncle était en fait bien vivant ? Della pourrait-elle la retrouver ?

Elle prit la feuille des mains de Kylie et relut la nécrologie en silence. Quelque chose d'autre la chiffonnait sans qu'elle parvienne à mettre le doigt dessus.

Le cœur serré par l'émotion, elle se rappela toutes les fois où elle avait envisagé de feindre sa propre mort. Elle savait à présent qu'elle n'en serait jamais capable. Elle avait beau souffrir de voir la déception de ses parents, elle comprenait le point de vue de Holiday. La mort – réelle ou feinte – était une étape radicale dont on ne revenait pas. Elle préférait subir le mépris de ses parents pendant quelques années plutôt que de ne plus jamais les revoir.

De nouveau, elle relut la nécrologie, espérant y déceler ce qui la gênait tant.

Kylie porta sa cannette à ses lèvres.

– Il faudra que tu demandes à Derek s'il peut trouver des infos sur ta tante.

Della hocha la tête sans détacher son regard de la feuille. Elle lut l'adresse de l'entreprise de pompes funèbres. Le *Rosemount Funeral Home* se trouvait à Houston. Della n'en était pas absolument sûre, mais il lui semblait bien que, à l'époque, la famille de son père habitait à l'autre bout de la ville. Pourquoi ses grands-parents n'avaient-ils pas choisi un funérarium plus proche de chez eux ?

Rosemount Funeral Home… Soudain, le déclic !

– Ça y est, je sais ! s'écria-t-elle.

– Qu'est-ce que tu sais ? demanda Miranda.

– Le *Rosemount Funeral Home*, c'est eux qui ont organisé le service à la mémoire de mon cousin Chan, quand il a fait croire qu'il était mort. À tous les coups, c'est une entreprise qui aide les vampires à disparaître ! Mon oncle est vivant, j'en suis sûre, affirma-t-elle avant d'inspirer profondément, pleine d'espoir. Il a mis en scène sa propre mort, comme Chan.

– Tu ne peux pas en être absolument certaine, objecta Miranda.

Della ferma les yeux. La petite sorcière avait raison. Il lui fallait des preuves.

– Mais alors, si ton oncle est vivant, qui est le fantôme qui te suit partout ? demanda Kylie.

Della haussa les épaules.

– Peut-être que tu te trompes. Si ça se trouve, c'est toi qu'il suit partout. Ou alors, c'est un inconnu qui ne fait que passer.

– Ça m'étonnerait, murmura Kylie.

Miranda se pencha en avant et posa un coude sur la table.

– Bon. Admettons que tu aies raison. Si ton cousin a effectivement fait appel à la même entreprise que ton oncle, ça mérite qu'on creuse la question. D'habitude, ce sont les familles des défunts qui s'occupent de ces formalités, mais peut-être que les vampires ont organisé un réseau pour disparaître sans laisser de traces.

– Je ne sais pas…

Della tentait de réfléchir à un moyen d'obtenir ces informations. Si elle posait la question à Holiday ou à Burnett, ils risqueraient de croire qu'elle envisageait de feindre sa propre mort. Par ailleurs, aucun des vampires de Shadow Falls n'avait eu besoin de ce stratagème. La plupart étaient nés avec le virus actif, ce qui voulait dire que leurs parents étaient déjà tous les deux vampires quand ils les avaient conçus.

Kylie regardait Miranda, l'air pensif.

– Ce n'est pas bête, ce que tu dis, murmura-t-elle enfin avant de reprendre la feuille à Della. Si Chan a organisé lui-même ses funérailles au même endroit que ton oncle, c'est peut-être parce qu'il le connaît. Hé, mais attends ! s'écria-t-elle en écarquillant les yeux. C'est bien Chan qui t'a poussée à te métamorphoser en vampire, pas vrai ? Si ça se trouve, ton oncle a fait la même chose pour Chan. Ça expliquerait comment il a eu l'adresse du funérarium.

– Chan n'avait pas l'intention de me transformer. ...

– Je sais bien, mais peut-être qu'il s'est produit quelque chose entre Chan et ton oncle, dit Kylie.

Plus Della réfléchissait aux remarques de ses amies, plus les questions se multipliaient dans son esprit. Et la seule personne capable de lui apporter des réponses refusait de décrocher son téléphone. Une fois de plus, elle sortit son portable de sa poche et appela Chan.

Chapitre 12

Après plusieurs sonneries, Della tomba sur la messagerie.

– Tu vas me rappeler, oui ?! grommela-t-elle, exaspérée, avant de raccrocher.

Elle reposa son téléphone d'un geste brusque et attrapa sa cannette, qu'elle vida d'un trait avant de l'écraser dans sa main et d'en faire une petite boule d'aluminium.

Chan était-il fâché qu'elle n'ait pas téléphoné plus tôt ? Pourtant, dans le message qu'il lui avait laissé la semaine précédente, il avait bien précisé que ce n'était pas urgent.

– Ouah ! fit Miranda en contemplant la boule antistress de Della. Ça fait sérieusement dure à cuire !

Della se moquait bien de savoir de quoi ça avait l'air.

– Je veux des réponses.

– Justement, j'ai une idée, intervint Kylie. Ma mère n'arrête pas de me tanner pour que je vous invite à passer un weekend avec nous. Le funérarium n'est qu'à une quinzaine de kilomètres de chez moi. On pourrait y aller, pour voir si c'est tenu par des surnaturels. En plus, ce serait trop cool de vous avoir à la maison au moins une fois avant que ma mère la vende.

Della se prit à espérer.

– Si c'est effectivement tenu par des surnaturels, j'aurai deux mots à leur dire.

Kylie sembla soudain hésiter.

– N'oublie pas ce qu'a dit Holiday : pas de risques inutiles.

– On n'a qu'à regarder sur Internet ! s'écria Della.

Elle se leva pour aller allumer l'ordinateur. En un clin d'œil, elle fut sur la page du funérarium. Il y avait un onglet « rencontrer notre équipe », et on y voyait la photo du propriétaire, un dénommé Tomas Ayala, qui avait l'air vieux comme le monde.

– Venez voir la tête du proprio, dit Della en se retournant vers ses amies, toujours attablées. C'est un vieux croulant. Je ne risque rien à lui rendre une petite visite.

– Bon, convint Kylie. Reste à savoir si tes parents vont accepter que tu viennes passer le week-end chez moi.

– Les miens seront d'accord sans problème, lança Miranda.

Della serra le poing sur sa petite boule d'aluminium, la réduisant encore plus.

– Peut-être que si je supplie ma mère…

– Toi ? Supplier quelqu'un ? J'aimerais bien voir ça ! s'écria Miranda.

Della montra les dents à la petite sorcière avant de s'adresser à Kylie.

– Je vais lui en parler demain.

– Super, dit Kylie.

Super ? Pas vraiment, non. Della détestait devoir supplier. Elle n'aimait pas non plus l'idée de devoir patienter jusqu'au week-end pour obtenir des réponses. Cependant, elle n'avait pas vraiment le choix. Au moins, elle avait un plan, ce qui était mieux que rien.

Holiday vint frapper à leur porte vers dix-heures heures, munie d'un plateau contenant un verre de sang et un bol de bouillon de poule avec des pâtes en forme d'étoile. Aussitôt entrée, la directrice ordonna à Della de retourner se mettre au lit. Heureusement, cette dernière avait nettoyé les débris de son oreiller éventré.

Tout en se recouchant, elle grommela de vagues protestations, mais c'était surtout pour couvrir les grondements de son estomac vide. Elle ne s'était pas rendu compte qu'elle était affamée jusqu'à ce qu'elle sente l'odeur du sang frais. Adossée à trois oreillers, elle en savoura chaque gorgée même si, à un moment, elle dut chasser de son esprit le souvenir du jeune couple égorgé.

Elle savait bien, au fond, que le simple fait de boire du sang ne faisait pas d'elle un monstre. C'était tuer des innocents qui était immoral. Heureusement, grâce aux réserves de Shadow Falls, elle n'aurait jamais besoin de recourir à cela. Kylie lui avait fait remarquer un jour que les gens donnaient volontiers leur sang pour sauver des vies et que donner son sang pour nourrir des vampires, c'était exactement pareil.

Kylie avait vraiment le chic pour trouver les mots – des mots qui remontaient encore le moral de Della même des mois plus tard.

Comme Holiday ne faisait pas mine de partir, elle mangea aussi de la soupe. Celle-ci n'était franchement pas bonne, pourtant Della éprouva une certaine nostalgie à voir les petites étoiles flotter dans le bouillon. Quand elle était petite, sa mère lui cuisinait toujours de la soupe d'étoiles quand elle était malade.

Sauf que cette fois, elle n'était pas malade. À moins que…

– Ça me fait plaisir de te voir manger, dit Holiday.

Elle semblait sur le point d'ajouter quelque chose, mais se ravisa. La fée avait le don de déchiffrer les émotions des autres mais elle était tout bonnement incapable de dissimuler les siennes.

– Qu'est-ce qu'il y a ? demanda Della.

– J'ai dû appeler ta mère pour la mettre au courant de l'incident de ce matin.

– Oh m… zut ! Pourquoi ?

– Parce que ce sont tes parents, répondit la directrice. Je ne lui ai pas dit que tu avais perdu connaissance. J'ai simplement raconté que tu étais tombée et que tu t'étais cogné la tête, puis je l'ai rassurée.

– Et… ?

Della craignait de s'entendre dire que sa mère s'en fichait complètement. Holiday avait eu beau lui apprendre que sa mère appelait au moins une fois par semaine, elle se rappelait encore le silence déçu qui avait régné dans la voiture, la veille, tandis que sa mère la raccompagnait à Shadow Falls.

– Elle est inquiète. Elle voudrait que tu l'appelles.

– Il faut que je lui parle, de toute façon, soupira Della.

– Ah bon ? À quel propos ?

– Kylie nous a invitées à passer le week-end chez elle, Miranda et moi.

Holiday sourit.

– C'est sympa, mais il faudra aussi en discuter avec Burnett.

– Pourquoi ? demanda Della.

– S'il croit que ton agresseur en avait contre toi personnellement, il risque de ne pas vouloir que tu quittes Shadow Falls.

– Il ne faut pas qu'il se fasse du souci pour moi. Il ne m'arrivera rien. En plus, je serai avec Kylie la protectrice. Que demander de plus ?

Holiday haussa les épaules.

– Je suis d'accord avec toi, mais tu dois quand même obtenir la permission de Burnett. Il était terrifié quand il est ressorti de la forêt en te portant dans ses bras. Je ne l'avais jamais vu dans un état pareil.

Della leva les yeux au ciel.

– Je vais bien, et je ne risquerai rien chez Kylie.

– Peut-être que tu te sens bien maintenant, mais je te rappelle que tu as perdu connaissance ce matin. Et puis, le médecin m'a rappelée tout à l'heure pour savoir si tu avais tes règles. Apparemment, tu avais un peu de fièvre quand il t'a examinée. Ton cycle a bien commencé, n'est-ce pas ?

– Mais c'est pas vrai ! Pourquoi tout le monde s'intéresse à mes règles ? Je n'ai pas droit à mon intimité ?

– Il ne s'agit pas de ton intimité, Della, il s'agit de ta santé.

– Ouais, soupira Della. Bref, la réponse est « oui », j'ai mes règles. Enfin, c'est tout comme.

– Qu'est-ce que tu veux dire par là ?

– Elles devraient arriver d'un moment à l'autre, c'est tout.

Della n'allait certainement pas évoquer la possibilité qu'elle ait la grippe. Holiday ne l'autoriserait jamais à aller chez Kylie dans ces conditions.

La directrice repartit peu de temps après, non sans lui avoir donné quelques instructions : il fallait qu'elle appelle sa mère et qu'elle tâche de trouver le sommeil, et il était hors de question qu'elle sorte courir avant d'avoir dormi un peu. Comment Holiday était-elle au courant de ses sorties nocturnes ? Mystère... Mais la jeune fille soupçonnait la fée d'en savoir bien plus qu'elle n'en laissait paraître.

Une fois seule dans le silence de sa chambre, Della attrapa son téléphone, posé sur sa table de nuit. Elle avait mal au ventre à l'idée de parler avec sa mère. Comment allait-elle la convaincre de l'autoriser à passer le week-end chez Kylie ?

Elle était encore en train d'y réfléchir – en vain – lorsque le portable sonna. *Pourvu que ce soit Chan !* Raté. Elle allait devoir affronter sa mère, même si elle ne se sentait pas prête.

Soudain elle eut une idée, elle allait s'efforcer de se comporter comme avant, quand elle ne doutait pas de l'amour de sa mère et qu'elle savait exactement comment la persuader de la laisser faire ce qu'elle voulait. Bref, quand elle n'était pas encore vampire.

– Salut, maman ! lança-t-elle sur un ton faussement enjoué qui lui arracha une grimace.

– Tu vas bien ?

– Oui, ça va. Je t'assure.

– Holiday m'a dit que tu t'étais cogné la tête.

– Oh, ce n'était pas grave du tout. Holiday est enceinte, elle s'inquiète pour un rien, ces derniers temps. Je ne sens même plus l'endroit où je me suis cognée, mentit-elle.

Elle se tâta doucement l'arrière de la tête et tressaillit en touchant la grosse bosse douloureuse.

– C'est vrai que tu as l'air en forme, dit sa mère.

Della se félicita intérieurement. Si elle continuait à faire comme si tout allait bien, peut-être que sa mère l'imiterait, et que tout redeviendrait comme avant – du moins en surface.

Ce serait toujours mieux que l'espèce de méfiance hostile qui s'était installée entre elles ces derniers temps.

– Oui, je suis en pleine forme, renchérit-elle avant de se mordre la lèvre, hésitante. Je suis désolée, bredouilla-t-elle enfin. Pour ce qui s'est passé ce week-end.

– Tu étais en train de te servir dans l'alcool de ton père, c'est ça ?

Aïe ! Qu'est-ce qui lui avait pris d'ouvrir sa grande bouche ? Et comment répondre à ça ? Avait-elle intérêt à plaider coupable pour un crime qu'elle n'avait pas commis ? Oui, cela valait sans doute mieux. Mais, au dernier moment, elle bredouilla :

– Non, je n'ai pas touché à son précieux brandy. Je ne ferais jamais une chose pareille. Je voulais juste… Je pensais à Chan et je voulais voir une photo de lui. Je me suis souvenue que papa rangeait ses albums derrière ses bouteilles.

Un long silence s'installa sur la ligne. *Et merde !* Elle aurait vraiment mieux fait de se taire. À présent, sa mère allait sûrement mettre son nez dans les photos de son mari et remarquer qu'il en manquait une.

– Mais… pourquoi tu ne l'as pas dit plus tôt ? Pourquoi tu n'as pas expliqué ça à ton père ?

– Parce qu'il m'a tout de suite accusée. Il était tellement… Il avait l'air tellement déçu. Ça m'a fait mal.

Ça lui faisait toujours mal.

– Tu aurais dû te défendre, souffla sa mère.

– Je tâcherai de m'en souvenir.

Della se rendit compte que la conversation risquait de s'arrêter là, or elle avait encore deux choses à demander à sa mère.

– Oh, maman, avant que j'oublie : est-ce que… est-ce que tu crois que je pourrais aller passer le week-end chez une copine ? C'est Kylie, ma coloc, tu l'as déjà rencontrée. Elle nous a invitées chez elle, Miranda et moi. Miranda, c'est mon autre coloc.

– Et vous allez faire quoi, chez elle ? demanda sa mère, aussitôt suspicieuse.

– Rien de particulier, des trucs de filles, un peu de devoirs…

Autrefois, sa mère tombait toujours dans le panneau des

soirées studieuses entre copines. Chaque fois que Della allait voir Lee, elle prenait ses livres de classe et en ouvrait au moins un, histoire de pouvoir dire sans mentir qu'ils avaient passé un peu de temps avec le nez dans un bouquin.

– Vous ne pouvez pas faire ça à l'école ?

– Si, mais c'est moins sympa.

Sa mère se tut un instant.

– Est-ce que je pourrais en parler avec ses parents ?

– Oh oui, je suis sûre que sa mère sera d'accord.

Du moins Della l'espérait-elle.

– Bon, dans ce cas…

– Merci, dit Della, qui s'empressa de changer de sujet pour éviter que sa mère n'ait le temps de se raviser. J'avais autre chose à te demander. On doit rédiger un devoir qui mentionne le lieu où nos parents ont étudié. Tu te souviens du lycée où papa est allé ?

– Oui, c'était Klein High. Et moi ? Tu ne veux pas savoir le nom de mon lycée ?

Cette question lui rappela l'époque où sa mère était un peu jalouse de la relation privilégiée de Della avec son père.

– Je m'en souviens. Tu es allée à Freemont High. Tu me l'as dit, un jour.

Elle se rappela aussi l'époque où sa mère et elle discutaient beaucoup. Elle discutait avec ses deux parents, à vrai dire, mais elle se rendait compte à présent que son père n'avait jamais vraiment parlé de son passé. Il avait toujours été tourné vers l'avenir.

De nouveau, le silence.

– Je me souviens d'une histoire que tu m'avais racontée : toi et deux de tes copines, vous aviez tenté de libérer les grenouilles du labo pour leur éviter d'être disséquées, mais vous vous êtes fait pincer.

Sa mère rit doucement.

– Ça alors ! Je n'y avais pas repensé depuis longtemps ! s'écria-t-elle avant de pousser un long soupir. Tu me manques, Della.

De chaudes larmes lui piquèrent les paupières. Faisaient-elles toujours semblant, ou était-ce bien réel ?

– Toi aussi, tu me manques.

Qu'est-ce qu'elle racontait, là ? La dernière chose dont elle avait besoin, c'était que sa mère tente de la convaincre de revenir vivre à la maison.

– Mais je suis bien, ici, ne t'inquiète pas, ajouta-t-elle en s'essuyant la joue. Je t'envoie un texto avec le numéro de Mme Galen. D'accord ?

– D'accord.

Della était sur le point de raccrocher quand sa mère lança :

– Della ?

– Oui ?

– Je sais que ton père est dur avec toi, mais…

Vous êtes tous les deux durs avec moi, corrigea-t-elle en repensant à la fois où elle avait trouvé sa mère en train de fouiller dans son sac parce qu'elle craignait qu'elle ait apporté de la drogue à la maison pour en refourguer à sa petite sœur. Cependant, elle tint sa langue.

– Mais quoi ? demanda-t-elle.

– Mais c'est parce qu'il t'aime, Della.

– Ouais, dit-elle.

Une partie d'elle faillit y croire.

Enfin, presque.

À vingt heures ce soir-là, Miranda était partie rejoindre Perry, et Kylie avait donné le numéro de sa mère à Della avant de s'éclipser pour aller retrouver Lucas. Seule et épuisée, Della éteignit la lumière et – étonnamment – parvint à s'endormir. Enfin, jusqu'à ce que quelque chose la réveille à quatre heures du matin. Mais quoi ? Tremblante, elle ramena les pieds sous sa couette pour réchauffer ses orteils gelés. Elle commençait à comprendre ce qui l'avait tirée de son sommeil, même si elle n'avait pas du tout envie de l'admettre.

Elle resta pelotonnée dans son lit, déboussolée.

Elle craignait que le fantôme soit là. Elle s'efforça de repousser cette idée, ce qui eut pour seul résultat de lui rappeler d'autres images désagréables. Elle revit la jeune fille mutilée. Puis elle s'imagina en train de se battre contre un agresseur dissimulé par les ombres – et en train de perdre la bataille.

Elle fut tentée de réveiller ses amies, mais sa peur de passer pour une lâche l'emporta.

Elle se leva en silence, enfila un jean et un tee-shirt à manches longues, puis sauta par la fenêtre. Elle n'enfreignait pas la consigne de Holiday puisqu'elle avait dormi plusieurs heures. Le seul ennui, c'était qu'elle ne pouvait pas espérer croiser Steve. Aussitôt, elle repensa à Jessie, la fille du médecin, et se mit à courir.

Elle voulait sentir de nouveau l'impact de ses pieds sur le sol, aussi ne décolla-t-elle pas complètement. Cela ne l'empêchait pas de courir à une vitesse folle. Le vent froid qui lui giflait le visage emportait avec lui tous ses petits malheurs. Elle avait une impression de liberté, d'évasion. Certes, cela ne réglait pas ses problèmes, mais c'était un répit bienvenu.

Il ne lui fallut que quelques minutes pour faire deux fois le tour de Shadow Falls. Son cœur battait vite et fort, l'air frais de cette nuit d'octobre lui picotait la peau, et elle respirait à grandes goulées.

Elle s'arrêta un instant et se pencha en avant, le temps de recouvrer son souffle. Alors qu'elle se redressait, elle vit une silhouette se fondre entre les arbres, juste de l'autre côté de la clôture. Son premier réflexe fut de penser à Steve. Malgré sa méfiance envers la fille du médecin et son besoin de calmer le jeu entre eux, elle sourit intérieurement.

Elle leva la tête et inspira longuement dans l'espoir de reconnaître son odeur mais ne sentit rien du tout. En revanche, elle vit la silhouette remuer en silence. Cette fois, elle ne pensa plus à Steve.

Elle inspira de nouveau et perçut les parfums de la forêt, des arbres aux feuilles roussies et prêtes à tomber, mais rien de plus.

Son odorat lui jouait-il des tours, lui aussi ? Heureusement, ses yeux ne l'avaient pas encore trahie. Elle ne distinguait pas le visage de l'inconnu, mais en voyait suffisamment pour savoir qu'il s'agissait d'un homme.

Chase, peut-être ?

Elle s'élança vers la clôture et renifla. En vain.

– Montre-toi ! lança-t-elle, sans savoir si elle s'adressait à un ami ou à un ennemi.

Et si c'était le vampire qui avait tué le jeune couple ? Ou son agresseur de la cascade ? Elle se tendit et, l'espace d'un instant, hésita à franchir la clôture. Mais elle savait que cela mettrait Burnett en rogne.

– Tu préfères te cacher comme un lâche ? cria-t-elle en agrippant le grillage à deux mains et en le secouant.

L'inconnu s'enfonça dans la forêt puis, après une seconde d'arrêt, s'envola. Della eut juste le temps de le reconnaître.

Chapitre 13

Son allure. Ses cheveux noirs et raides. Ses jambes toutes maigres.

– Chan, attends ! Il faut que je te parle !

Mais il ne ralentit même pas et, quelques secondes plus tard, disparut entre les arbres.

– Appelle-moi ! hurla-t-elle.

Pourquoi s'était-il enfui en la voyant ? Et, surtout, pourquoi était-il venu jusque-là ? Elle lui avait dit et répété que Burnett avait fait installer une alarme. Certes, Chan était à l'extérieur quand elle l'avait interpellé, mais il aurait sans doute fini par franchir la clôture. Pourquoi serait-il venu, si ce n'était pour lui parler ? Elle n'y comprenait rien.

À cet instant, elle entendit le bruissement d'un vampire en plein vol. C'était sûrement pour ça que Chan avait pris la tangente. Elle tourna la tête et inspira. Cette fois, son odorat daigna fonctionner. Elle allait faire regretter à Chase de l'avoir privée d'informations précieuses.

– Qui c'est, Chan ? demanda la voix grave de ce pervers dans son dos.

« Personne », faillit-elle répondre. Mais elle savait aussi qu'il était inutile de mentir.

– Mon cousin, dit-elle en se retournant. J'ai cru l'apercevoir, et puis il est parti. Si ça se trouve, je me suis trompée.

Formulée ainsi, sa réponse n'était pas un mensonge, même si elle n'était pas convaincue de cette explication.

Chase leva la tête et inspira profondément. Della retint son souffle, l'estomac noué.

– Je ne perçois pas d'odeur particulière, annonça-t-il.

– Ouais… Comme je te disais, il se peut que je me sois trompée.

De nouveau, elle formula son explication de façon à éviter de mentir, mais elle ne put s'empêcher de regarder en direction de la forêt, soulagée que Chan ait disparu en emportant son odeur avec lui.

– Tu as reconnu sa signature olfactive ? demanda Chase.

– Non.

Nul besoin de maquiller la vérité, cette fois. Elle aurait dû s'inquiéter de son incapacité à sentir Chan mais, en l'occurrence, cela l'arrangeait bien. En revanche, il n'allait pas falloir que cela dure trop longtemps. Son odorat et son ouïe faisaient partie de ses mécanismes de défense. Elle en avait besoin pour travailler au sein de l'URF.

– Tu l'as vu ? reprit Chase.

Elle réprima une grimace. S'amusait-il à la tester, pour voir si elle mentait ?

– Oui, mais très brièvement. Et puis, il n'était pas dans l'enceinte de Shadow Falls. Bref, ç'aurait pu être n'importe qui.

Les yeux rivés sur la clôture, elle croisa les doigts pour que Chan ne revienne pas. Qu'est-ce qu'il lui avait pris de débarquer à Shadow Falls ? Certes, elle l'avait appelé, mais elle ne lui avait jamais demandé de venir.

Elle sentit Chase s'approcher dans son dos. Elle aurait préféré qu'il s'en aille. Sa présence l'irritait, ainsi que son odeur. Bizarrement, elle repensa à leur dernière rencontre. « Tu es mignonne quand tu t'énerves. » Elle resta résolument tournée vers la forêt. Au loin, elle entendait les animaux du zoo. Un éléphant. Un lion.

Chase se rapprocha encore, jusqu'à ne se tenir qu'à quelques centimètres d'elle. Elle entendit son cœur battre un peu plus fort que la normale, et son odeur se fit un peu plus intense.

– Tu es sûre que ce n'est pas le vampire qui a tué le jeune couple, l'autre soir ?

Elle fit volte-face, les paupières plissées, mais recula d'un pas quand elle se trouva trop près de lui.

– Comment est-ce que tu sais ça, toi ?

– J'aide Burnett et l'URF à enquêter sur le meurtre.

Il travaillait avec Burnett ? Alors qu'elle avait dit explicitement au directeur de Shadow Falls qu'elle souhaitait l'assister ?

– Ça m'étonnerait. Burnett te connaît à peine.

Et puis, c'était son enquête à elle. Elle s'y était déjà investie. Elle avait identifié l'odeur du coupable. L'image des victimes la hantait depuis deux jours.

– Il faut croire que certains d'entre nous inspirent davantage confiance que d'autres, rétorqua Chase.

Elle lui jeta un regard noir avant de décoller. Il était presque cinq heures. Si Burnett n'était pas encore réveillé, il n'allait pas tarder à l'être.

Della atterrit sur le perron du bungalow de Holiday et Burnett. La porte s'ouvrit sur Burnett, les cheveux en bataille et l'air endormi, vêtu seulement d'un caleçon. Il tenait un jean à la main, comme s'il avait eu l'intention de s'habiller mais n'en avait pas eu le temps.

– Qu'est-ce qu'il y a ? demanda-t-il sèchement, d'une voix un peu enrouée.

Puis, d'un geste vif, il enfila son jean.

– Est-ce que tu as associé Chase à l'enquête de l'URF ?

Burnett se passa une main sur le visage, comme pour tenter de se réveiller.

– C'est pour me demander ça que tu débarques à une heure pareille ?

– Réponds à ma question.

Il soupira.

– Ça ne pouvait pas attendre un peu ?

Ça aurait pu, mais elle en avait décidé autrement.

– Il est presque cinq heures. Je me suis dit que tu serais debout. Pourquoi tu refuses de répondre à ma question ?

Elle leva le menton d'un geste de défi, à la fois vexée et bien décidée à lui faire comprendre son erreur. Elle tenait absolument à enquêter sur ce meurtre. Après avoir vu ce dont ce taré était capable, elle voulait contribuer à le coffrer.

– Parce qu'il est trop tôt pour répondre à des questions, quelles qu'elles soient.

– Qu'est-ce qui se passe ? intervint Holiday, en robe de chambre, l'air tout endormie.

Della n'avait eu aucun scrupule à réveiller Burnett, mais en voyant Holiday, enceinte et fatiguée, elle éprouva des remords.

– Désolée… J'ai croisé Chase, tout à l'heure, et il m'a dit que Burnett lui avait demandé de participer à l'enquête sur le meurtre de dimanche soir. Or j'avais demandé à Burnett de m'associer à cette enquête. Et, maintenant, il refuse de me dire la vérité.

Holiday se tourna vers son mari, comme si elle exigeait qu'il réponde à cette accusation.

– Tu étais malade, grommela-t-il.

– J'ai pris un coup sur la tête, nuance. Et puis, je vais bien, maintenant. Si je me souviens bien, une fois, le médecin a dû venir jusqu'ici pour te remettre sur pieds parce qu'un fantôme t'avait botté le cul. Pourtant, personne ne t'a écarté de l'enquête que tu menais à l'époque.

– Ce n'est pas parce que tu veux participer à une investigation que je suis obligé de t'y associer. Et c'est faux, ce fantôme ne m'avait pas botté le cul.

– J'ai identifié la signature olfactive du coupable.

– Chase aussi. Il était sorti courir quand l'intrus a déclenché l'alarme.

– Je t'ai accompagné sur le lieu du crime. J'ai vu ce que ce vamp a fait subir à ses victimes. Je t'ai dit que je me sentais capable de t'aider. En plus, tu connais à peine Chase. Ça ne fait même pas une semaine qu'il est ici, pourtant tu lui fais plus confiance qu'à moi ?

– Je n'ai jamais dit que je ne te faisais pas confiance, mais il a certains talents qui font de lui un atout de poids.

– Avoir un pénis, ce n'est pas un talent !

– Pardon ?! s'écria Burnett en ouvrant de grands yeux.

– J'ai fait tout ce que tu m'as dit de faire afin d'intégrer l'URF. Pourtant tu ne m'as associée qu'à une seule enquête. Une seule ! lança Della en s'efforçant de contrôler son émotion. Chaque fois que tu as besoin d'aide, tu fais appel à Lucas ou à Derek au lieu de moi. Et maintenant, Chase. Pourquoi est-ce que tu cherches à me mettre des bâtons dans les roues ?

Burnett se tourna vers Holiday, comme s'il espérait pouvoir compter sur son aide.

Cette dernière garda le silence, et Della repensa à ses paroles de la veille.

– C'est parce que je suis une fille ? reprit-elle. Tu crois que je ne suis pas capable de devenir un bon agent ? Franchement, j'ai peut-être moins de force brute que les mecs, mais je compense ça par mon intelligence et ma détermination.

– Ce n'est pas parce que tu es une fille, se défendit Burnett.

De nouveau, il se tourna vers Holiday, qui se garda bien de voler à son secours.

– Je t'assure que ce n'est pas pour ça ! ajouta-t-il un peu plus fort.

Della entendit son cœur s'emballer quelque peu. Ce n'était pas franchement un mensonge, mais…

– Alors, pourquoi ton pouls vient de s'accélérer ? rétorqua-t-elle.

Burnett jeta un regard implorant à Holiday, mais cette dernière ne dit rien. De toute évidence, elle savait que Della avait raison. À plus d'une reprise, Burnett s'était montré injuste en choisissant un des garçons plutôt que Della pour l'assister dans ses enquêtes.

– Pourquoi est-ce que tu ne me crois pas capable de devenir un bon agent ? reprit-elle. Si ce n'est pas par machisme pur et simple, alors explique-moi. Dis-moi ce qu'il faut que je fasse pour mériter ton approbation !

– Ce n'est pas... C'est parce que je ne veux pas qu'il t'arrive des ennuis ou que tu sois blessée.

– Et je risque de me blesser plus facilement qu'un mec ?

Burnett se passa une main dans les cheveux en soupirant.

– Mais non... Je tiens à toi, c'est tout. Je tiens à tous mes élèves, évidemment, mais toi... Tu es spéciale. Peut-être que le fait que tu sois une fille entre un peu en ligne de compte, mais ce n'est vraiment pas ça, le problème. Je tiens à toi, c'est tout.

Ces paroles lui allèrent droit au cœur. Émue, elle eut presque envie de le serrer dans ses bras, mais ce n'était pas son affection qu'elle recherchait par-dessus tout. C'était son respect.

– Oui, mais ce n'est pas juste, souffla-t-elle.

– Tu es têtue, aussi, et j'avoue que ça me fait un peu peur. Ton obstination risque de te jouer des tours, un jour. Je suis bien placé pour le savoir, j'étais exactement comme toi, quand j'étais plus jeune.

Holiday se balança doucement sur ses talons, un sourire satisfait aux lèvres.

Della déglutit pour ravaler ses émotions. Tout le monde lui répétait sans cesse qu'elle était la préférée de Burnett, mais elle l'avait toujours trouvé particulièrement exigeant avec elle. C'était peut-être sa façon à lui de lui montrer qu'il l'aimait, mais quand même. Il était dur avec elle, et ça ne lui plaisait pas du tout !

– Je suis pas aussi têtue que toi, loin de là. Et puis, ce n'est pas parce que tu tiens à moi que tu as le droit de m'empêcher d'accomplir mon rêve. Holiday tient à toi, que je sache. Pourtant elle ne t'a pas demandé de démissionner de l'URF.

Burnett croisa les mains sur sa nuque et se massa doucement, ce qui fit jouer les muscles puissants de son torse nu. Holiday était une veinarde. Cela dit, Burnett aussi avait de la chance.

– Je te propose un compromis, dit-il. Tu essaies de te montrer moins têtue, et moi, j'essaie de me montrer moins macho. Ça te convient ?

Della hocha la tête.

– D'accord, mais je tiens à enquêter sur ce meurtre. Je n'arrête pas de revoir l'image de la jeune fille qui a été tuée. Je veux trouver le salaud qui lui a fait ça.

Burnett fronça les sourcils.

– Il y avait deux victimes, corrigea-t-il.

– Je sais, mais c'est surtout la fille qui m'a marquée. Laisse-moi vous aider, s'il te plaît.

– Je vais y réfléchir.

Della faillit insister, mais Holiday l'en dissuada d'un simple regard. Elle tourna donc les talons mais, avant de partir, elle s'arrêta un instant.

– Merci… *Merci de tenir à moi.* Merci pour le compromis.

Holiday se frotta les mains, un sourire dans ses beaux yeux verts.

– Il me semble que l'instant réclame un câlin. Pas vous ?

– Non, ça va, répondirent Della et Burnett d'une même voix.

Ils éclatèrent de rire, et Burnett posa sa grande main sur l'épaule de la jeune fille. En s'éloignant, elle se fit la réflexion que c'était au moins aussi réconfortant qu'un câlin.

Quand elle arriva à proximité de son bungalow, il ne restait plus que quelques étoiles dans le ciel sombre. L'aube approchant, les sons d'un jour nouveau commençaient à retentir – le chant d'une bande de criquets, le froissement des ailes d'un oiseau qui s'apprêtait à prendre son envol. Della se sentait réchauffée par l'affection de Holiday et de Burnett – jusqu'au moment où ce sale pervers de Chase atterrit juste sous son nez.

– Alors, tu me crois, maintenant ? lança-t-il avec un sourire arrogant.

Elle recula d'un pas, agacée qu'il ose se tenir aussi près.

– Ce que je crois, c'est que tu es pire qu'un moustique autour d'une pinte de sang.

– Oh, allez. Avoue que tu m'aimes bien, au fond.

– N'importe quoi. Tu es complètement à côté de la plaque. Je ne peux pas t'encadrer !

– Alors, donne-moi une chance de te faire changer d'avis.

Elle en resta bouche bée.

– Pourquoi ?

– Parce que je suis plutôt sympa, une fois qu'on me connaît. Et puis, on a pas mal de choses en commun, toi et moi. Plus que tu ne crois.

– Ah bon ? On a des choses en commun ? Tu veux dire que toi non plus, tu ne peux pas t'encadrer ?

Il rit doucement, ce qui dévoila ses dents blanches.

– Tu vois, c'est justement un de nos points communs.

– Je ne vois rien du tout, protesta-t-elle en s'efforçant de ne pas trop regarder sa bouche.

– On a tous les deux de la repartie, on est tous les deux des vampires, on est tous les deux obstinés et durs à cuire.

Ce compliment la prit par surprise, si bien qu'elle ne trouva rien à rétorquer.

Profitant de cet instant, il s'approcha d'elle et la détailla d'un regard caressant, qu'elle sentit passer sur sa peau comme un murmure.

– Et puis, on est tous les deux super beaux, ajouta-t-il d'une voix grave.

– Je ne te trouve pas…

Elle s'interrompit avant de mentir, ce qu'il entendrait aussitôt, et se dépêcha de trouver une formulation neutre.

– Tu te trouves beau. Ben voyons. Tu es tellement prétentieux, ça ne m'étonne pas. Quant à moi, je ne me…

Il posa un doigt sur ses lèvres pour la faire taire.

– Toi aussi, tu es super belle. Tu te balades avec cet air de dire « il ne faut pas me chercher » qui, justement, donne envie d'aller te chercher.

– Je te le déconseille, gronda-t-elle en écartant l'index de Chase.

Elle dut se forcer à le lâcher avant de le casser en deux. À quoi jouait-il, exactement ? Et pourquoi le laissait-elle faire ?

– Doucement, souffla-t-il en faisant mine de lui toucher le visage.

Elle recula en levant une main devant elle.

– Fais-moi plaisir, laisse-moi tranquille. Sinon, je me verrai dans l'obligation de te réduire en bouillie comme un moustique, lança-t-elle en frappant dans ses mains. Je te préviens, je n'hésiterai pas.

Une nouvelle migraine se manifesta pendant le cours de maths, et peu de temps après, Della sentit que ses règles commençaient. À l'interclasse, elle retourna au bungalow pour aller chercher ses tampons. Sur le chemin, elle repensa à la possible visite de Chan, ce matin-là. Son imagination lui avait-elle joué des tours ? Et si c'était bien lui qu'elle avait vu, pourquoi avait-il décidé de venir à Shadow Falls ? Cela lui arrivait souvent mais, en général, il l'appelait d'abord pour l'avertir. Or, cette fois, il n'avait même pas répondu à son message. Était-ce parce qu'il était trop occupé ? Parce qu'il avait des ennuis ? Et puis, s'il était venu la voir, alors pourquoi s'était-il enfui à son approche ? L'esprit en ébullition, elle sortit son téléphone de sa poche afin de réécouter le message qu'il lui avait laissé la semaine précédente.

« Salut, Della… J'appelais juste comme ça, parce que ça fait longtemps que je n'ai pas eu de tes nouvelles. Tu n'en as toujours pas marre de cette prison ? Tu ne préférerais pas plutôt venir t'éclater avec moi ? Enfin bref, rien d'important de mon côté, mais si tu as le temps, appelle-moi. »

Elle fit une nouvelle tentative, mais tomba directement sur sa messagerie.

Soudain, elle se rappela que, quelques mois plus tôt, Chan lui avait envoyé un texto depuis le téléphone d'un copain. Furieuse de ne pas y avoir pensé avant, elle parcourut l'historique de son portable et retrouva le numéro en question.

Au bout de deux sonneries, une voix grave répondit.

– Allô ?

– Salut, je m'appelle Della Tsang. Je suis la cousine de Chan Hon. C'est bien Kevin à l'appareil ?

– Je ne connais personne du nom de Chan Hon.

C'était un mensonge. Elle l'entendait de là où elle était. Et puis, il n'avait pas nié s'appeler Kevin.

– Je suis sa cousine vampire, insista Della. Tu es bien Kevin Miller ? Chan a utilisé ton téléphone pour me joindre une fois.

Il y eut un long silence au bout de la ligne.

– C'est toi qui fréquentes cette espèce d'académie au Texas, c'est ça ? J'étais avec Chan quand tu es devenue vampire et qu'il s'est occupé de toi. T'es à moitié blanche, non ?

Il disait cela comme si c'était un reproche. Pourtant, avec un nom comme Kevin Miller, elle doutait fort qu'il soit cent pour cent chinois.

– Voilà, c'est moi. J'ai essayé de contacter Chan, mais il ne répond pas.

– Il est parti vivre au Texas.

C'était donc bien lui qu'elle avait vu ce matin-là.

– Lui et quelques autres, ils sont allés rejoindre le gang du Sang Pourpre, près de Houston, ajouta Kevin.

Della réprima un grognement. Chan faisait partie d'un gang ? Jusque-là, il s'était toujours tenu à l'écart de ces bandes organisées qui risquaient de lui attirer des ennuis.

Della n'avait jamais entendu parler du Sang Pourpre. Tous les gangs n'étaient pas composés de criminels, mais c'était le cas de la plupart d'entre eux. Alors, avec un nom pareil…

– Est-ce que tu sais où ils sont installés, exactement ? demanda-t-elle.

C'était peut-être la raison pour laquelle Chan avait essayé de la contacter, la semaine précédente. Elle s'en voulait terriblement de ne pas l'avoir rappelé plus tôt. Elle aurait peut-être réussi à le dissuader de faire une bêtise.

– Non, je fais déjà partie d'un gang, alors je n'ai pas fait attention.

– Est-ce que tu pourrais te renseigner ? Je t'en serais super reconnaissante.

Aussitôt elle se rendit compte de la bêtise de cette remarque. Les vampires se moquaient bien de la gratitude des autres – surtout les membres de gangs.

Kevin ricana au bout du fil.

– Qu'est-ce que j'y gagne, moi, à part ta reconnaissance ?

Tout n'était peut-être pas encore perdu.

– C'est toujours utile de connaître quelqu'un qui te doit une faveur, non ? Si tu passes au Texas…

– De fait, je vais souvent au Texas, dit-il après une hésitation.

– Dans ce cas, je pourrais peut-être t'être utile.

– Tu es au courant que les faveurs, ça peut devenir de vraies galères, fit-il remarquer.

– Oui.

Si c'était le prix à payer pour retrouver Chan, alors tant pis.

Kevin poussa un long soupir.

– Je vais voir ce que je peux faire.

– Merci.

Elle raccrocha, plus perplexe que jamais. Si Chan était venu à Shadow Falls pendant la nuit, c'était sûrement pour lui parler. Alors, pourquoi refusait-il de prendre ses appels ?

Peut-être qu'il avait perdu son téléphone, ou qu'il avait dû résilier son abonnement faute d'argent. Quelle que soit la raison de son silence, il fallait que Della le retrouve. Mais comment ?

Mercredi matin, quand tout le monde se rassembla devant la cantine pour l'Heure pour faire connaissance, Della était étonnamment reposée. Elle avait bien dormi, les images de la jeune fille égorgée ne s'imposaient plus si souvent à elle, et elle n'avait pas vu voleter de plume ni ressenti de froid étrange. Elle avait fini par se persuader que c'était en fait Kylie que le fantôme avait cherché à contacter. Après tout, c'était le caméléon qui avait la faculté de communiquer avec les esprits.

Peut-être qu'elle prenait ses rêves pour des réalités, mais tant que rien ne viendrait la détromper, elle continuerait à le croire.

Chris monta les quelques marches jusqu'au podium, son stupide chapeau à la main.

– Pour une fois, nous n'avons pas de requêtes particulières, annonça-t-il. Personne n'a souhaité faire de don de sang. Étonnant, ajouta-t-il en jetant un regard mauvais à Chase.

Ce dernier resta de marbre, comme s'il se moquait complètement de ce que pouvait penser Chris. Étant donné qu'ils étaient tous les deux des vampires, on aurait pu croire qu'ils auraient fait la paix depuis l'incident du lundi.

Puis Della se rappela que c'était un peu pour les mêmes raisons que Chase croyait avoir beaucoup de choses en commun avec elle, or c'était complètement faux.

Le vampire blond se racla la gorge, puis sortit de son chapeau deux sacs de toile, dans lesquels il se mit à piocher tour à tour de petits morceaux de papier. Della se tendit en attendant le verdict. Soixante minutes, ça pouvait se révéler très long quand on était coincé avec un naze. Chris releva la tête et croisa son regard.

Il poussa un long soupir, comme pour ménager le suspense.

– Della, tu vas passer cette heure avec Jenny Yates, notre nouveau caméléon.

Della se détendit aussitôt. Elle n'avait pas eu l'occasion de discuter avec Jenny depuis que cette dernière avait fait don d'une pinte de son sang pour lui éviter de devoir subir la compagnie de Chase.

Tandis qu'elle se dirigeait vers la jeune fille, Derek s'approcha d'elle.

– Sois sympa, d'accord ? murmura-t-il.

Elle lui jeta un regard agacé. Elle commençait à en avoir marre que tout le monde la prenne pour une malpolie.

– Quoi ? Tu veux dire que je n'ai pas le droit de boire tout son sang avant de la refiler aux garous pour qu'ils puissent se faire les dents dessus ? Même pas drôle…

Derek secoua la tête.

– Tu sais très bien ce que je veux dire.

La veille, elle avait passé un long moment avec lui, à lui exposer ce qu'elle avait découvert au sujet de son oncle et de sa tante. Si elle voulait qu'il l'aide, elle n'avait pas intérêt à l'envoyer bouler trop méchamment, mais elle ne pouvait pas s'en empêcher.

– Oui, je sais, souffla-t-elle. Tu me prends pour une garce qui s'amuse à faire pleurer les gens juste pour le plaisir d'être méchante.

Elle tourna les talons et alla rejoindre Jenny en s'efforçant de ne pas se laisser atteindre par ce que les autres pensaient d'elle. Elle repensa au dicton de sa mère : « Les gifles et les coups causent des plaies et des bosses, mais les mots ne sauraient me faire souffrir. »

Sa mère avait vraiment tout faux. Les mots pouvaient faire très mal.

– Tu crois que Derek l'a fait exprès ? demanda Jenny quand Della arriva à sa hauteur.

– Qu'il a fait quoi exprès ?

– Nous forcer à passer une heure ensemble.

– Non. Tu n'as pas eu de chance, c'est tout, rétorqua Della.

Elle s'éloigna de la cantine, toujours piquée au vif par les paroles de Derek.

Jenny haussa un sourcil, mais lui emboîta le pas.

– Ça va, Della ? demanda-t-elle au bout d'un long silence.

– Oui, ça va. Tu veux qu'on aille à mon bungalow ?

– D'accord, acquiesça Jenny avant de jeter un bref coup d'œil en direction de Derek. Qu'est-ce qu'il t'a dit, avant que tu viennes vers moi ?

– Il voulait que je sois sympa avec toi.

Jenny fit une petite grimace.

– Je ne comprends pas pourquoi il se croit obligé de me protéger comme ça.

– C'est parce qu'il t'aime bien, expliqua Della.

Et parce qu'il croit que je suis une sale garce malpolie.

Elles arrivèrent au chemin qui menait au bungalow. L'air matinal était frais et vivifiant. Jenny donna un coup de pied dans un gros caillou, qui rebondit dans les buissons.

– Steve t'aime bien, pourtant il ne passe pas son temps à demander aux autres d'être sympa avec toi.

– Je ne suis pas ici parce que Derek me l'a demandé, tu sais.

Soudain, Della saisit pleinement ce que Jenny venait de dire. Elle s'immobilisa.

– Comment tu sais que Steve m'aime bien ?

Jenny haussa les épaules.

– Tout le monde le sait, c'est évident. Rien que la façon dont il te regarde… Il a toujours l'air complètement fasciné. J'ai remarqué que dès qu'il entend le son de ta voix, il oublie tout le reste et il te cherche des yeux. C'est trop mignon.

Della poussa un long soupir. Elle aurait bien aimé ne pas trouver ça trop mignon, elle aussi.

– Ça n'a pas l'air de te faire plaisir, commenta Jenny. Il ne te plaît pas ?

– Et Derek, il ne te plaît pas ? rétorqua Della, dans l'espoir que la jeune fille saisisse le message et cesse de lui poser des questions trop personnelles.

– Si, mais ça me fait un peu peur.

Della ne s'attendait pas à une réponse aussi franche. Elle se trouva prise au dépourvu.

– Moi, c'est pareil, souffla-t-elle.

– Et moi qui croyais que tu n'avais peur de rien ! lança Jenny.

Aussitôt, Della regretta son aveu, mais il était trop tard. Elles étaient arrivées au bungalow, et Della s'assit au bord du perron.

– Tu vois, je ne suis pas aussi dure et sans cœur que tu le croyais, marmonna-t-elle.

– Tu es humaine, c'est tout. Enfin, non, pas humaine, mais… normale, quoi.

Della fit la moue.

– C'est nul, la normalité. J'aimerais être exceptionnelle, pouvoir être fière de moi.

Prouver à Burnett que je mérite d'intégrer l'URF.

– Moi, j'aimerais bien être normale, au contraire, dit Jenny en s'asseyant à côté de Della. Ça me ferait des vacances que les gens arrêtent de me regarder comme une bête curieuse.

– Tu finiras par t'y habituer. Regarde Kylie, ça ne la dérange plus. Je sais bien que c'est super pénible au début, mais on ne choisit ni sa nature ni son apparence.

– Tu préférerais être autre chose que vampire ? demanda Jenny en fronçant les sourcils.

– Je ne parlais pas pour moi, répondit Della.

Ce n'était pas tout à fait vrai. Combien de fois avait-elle souhaité ressembler davantage à son père, se disant qu'il serait plus fier d'elle ? Et ce n'était qu'une partie du problème.

– Ouais, fit Jenny, visiblement peu convaincue.

Della poussa un petit grognement. Puis, sans bien savoir pourquoi, elle décida de se justifier.

– Je ne veux pas être faible et je ne veux dépendre de personne. Je veux être capable de me débrouiller toute seule, mais ce n'est pas toujours facile.

Elle se tut un instant. Le vent agita les branches d'un érable argenté, et quelques feuilles tombèrent au sol.

– C'est dur, parfois, d'être éloignée de mes parents – et je ne parle pas de la distance géographique, ajouta-t-elle.

Une nouvelle bourrasque fit voleter des feuilles mortes.

– Derek m'a dit qu'il t'aidait à retrouver un oncle et une tante. C'est pour ça que tu recherches leur trace ?

Della fit la grimace à l'idée que Derek ait parlé de cette histoire, mais après tout, elle n'avait pas vraiment le droit de se plaindre.

– En partie, mais garde ça pour toi, s'il te plaît.

– Bien sûr, ne t'inquiète pas, la rassura Jenny avant de marquer une courte pause. Qu'est-ce que tu comptes faire, si tu les retrouves ? Aller vivre avec eux ?

– Non, mais ce serait chouette d'avoir de la famille capable de me comprendre.

– Oui, j'imagine…

Della n'ignorait pas que la situation demeurait compliquée entre Jenny et ses parents. Elle avait décidément pas mal de choses en commun avec ce caméléon.

Au bout d'un long moment, Jenny rompit le silence.

– Derek m'a embrassée.

Della tourna la tête vers elle, soulagée par ce changement de conversation.

– Et… ?

– Et quoi ? fit Jenny.

– Un baiser n'est jamais juste un baiser. Il y a toujours une histoire qui va avec. Raconte ! Est-ce que tu l'as giflé ? Est-ce qu'il a mis la langue ? Est-ce que ça t'a donné la chair de poule ? Est-ce que ça s'est arrêté là ?

Jenny sourit de toutes ses dents.

– Je croyais que ça ne se faisait pas, de raconter ce genre de détails.

– Mais si, ça se fait ! rétorqua Della en riant. Et ne t'inquiète pas, je ne répéterai rien à personne. Promis.

Jenny hésita un instant.

– Je lui ai dit qu'il n'aurait pas dû faire ça, après coup. Mais sur le moment, je n'ai pas protesté. Il faut croire que ça ne m'a pas déplu, ajouta-t-elle avec un soupir. Au moment où il m'a embrassée, c'était comme si… tout avait changé. Tout est devenu tellement plus beau !

Della avait déjà entendu une description similaire, après que Derek avait embrassé Kylie, mais Jenny n'avait pas besoin de savoir ça.

– Si ça t'a plu, pourquoi tu lui as dit qu'il n'aurait pas dû ?

– Je ne sais pas… C'est bizarre. Je n'arrête pas de me demander si c'était mieux avec Kylie. Si ça se trouve, il ne s'intéresse à moi que parce que je suis un caméléon, moi aussi. Sauf que moi, je n'ai pas de talent particulier.

– Pourquoi tu ne lui poses pas la question ?

– Il va croire que je suis jalouse.

Della n'avait aucun mal à comprendre le problème. C'était précisément la raison pour laquelle elle n'avait pas parlé à Steve de la fille du médecin.

– Est-ce que tu es jalouse ?

– Non. Enfin, peut-être un peu, mais je sais que c'est débile.

Pareil, pensa Della. Il aurait été stupide de sa part d'être jalouse, surtout qu'elle n'avait aucun droit sur Steve.

Jenny repoussa une mèche de cheveux bruns qui lui tombait devant les yeux.

– Je suis à peu près certaine que Kylie n'éprouve plus rien pour Derek, mais je ne sais pas si, pour lui, c'est vraiment fini.

– Tu devrais lui en parler, et à Kylie aussi. Je suis sûre qu'elle pourrait t'aider à y voir plus clair.

– Je crois que ça me ferait tout drôle, répliqua Jenny avec une grimace.

Della s'allongea sur le ventre et balança les pieds en l'air.

– Parfois, il faut oser se secouer les puces et affronter les difficultés.

Sauf que chaque fois qu'elle avait envisagé de demander à Steve ce qu'il éprouvait pour Jessie, elle se dégonflait.

– Qu'est-ce que tu comptes faire au sujet de Chase ?

Della écarquilla les yeux.

– Comment ça ?

– Eh bien… il a fait un don de sang pour passer du temps avec toi, et il n'arrête pas de te regarder quand tu ne fais pas attention. Ce n'est pas aussi mignon que Steve, mais c'est clair qu'il a un faible pour toi.

– S'il a fait un don de sang, c'était uniquement pour faire monter les enchères et renflouer nos réserves. Et puis, ce n'est pas vrai, il ne me regarde pas.

– Il n'a pas essayé de t'embrasser ? insista Jenny.

– Non.

Il s'était contenté de lui dire qu'elle était super belle et de poser un doigt sur ses lèvres, mais s'il avait fait ça, c'était sûrement dans l'unique but de lui taper sur les nerfs. D'ailleurs, ça avait fonctionné à merveille.

– Il ne me plaît pas, ce type, ajouta-t-elle.

– Parce que tu penses à Steve ? s'enquit Jenny.

– Je ne l'aime pas, c'est tout.

Elle n'avait pas envie d'entrer dans les détails et d'expliquer que l'odeur de Chase lui était familière – et encore moins d'avouer qu'elle le trouvait… attirant, ou qu'elle avait été troublée au contact de son index sur ses lèvres. Non, ça n'aurait servi à rien de s'attarder là-dessus.

– Tu as raison de te méfier, dit Jenny.

Aussitôt Della se redressa, alertée par le ton de sa voix.

– Pourquoi ? Tu es au courant de quelque chose ?

Jenny se mordit la lèvre mais ne répondit pas.

– Qu'est-ce que tu sais sur lui, Jenny ? Crache le morceau, sinon je t'étrangle !

Elle qui s'était juré d'être sympa...

Chapitre 14

– S'il te plaît, dit Della.

Jenny fronça les sourcils.

– Seulement si tu me promets de ne rien répéter à personne.

– Motus et bouche cousue.

– Il m'arrive d'aller me promener. Je ne sors pas de l'enceinte de Shadow Falls, mais je dois quand même me faire discrète parce que mon frère n'aime pas que je sorte toute seule de nuit. Pourtant je ne prends pas de risque. Je me balade dans la forêt pour réfléchir tranquille, c'est tout.

– C'est bizarre. Je vais courir quasiment toutes les nuits, mais je ne t'ai jamais vue.

– C'est normal. Je me rends invisible, histoire d'être sûre qu'on me fiche la paix. Je t'ai aperçue, une fois, mais tu es passée trop vite pour que je puisse me montrer.

Della replia une jambe et entoura son genou de ses bras en frissonnant. Aussitôt, elle plissa les paupières et jeta un regard alentour mais, heureusement, ne vit pas la moindre plume d'oie. Elle reporta son attention sur Jenny.

– Qu'est-ce que Chase vient faire dans cette histoire ?

– Je l'ai vu à deux reprises, en pleine nuit. Une fois, je l'ai surpris en train de discuter avec quelqu'un… quelqu'un qui se trouvait de l'autre côté de la clôture. Ils parlaient à voix basse ; ça avait l'air très mystérieux.

Della avait justement cru apercevoir Chan près de la grille. Se pouvait-il que Chase et lui se connaissent ? Peut-être était-ce comme ça que Della avait croisé Chase, ce qui expliquerait qu'elle se souvienne de son odeur.

– Le type à qui il parlait, est-ce qu'il était asiatique ? demanda-t-elle.

– Je ne l'ai pas vu. Chase se tenait devant lui.

Della s'efforça de réfléchir.

– C'était quand ? Dans la nuit de lundi à mardi ?

– Non, c'était cette nuit.

Même si ce n'était pas le même soir, c'était beaucoup trop proche pour être une coïncidence. Mais cela n'expliquait pas ce que Chan fabriquait avec Chase. Et puis, si ce dernier connaissait son cousin, pourquoi ne le lui avait-il pas dit ?

– Donc, tu n'as pas vu à qui il parlait mais tu les as entendus. De quoi est-ce qu'ils discutaient ?

– Je n'en sais rien. Je me suis éloignée avant d'être tentée de les espionner. Burnett m'a dit et répété que c'était contraire à l'éthique des caméléons de se servir de son invisibilité pour ce genre de chose. En revanche, j'ai remarqué que Chase passait son temps à regarder par-dessus son épaule, comme s'il avait peur qu'on les surprenne. C'est surtout ça qui m'a paru louche : on aurait dit qu'il avait peur de se faire prendre en flagrant délit de quelque chose.

Après les cours, Della retourna se coucher, en proie à une légère migraine et à de sérieux doutes quant à sa capacité à résoudre les mystères qui la préoccupaient. Elle n'avait rien appris de nouveau au sujet de son oncle ; elle ignorait complètement qui l'avait assommée et pourquoi ; Burnett n'avait toujours pas accepté officiellement qu'elle participe à l'enquête ; son cousin restait injoignable mais, apparemment, rendait des visites nocturnes à Chase, le pervers anti-Schtroumpfs.

Elle n'était pas encore allée demander des comptes à ce dernier.

Avant cela, elle voulait parler à Chan. La prochaine fois qu'elle accuserait Chase, elle tenait à être sûre de son coup. Il lui fallait donc des preuves de ce qu'elle avançait. Si seulement Chan pouvait la rappeler !

Elle en voulait presque autant à son cousin qu'à cette tête à claques de Chase. Elle lui en voulait de lui causer tant d'inquiétude. Si Chan faisait déjà partie d'un gang, il était fort possible qu'on lui ait interdit de la contacter. Elle avait entendu dire que certains gangs obligeaient leurs membres à couper les ponts avec leur ancienne vie. Était-ce le cas de Chan ? Elle espérait de tout cœur qu'il n'était pas allé grossir les rangs des renégats purs et durs. Ces derniers vivaient dans l'illégalité la plus totale et ne se gênaient pas pour boire le sang des humains à la veine. Chan était-il capable d'une chose pareille ?

Fermant les yeux, elle repensa au dévouement avec lequel il s'était occupé d'elle au plus fort de sa transformation. Il ne quittait son chevet que quand sa mère ou quelqu'un d'autre venait la voir. Même quand elle avait été hospitalisée, il était venu lui rendre visite, alors qu'il aurait pu l'abandonner à son triste sort. Livrée à elle-même, elle aurait peut-être fini par tuer pour se nourrir. Il n'était pas rare que les nouveaux vampires se laissent emporter par leur soif.

Chan ne l'avait jamais abandonnée. C'était quelqu'un de foncièrement bon. Il avait peut-être décidé de faire partie d'un gang, mais il n'aurait jamais choisi de se mêler à une bande de brutes meurtrières.

Une fois de plus, elle se reprocha de ne pas l'avoir rappelé plus tôt. Elle regrettait de s'être si peu impliquée dans sa vie. Cela faisait d'elle une mauvaise cousine – en plus d'une sale garce malpolie.

Pas mauvaise au point de croire Chan capable de meurtre, cependant. L'image de la jeune morte s'imposa à son esprit, mais elle la refoula pour se concentrer sur son cousin.

– Appelle-moi, Chan, je t'en supplie, murmura-t-elle, comme s'il risquait de l'entendre par magie.

Au même moment, son téléphone sonna. Della sursauta et le saisit d'un geste vif, mais ce n'était pas Chan.

– Salut, maman, lança-t-elle en s'efforçant de paraître enjouée.

– Bonsoir, Della. J'ai parlé à Mme Galen et je n'ai aucune objection à ce que tu passes le week-end là-bas, mais... n'en parle pas à ton père.

Della faillit demander pourquoi, mais elle connaissait déjà la réponse. Son père aurait refusé, juste pour le principe, puisqu'il croyait qu'elle lui avait volé du brandy.

– Merci, souffla-t-elle.

Puis, soucieuse de ne pas rester sur ce léger malaise, elle demanda :

– Tu as passé une bonne journée ?

– Oui, merci.

Brusquement, sa curiosité l'emporta.

– Maman, est-ce que je peux te poser une question ?

– Euh... oui.

– Comment ça se fait que papa ne parle jamais de son enfance ?

Pourquoi ne nous a-t-il jamais dit qu'il avait perdu un frère et une sœur ?

– En voilà une drôle de question, commenta sa mère.

– Je sais, reconnut Della. C'est juste que je trouve ça bizarre. Toi, par exemple, tu m'as souvent raconté des histoires du lycée, mais papa, jamais. Tu parles même de ton frère qui est mort d'un cancer, ajouta-t-elle dans un élan de bravoure.

– Ton père... Disons qu'il n'a pas eu une enfance facile.

Au son de sa voix, Della sentit que sa mère avait déjà l'impression de trahir son mari par cet aveu pourtant si vague.

– Comment ça ? demanda-t-elle timidement.

Au même moment, elle entendit du bruit au bout de la ligne et reconnut la voix de son père.

– Il faut que j'y aille, murmura sa mère avant de raccrocher.

La tonalité résonna dans le cœur de Della, lancinante.

Cette conversation ne lui avait rien appris de nouveau. Elle n'avait servi qu'à la déprimer davantage. Sa mère se sentait obligée de se cacher pour l'appeler.

Della ne voulait pas rester là, à s'apitoyer sur son sort. Aussi résolut-elle d'aller voir Burnett pour lui demander la permission de passer le week-end chez Kylie. Avec un peu de chance, ce serait une simple formalité.

Sauf que Della n'avait jamais de chance – même un peu.

– Pourquoi tu ne veux pas que j'y aille ? insista-t-elle. Même ma mère est d'accord !

Elle jeta un regard implorant à Holiday, puis à Burnett.

La fée recula d'un pas, pour signifier qu'elle préférait ne pas se mêler de cette histoire. Pourquoi refusait-elle de prendre la défense de Della alors que Burnett se montrait tellement injuste ? Il ne lui avait même pas laissé le temps de formuler sa requête jusqu'au bout.

– Je te rappelle que tu es peut-être la cible d'un assassin, jeune fille.

– N'importe quoi ! Si ce type avait voulu me tuer, ce serait déjà fait. J'étais inconsciente ! Il n'aurait eu aucun mal à m'achever. Tu ne crois pas ?

Une lueur d'agacement passa dans les yeux du vampire.

– Comme l'a déjà dit Holiday, il est possible que les anges de la mort l'aient fait fuir avant qu'il n'en ait eu le temps.

– Tu parles ! Moi, je me demande si ce ne sont pas eux qui m'ont attaquée. Et puis, franchement, si tu croyais que mon agresseur était le vampire qui a tué le jeune couple, tu aurais déjà sonné le branle-bas de combat.

À en juger par l'expression de Burnett, elle avait vu juste.

– Je n'ai jamais dit que je croyais ça, j'ai dit que c'était une possibilité.

– De même qu'il est possible qu'un astéroïde percute la Terre demain et qu'on meure tous, rétorqua-t-elle.

– Je suis responsable de ta sécurité ! s'écria Burnett. Or je ne peux pas veiller sur toi si tu vas passer le week-end ailleurs.

– Mais je serai avec Miranda et Kylie ! C'est une protectrice, je te rappelle. Elle n'aurait aucun mal à envoyer bouler un astéroïde s'il s'approchait un peu trop de moi.

Comme Burnett gardait son air buté, Della décida de ne plus prendre de gants et de lui livrer le fond de sa pensée. C'était un argument qu'elle avait déjà utilisé, mais elle n'en avait pas de meilleur.

– Je sais ce qui te chiffonne. C'est le fait qu'on soit des filles. C'est ça ? Si c'était Lucas, Derek et Perry qui t'avaient demandé d'aller passer le week-end loin de Shadow Falls, tu aurais accepté sans hésiter. Tu n'es vraiment qu'un gros macho ! Et c'est aussi pour ça que tu ne veux pas me laisser enquêter sur le meurtre du jeune couple !

– Non, c'est faux ! cria Burnett avant de jeter un regard à Holiday, comme pour la prier d'intervenir.

Cette dernière ne dit rien, ce qui signifiait sans doute qu'elle était d'accord avec Della.

– Tu veux dire que je peux aider l'URF ? demanda-t-elle.

Puisqu'il était déjà furieux, elle n'avait plus rien à perdre.

– L'enquête n'a pas progressé depuis la dernière fois qu'on en a parlé.

– Ça ne répond pas à ma question, rétorqua Della.

Manifestement, le grand méchant vampire n'aimait pas qu'on lui mette le nez dans ses vilains petits défauts.

– Tu n'es qu'une tête de mule qui a besoin d'apprendre à respecter l'autorité ! gronda-t-il.

– Je respecterai l'autorité quand l'autorité me respectera !

Burnett se tourna vers Holiday.

– Dis quelque chose, enfin !

La fée haussa les épaules.

– Vous avez tous les deux des arguments valides.

– Mais elle refuse d'entendre raison ! râla Burnett, de plus en plus furieux.

– Et elle te reproche exactement la même chose, répliqua Holiday avec le plus grand calme.

Burnett et Della étaient bien loin de l'affection chaleureuse de leur dernière rencontre. Ils avaient déjà repris leurs bonnes vieilles habitudes, qui consistaient à se chamailler.

Della n'allait pas se laisser intimider.

– Si tu arrives à me jurer, sans que ton cœur te trahisse, que tu interdirais à Lucas ou à Chase d'aller passer le week-end ailleurs dans les mêmes conditions, alors je te promets de me taire.

Burnett n'essaya même pas de relever le défi. Il n'essaya même pas de mentir. Della n'eut donc pas besoin de se taire. Après une longue tirade enflammée, agrémentée de quelques coups de pouce de la part de Holiday, le directeur de Shadow Falls finit par accepter qu'elle aille chez Kylie.

Tandis que Della regagnait son bungalow, elle se rendit compte qu'il s'était bien gardé de mentionner l'enquête en cours. Elle faillit revenir sur ses pas, puis décida qu'il valait mieux attendre un peu pour revenir à la charge.

Ce samedi, elle allait pouvoir se rendre au funérarium auquel Chan et son oncle avaient fait appel pour mettre en scène leur décès. Elle en profiterait également pour se renseigner un peu au sujet du Sang Pourpre. Après tout, si le propriétaire des lieux aidait les vampires à disparaître, il était probable qu'il connaisse les gangs de la région. Peut-être même que le vieil homme avait gardé le contact avec Chan.

Cependant, même si elle apprenait où se réunissait le gang, elle ne pourrait sans doute pas s'y rendre. Cela reviendrait à prendre un risque inutile, or elle avait donné sa parole à Holiday.

Elle poussa un profond soupir. Elle aviserait une fois qu'elle en saurait plus.

Encouragée par sa petite victoire sur Burnett, elle décida de ne pas en rester là et d'aller rendre visite à Derek. Elle lui avait donné le nom du lycée qu'avait fréquenté son père, et il lui avait promis de poursuivre ses recherches.

Avec un peu de chance, il aurait quelques réponses à lui apporter, même s'il ne faisait que confirmer que son oncle et sa tante étaient encore en vie.

Sauf qu'elle n'avait toujours pas de chance. Derek n'avait rien découvert – ou presque. Il avait réussi à contacter un ancien élève de Klein High qui se disait prêt à lui vendre son album de promo, avec les noms et les photos de tous ses camarades de classe. Della avait évidemment accepté de sacrifier ses cinquante dollars d'argent de poche pour la bonne cause, et Derek avait donc contacté le type en question pour lui dire qu'il était prêt à conclure l'affaire. Mais, à ce moment-là, le vendeur avait fait mine d'hésiter, sans doute pour faire monter le prix.

Della ne voyait pas bien l'utilité d'un album de promo, vu qu'elle avait déjà une photo de son oncle, mais Derek lui avait expliqué que cela leur permettrait de se faire une idée de ses centres d'intérêt ainsi que de ses fréquentations. D'après lui, ce serait une bonne source d'indices. Sauf que ce n'étaient pas des indices que Della voulait, c'étaient des réponses.

Chan serait sans doute capable de lui apporter ces réponses. De retour au bungalow, elle se coucha et posa son téléphone sur la table de nuit puis l'observa fixement, comme pour l'encourager à sonner.

Elle faillit sauter au plafond lorsque, justement, il sonna.

Le cœur battant à tout rompre, elle l'attrapa et regarda le numéro.

Toujours pas Chan.

Steve. Il l'avait déjà appelée la veille, et elle avait dû faire un effort surhumain pour ne pas le bombarder de questions au sujet de Jessie, la jolie blonde. Elle ne voulait surtout pas se comporter comme une petite copine jalouse.

Elle regarda son téléphone un instant avant de céder.

– Salut, dit-elle.

– Della ! J'ai cru que tu n'allais pas décrocher.

– Désolée… j'étais occupée.

Occupée à me demander si, oui ou non, j'avais envie de décrocher.

– Tout va bien ?

– Oui, ça va. Et toi ?

Tu t'amuses bien avec Jessie ?

– Tu me manques, dit-il. Toutes les nuits, je me réveille et je pense à toi.

Mais pas pendant la journée, quand Jessie est là pour te tenir compagnie. Elle se mordit les lèvres pour garder ces réflexions pour elle.

– Désolée, murmura-t-elle.

– Il ne faut pas ! J'aime bien penser à toi.

Elle ferma les yeux.

– Ce n'est pas bon pour ta santé. Il faut que tu dormes.

Elle n'était pas exactement la mieux placée pour donner ce genre de conseil.

Il y eut un bref silence sur la ligne, puis Steve demanda :

– Ça ne t'arrive jamais de penser à moi ? À toutes les fois où on s'est embrassés. À celles où on a failli…

– Si, parfois, répondit-elle précipitamment pour l'empêcher d'en dire plus.

– À quoi tu penses, exactement ?

– Arrête ! lança-t-elle.

– Que j'arrête quoi ?

– On dirait que tu vas finir par faire l'amour à ton téléphone.

Il éclata de rire.

– Ce n'est pas vraiment mon intention, non !

Della sourit. Elle adorait le rire de Steve. Elle était heureuse de savoir qu'elle le faisait rire. Est-ce que Jessie le faisait rire aussi ?

– Je ne sais pas, moi. Quand tu prends ta voix grave et sexy, comme ça…

– Tu trouves que j'ai une voix sexy ?

– Arrête de parler de sexe ! râla-t-elle.

– C'est toi qui as commencé, je te signale.

– Dans ce cas, c'est aussi moi qui arrête, voilà.

– J'ai juste une dernière question, plaida-t-il. Après, je me tais. Promis.

– OK, souffla-t-elle.

Elle savait d'expérience que Steve ne lâchait pas facilement prise. Parfois, il tenait davantage du vampire que du métamorphe. Il était encore plus obstiné qu'elle et, aussi bizarre que cela puisse paraître, c'était quelque chose qu'elle admirait chez lui.

– Tu as déjà fait l'amour par téléphone ?

– Non. Par contre, j'ai vu ça dans un film, une fois.

– Ah bon ? Quel genre de film ? demanda-t-il, intrigué.

– Ne t'emballe pas. C'était juste une comédie romantique.

– Mouais… Et ils faisaient comment ?

– Ah non ! Tu avais dit une question.

– Bon, d'accord, fit-il en riant. Oh, je repense à un truc. Tu m'as dit que tu voulais parler à Derek mais tu ne m'as pas expliqué pourquoi. Qu'est-ce qu'il t'arrive ?

Elle n'avait pas raconté à Steve ce qu'elle avait découvert au cours du week-end parce qu'elle n'était pas sûre d'avoir intérêt à le faire mais, brusquement, elle eut envie de tout lui dire.

– Je… je crois que j'ai un oncle vampire. Et peut-être même une tante.

– Quoi ? Mais comment… Qu'est-ce qui te fait croire ça ?

Alors elle lui parla de sa conversation avec sa sœur, de la photo qu'elle avait trouvée et de la notice nécrologique que Derek avait dénichée dans les archives du journal et qui mentionnait une tante dont elle ignorait tout jusque-là.

– Eh ben… siffla Steve. Qu'est-ce que tu vas faire, maintenant ? Tu vas demander de l'aide à Burnett ?

– Non. Si ça se trouve, mon oncle et ma tante ne sont pas déclarés. Je ne voudrais pas leur attirer d'ennuis.

– Oui, mais alors ce sont peut-être des renégats.

– Pas forcément. Il y a plein de vampires qui ne font pas confiance à l'URF. Les vampires non listés ne sont pas tous des hors-la-loi. Regarde mon cousin, Chan. C'est un type bien. Un peu anticonformiste, c'est tout.

– Je sais. Je m'inquiète, c'est tout.

Moi aussi, je m'inquiète… à propos de toi et de Jessie.

– Il ne faut pas. Je sais me débrouiller.

Brusquement les résidus de la colère que lui avait inspirée Burnett refirent surface.

– Et pourquoi tu t'inquiètes, d'abord ? Est-ce que c'est parce que je suis une fille ? Tu me crois faible ?

– Non. C'est parce que… quand un garçon tient à une fille autant que je tiens à toi, il a tendance à se montrer protecteur.

– Alors arrête de tenir autant à moi ! lança-t-elle en se massant la tempe.

– Trop tard… rétorqua Steve. Est-ce que je peux faire quelque chose ? ajouta-t-il après un bref silence.

– Non, ça va aller.

Elle avait déjà accepté l'aide de Kylie et de Miranda. Cela faisait déjà deux personnes à qui elle risquait d'attirer des ennuis si tout ne se passait pas comme prévu. Elle n'avait vraiment pas besoin d'en ajouter une troisième.

– Tu es sûre ?

– Certaine.

Avec un peu de chance, samedi, elle aurait déjà quelques réponses à ses questions.

Au bout de la ligne, elle entendit quelqu'un frapper à la porte de Steve.

– Attends une seconde, dit-il. C'est Jessie.

Jessie venait frapper à la porte de sa chambre ? Pour quoi faire ?

Della en avait une petite idée. Les poings serrés, elle tendit l'oreille.

– Je vais l'installer dans la salle numéro 2, annonça une voix féminine dégoulinante d'adoration.

– J'arrive, lança Steve.

– Tu ferais peut-être bien de mettre un tee-shirt, d'abord. Sinon, elle risque d'avoir une crise cardiaque, la pauvre, minauda Jessie.

Della poussa un grondement. Elle savait exactement à quoi Steve ressemblait torse nu. En cet instant, son aversion pour la fille du médecin monta d'un cran ou deux. Ou quinze.

– Remarque, au moins, elle mourrait heureuse, ajouta cette dernière.

Steve éclata de rire.

– Ne t'en fais pas, je ne comptais pas y aller torse nu.

Jessie savait donc fait rire Steve, elle aussi. Et elle savait flirter comme personne. Cette pouffe faisait du charme à son… à Steve, qui ne s'en rendait même pas compte. À moins que…

– Della ? Désolé, il faut que j'y aille, on a une urgence, mais il me tarde d'être à demain pour te voir. Il faut qu'on parle.

– De quoi ? demanda-t-elle.

– De nous.

– Pourquoi ?

– Je suis désolé, il faut vraiment que j'y aille. On se voit après-demain, d'accord ? Tu pourras m'en dire plus sur ce film où ils font l'amour au téléphone.

Della poussa un nouveau grondement, et Steve éclata de rire.

Ce n'est qu'après avoir raccroché qu'elle se rendit compte d'une chose : elle avait oublié de lui dire qu'elle ne restait pas à Shadow Falls ce week-end. Il ne serait sans doute pas content mais, après tout, ce n'était que justice. Elle-même n'était pas franchement ravie de savoir qu'il jouait au docteur avec Jessie.

Qu'est-ce qui valait mieux ? Demander la permission d'abord ? Ou demander pardon après coup ? Ces questions se bousculaient dans l'esprit de Della et égratignaient sa conscience.

Jeudi matin, alors que les cours avaient déjà commencé, elle restait assise devant son ordinateur, habillée de noir, fascinée par le visage qu'affichait son écran. Lorraine Baker avait de longs cheveux châtains bouclés, un sourire resplendissant et de grands yeux verts lumineux.

De grands yeux verts à présent privés de vie.

Della n'avait pas réussi à trouver le sommeil après sa conversation avec Steve. Elle s'était donc relevée et avait surfé sur Internet dans l'espoir de trouver quelque chose d'assez soporifique pour l'endormir. Au lieu de ça, elle était tombée sur un article du journal local qui parlait de Lorraine – une étudiante de dix-neuf ans à l'avenir prometteur, tuée dans un tragique accident de voiture.

Sauf que Della connaissait la vérité – et que la vérité était bien pire. Lorraine et son fiancé avaient été brutalement assassinés par un vampire.

L'enterrement de la jeune fille avait lieu ce matin-là. Della ne comprenait pas ce qui la poussait à vouloir y assister, mais elle y tenait absolument.

Elle imaginait déjà la longue liste d'arguments que lui servirait Burnett pour l'en dissuader – et savait d'avance qu'elle ferait la sourde oreille.

Demander la permission ou demander pardon ?

Elle jeta un coup d'œil à son téléphone. Il était temps qu'elle prenne une décision.

Chapitre 15

– Est-ce que Burnett est là ? demanda Della en passant la tête à l'intérieur du bureau de Holiday.

– Non, il a été appelé en mission pour la journée.

– Une mission pour l'URF ?

Comme Holiday hochait la tête, Della entra dans la pièce.

– Est-ce que c'est au sujet du meurtre de l'autre soir ?

Elle sentait déjà sa colère bouillonner à l'idée qu'il soit parti enquêter sans même lui en parler.

– Non, il s'agit d'une affaire à Dallas.

Holiday se leva de son fauteuil, le ventre en premier. Della avait l'impression qu'il s'arrondissait à vue d'œil.

Soudain elle remarqua que Holiday portait une robe noire alors que, d'habitude, elle choisissait toujours des couleurs vives.

– Quelque chose ne va pas ? demanda la fée en voyant Della froncer les sourcils.

– Non, non. C'est juste que… tu es habillée en noir.

– Oui. Je vais à un enterrement.

Moi aussi.

– L'enterrement de qui ? s'enquit Della.

Holiday prit une expression soucieuse.

– Tu ne devrais pas être en cours ?

Della comprit sur-le-champ.

– Tu vas à l'enterrement de Lorraine Baker. C'est ça ?

Holiday s'appuya contre son bureau en hochant la tête.

– Elle m'a rendu une petite visite mais ne m'a pas encore parlé. Je me suis dit qu'en allant à son enterrement, je pourrais peut-être l'aider.

– L'aider à quoi ? Qu'est-ce qu'elle veut ?

– Je ne sais pas, mais en général, si les fantômes se manifestent, c'est parce qu'ils ont quelque chose à demander. Cela dit, surtout dans les cas de mort violente, il arrive que l'esprit ait seulement besoin qu'on le rassure avant de pouvoir passer de l'autre côté.

– Peut-être que Lorraine en sait plus que nous au sujet du tueur. Peut-être qu'elle veut t'aider à coincer ce taré.

– Ce n'est pas impossible, en effet, admit Holiday.

Della hésita un instant.

– Je veux venir avec toi.

Holiday ramena ses cheveux devant son épaule et les entortilla d'un geste pensif.

– Je ne suis pas sûre que ce soit conforme au protocole qu'un agent…

– Je me contrefiche du protocole. Écoute, pour tout te dire, j'étais prête à y aller en douce, sans prévenir personne, mais j'ai changé d'avis au dernier moment. C'est pour ça que je suis venue ; je voulais essayer de convaincre Burnett de me donner l'autorisation. Je suis tombée sur l'article du journal qui parlait de l'enterrement de Lorraine et… je tiens à y assister.

– Je sais que ça a dû être traumatisant de voir la scène du crime, mais…

– Il faut que j'y aille. S'il te plaît, Holiday. Je ne sais pas pourquoi, mais j'ai vraiment besoin d'y aller pour lui dire que je suis désolée. Ne m'en empêche pas, s'il te plaît.

– Désolée ? Della… ce n'était pas ta faute, souffla doucement Holiday.

– Je sais, mais… c'était un vampire, et je voudrais pouvoir arranger les choses.

Tout en disant cela, Della se rendit compte que c'était impossible. Rien ne pourrait ramener Lorraine à la vie. Pourtant, elle avait l'intime conviction qu'elle devait se rendre à cet enterrement.

L'air était tellement chargé de chagrin que Della avait du mal à respirer. Même si elle ne connaissait pas personnellement la victime, elle était prise à la gorge par un profond sentiment de deuil.

Des hommes en costume sombre disposaient des bouquets et des couronnes de fleurs autour du cercueil. Le parfum capiteux était presque écœurant et, bien que les pétales soient encore frais et colorés, Della distinguait déjà l'odeur de leur mort imminente. Elle trouvait cette coutume tristement ironique.

Holiday et elle étaient entrées dans l'église dix minutes auparavant et avaient pris les dernières places sur le banc du fond. Pourtant, les gens continuaient d'arriver, si bien qu'il leur fallut se serrer les uns contre les autres. Della avait l'impression d'étouffer, mais elle savait très bien que cela venait autant de l'atmosphère du moment que de la foule autour d'elle.

Des émotions de toutes sortes fusaient dans son esprit, trop nombreuses. Pourtant l'une d'elles s'imposait, terriblement inconfortable. En pensant à l'innocente victime étendue dans le cercueil, elle se sentait coupable… coupable d'être vampire.

La rumeur de la foule résonnait sous la voûte de l'église. De toute évidence, Lorraine était très aimée de sa famille et de ses amis.

Della écoutait les bribes de conversations. Certains pleuraient, d'autres se contentaient de pousser de discrets soupirs pourtant lourds de chagrin. D'autres encore évoquaient leurs souvenirs de Lorraine : « Elle adorait la glace à la menthe avec des copeaux de chocolat. » « Elle détestait les maths. » « Parfois, quand elle riait vraiment fort, ça faisait un petit grognement trop mignon. »

C'était un peu comme si, en rappelant ces petites choses insignifiantes en soi, ils espéraient garder Lorraine en vie.

– Elle est là ? murmura Della à l'oreille de Holiday.

La perspective qu'un fantôme hante les lieux aurait dû l'effrayer mais, pour une fois, ça ne la gênait pas. Au contraire, si Holiday parvenait à glaner des indices au sujet du tueur, cela aiderait Della à coincer ce salaud. Elle ne demandait pas mieux.

– Non, chuchota Holiday. Par contre, je sens la présence d'un autre esprit. Ça ne m'étonnerait pas que ce soit celui qui suit Kylie. Il passe trop vite pour que je le voie. C'est un vampire, j'en suis sûre.

Della ferma les yeux un instant. Elle n'avait aucune envie de croire qu'il s'agissait du fantôme de son oncle ou de sa tante, mais elle devait bien reconnaître que c'était une explication plausible.

– J'espérais vraiment que Lorraine se manifesterait, ajouta Holiday.

– Si tu la vois, demande-lui ce qu'elle sait au sujet de son tueur.

Della se redressa et observa la foule rassemblée dans l'église. Son regard s'arrêta sur le cercueil. Plusieurs personnes s'en étaient approchées et échangeaient des commentaires.

– Elle est ravissante, dit une dame à sa voisine. On ne dirait pas qu'elle a été mutilée dans un horrible accident.

Ravissante ?! Elle est morte !

L'image de Lorraine s'imposa à l'esprit de Della. Bizarrement, elle revoyait en particulier les doigts de la jeune femme, dégouttant de sang. Elle réprima un frisson.

– Ça va ? demanda Holiday, qui avait sans doute perçu ses émotions.

– Oui, mentit-elle.

La fée posa une main sur la sienne et, aussitôt, l'atmosphère lui parut moins pesante.

Les bribes de conversations résonnaient toujours autour d'elles : « C'est trop triste ! Elle avait toute la vie devant elle. Tu savais qu'elle venait d'adopter un petit chien ? »

Della ferma les yeux. Qu'est-ce qui l'avait poussée à venir là ? En quoi est-ce que cela aiderait la jeune morte ou son fiancé ? En quoi est-ce que cela ferait avancer l'enquête ?

En rien. Della comprit que, si elle était venue, c'était pour apaiser sa propre culpabilité.

« Ce n'est pas pour les morts que l'on organise ces cérémonies ; c'est pour les vivants. » Son père lui avait expliqué cela quand elle l'avait supplié de ne pas l'obliger à aller à l'enterrement de Chan. Elle avait redouté de voir sa tante pleurer, ou le moment où le cercueil renfermant le corps de son cousin serait enseveli. Peut-être espérait-elle qu'en n'y assistant pas elle pourrait faire comme si Chan n'était pas mort. Évidemment, à l'époque, elle ignorait qu'il était bel et bien vivant.

L'une des personnes qui se tenaient près du cercueil étouffa un sanglot.

– Est-ce que tu vas à l'enterrement de Jake, demain ? demanda une jeune fille à sa voisine.

Les deux amies étaient assises deux rangs devant Della, et leur dialogue formait une petite musique, sorte d'hommage à cette jeune vie cueillie trop tôt. Della tendit l'oreille.

– Probablement, mais je ne peux pas m'empêcher de me demander si tout ça serait arrivé si Phillip n'avait pas disparu.

– Elle aimait sincèrement Jake.

– Pas autant qu'elle aimait Phillip, à mon avis.

– Phillip lui a brisé le cœur quand il l'a quittée.

Lorraine avait donc eu des peines de cœur, comme tout le monde.

– Au moins, Jake et elle sont morts en même temps.

En quoi est-ce que c'est mieux ? pensa Della. Elle ne voulait même pas imaginer l'atrocité de ses derniers moments, la terreur que Lorraine avait dû ressentir, tant pour son fiancé que pour elle.

Soudain les haut-parleurs commencèrent à diffuser de la musique. Le pasteur prit la parole et évoqua Lorraine, son amour de la vie, son désir d'aider les autres. Dix minutes plus tard, tout le monde se leva pour se diriger vers le cercueil. Della faillit s'éloigner à contre-courant de la foule, mais elle se rendit compte que cela pourrait être mal vu, aussi se ravisa-t-elle.

Elle se promit de ne pas regarder, se disant que ce n'était pas nécessaire. Pourtant, arrivée à hauteur du cercueil, elle ne put s'empêcher de jeter un coup d'œil à cette jeune femme trop immobile, vêtue d'une robe rose, et dont seuls les cheveux châtains n'évoquaient pas la mort. Ses mains – nettoyées du sang que Della voyait toujours dans ses souvenirs – étaient croisées sur sa poitrine, et on ne voyait plus qu'elle avait été égorgée.

Della s'arrêta juste assez longtemps pour faire une promesse.

Je vais attraper le salaud qui t'a fait ça. Je vais coincer ce monstre.

Alors qu'elle s'apprêtait à tourner les talons, une minuscule plume vint se poser sur la joue de la jeune morte. On aurait presque dit une larme. Della fut tentée de la retirer, mais ne put se résoudre à toucher le corps. Elle suivit donc le reste de l'assemblée et sortit de l'église.

– Tu ne l'as pas vue du tout ? demanda-t-elle à Holiday une fois dans la voiture.

– Non, mais peut-être qu'elle reviendra me voir. Parfois…

Elle fut interrompue par la sonnerie de son téléphone. Voyant qui l'appelait, elle décrocha.

– Tout va bien ?

Della tendit l'oreille, en vain. Son ouïe la trahissait de nouveau, aussi s'efforça-t-elle d'étudier les expressions de la fée. Visiblement, les nouvelles n'étaient pas bonnes.

– On sera là dans deux minutes, dit Holiday. Installe-le dans la salle de réunion et dis-lui que sa fille est à son bungalow et que tu vas la chercher sur-le-champ.

Holiday raccrocha et se tourna vers Della d'un air inquiet.

– Qu'est-ce qu'il y a ?

Une de ses amies avait-elle des ennuis avec ses parents ? Tout n'était pas toujours idyllique chez Kylie et Miranda. Chez Jenny non plus, d'ailleurs.

Holiday pinça les lèvres.

– Ton père est à Shadow Falls, Della. D'après Hayden, il est très en colère. Il dit que tu as pris quelque chose qui lui appartenait le week-end dernier et il veut absolument le récupérer.

Della sentit son cœur se serrer et son estomac se nouer.

Holiday lui jeta un regard interrogateur.

– Est-ce que tu sais de quoi il parle ?

Della se dépêcha de passer au bungalow pour récupérer le cliché de son père, qu'elle rangea soigneusement dans une nouvelle enveloppe avant de retourner au bureau. Elle n'avait pas exactement menti à Holiday, mais s'était contentée de lui dire qu'elle avait emporté une vieille photo de famille. De toute évidence, la fée aurait aimé obtenir davantage d'explications, mais Della n'avait rien ajouté. Elle avait passé le reste du trajet tournée vers la vitre en silence, assourdie par la douleur qui hurlait dans son cœur.

Alors qu'elle s'approchait de la salle de réunion, ses mains se mirent à trembler à l'idée de devoir affronter son père – ou plutôt la déception qu'elle ne manquerait pas de lire dans ses yeux. Elle se souvenait encore du regard qu'il lui avait jeté quand il l'avait surprise dans son bureau. L'accusation qu'il lui avait lancée à la figure résonnait encore à ses oreilles.

Arrivée devant le bâtiment principal, elle monta les marches du perron, puis s'immobilisa un instant. Qu'allait-elle bien pouvoir lui dire ? Elle ne pouvait pas lui avouer que Marla avait surpris une conversation concernant son frère jumeau. Il serait furieux, et il était hors de question qu'elle mette sa sœur dans le pétrin. Elle aimait autant y sauter elle-même à pieds joints. Après tout, ses parents la croyaient dedans jusqu'au cou depuis déjà des mois.

Elle se décida enfin à pousser la porte, l'esprit encombré de mille questions. Comment son père avait-il découvert que la photo avait disparu ? Regardait-il souvent son album de famille ? Soudain Della repensa à la conversation téléphonique qu'elle avait eue avec sa mère, au cours de laquelle elle lui avait dit qu'elle n'avait jamais cherché à boire le brandy de son père mais qu'elle voulait voir une photo de Chan. Certes, ce n'était pas tout à fait la vérité, mais ça n'en était pas loin.

Sa mère avait dû le répéter à son père, qui avait ressorti l'album pour vérifier qu'il n'y manquait rien. Elle l'imaginait sans mal en train de tourner les pages d'un geste rageur, certain que sa fille l'avait volé. Ironie du sort, elle était effectivement coupable du crime dont il l'accusait, cette fois.

Elle entra dans la salle de réunion, l'estomac noué. Son père était assis au bout de la table, face à la porte. Il fronça les sourcils en l'apercevant. Elle avait beau s'attendre à ce genre d'accueil, cela faisait toujours aussi mal.

Avant, les yeux de son père souriaient avec amour en la voyant. À présent, elle n'avait droit qu'à des grimaces sévères.

Où était passé tout son amour ? Était-il déjà mort et oublié ? *Ce n'est pas ma faute, papa. J'ai contracté un virus. Je ne l'ai pas fait exprès.*

Elle inspira profondément, tremblante.

Il la considérait avec un mélange de colère et de déception. À choisir, elle préférait la colère. Il désigna l'enveloppe d'un index tendu.

– J'ose espérer que c'est ma photo.

Elle s'approcha et déposa le cliché sur la table. Elle avait du mal à parler, tant sa gorge était nouée.

– Je… je suis tombée dessus par hasard. En la voyant, j'ai eu l'impression que… tu avais un frère jumeau. J'étais curieuse.

– Tu n'avais pas le droit de fouiller dans mes affaires.

Pourquoi tu me détestes, papa ? Elle s'efforça de ravaler les larmes qui lui piquaient les paupières.

– Je suis désolée, souffla-t-elle.

Elle savait bien qu'il était inutile de discuter.

– Tu as expliqué à ta mère que tu n'avais pas touché à mon alcool, reprit son père. Pourquoi tu ne m'as rien dit, à moi ?

– Tu avais l'air tellement fâché. J'ai eu peur que tu ne me croies pas.

– Qu'est-ce que tu cherchais, exactement ? demanda-t-il sur un ton agressif.

Sa mère lui avait sans doute raconté leur conversation, aussi répéta-t-elle le même mensonge.

– Je pensais à Chan et je me suis dit que tu avais peut-être une photo de lui.

Son père se leva.

– Chan est mort. Laisse-le tranquille.

Non, justement, pensa Della. Et peut-être que son oncle était encore vivant, lui aussi. Elle regarda son père s'éloigner. La dernière fois qu'il l'avait serrée dans ses bras, c'était juste après sa transformation.

– Papa ?

Il s'arrêta et lui jeta un bref regard par-dessus son épaule. L'espace d'une seconde – d'un battement de cœur –, elle crut voir dans ses yeux de la tristesse, des regrets pour tout ce qu'ils avaient perdu.

– Quoi ? fit-il.

Elle s'avança vers lui, désireuse de se réfugier dans la chaleur protectrice de ses bras et de savoir qu'il ne la détestait pas.

Mais, avant qu'elle n'arrive à sa hauteur, il l'arrêta d'un geste. Elle crut que son cœur allait se déchirer.

Elle prit une longue inspiration et se força à déglutir. À défaut d'un câlin, elle pourrait peut-être obtenir des réponses.

– C'est bien ton frère jumeau, sur la photo ?

Il serra les lèvres d'un air pincé. Elle crut qu'il allait partir sans même daigner répondre, mais il finit par lancer :

– Je suis venu récupérer un bien qui m'appartenait, pas répondre à tes questions.

– Pourquoi tu ne nous as jamais parlé de lui ? insista-t-elle.

– À quoi bon réveiller de pénibles souvenirs ? Il y a des choses qu'il vaut mieux oublier.

Moi, par exemple, pensa Della.

Il se remit en mouvement.

– Je t'aime toujours, lança-t-elle.

Il ralentit pendant une seconde, peut-être deux, puis s'éloigna sans se retourner. Sans rien dire. Il ne l'aimait plus. Elle n'était déjà plus qu'un pénible souvenir qu'il valait mieux oublier.

– Della ! Tu es prête ? lança Kylie.

Miranda et elle vinrent rejoindre Della juste après la fin des cours du vendredi. Kylie avait l'air particulièrement enjouée. Depuis qu'elle sortait avec Lucas, elle souriait tout le temps.

– Ma mère a dit qu'elle serait là vers seize heures.

– Oui, j'ai fait mon sac et tout, mais j'ai une dernière chose à régler avant de partir.

Si seulement elle n'avait eu qu'une seule petite chose à régler ! Della se sentait écartelée. Elle était revenue de l'enterrement de Lorraine plus décidée que jamais à convaincre Burnett qu'elle était digne de l'URF. Puis, de l'entretien avec son père, plus décidée que jamais à retrouver son oncle et sa tante. Mais pour cela, il fallait qu'elle arrive à contacter Chan – et, au passage, le persuader de quitter son gang. Et puis il y avait Steve.

– Quoi ? Qu'est-ce que tu as à régler ? demanda Miranda.

La petite sorcière ne supportait pas les énigmes. La veille au soir, quand Burnett avait convoqué Della dans son bureau, elle avait piqué une crise jusqu'à ce que Della leur explique ce qu'il lui voulait. Elle leur avait donc raconté qu'elle était allée à l'enterrement de Lorraine et que ça n'avait pas plu au directeur du centre.

L'avertissement du vampire résonnait encore à ses oreilles. « Un agent se doit de maintenir une certaine distance émotionnelle lors d'une enquête. » Elle tâcherait de s'en souvenir une fois qu'elle aurait recollé les morceaux de son cœur brisé.

Burnett lui avait également demandé pourquoi son père était venu à Shadow Falls. Elle lui avait donné la même réponse qu'à Holiday : elle avait pris une vieille photo de lui avec ses frères et sœurs, et il s'en était rendu compte. Contrairement à Miranda, Holiday et Burnett savaient se montrer discrets. Ils se doutaient certainement que c'était plus compliqué que ça mais, au moins, ils respectaient la vie privée de Della.

Miranda allait devoir apprendre ce que cela signifiait, surtout que Della n'avait pas vraiment de secrets pour ses deux meilleures amies. Elle leur avait même parlé de la visite de son père.

– Qu'est-ce qu'il peut bien y avoir de plus important que notre petit week-end ? reprit Miranda.

Non, décidément, cette sacrée sorcière ne lâchait jamais le morceau.

Della poussa un grondement sourd et faillit rétorquer que ça ne regardait qu'elle, mais elle se ravisa. Miranda ne lui avait rien fait. C'était cette situation qui lui mettait les nerfs à vif. Et, de tous les problèmes qui la préoccupaient ces derniers temps, il y en avait un qui réclamait son attention immédiate. Steve.

Il était venu en cours ce matin-là, comme prévu. Sachant que Della ne voulait pas que tout le monde les croie en couple, il avait bien pris soin de ne pas se montrer trop affectueux, mais chaque fois qu'elle avait croisé son regard au cours de la journée, elle l'avait surpris en train de l'observer avec un sourire charmeur aux lèvres. Elle aurait parié son soutien-gorge préféré qu'il pensait à leurs baisers – ou à ce que cela ferait d'aller plus loin.

Franchement, quand il la dévorait des yeux ainsi, elle avait du mal à réfléchir à autre chose, elle aussi. À croire que son esprit avait choisi d'oublier le reste de ses soucis en se repassant en boucle le film de leurs derniers baisers – et des caresses de Steve.

Elle n'avait pourtant pas besoin de ça, surtout en plein cours de maths, alors que tout le monde risquait de sentir ses phéromones.

Cela ne lui faisait pas plaisir d'annoncer à Steve qu'elle partait pour le week-end, mais elle tenait à le mettre au courant. Cela n'aurait vraiment pas été poli de mettre les voiles sans le prévenir. Della n'était peut-être pas toujours très sympa, mais elle essayait au moins de ne pas être franchement grossière. Enfin, la plupart du temps.

Miranda se racla la gorge, la ramenant à la réalité – et à son problème du moment, qui concernait une petite sorcière beaucoup trop curieuse.

– Je n'en ai pas pour longtemps, grommela-t-elle.

– D'accord, mais qu'est-ce que tu vas faire ? répéta Miranda, agacée.

Della faillit s'autoriser une petite entorse à la politesse.

– Il faut que je parle à Steve ! Voilà ! Tu es contente ? cria-t-elle.

– Tu vois, ce n'était pas si difficile, commenta Miranda avant d'écarquiller les yeux. Hé, attends ! De quoi tu vas lui parler ? De la fille du médecin ?

Kylie tenta de la faire taire d'un coup de coude dans les côtes.

Della fronça les sourcils.

– Pourquoi ? Qu'est-ce que vous savez au sujet de la fille du médecin ?

– Oh, rien, fit Miranda en prenant un air innocent. Rien du tout.

Néanmoins, elle se réfugia derrière Kylie, comme si elle craignait que Della ne lui saute à la gorge.

Elle n'avait peut-être pas tort de se méfier.

– Crache le morceau ! cria Della en se massant la tempe.

Sa migraine semblait empirer.

Kylie poussa un soupir désolé.

– C'est vrai… On ne sait rien du tout, dit-elle en forçant Miranda à sortir de sa cachette. Écoute, elle n'arrêtait pas de regarder Steve, alors on a eu l'impression qu'elle l'aimait bien, c'est tout.

Ses amies ne lui apprenaient rien de nouveau, mais cela faisait tout drôle à Della de se dire qu'elles aussi avaient remarqué.

– Je… Il faut que j'y aille. Je serai de retour pour seize heures.

Sur ce, elle partit à la recherche de Steve. Elle ne savait ni où il était ni ce qu'elle allait pouvoir lui dire – à part l'informer qu'elle ne serait pas là du week-end. En revanche, elle reconnaissait bien la douleur cuisante qui lui vrillait le cœur. Elle lui rappelait cruellement celle qu'elle avait ressentie après le départ de son père, la veille.

Chapitre 16

Della se rendit au bungalow de Steve. Au lieu de frapper à la porte, elle fit le tour et regarda par la fenêtre de sa chambre. Le cœur serré, elle l'observa pendant un instant. Il était tranquillement allongé sur son lit. Son tee-shirt était posé sur le coin de sa table de nuit. La peau dorée de son torse invitait aux caresses. Les muscles de ses bras et de ses épaules rappelaient à Della combien c'était réconfortant de s'appuyer contre lui. Son jean délavé lui allait parfaitement, pas trop serré, mais assez ajusté pour souligner ses jambes puissantes.

Elle n'avait qu'une envie, ouvrir cette fenêtre et aller s'étendre à côté de lui. Le sentir tout contre elle, de tout son long. Elle aurait voulu oublier ses problèmes et se sentir revivre… se sentir aimée.

Ce qu'elle éprouvait pour Steve n'était pas qu'une bête attirance physique. Quand elle était avec lui, elle se sentait normale – sexy, même –, et elle adorait ça. Un sourire aux lèvres, elle s'autorisa à apprécier le spectacle pendant encore quelques secondes.

Soudain elle repensa à leur conversation téléphonique, celle qui avait été interrompue par Jessie. Cela ne lui plaisait pas du tout de se dire qu'elle n'était pas la seule à avoir vu Steve torse nu. La jalousie qui lui vrilla le cœur ne fit que confirmer ses craintes : elle était en train de tomber amoureuse du beau métamorphe allongé sur ce lit. Allait-elle réellement s'aventurer sur cette pente savonneuse ? N'avait-elle pas encore compris que l'amour finissait toujours par la décevoir ?

C'est alors que Steve l'aperçut. Il esquissa un sourire terriblement sexy, puis se leva d'un bond pour venir ouvrir la fenêtre.

– J'espérais bien que tu passerais, dit-il en lui faisant signe d'entrer.

Della hésita à lui demander de sortir ; elle ne voulait pas que quelqu'un la voie entrer dans sa chambre et que des rumeurs circulent à leur sujet. Cela dit, Derek avait déjà vu Steve sortir de sa chambre à elle. Certes, il n'était pas du genre à colporter des ragots, mais d'après Jenny, tout le monde était déjà au courant qu'il se tramait quelque chose entre eux deux.

Quelque chose, mais quoi ? cria son cœur au moment où elle prit la main que Steve lui tendait. Le contact de sa paume chaude et douce suffit à faire courir un picotement électrique tout le long de son corps. C'était presque douloureux, pourtant elle en voulait davantage.

Elle retint son souffle. Allait-elle laisser cette histoire se poursuivre ou, au contraire, allait-elle la tuer dans l'œuf avant que… avant qu'il ne soit trop tard ?

Il est peut-être déjà trop tard, murmura une petite voix dans son esprit.

Steve l'aida à enjamber la fenêtre, et elle n'eut pas le cœur à lui rappeler qu'elle y arrivait très bien toute seule.

À peine ses pieds avaient-ils touché le sol qu'il l'attira contre lui et l'embrassa.

Elle posa les mains sur son torse pour le repousser, mais n'en eut ni l'envie ni le courage. Au lieu de cela, elle se laissa faire, comme chaque fois. À la réflexion, elle croyait bien n'avoir jamais refusé le moindre de ses baisers. Face à lui, elle était faible. Avait-elle tort de ne pas détester ça ?

Ses lèvres avaient un léger goût de menthe – un goût de Steve.

Et elle adorait ça.

Lentement, il fit glisser sa langue contre la sienne. Elle sentit ses bras forts autour de sa taille tandis qu'il la serrait tendrement. C'était l'endroit qu'elle préférait au monde.

Elle s'autorisa à s'appuyer contre lui, mais très légèrement, et seulement pendant un bref instant.

Depuis qu'elle était devenue vampire, elle s'était juré de ne plus jamais dépendre de personne, que ce soit de ses parents, de Lee ou de ses anciens amis. Pourtant, quand Steve la tenait dans ses bras, elle n'était plus aussi sûre de son choix.

– Tu m'as manqué, dit-il en s'écartant un peu.

Toi aussi, tu m'as manqué. Elle ne put se résoudre à prononcer ces quelques mots. En relevant la tête, elle remarqua qu'il avait les pupilles dilatées. Elle sentait son souffle chaud sur sa joue.

Elle déglutit péniblement et chercha un moyen de lui annoncer qu'elle partait – ainsi qu'une raison légitime de l'interroger au sujet de Jessie.

Il se pencha sur elle comme pour l'embrasser de nouveau, mais elle posa deux doigts sur ses lèvres.

– Steve, je… Il faut que je… Il faut qu'on parle.

Il sourit.

– Je sais. Mes parents viennent demain soir, et j'aimerais que tu viennes dîner avec nous. Ils voudraient te rencontrer.

Hein ?! Ses parents voulaient la rencontrer ? Un soudain malaise lui vrilla les tempes quand elle repensa à sa relation avec Lee. Elle savait pertinemment qu'elle n'avait pas fait bonne impression à ses parents.

– Pourquoi ?

– Pourquoi quoi ?

– Pourquoi est-ce que tes parents veulent me rencontrer ?

– Parce que je leur ai parlé de toi et qu'ils sont curieux. Je pense qu'ils ont compris que tu comptais beaucoup pour moi.

Je compte beaucoup ?

Elle secoua la tête.

– Ce n'est pas une bonne idée.

– Pourquoi tu dis ça ?

Parce que, si je rencontre tes parents, c'est fini, je deviens officiellement ta petite copine. Et puis, si ça se trouve, je ne vais pas leur plaire.

– Parce que je ne suis pas là ce week-end.

Elle puisa un maigre réconfort dans le fait que, au moins, elle ne lui mentait pas.

Il fronça les sourcils.

– Pourtant, on n'est pas obligés de retourner chez nous. Pas cette semaine.

– Je sais. Je vais chez Kylie, avec Miranda. C'est pour ça que je suis venue te voir.

– Mes parents n'ont quasiment jamais l'occasion de passer. Tu ne peux pas aller chez Kylie une autre fois ?

– Non, je... En fait, je vais aussi en profiter pour faire un tour à l'entreprise de pompes funèbres où se sont tenues les funérailles de mon oncle. Je me suis rendu compte que c'étaient aussi eux qui s'étaient occupés de mon cousin Chan. Peut-être qu'ils pourront m'apprendre quelque chose au sujet de mon oncle et de ma tante.

Steve pinça les lèvres, l'air déçu.

– Comment sais-tu tout ça ?

– Grâce à la nécrologie. Celle que Derek a retrouvée en ligne. Tu te rappelles ?

– Oui, mais tu ne m'avais pas parlé de cette histoire de pompes funèbres – ni de tes projets pour le week-end, grommela-t-il en plissant les paupières. Tu parles d'aller poser des questions dans un endroit qui aide des vampires à mettre en scène leur propre mort... Ce n'est pas sans danger, tu sais. Est-ce que Burnett est d'accord ?

– Il est d'accord pour que j'aille passer le week-end chez Kylie, qui est une protectrice.

Steve n'avait pas besoin de savoir que c'était uniquement grâce à l'influence de Holiday qu'elle avait obtenu l'autorisation de Burnett – ou que les deux directeurs ignoraient tout de son petit projet.

Steve se mit à arpenter la pièce avant de revenir se planter devant elle.

– Cette histoire ne me plaît pas du tout, Della.

– Ne t'en fais pas pour moi.

Elle voyait bien que son inquiétude était sincère, mais elle savait d'expérience que, si quelqu'un tenait à elle, elle finissait toujours par en payer le prix. Lee et son père lui en avaient donné la preuve.

Elle croisa le regard de Steve. Les mâchoires crispées, il semblait profondément contrarié – bien plus qu'elle ne l'aurait cru.

– Pourquoi tu ne m'as pas parlé de ça plus tôt ?

– Depuis quand est-ce que j'ai besoin de ta permission pour...

– Je n'ai pas dit que tu avais besoin de ma permission, je...

– Je sais, intervint-elle. Écoute, je...

Elle tenta de calmer le torrent d'émotions qui bouillonnait sous son crâne, mais entre le meurtre, l'enterrement de Lorraine, la visite surprise de son père et la possibilité que Chan fasse désormais partie d'un gang, elle avait les nerfs à vif.

– Je comptais mentionner tout ça au téléphone, l'autre fois, mais... Jessie a débarqué dans ta chambre et...

– Quoi ? fit-il, étonné par l'irritation dans la voix de Della.

– On était en train de discuter, et elle nous a interrompus, expliqua Della en s'efforçant de museler sa colère.

Alors que tu étais torse nu. D'ailleurs, elle ne s'est pas gênée pour faire un commentaire à ce sujet ! Au même instant, Della se demanda si Jessie avait deviné qu'il était au téléphone avec elle quand elle avait frappé à sa porte. Avait-elle fait exprès de flirter avec lui haut et fort, afin de semer la pagaille entre eux ? Si c'était vrai, alors c'était encore pire.

Steve la dévisageait bizarrement, comme s'il essayait de comprendre le tour qu'avait pris cette conversation.

– Une patiente venait d'arriver en urgence. Ça n'avait rien de personnel, expliqua-t-il.

– Tu as raison ; tu n'as rien fait de mal, souffla Della en espérant que c'était bien le cas. Ça ne fait rien.

Elle tourna la tête vers la fenêtre, pressée de partir avant de dire quelque chose qu'elle regretterait ensuite. Quelque chose comme : « Oublie l'idée de me présenter à tes parents. Ça n'arrivera pas. Et puis, de toute façon, je suis sûre qu'ils préféreraient la fille du médecin. »

– Écoute, j'étais juste venue te prévenir que je passais le week-end chez Kylie. Sa mère va arriver d'un moment à l'autre. Il faut que j'y aille.

– Mais enfin, Della ! Qu'est-ce qui te prend ? Tu es fâchée parce que je travaille chez le Dr Whitman ? Il s'agit de mes études, de ma carrière. C'est important pour moi.

– De même que c'est important pour moi de retrouver ma famille.

Elle s'approcha de la fenêtre.

– Attends, dit-il en la retenant par le bras.

Elle comprit, au ton de sa voix, qu'il s'efforçait de rester patient.

– Pour quoi faire ? râla-t-elle.

Elle vit une lueur de colère passer dans les yeux de Steve.

– Je n'arrive pas à croire que tu ne m'aies rien dit plus tôt, lança-t-il sèchement.

– Peut-être que si toi, tu m'avais dit plus tôt que tes parents venaient, j'aurais pu t'avertir que je ne serais pas là.

Sauf que, même si j'étais restée ici, j'aurais refusé, de toute façon.

Steve lâcha le bras de Della et croisa les mains sur la nuque. Ses yeux prirent une douce couleur ambrée.

– Il ne s'agit pas seulement de ça. Cette histoire de te pointer dans un funérarium pour poser des questions au sujet de ton oncle… Et puis, il paraît que tu es allée à l'enterrement de la fille qui a été tuée. Entre ça et le fait que tu as demandé l'aide de Derek avant même de me parler de ton oncle… Tu ne me racontes rien, Della ! Tu ne me fais pas confiance ?

– Si je ne t'ai pas raconté tout ça, c'est parce que je n'en ai pas eu l'occasion. Tu étais occupé.

– J'avais raison : tu es fâchée parce que je travaille avec le Dr Whitman. C'est ça ?

Non. Mon problème, ce n'est pas le docteur, c'est sa fille.

– Tout ce que je veux dire, c'est que tu n'étais pas là.

– Oh, arrête, Della. J'étais ici dimanche toute la journée et lundi matin. On s'est vus à la clinique et on s'est parlé au téléphone quasiment tous les soirs.

Il s'interrompit et leva les yeux au plafond en poussant un grondement sourd.

– Ça recommence, reprit-il en sondant son regard. Chaque fois qu'on se rapproche un peu trop, tu fais marche arrière. Tu veux bien m'expliquer pourquoi ?

La gorge de Della se noua. Elle ouvrit la bouche pour parler, mais les mots se dérobèrent à elle.

Soudain son téléphone sonna. Elle le sortit de sa poche, soulagée de ne plus avoir à regarder l'expression douloureuse de Steve. C'était Kylie qui l'appelait. Il était seize heures cinq. Ses amies l'attendaient.

– Il faut que j'y aille, murmura-t-elle.

– C'est ça, vas-y ! lança Steve.

Elle passa une jambe par la fenêtre et jeta un regard en arrière.

– Désolée.

Puis elle s'envola avant qu'il ne voie ses yeux s'emplir de larmes.

Pourquoi éprouvait-elle le besoin de s'excuser ? Parce qu'elle l'avait repoussé ? Parce qu'elle n'avait pas envie de le repousser ? Parce qu'elle allait passer le week-end chez Kylie ? Parce qu'elle n'avait pas voulu rencontrer ses parents ? Parce qu'elle avait peur de l'amour ? Il y avait vraiment quelque chose qui ne tournait pas rond, chez elle !

– Ça va ? lui demanda Kylie au bout d'une demi-heure de route.

– Oui, mentit Della.

Elle expliquerait peut-être ce qui s'était passé à ses deux amies, mais plus tard. À vrai dire, elle n'était même pas sûre de le comprendre elle-même. Sa seule certitude, c'était que Steve et elle avaient eu leur première dispute. Il leur était déjà arrivé de se prendre la tête par le passé, mais jamais comme ça. Cette fois, elle avait l'impression que… que tout était peut-être fini entre eux.

– C'est à cause de ton père ou de Steve ? insista Kylie.

– Je te dis que ça va, lui assura Della.

Elle se demanda si la curiosité maladive de Miranda ne commençait pas à déteindre sur le caméléon. Kylie ne voyait-elle pas qu'elle n'avait pas envie d'en parler ? Que c'était trop douloureux ?

L'espèce de boule oppressante qui s'était logée dans sa poitrine lui rappelait, sans grande subtilité, pourquoi elle n'aurait jamais dû se laisser entraîner dans cette histoire avec Steve – et pourquoi il valait mieux y mettre un frein tout de suite.

C'était sans doute une bonne chose qu'ils se soient fâchés, finalement. Aussitôt, son cœur se serra. Elle ne voulait pas que ça se termine déjà. Pourtant, elle ne voulait pas non plus que les choses avancent trop vite. Elle ne voulait pas rencontrer ses parents, ni se laisser aller à compter sur lui.

Elle serra les poings, étourdie et endolorie par les doutes qui se bousculaient dans sa tête.

Ravalant les larmes qui lui piquaient le nez et les paupières, elle jeta un coup d'œil vers Miranda, assise à l'avant. Cette dernière bavardait gaiement avec la mère de Kylie, lui exposant tout ce qu'elle savait sur les sorcières. Cela ne faisait pas longtemps que Mme Galen était au courant des talents surnaturels de sa fille – ou de l'existence des surnaturels, d'ailleurs – et, clairement, elle n'était pas encore tout à fait habituée au nouveau mode de vie de Kylie.

– On ne passe pas notre temps à se balader sur des balais, expliquait Miranda. C'est des histoires de bonnes femmes, tout ça. La première règle des sorcières, c'est de ne faire de mal à personne. Évidemment, il y en a toujours pour désobéir, mais disons que pour celles qui se font pincer… eh bien, le résultat n'est pas joli à voir. Dans le pire des cas, on risque de se faire cramer les fesses par les anges de la mort.

La mère de Kylie jeta un coup d'œil dans le rétroviseur, et Della rencontra son regard vert. C'était la sixième fois qu'elle surprenait Mme Galen en train de l'observer avec une expression méfiante. Avait-elle dit ou fait quelque chose pour mériter cela ?

Soudain, elle comprit.

– Est-ce que ta mère sait que je suis vampire ? murmura-t-elle à l'oreille de Kylie.

Elle lut la réponse sur le visage de cette dernière avant même qu'elle ouvre la bouche.

– Elle m'a posé la question de but en blanc, j'étais obligée de lui dire. J'espère que ça ne t'ennuie pas.

– Génial, marmonna Della. Elle a peur de moi, maintenant.

– Mais non, la rassura Kylie. Elle a besoin d'un peu de temps pour se faire à l'idée, c'est tout. Je suis plutôt fière d'elle, je dois dire. Je craignais un peu qu'elle révoque ton invitation.

Aussitôt, Kylie se rendit compte de sa gaffe et se mordit la lèvre.

– Tout va bien se passer, je te le promets, reprit-elle à la hâte. Rappelle-toi, au début, moi aussi, j'étais méfiante.

Oui, parce que je suis un monstre. Parce que les gens de mon espèce se nourrissent du sang des autres.

– Ma mère fait des efforts. Donne-lui une chance, ajouta Kylie.

Della poussa un long soupir chargé d'émotions.

– Tu es sûre qu'elle ne va pas venir me planter un pieu dans le cœur pendant que je dors ?

Kylie rit doucement.

– Certaine. Par contre, il se peut qu'elle prenne un bain à l'ail avant d'aller se coucher.

Puis, voyant que Della ne semblait pas trouver cela drôle, elle demanda :

– Tu t'es disputée avec Steve ?

Della savait très bien qu'il était inutile de le nier. Elle finissait toujours par dire la vérité à ses amies, de toute façon.

– Oui.

– Il était fâché que tu viennes passer le week-end chez moi ?

– Il était fâché pour plein de raisons, murmura Della, les yeux rivés sur les arbres qui défilaient au-dehors.

– Quel genre de raisons ?

Della tourna la tête et, une fois de plus, croisa le regard insistant de Mme Galen.

– On en parlera tout à l'heure. D'accord ?

– D'accord, fit Kylie en lui prenant gentiment la main.

Elle avait dû se changer en fée. Son contact était merveilleusement apaisant.

La douleur qui pesait sur la poitrine de Della disparut, et elle se détendit un peu. Mais, aussitôt, une nouvelle angoisse l'étreignit quand elle pensa à Chan. Avait-il réellement rejoint les rangs d'un gang ? Était-il en contact avec Chase ? Il fallait absolument qu'elle démêle toute cette histoire, et vite.

– Oh non ! souffla Kylie.

– Qu'est-ce qu'il y a ?

Sans un mot, Kylie leva une main et attrapa quelque chose dans les cheveux de Della. Il lui fallut une seconde pour comprendre ce que c'était. Une petite plume.

Oh, merde ! Le fantôme était de retour.

Elle déglutit, la gorge nouée.

– Je reste persuadée que c'est toi ou Holiday qu'il cherche à contacter, chuchota-t-elle. Il était à l'enterrement de Lorraine avec nous.

– Justement, dit Kylie. Chaque fois que je l'ai vu, c'était devant ta chambre, et je ne pense pas que Holiday ait senti sa présence quand tu n'étais pas avec elle. Je suis presque sûre que c'est ton oncle, ou peut-être ta tante.

Comme pour confirmer ses dires, deux petites plumes voletèrent sous le nez de Della avant de se poser sur ses genoux. Ses genoux à elle, pas ceux de Kylie.

Elle les balaya d'un geste. N'avait-elle pas déjà assez d'ennuis comme ça ?

Chapitre 17

Ce fichu fantôme refusait toujours de se montrer, mais Kylie affirma qu'il était dans la voiture avec elles pendant quasiment tout le trajet. Mme Galen n'arrêtait pas de monter le chauffage tout en se plaignant de cet automne déjà si froid. À environ dix kilomètres de chez Kylie, la température redevint agréable et le resta jusqu'à ce qu'elles arrivent.

– Est-ce que ça veut dire qu'il ne sait pas où on est ? demanda Della tandis qu'elles sortaient de la voiture.

– Désolée. Une fois qu'un fantôme s'attache à quelqu'un, c'est comme s'il avait un GPS intégré. S'il veut te trouver, il te trouve.

– C'est un peu comme d'être suivie par un détraqué, en gros, soupira Della.

– Un peu, oui, admit Kylie. Désolée.

– Oh ! J'adore votre maison ! s'écria Miranda en se tournant vers Mme Galen.

Elle s'élança dans l'allée en sautillant.

Tout en admirant la belle villa à étage, Della se massa doucement la tempe. Elle se rendit compte que c'était devenu une habitude, ces derniers temps. Son mal de tête, léger mais persistant, ne la quittait jamais.

– Merci, dit Mme Galen. Je l'ai mise en vente mais, jusqu'à présent, je n'ai pas eu beaucoup de chance. Je sais que Kylie n'a pas envie que je déménage, ajouta-t-elle en jetant un coup d'œil à sa fille, mais maintenant que je vis seule, je n'ai pas besoin de tant d'espace.

– Oh, ça ne me dérange pas que tu déménages, intervint Kylie. C'est juste que… la maison va me manquer, c'est tout.

Della essaya d'imaginer ce qu'elle ressentirait si ses parents vendaient l'endroit où elle avait grandi. Cela lui ferait certainement de la peine, mais pas autant que de perdre l'amour de ceux qui y vivaient. Depuis la visite de son père, elle avait vraiment l'impression d'un immense gâchis. L'espace d'une seconde, elle se demanda si cela n'aurait pas été plus facile de leur faire croire qu'elle était morte. Mais, aussitôt, elle sentit renaître le mince espoir qu'elle ait un oncle vampire – et peut-être même une tante.

Elle s'engagea dans l'allée sous le soleil rasant. À l'ouest, le ciel avait pris des couleurs ocre et roses tandis que, à l'est, la nuit gagnait du terrain. Une rafale de vent secoua les branches des arbres, dont quelques feuilles se détachèrent. Della ne put s'empêcher d'y voir une ressemblance avec des plumes.

Elle se pencha vers Kylie.

– En général, il faut combien de temps à un fantôme pour se montrer réellement et expliquer ce qu'il veut ?

– Ça dépend des fantômes, répondit Kylie.

Della poussa un soupir. Elle n'était pas franchement patiente, mais peut-être qu'elle n'aurait pas besoin d'attendre trop longtemps. Avec un peu de chance, leur petite expédition au funérarium lui apporterait des réponses et ferait la lumière sur cette situation. Elle leva les yeux vers le ciel, aussi sombre que son humeur. Un peu de clarté ne pourrait pas lui faire de mal.

Du moins l'espérait-elle. Si jamais elle attirait des ennuis à Kylie ou à Miranda – ou, pire, s'il leur arrivait malheur –, elle ne se le pardonnerait pas.

Une heure plus tard, Miranda, Della et Kylie étaient installées dans le canapé, occupées à chercher un bon film sur Netflix après s'être fait livrer une pizza.

Della avait réussi à en avaler une part. Elle essayait de calmer son appréhension au sujet de leur expédition du lendemain, mais en vain.

Elle alla chercher un Coca dans la cuisine pour chasser le goût du pepperoni. Elle avait bu un grand verre de sang au déjeuner et n'aurait donc pas besoin de se nourrir avant son retour à Shadow Falls. Elle tenait absolument à éviter que la mère de Kylie assiste à ce spectacle – et la regarde avec dégoût.

Comme si Della l'avait invoquée par cette pensée, Mme Galen entra dans la cuisine par l'autre porte. Elle s'immobilisa en apercevant Della.

– Oh. Euh... tu as besoin de quelque chose ? bredouilla-t-elle.

Della fut peinée de voir de la peur dans ses yeux. *Une pinte ou deux de votre sang,* faillit-elle répondre. Après tout, c'était sûrement le genre de discours auquel Mme Galen s'attendait de la part d'une vampire. Malgré cela, elle s'efforça de rester aimable et de dire la vérité.

– J'étais juste venue me chercher une cannette.

– Elles sont en bas du frigo, dans le bac, indiqua Mme Galen tout en restant plantée sur le seuil.

Della prit un Coca light avant de se retourner vers la mère de Kylie, qui semblait toujours terrifiée.

– Je ne vous veux aucun mal, vous savez, dit-elle presque malgré elle.

Mme Galen rougit, gênée.

– Je suis désolée. Je ne suis pas très douée pour cacher mes émotions, hein ?

– Pas vraiment, non, lança Della en ouvrant sa cannette.

Aussitôt elle regretta ses paroles un peu abruptes.

– Mais je comprends bien que ce soit difficile à accepter, ajouta-t-elle en écoutant le pétillement des bulles. J'apprécie beaucoup que vous me fassiez suffisamment confiance pour m'inviter ici.

Sur ce, elle reprit la direction du salon.

– Ta maman a l'air très gentille, dit Mme Galen doucement.

Della se retourna. Si la mère de Kylie était prête à faire un effort pour détendre l'atmosphère, alors elle aussi.

– Merci. Et merci d'avoir accepté de lui parler.

Mme Galen tripotait nerveusement l'ourlet de son chemisier.

– Elle n'est pas au courant, hein ? Que tu es une vampire, je veux dire.

Della tressaillit.

– Rassurez-moi, vous ne lui avez rien dit ?

– Non ! Bien sûr que non ! Burnett m'a bien fait comprendre que je ne devais parler de tout ça à personne sans lui avoir d'abord demandé son accord. Je… j'étais simplement curieuse.

– À propos de quoi ? demanda Della.

– De comment ça se passe. Tu t'es fait mordre par un autre vampire ?

– Non. Ça arrive, mais c'est rare. Il y a aussi des vampires qui naissent avec le virus actif, c'est-à-dire que les deux parents étaient déjà vampires au moment de la conception. Mais le plus souvent, il faut qu'un porteur du virus entre en contact avec un vampire actif par une plaie ouverte. C'est ce qui s'est passé dans mon cas.

– Comment peut-on savoir si on est porteur ? s'enquit Mme Galen d'un air craintif, comme si elle avait peur d'être atteinte.

– On ne le peut pas. Cela dit, d'après les statistiques de l'URF, le virus touche moins de un pour cent de la population. Vous n'avez pas de souci à vous faire.

Mme Galen hocha la tête, l'air un peu gênée de nouveau. Pourtant, c'est avec un sourire chaleureux qu'elle dit :

– Ça fait vraiment de toi quelqu'un de spécial, alors.

– Si on veut, répliqua Della.

Elle n'était pas entièrement sûre de trouver cela flatteur. Ce statut hors du commun lui avait coûté sa famille, sa vie d'avant…

Et pourtant… si la mère de Kylie était capable d'accepter cette réalité, pourquoi pas les parents de Della ? Peut-être que, un jour, elle pourrait leur avouer la vérité.

Mme Galen s'approcha d'elle et posa une main sur son épaule, comme pour lui prouver qu'elle n'avait plus peur d'elle. Della remarqua qu'elle tremblait légèrement, mais ce geste la toucha profondément – si profondément que son cœur se serra.

– Kylie tient énormément à toi et à Miranda. Elle m'a raconté que vous l'aviez acceptée sans réserve, dès le début, alors que les autres se méfiaient d'elle. Je vous suis très reconnaissante, à toutes les deux.

– Et Kylie a toujours été là quand j'avais besoin d'elle.

Mme Galen fit mine de vouloir la prendre dans ses bras, aussi Della recula-t-elle d'un pas. Elle ne voulait pas voir l'expression choquée de la mère de Kylie quand elle sentirait sa température anormalement froide.

– Merci pour le Coca.

Et merci d'essayer de m'accepter.

– Le frigo est à toi. N'hésite pas à te servir.

Quand Della revint dans le salon, Kylie leva les yeux vers elle d'un air soucieux.

– Tout va bien ?

– Oui. Me voilà rassurée. Je n'ai plus peur que ta mère me plante un pieu dans le cœur cette nuit.

– Elle aurait toujours pu essayer, je ne l'aurais pas laissée faire. Non mais ! s'écria Miranda en riant.

– Je t'avais dit que ça se passerait bien, renchérit Kylie. Ma mère a ses petits défauts, comme tout le monde, mais elle est chouette.

– Tu as de la chance, souffla Della en s'asseyant à côté de Kylie.

Miranda se pencha en avant pour lui adresser un clin d'œil.

– Tu veux dire parce qu'elle a les deux meilleures amies du monde ?

– Mais non, râla Della en levant les yeux au ciel. Parce que sa mère est super cool.

Elle repensa au regard que son père lui avait jeté quand elle avait voulu le prendre dans ses bras. Il ne l'accepterait jamais. Elle serait bien naïve d'espérer le contraire.

– Oui, c'est vrai, renchérit Miranda. Elle est super.

– J'ai de la chance de vous avoir, elle et vous, résuma Kylie en souriant. Ça me fait tellement plaisir que vous soyez ici ! Maintenant, vous faites vraiment partie de ma vie.

Elle prit les mains de ses deux amies et les serra gentiment.

– Ça mérite un câlin ! s'écria Miranda en se levant d'un bond.

Elle vint se planter face à Della et Kylie et se pencha pour les prendre dans ses bras toutes les deux. Della poussa un soupir, mais toléra ce geste sans protester. Pour être tout à fait honnête, elle devait admettre que ces effusions lui semblaient de moins en moins désagréables. Le lien qui l'unissait à ses amies lui paraissait un peu plus précieux chaque jour. Le cœur serré par une vive émotion, elle repensa au danger qu'elle risquait de leur faire courir en les entraînant dans sa quête.

– Vous savez quoi, les filles ? dit-elle en s'écartant doucement. Je crois qu'il vaut mieux que j'aille au funérarium toute seule, demain. Ce sera plus…

– Non, lancèrent Kylie et Miranda d'une même voix.

Kylie fronça les sourcils.

– Tu as promis à Holiday que tu ne prendrais pas de risque inutile. Certes, cette expédition ne me semble pas dangereuse en soi, mais je trouverais imprudent que tu y ailles toute seule. Ça voudrait dire que tu n'as pas tenu ta promesse. Imagine qu'il se passe un truc de dingue. Ce ne serait pas la première fois.

C'était précisément pour ça que Della aurait préféré ne pas y mêler ses amies.

– Je me dis que le vieil homme me donnera plus volontiers des informations à moi, puisque je suis vampire.

– Je peux me transformer en vampire pour l'occasion, déclara le caméléon.

– Oui, mais si on débarque à deux, il va peut-être se sentir menacé. J'aimerais autant y aller seule.

– Non, lança Kylie de nouveau, avec toute l'autorité de son statut de protectrice.

Pourtant même ce don extraordinaire ne la rendait pas invulnérable. Quant à Miranda, elle ne savait pas se défendre. Et puis, si jamais Della se faisait pincer, elle aurait affaire à Burnett, et elle refusait d'attirer ce genre d'ennuis à ses amies.

Elle poussa un soupir agacé.

– Écoutez, j'y ai bien réfléchi. Il y a deux cas de figure possibles. Si le vieil homme a l'air de vouloir répondre à mes questions, tant mieux. Sinon, je lui dirai que je veux organiser mes propres funérailles afin de faire croire à ma famille que je suis morte. S'il accepte, on aura au moins la certitude que c'est bien lui qui s'est occupé du faux enterrement de Chan – et, peut-être, de celui de mon oncle. Ce serait déjà un indice.

– Il est hors de question que tu y ailles seule, rétorqua Miranda.

– J'ai une idée ! intervint Kylie avec un sourire. Tu n'as qu'à donner l'impression que tu es seule. Je me rendrai invisible, et Miranda me tiendra la main. Comme ça, personne ne saura qu'on est là. En cas de problème, je pourrais te défendre, et Miranda… (Kylie s'efforça de trouver un moyen d'inclure la petite sorcière dans ce plan machiavélique.) Miranda pourra les changer en kangourous, conclut-elle avec un grand sourire.

– C'est facile, je n'ai qu'à remuer le petit doigt, commenta cette dernière en levant la main.

– Ça pourrait marcher, dit Della, songeuse.

Plus elle y réfléchissait, plus ce plan lui plaisait. Si elle se montrait prudente et évitait de s'attirer des ennuis, personne ne saurait jamais que Kylie et Miranda l'avaient accompagnée. Elle allait faire de son mieux pour éviter les embrouilles.

– Ou alors, je pourrais leur donner de gros boutons purulents, reprit Miranda. Et une bonne grosse démangeaison où vous savez. Ça devrait les calmer.

Della éclata de rire presque malgré elle. Elle avait vraiment eu de la chance de les trouver, ces deux-là.

Chapitre 18

– Sois prudente sur la route ! cria la mère de Kylie depuis les marches du perron tandis que les trois amies montaient dans la voiture.

Prudence avant tout, se dit Della en s'installant à l'arrière. Le plan de Kylie avait beau paraître solide, elle n'avait pas pu s'empêcher d'imaginer toutes sortes de scénarios catastrophe.

Miranda prit place à côté de Kylie. Elle avait réclamé le privilège de monter devant, la veille, juste avant qu'elles se couchent. Elles s'étaient blotties dans le grand lit de Kylie et avaient longuement discuté de la vie et des garçons. Kylie avait essayé de lui tirer les vers du nez au sujet de sa dispute avec Steve, mais Della avait esquivé la chose. C'était encore trop douloureux, elle ne voulait pas s'aventurer sur ce chemin semé de ronces.

Elle n'avait pas bien dormi, préoccupée à la fois par leur sécurité et par ses histoires de cœur – sans parler de ces fichues plumes d'oie.

Heureusement, elle n'en avait vu aucune depuis leur arrivée chez Kylie. Elle avait donc passé la nuit à réfléchir à leur expédition en essayant de se convaincre qu'il n'y avait rien de dangereux à aller poser quelques questions à un gentil vieux monsieur dont le métier consistait à maquiller les morts.

– Et amusez-vous bien ! ajouta Mme Galen en les regardant démarrer.

Un vieux monsieur qui maquille des morts. C'est clair qu'on va s'éclater ! Della lui fit au revoir de la main. Le vieux était sans doute un vampire, ce qui voulait dire que les choses pourraient se corser si ses questions lui déplaisaient. En même temps, il aidait les jeunes vamps à organiser leur nouvelle vie : il ne devait pas être bien méchant.

– Appelez-moi une fois que vous serez en ville ! s'époumona Mme Galen.

Les filles lui avaient dit qu'elles allaient faire du shopping, et Kylie, qui détestait mentir, avait insisté pour qu'elles mettent les pieds dans au moins une boutique. C'était bien le genre de Kylie de s'inquiéter de ce genre de détail.

Tandis qu'elles s'engageaient dans la rue, Miranda entra l'adresse du funérarium dans le GPS. La petite sorcière dyslexique dut s'y reprendre à plusieurs reprises. Soit elle se trompait dans l'orthographe du nom de la rue, soit elle inversait les chiffres. Pourtant Della se garda bien de râler ou de demander à Miranda de lui passer ce fichu GPS. Son amie était aussi complexée par sa dyslexie que Della l'était par sa température corporelle.

Elle attendit donc patiemment que l'opération soit terminée pour passer en revue les détails de leur plan.

– On n'aura qu'à se garer à une ou deux rues du funérarium et finir le trajet à pied. Kylie, tu ne peux pas ouvrir les portes quand tu es invisible. Je me trompe ?

– Non, tu as raison.

– Bon, dans ce cas, restez tout près de moi. Je veux pouvoir me concentrer sur le vieil homme et les questions que j'ai à lui poser.

– Ne t'inquiète pas, on te suivra de près.

Quelques minutes plus tard, le GPS leur annonça qu'elles étaient arrivées à destination. Kylie passa devant l'entreprise de pompes funèbres et alla se garer un peu plus loin.

Lorsqu'elles sortirent de la voiture, Della remarqua que l'air était vif malgré le beau soleil automnal. Avait-elle encore de la fièvre ? Ce rhume commençait à s'éterniser…

Kylie alla se poster derrière la voiture et jeta un regard alentour pour s'assurer qu'elle pouvait disparaître sans crainte.

Della l'imita, par précaution. Une voiture passa à une rue de là, et quelques piétons marchaient sur le trottoir d'en face, mais personne ne se trouvait assez près pour remarquer quoi que ce soit.

– C'est parti ? demanda Kylie en se tournant vers Della.

Elle hocha la tête, le cœur battant à tout rompre. Dans quelques minutes, elle obtiendrait peut-être des réponses au sujet de son oncle et de sa tante.

Kylie prit la main de Miranda.

– Tu es prête ?

– Ouais, répondit la sorcière en agitant le petit doigt. Je me suis entraînée à lancer des démangeaisons sauvages.

Au même instant, elles disparurent.

Della prit la direction du funérarium. Burnett avait insisté pour que Kylie n'abuse pas de son pouvoir d'invisibilité, aussi ne s'en servait-elle pas souvent. Della trouvait cela étrange de se dire que ses deux amies lui emboîtaient le pas alors qu'elle ne pouvait ni les voir, ni les sentir, ni les entendre. Elle leva le nez et inspira profondément. Non, décidément, elle ne percevait pas leur odeur. En même temps, ses sens étaient tellement capricieux, depuis quelques jours… Elle fut tentée de leur dire quelque chose, pour se rassurer, mais elle se maîtrisa.

Elle ne cessait de se répéter que tout irait bien. Après tout, elle voulait juste poser quelques questions.

Pourtant elle demeurait tendue comme un arc. Un peu plus loin, elle aperçut deux hommes d'allure peu avenante traverser la rue. Malgré la distance, elle sentit leur regard s'attarder sur elle. Elle inspira profondément, soulagée de constater que son odorat fonctionnait.

– Ce sont juste des humains, murmura-t-elle à Kylie et Miranda.

Arrivés sur le trottoir, les deux hommes se dirigèrent vers elle. L'un d'entre eux vacillait légèrement, comme s'il était saoul. Della se décala sur le côté de façon à les éviter, tout en jetant un rapide coup d'œil à leur configuration, histoire d'être sûre. C'étaient de vulgaires humains – littéralement. Elle crispa les mâchoires lorsqu'ils la déshabillèrent des yeux mais se contenta de marcher sur la pelouse du bas-côté pour garder ses distances.

Peine perdue. Les deux affreux vinrent se mettre en travers de son chemin.

– Salut, poupée ! Ça te dirait de te faire un peu d'argent de poche ? lança l'un d'eux en faisant une petite danse obscène.

Della résista à la tentation d'attraper ce sale type par sa queue-de-cheval crasseuse et de le faire tourner au-dessus de sa tête avant de l'expédier de l'autre côté de la rue. Elle se borna à le contourner et à poursuivre sa route.

Tu vois, Burnett ? Je sais parfaitement me contrôler. Je ne cherche pas toujours la bagarre.

– Ne fais pas attention à eux, souffla-t-elle à Kylie, au cas où son instinct protecteur se serait réveillé.

Les deux ivrognes lancèrent quelques remarques désobligeantes mais ne firent pas mine de la suivre – ou de la toucher. Heureusement, car une puanteur avinée persistait dans leur sillage.

Della passa devant une épicerie qui vendait de l'alcool et devant un prêteur sur gages avant d'arriver au funérarium. Le bâtiment de briques blanches avait l'air bien fatigué, et l'enseigne qui indiquait *Rosemount Funeral Home* aurait eu besoin d'un bon coup de peinture. En jetant un regard par-dessus son épaule, Della se fit la réflexion que c'était le quartier tout entier qui avait besoin d'un ravalement.

Elle se souvint que son père s'était montré très mécontent du choix de sa sœur pour l'enterrement de Chan. Sauf que ce n'était peut-être pas elle qui avait choisi. Della ignorait tout de la marche à suivre pour un vampire qui décidait de disparaître.

Avec un peu de chance, elle en saurait davantage dans quelques minutes à peine. Elle poussa la porte et la tint ouverte un instant pour que Kylie et Miranda puissent entrer à sa suite.

L'odeur qui régnait à l'intérieur lui piqua les narines. Sans doute le formaldéhyde utilisé pour la conservation des corps. Elle inspira prudemment dans l'espoir d'identifier les personnes présentes, mais la puanteur était trop forte.

Et si c'était fait exprès ?

Elle balaya cette idée et inspecta les lieux.

L'éclairage tamisé donnait une teinte grise et terne à l'ensemble, le parquet était franchement usé, et un vase de fleurs blanches fanées trônait sur le comptoir.

Della se raidit malgré tous ses efforts pour ne pas se laisser impressionner. Elle était à la recherche d'un vieux vampire, or il n'y avait pas de vieux vampire en vue. L'endroit était désert.

Elle pivota lentement et remarqua deux portes derrière le comptoir. Y avait-il quelqu'un dans l'une de ces pièces ? *Des cadavres, sûrement,* pensa-t-elle avec un frisson. Elle se remémora la cérémonie en l'honneur de Lorraine. Elle n'avait pas oublié sa promesse de retrouver l'assassin de la jeune femme, mais…

– Puis-je vous aider ? lança une voix agacée dans son dos.

Della faillit sursauter.

Merde ! Pourquoi ne l'avait-elle pas entendu approcher ? Son ouïe faisait des siennes, une fois de plus. Elle tenta de masquer sa panique avant de se retourner. Une silhouette se dessinait dans l'encadrement d'une des portes. Et quelle silhouette !

Le géant – un vampire – n'avait rien d'un vieux croulant. Avec ses cheveux noirs et sa peau mate, il lui faisait un peu penser à Burnett, en un peu plus âgé mais pas moins menaçant.

Elle remarqua qu'il inspectait sa configuration. Puis il haussa un sourcil avec un demi-sourire, comme s'il était content de la voir. L'estomac de la jeune fille se noua un peu plus.

– Bonjour. Je cherche le propriétaire des lieux.

– Vous l'avez trouvé.

– Oh. Je croyais… Le site Internet…

– Mon beau-père est mort récemment, déclara le vampire sans la moindre émotion.

– Ah. Euh, dans ce cas… oui, vous pouvez m'aider.

Son cœur battait la chamade. Il était temps de prendre une décision : poser les questions qui l'intéressaient ou faire semblant de vouloir disparaître ?

– Je… Les funérailles de mon cousin ont eu lieu ici.

– Ah bon ?

Ce type ne semblait pas d'humeur bavarde.

– Mon cousin n'était pas vraiment mort, ajouta-t-elle.

Le géant hocha la tête.

– Et j'imagine que vous aimeriez suivre son exemple. Cela fait combien de temps que vous êtes vampire ?

– J'ai envisagé de simuler ma propre mort, en effet.

Heureusement, c'était la vérité. En revanche, elle s'abstint de répondre à sa deuxième question.

– J'ai aussi un oncle dont les funérailles se sont tenues ici, il y a de cela des années.

– Le virus doit être puissant dans votre famille, fit remarquer le vampire.

– J'espérais les retrouver. Est-ce que vous… gardez une trace de vos anciens clients ?

– Moi, pas vraiment. En revanche, mon beau-père – paix à son âme de vieil imbécile philanthrope – était du genre à conserver les dossiers de tout le monde, répondit-il avec un sourire méprisant. Évidemment, cette entreprise ne lui appartient plus. Les règles ont changé.

– Est-ce que vous avez toujours ses vieux dossiers ?

– Vous avez de la chance, je n'ai pas encore eu le temps de tout bazarder. Mais, comme je vous le disais, les choses ont changé depuis que j'ai pris les rênes de la société. Je ne propose pas mes services gratuitement. Je donne aux vampires fraîchement activés une chance de commencer une nouvelle vie. En échange, j'exige d'eux qu'ils me consacrent quelques années – à moi-même ou à l'un de mes clients. On a toujours besoin de domestiques.

– De domestiques ? répéta Della.

Le terme « esclaves » lui paraissait plus approprié. Ou plutôt, n'était-ce pas ce qu'on appelait autrefois le servage ?

Le vampire la détaillait avec la même insistance que les deux ivrognes un peu plus tôt. Cela lui donna une petite idée du genre de services qu'il attendait de ses « domestiques ».

– Si ça vous intéresse, nous pourrions aller dans mon bureau pour discuter des termes du contrat, dit-il en lui faisant signe de le suivre.

– Il y a un contrat ? demanda-t-elle sans bouger.

Elle doutait qu'il soit bien prudent d'obéir à ce type, pourtant elle avait besoin de voir ces dossiers. Elle allait devoir prendre une décision, et vite.

– Oui, bien sûr. Nous faisons bien attention de ne pas enfreindre les lois. Ça nous attirerait des ennuis. Vous êtes nouvelle, donc vous l'ignorez sûrement, mais il existe une organisation officielle qui s'occupe d'homologuer les surnaturels – une bande d'imbéciles qui croit que nous avons besoin d'être surveillés et régulés.

Justement, il se trouve que j'aide ces imbéciles.

– Vraiment ? fit-elle pour ne pas mentir.

En revanche, elle se ferait un plaisir de lui attirer des ennuis. Aussitôt qu'elle serait sortie de là, elle appellerait Burnett pour le mettre au courant de cette petite entreprise de pompes sinistres. Elle se ferait proprement enguirlander, certes, mais elle avait la certitude que le jeu en valait la chandelle.

Elle sentit quelqu'un s'approcher dans son dos et, à en juger par les pas pesants du nouveau venu, ce n'était ni Kylie ni Miranda.

– Et si nous faisions ce que demande M. Anthony, hein ? gronda une voix grave.

Della sentit une grosse main se poser sur son épaule et la pousser sans ménagement. Elle commençait à soupçonner que la signature du fameux contrat était plus ou moins obligatoire.

Elle avança avec une lenteur délibérée, en espérant que Kylie et Miranda lui emboîtent le pas, mais la grosse brute la poussa de nouveau, aussi suivit-elle M. Anthony.

Il l'entraîna dans un immense bureau, qui contenait plusieurs armoires métalliques.

– C'est là que se trouve la paperasse de votre beau-père ? demanda Della en les désignant du menton.

– Précisément, répondit-il en lui adressant un sourire par-dessus son épaule. Si vous le permettez, je vais vous expliquer comment ça marche.

Il lui fit signe de prendre place sur une chaise dotée d'accoudoirs.

– Et si vous me laissiez jeter un coup d'œil au dossier de mon cousin et de mon oncle, histoire que je décide en connaissance de cause ?

Il s'assit sur le coin du bureau en riant doucement.

– Vous êtes têtue. Heureusement, j'ai plusieurs clients qui apprécient que leurs domestiques aient du caractère.

Ça, pour avoir du caractère…

– Asseyez-vous, ordonna-t-il.

Elle réfléchit un instant. Avait-elle quelque chose à gagner en obéissant à ce sale type ? Cela valait le coup d'essayer. Elle prit donc place sur la chaise et sentit quelque chose de collant sous son bras. Une longueur de gros ruban adhésif pendait de l'accoudoir, comme si quelqu'un y avait été attaché.

Elle s'efforça de masquer la peur qui lui nouait le ventre avant de lever les yeux vers le vampire.

– Et maintenant ?

Elle remarqua, derrière lui, plusieurs rouleaux d'adhésif posés sur l'une des étagères. Visiblement, il aimait bien scotcher les gens.

Il se leva et sortit d'un tiroir un document qu'il lui tendit.

– Le contrat est très simple. Il dure deux ans, et vous vous engagez à ne travailler que pour le tuteur que je choisis pour vous. C'est lui qui décide de votre titre et de vos obligations, en fonction de ses… exigences.

La façon dont il prononça ce dernier mot lui donna la chair de poule.

– Et si ce qu'il me demande de faire ne me plaît pas ?

– Si vous choisissez de ne pas vous acquitter de vos obligations, votre tuteur tâchera de vous persuader que c'est dans votre intérêt.

– En me frappant, par exemple ?

Il arqua un sourcil.

– Votre tuteur a toute autorité sur vous, un peu comme un parent. Il n'a aucune raison de vous punir si vous lui obéissez.

Ben voyons…

– Vous êtes nouvelle. Je suis sûr que vous avez déjà compris à quel point il est difficile de se procurer du sang. Avez-vous déjà tué ?

Il posa cette question froidement, comme pour la choquer. Elle choisit donc de ne pas répondre et de lui laisser croire le pire.

– Je vois, reprit-il. Vous avez besoin d'aide, mademoiselle…

– Tsang.

– Vous êtes asiatique ? demanda-t-il en l'examinant d'un air surpris.

– Métisse, répondit-elle en réprimant une grimace.

– J'ai beaucoup de clients qui apprécient les Asiatiques.

Cette remarque, faite sur un ton détaché, faillit lui donner un haut-le-cœur. Elle crispa les poings si fort qu'elle sentit ses ongles mordre la peau de ses paumes.

– Pour leur loyauté, évidemment, ajouta M. Anthony.

Il avait au moins raison là-dessus, elle était loyale – envers Burnett et l'URF – et elle se ferait un plaisir de coffrer ce salaud.

– D'après les statistiques, si vous refusez qu'on vous aide, vous risquez de tuer au moins dix personnes dans les six prochains mois. Ce n'est pas votre faute, vous ne pouvez pas contrôler votre faim. Évidemment, ce chiffre suppose que vous surviviez pendant six mois. Voyez-vous, il existe d'autres surnaturels, comme les loups-garous, par exemple. Ces derniers adorent chasser les nouveaux vampires.

Della savait pertinemment qu'il racontait n'importe quoi. Elle se demanda si, sans l'aide de Chan et de Shadow Falls, elle serait tombée dans les griffes de ce pervers. Combien de nouveaux vampires avait-il réduits en esclavage ? Elle en avait le vertige.

Il sortit un stylo de sa poche et le lui tendit.

– Il vous suffit de signer au bas de la page. Ensuite nous pourrons commencer à chercher ces fameux dossiers qui vous intéressent tant et à organiser vos funérailles.

Voyant qu'elle ne réagissait pas, il insista.

– Croyez-moi, si vos parents savaient ce que vous êtes devenue, ils vous seraient reconnaissants de disparaître de leur vie. Ils préféreraient sûrement ne pas vous voir comme ça.

Elle fit mine de lire le contrat tout en cherchant un moyen de se sortir de ce mauvais pas.

– Deux ans… C'est long, quand même.

– Ce n'est rien du tout, voyons ! Cela fait longtemps que je travaille sur ce principe dans mon autre entreprise. Il arrive très souvent que les domestiques choisissent de rester auprès de leur tuteur après la fin de leur contrat. Une fois accoutumés à leurs exigences, ils en viennent à apprécier le fait d'être bien nourris et en sécurité. Il y a pire, comme situation.

Bien sûr. Je suis certaine que les esclavagistes du XIXe siècle disaient la même chose.

Elle secoua la tête.

– Je suis désolée, mais j'aimerais voir les dossiers avant de prendre une décision.

La grosse brute qui se tenait derrière elle posa une main sur son épaule.

– Je vous déconseille de contrarier M. Anthony. Il n'est pas très sympathique quand on le contrarie.

Sur ce, il entreprit de lui broyer l'épaule, de plus en plus fort. La douleur était presque insupportable.

– Est-ce bien nécessaire ? demanda Della sans desserrer les dents.

Elle essaya de ne pas montrer son soulagement lorsque la brute la relâcha. Au même moment, elle vit M. Anthony attraper un rouleau d'adhésif.

Il avait l'air bien solide, mais est-ce que cela suffirait à immobiliser un vampire ? Elle n'avait aucune envie de faire le test.

Elle laissa tomber le stylo par terre.

– Oups ! lança-t-elle en se penchant pour le ramasser. Je m'en occupe, ajouta-t-elle dans un murmure à l'attention de Kylie.

– Qu'est-ce que vous venez de dire ? demanda M. Anthony.

Elle se leva d'un bond. Aussitôt la brute lui saisit le poignet mais, sans une hésitation, Della fit volte-face et lui planta le stylo dans l'avant-bras. Il hurla de douleur.

M. Anthony, armé de son rouleau de Scotch, sauta par-dessus le bureau. Il commença à dérouler l'adhésif, mais Della lui planta son pied dans la figure. Il partit en arrière et heurta le bureau. Della sourit, fière de son coup... jusqu'à ce que la porte s'ouvre sur trois autres vampires tout aussi imposants.

– Ça va devenir intéressant, grommela Della.

Kylie apparut dans toute sa splendeur. Ses yeux, ses cheveux et même sa peau luisaient sous l'effet du pouvoir qui l'animait. Elle agrippa l'un des trois gorilles et le lança sur les deux autres comme si c'était une boule de bowling.

L'un d'entre eux se releva aussitôt, les yeux verts de furie, et montra les crocs.

Della s'apprêtait à venir en aide à Kylie lorsque M. Anthony reprit conscience et l'attaqua.

Elle esquiva son coup de poing et riposta en lui plantant un pied dans les côtes.

Kylie était partout à la fois. Elle frappait, mordait et griffait les trois autres vampires, qui ne comprenaient pas ce qui leur arrivait. Della resta concentrée sur M. Anthony.

– Mais vous êtes quoi, enfin ?! hurla l'un des trois gorilles.

– Votre pire cauchemar ! rétorqua Kylie sans ralentir.

– Hé ! Regardez ce que j'ai trouvé ! lança la grosse brute, qui avait toujours son stylo planté dans le bras.

Della ne voulait pas se détourner de M. Anthony mais, en entendant Miranda couiner de terreur, elle ne put s'en empêcher.

Ce salaud tenait la sorcière à la gorge. Della crut que son cœur allait exploser de rage. Ses canines s'allongèrent, et elle sentit le rugissement de Kylie autant qu'elle l'entendit.

– Si l'une d'entre vous ose bouger, je brise la nuque de votre copine. Allez-y, faites-moi plaisir…

Chapitre 19

Della comprit à son air buté qu'il ne bluffait pas. Il n'hésiterait pas à tuer Miranda.

Elle échangea un bref coup d'œil avec Kylie. D'un commun accord, elles levèrent les deux mains comme pour se rendre. La gorge nouée sous l'effet de la panique, Della tenta de réfléchir à une solution.

Elle se retourna vers Miranda. Alors qu'elle s'attendait à voir de la terreur sur le visage de la petite sorcière, elle remarqua que cette dernière gardait les yeux baissés, l'air parfaitement calme. En suivant son regard, Della vit qu'elle remuait discrètement le petit doigt de sa main droite.

Le temps qu'elle comprenne ce que la sorcière comptait faire, les cinq vampires super baraqués qui se trouvaient dans la pièce étaient devenus de gros kangourous. L'air très en colère, mais surtout complètement éberlués.

Ce qui était une bonne chose. Cela leur donnait l'avantage, à Kylie et elle.

Le kangourou qui, jusque-là, tenait Miranda par la gorge, se mit à agiter ses petits bras trop courts, comme pour la rattraper. Della bondit et lui décocha un coup de pied en plein museau.

L'animal vacilla sur ses grosses pattes avant de s'écrouler comme une masse.

Sans perdre une seconde, Della fit volte-face pour aider Kylie. Ce fut avec une pointe de déception qu'elle vit cette dernière debout au milieu de quatre kangourous inconscients.

– Tout le monde va bien ? demanda Kylie de sa voix grave de protectrice.

– Oui, répondit Della avant de se tourner vers Miranda.

Cette dernière avait les bras croisés dans une posture défensive, l'air paniquée.

– Ça va, Miranda ?

La sorcière hocha la tête.

– Je ne pensais pas dire ça un jour, mais tu nous as sauvé la vie ! s'écria Della en riant.

Miranda redressa la tête, et son expression terrifiée céda peu à peu la place à un sourire ravi.

– C'est vrai, ça ! Je vous ai sauvé la vie !

Au même moment, le kangourou qui avait un stylo planté dans le bras reprit connaissance et bondit sur ses pattes. Della s'empressa de lui donner un coup de poing en plein sur son vilain museau rose. Puis, lorsqu'il retomba à terre, elle désigna les rouleaux d'adhésif sur l'étagère.

– Je pense qu'il est temps d'emballer ces messieurs.

Elle jeta le kangourou qui gisait à ses pieds sur la pile qu'avait formée Kylie. C'était un peu humiliant que son amie ait maîtrisé quatre kangourous pendant qu'elle se battait avec un seul d'entre eux mais, après tout, Kylie était une protectrice. Della avait quand même de quoi être fière.

Kylie attrapa quatre rouleaux de Scotch et en lança deux à Della. Chacune d'elles colla l'extrémité de son ruban à l'un des marsupiaux, puis elles décrivirent des cercles en sens inverse tout autour d'eux, jusqu'à obtenir une grosse boule d'environ deux mètres de diamètre. Quand elles arrivèrent au bout de leurs rouleaux, Miranda leur en lança deux autres à chacune.

– C'était bien aimable à eux de nous laisser leur Scotch, vous ne trouvez pas ? dit-elle en souriant.

Della jeta un coup d'œil à la chaise où elle s'était assise. Elle ne put s'empêcher de se demander ce qu'il était advenu du dernier jeune vampire qui était entré dans cette pièce.

– Trop aimable, en effet.

Elles utilisèrent l'intégralité des huit rouleaux. Quand elles eurent fini, on ne voyait plus grand-chose des kangourous, à part un museau qui dépassait.

Quand ils commencèrent à s'agiter, Miranda adressa un sourire malicieux à ses amies.

– Ils sont sûrement en train d'essayer de se gratter les fesses. Je leur ai aussi jeté un sort de démangeaison.

Della ne put s'empêcher d'éclater de rire. Aussitôt qu'elle eut recouvré son sérieux, elle sortit son téléphone de sa poche.

– Il faut que j'appelle Burnett.

– J'allais dire la même chose, intervint Kylie, mais qu'est-ce que tu vas lui raconter, exactement ? Tu comptes lui parler de ton oncle et de ta tante ?

Della hésita.

– Tu as raison. Je ferais bien de commencer par chercher leur dossier.

Elle se dépêcha donc d'ouvrir les différents tiroirs. Dès qu'elle eut retrouvé Chan, elle passa à la lettre T, pour « Tsang ».

Soudain elle s'arrêta, un dossier intitulé « Feng Tsang » entre les doigts.

– C'est mon oncle, souffla-t-elle tout en continuant à parcourir le tiroir. Aucune trace de ma tante, par contre, ajouta-t-elle.

Elle sortit le dossier et en lut juste assez pour être sûre qu'il s'agissait bien de son oncle. Il n'était pas mort. Il avait organisé ses propres funérailles une fois devenu vampire.

Une vague d'émotion inattendue la prit à la gorge. Elle avait un oncle vampire. À moins que ce ne soit un oncle fantôme…

– Ça commence à s'agiter, là-dedans, fit remarquer Kylie en désignant la boule de kangourous.

– Je sais. Voici ce que je vous propose. Je vais raconter une partie de la vérité à Burnett. Je vais lui dire que j'étais venue ici dans l'espoir d'obtenir des nouvelles de Chan. Ce n'est pas un mensonge, il ne se rendra compte de rien.

Elle chercha son numéro dans son répertoire.

Mais, avant qu'elle ait pu l'appeler, un fracas retentit dans la boutique, suivi de bruits de pas, comme si plusieurs personnes se dirigeaient vers le bureau.

– Merde ! lança Della.

Elle posa les dossiers sur la chaise, parcourue d'un picotement étrange à l'approche du danger. Elle bondit vers la porte, mais Kylie y fut avant elle.

Elle inspira profondément, prête à se battre. Soudain trois silhouettes entrèrent en trombe, et Della eut juste le temps de reconnaître le premier des nouveaux venus. Sa peur s'évanouit face au métamorphe aux beaux yeux bruns. Elle lut un soulagement intense sur le visage de Steve, aussitôt suivi d'une colère noire.

Il s'immobilisa, imité par Perry et Lucas. Les trois amis avaient l'air absolument furieux.

– Qu'est-ce que vous faites là ? demanda Della.

– C'est quoi, ce truc ? fit Perry en désignant la boule de kangourous qui s'agitait par terre.

– Oh, juste une poignée de marsupiaux, répondit Miranda en s'approchant de lui. J'ai sauvé Della et Kylie en transformant ces sales pervers, expliqua-t-elle en posant les mains sur le torse du jeune homme.

– Je t'avais prévenue que ça pouvait être dangereux, gronda Steve sans quitter Della des yeux.

– Et je t'avais dit qu'on se débrouillerait, rétorqua Della en fronçant les sourcils. On n'a rien, tout va bien.

– Et puis, on a attrapé un salaud, renchérit Miranda, l'air ravie. Un vrai salaud, en plus.

– Vous n'auriez pas dû vous lancer dans une histoire pareille toutes seules, lança Lucas, les yeux encore orange sous le coup de la fureur.

Kylie lui posa une main sur le bras.

– On n'avait pas l'intention d'arrêter qui que ce soit en venant ici. On ne pensait vraiment pas que ce serait dangereux. Mais ça ne fait rien. Ce qui compte, c'est qu'on s'en soit sorties indemnes.

– Il aurait pu vous arriver quelque chose, rétorqua Lucas. Pourquoi est-ce que vous ne nous avez rien dit ? On s'en serait occupés.

Della jeta un regard courroucé à Steve. Qu'est-ce qu'il leur avait raconté, exactement ? Il avait dû tout leur dire ou presque, pour qu'ils débarquent comme ça.

– C'était une idée stupide, reprit Lucas.

Soudain, Della repensa à l'attitude misogyne de Burnett, ce qui ne manqua pas de réveiller sa colère.

– Ah bon ? Et en quoi c'était stupide ? Pourquoi est-ce qu'on devrait forcément crier au secours et vous demander votre aide au lieu de se débrouiller comme des grandes ? C'est parce qu'on est des filles, c'est ça ? Vous croyez que le fait d'avoir un pénis entre les jambes vous rend supérieurs ?

Perry éclata de rire.

– Ce n'est pas une histoire de pénis, mais de force physique.

– Ah ouais ? Et à ton avis, qui est le plus fort de nous deux ? hurla Della.

Perry rit de plus belle, comme s'il ne la prenait pas au sérieux. Ce crâneur était peut-être capable de se changer en dragon géant ou de soulever une voiture plus facilement qu'elle, mais elle était bien plus rapide.

– Et puis, la force, ça ne fait pas tout, intervint Miranda en toisant son copain d'un air sévère. Je ne suis peut-être pas très forte, et pourtant, c'est moi qui ai réglé le problème.

– Ça aurait pu mal tourner, insista Lucas en jetant un regard hostile à Della.

Elle le lui rendit sans ciller.

Lucas se tourna vers Kylie, comme s'il espérait qu'elle prenne sa défense.

– Vous auriez pu être blessées.

– C'est vrai, on aurait pu, admit Kylie d'une voix calme et assurée. De même que vous risquez de vous faire blesser chaque fois que vous partez en mission pour le Conseil des métamorphes.

– Ces missions n'ont rien à voir avec ça, rétorqua Lucas en

désignant la boule de kangourous qui gigotait furieusement. On aurait été plus à même d'affronter cette situation.

Kylie releva le menton d'un air de défi.

– Ça ne me fait pas plaisir de te dire ça, mais je crois que Della a raison, déclara-t-elle en toisant les trois garçons tour à tour. Vous êtes persuadés que, parce qu'on est des filles, on est forcément de petites choses faibles et fragiles. Eh bien c'est faux. Et puis, on n'avait pas l'intention de se mettre en danger. On était juste venues pour poser quelques questions à un vieux vampire qui avait la réputation d'aider les gens de son espèce. On ne savait pas qu'on allait tomber sur un trafic d'esclaves.

– Quoi ?! Du trafic d'esclaves ? s'écria Perry.

Miranda hocha fièrement la tête.

– Toujours est-il qu'on s'est très bien débrouillées, reprit Kylie. Je dirais même qu'on s'en est sorties avec classe, ajouta-t-elle en désignant les kangourous scotchés. Si, avec ça, vous osez nous dire qu'on n'est pas capables de se défendre, je ne sais pas ce qu'il vous faut !

– Il ne s'agit pas d'être capable ou non ! gronda Steve. On s'inquiète de ce qui peut vous arriver, c'est tout ! Évidemment, toi, lança-t-il en pointant un doigt accusateur vers Della, tu préfères encore te mettre dans des situations impossibles que de risquer qu'on s'attache à toi. C'est ta pire trouille !

Sur ce, il sortit en coup de vent.

Della rougit, gênée que Steve ait osé balancer un truc aussi personnel devant leurs amis. Le pire, c'est qu'elle ne pouvait pas nier. Entre une bagarre avec une bande d'affreux et le risque de se faire briser le cœur, elle choisissait la bagarre sans hésiter une seconde.

Kylie reprit la parole sur un ton autoritaire.

– Bon. On était sur le point d'appeler Burnett pour qu'il prenne la suite des opérations. Il est fort probable qu'il ne soit pas très content, alors vous feriez mieux de vous éclipser discrètement.

Lucas poussa un soupir agacé mais, quand Kylie le toisa du

regard en désignant la porte, il sortit sans protester. Perry jeta un coup d'œil penaud à Miranda avant de le suivre.

– Quelle bande de machos ! râla Della, furieuse, le cœur serré.

– D'après Holiday, ils n'y peuvent rien, c'est inscrit dans leurs gènes, fit remarquer Kylie. Ils croient que leur mission sur terre, c'est de nous protéger du danger. Évidemment, ça ne veut pas dire qu'on est obligées d'apprécier ou de se laisser faire.

– Moi non plus, ça ne me plaît pas, intervint Miranda avant de marquer une pause. Non, en fait, ce n'est pas vrai, reprit-elle avec un sourire malicieux. J'adore quand Perry s'inquiète pour moi. Est-ce que ça fait de moi une petite chose fragile ?

– Mais non, la rassura Kylie. Moi aussi, j'aime bien savoir que Lucas est là pour moi. Ce que je déteste, c'est quand il se comporte comme si j'étais incapable de me débrouiller toute seule.

Les deux amies se tournèrent vers Della, comme si elles attendaient son opinion, mais celle-ci se contenta de hocher la tête. « Tu préfères encore te mettre dans des situations impossibles que de risquer qu'on s'attache à toi. C'est ta pire trouille ! » Les paroles de Steve résonnaient encore sous son crâne et dans son cœur. Malgré elle, elle ne pouvait s'empêcher d'espérer que si Steve s'inquiétait tant pour elle, alors tout n'était peut-être pas perdu. Soudain une autre vérité inconfortable la heurta de plein fouet. Comme Miranda, elle aimait bien que son copain se montre protecteur mais, contrairement à ses amies, elle considérait bel et bien cela comme une faiblesse. Une faille qu'il lui fallait combler.

Kylie jeta un coup d'œil aux kangourous en boule, qui ne cessaient de remuer.

– Tu ferais bien d'appeler Burnett avant qu'ils ne se libèrent.

– Ils peuvent toujours essayer, grommela Della.

Elle commença à chercher dans son répertoire le numéro du directeur mais s'interrompit brusquement.

– Et si vous partiez, vous aussi ? Je lui dirai que j'étais venue toute seule.

Kylie fit une petite grimace.

– Tu crois vraiment qu'il ne va pas flairer le mensonge ?

Le caméléon avait raison. Della aurait pu se défendre contre deux de ces types, mais pas contre cinq.

– Et puis, comment tu vas lui expliquer qu'ils soient changés en kangourous ? renchérit Miranda.

Della sourit.

– Je me disais que tu aurais pu les ramener à leur état normal, mais maintenant que j'y pense, si l'un d'entre eux décide de raconter ce qui s'est passé…

Della se tut un instant et regarda les pervers poilus qui s'agitaient sous leur Scotch.

– N'empêche. Il va être furieux, et ça m'embête de vous mêler à cette histoire.

– Oh, il ne pourra pas être plus furieux que la fois où je l'ai changé, lui, en kangourou, fit remarquer Miranda.

– Et puis, on a attrapé des salauds sans même récolter une seule égratignure, renchérit Kylie. Il devrait être content pour nous.

Kylie se trompait. Burnett n'avait pas l'air content du tout lorsqu'il répondit au téléphone. Comme prévu, Della lui expliqua qu'elle était venue chercher des informations au sujet de Chan et qu'elle avait découvert, par hasard, une organisation qui réduisait les nouveaux vampires en servage. Comme elle ne faisait que dissimuler certains détails, il ne détecta pas de mensonge dans ses paroles.

Il se calma légèrement quand elle lui assura qu'elles allaient bien. Tout en restant en ligne avec Della, il utilisa le téléphone de son bureau pour appeler des renforts auprès de la cellule locale de l'URF. Ces derniers seraient sur les lieux cinq minutes plus tard, et lui-même promit d'être là dans la demi-heure. Une demi-heure pour venir de Shadow Falls ? Il était vraiment super rapide…

Après avoir raccroché, Della se dépêcha d'aller cacher le

dossier concernant son oncle dans la voiture de Kylie. Elle venait de refermer le coffre lorsqu'un faucon pèlerin se posa sur le toit.

– Les renforts de l'URF ne devraient pas tarder à arriver. Tu ferais bien de dégager si tu ne veux pas t'attirer des ennuis.

L'oiseau tourna la tête de gauche à droite, comme pour s'assurer qu'il n'y avait personne en vue, puis des bulles magiques éclatèrent autour de lui.

– Je me fiche pas mal de m'attirer des ennuis, lança Steve avant de sauter du toit de la voiture.

Della secoua la tête.

– Peut-être, mais je ne veux pas en être la cause, alors va-t'en.

Il ferma les yeux un bref instant.

– Écoute... je suis désolé, d'accord ? J'ai mal réagi hier, et tout à l'heure dans ce bureau... C'est juste que... je m'inquiète pour toi, souffla-t-il avec une franchise qui lui alla droit au cœur.

– Je vais bien, regarde. Je n'ai rien du tout.

– Alors pourquoi tu saignes ?

– Je ne saigne pas, rétorqua-t-elle.

– Si, tu saignes du nez.

Steve utilisa un des pans de sa chemise pour l'essuyer doucement.

Quand il recula, elle vit une tache rouge et porta une main à son visage.

– Pourtant je ne me souviens même pas d'avoir reçu un coup.

– Ça ne m'étonne pas. Tu étais sans doute trop occupée à faire en sorte qu'il n'arrive rien à Kylie et à Miranda, souffla-t-il en lui caressant gentiment la joue. Tu ne m'en veux plus ?

Ce geste si simple l'émut profondément.

– Ce n'est pas moi qui étais en colère, fit-elle remarquer.

– Je sais, et ce n'est pas toi non plus qui as sérieusement perdu les pédales hier. Si je suis venu aujourd'hui, c'est uniquement parce que… j'avais trop peur qu'il t'arrive quelque chose, et ça me faisait mal de me dire que j'avais été vache avec toi.

Della déglutit, la gorge nouée par l'émotion.

– Je ne peux rien te promettre, Steve.

– On verra bien, répliqua-t-il en souriant.

Il croyait pouvoir la faire changer d'avis, et elle espérait presque qu'il avait raison.

– Tu as trouvé des infos sur ton cousin et ton oncle ?

– Oui. Mon oncle a bien été changé en vampire.

– Tu sais comment tu vas t'y prendre pour le rechercher ?

– Non, pas encore, mais au moins, j'en ai la preuve, maintenant.

C'était un bon début. Della n'abandonnerait pas tant qu'elle n'aurait pas les réponses à toutes ses questions, et la première d'entre elles concernait sa tante.

– Compte sur moi pour t'aider, souffla Steve.

Il se pencha vers elle et l'embrassa sur la joue – un baiser doux, léger. Elle cilla et ferma les yeux. Elle aurait tant voulu s'appuyer contre lui, sentir ses bras autour d'elle, sa force…

Pourtant, quand il se recula, ce fut avec un air soucieux.

– On dirait que tu as encore de la température.

Il fit mine de lui toucher le front, mais elle l'en empêcha.

– J'ai peut-être un rhume ou un truc du genre. Va-t'en avant que je te le refile.

– Un rhume ?

– Vas-y, insista-t-elle.

– Bon, mais tu m'appelles dès que tu peux, d'accord ?

Elle acquiesça, et il reprit sa forme d'oiseau. Puis elle repartit en direction du funérarium pour ne pas laisser Kylie et Miranda seules trop longtemps avec leurs kangourous en boule.

Alors qu'elle s'apprêtait à pousser la porte, deux grosses voitures noires s'arrêtèrent dans un crissement de pneus. Six agents de l'URF en sortirent et encerclèrent Della. Deux vampires, un loup-garou, un sorcier et deux métamorphes.

Deux d'entre eux lui agrippèrent les bras pour l'immobiliser. *Génial.* Après avoir réglé leur compte aux méchants, voilà qu'elle se faisait agresser par les gentils.

– Lâchez-moi ! gronda-t-elle. C'est moi qui ai donné l'alerte.

L'un des métamorphes se planta devant elle en grimaçant. Il tendit le bras et saisit une poignée de ses cheveux avant de lui tirer la tête en arrière.

– Tu n'as le droit de l'ouvrir que si on t'adresse la parole, lança-t-il sur un ton menaçant.

Avant de réfléchir à la sagesse de ce geste, Della envoya un coup de genou dans l'entrejambe de ce sale type.

Chapitre 20

Les agents de l'URF se calmèrent aussitôt que Della leur eut indiqué son nom et répéta que c'était elle qui avait appelé Burnett. Enfin, ils se calmèrent tous, sauf celui à qui elle avait broyé l'entrejambe. Dès qu'il fut capable de se tenir droit, il s'approcha d'elle, un poing serré, l'autre refermé sur ses parties endolories. La louve-garou – la seule femme du groupe – s'interposa.

– Pousse-toi, gronda le métamorphe.

La louve jeta un regard à Della par-dessus son épaule, comme si elle hésitait à laisser son collègue passer ses nerfs sur la jeune fille, mais elle finit par secouer la tête.

– Elle fait partie des étudiants de Burnett James. La dernière fois qu'un agent s'est accroché avec l'un d'entre eux, il s'est retrouvé affecté à un bureau dans un trou paumé du Montana. C'est ce que tu veux ?

– J'en ai rien à…

– Un problème ? lança Burnett en atterrissant à côté d'eux.

– Cette peste m'a agressé ! s'écria le métamorphe.

En quelques mots bien choisis, Della donna à Burnett sa version de l'incident. Quand celui-ci se tourna vers le garou pour lui demander confirmation, la jeune femme hocha la tête. Les yeux du vampire devinrent rouges de rage de ce que ces agents aient osé traiter Della comme une suspecte hostile, alors qu'il les avait informés de la situation en détail.

Malheureusement, il réserva un peu de sa colère pour Della, Miranda et Kylie. Trois minutes plus tard, il leur ordonna de s'asseoir sur le canapé du bureau et promit de les étrangler si elles remuaient le petit doigt. Il n'en dit pas davantage, ne leur posa pas la moindre question. Lui et les six autres agents formèrent un cercle autour des kangourous scotchés, l'air complètement abasourdis.

– C'est quoi, cet animal ? demanda l'un d'entre eux en montrant du doigt le museau qui dépassait.

La louve-garou se pencha en avant.

– On dirait…

– Un kangourou, dit Burnett en jetant un coup d'œil à Miranda.

Cette dernière lui sourit, ravie, mais se rembrunit en voyant l'expression pincée de Burnett.

– Pourquoi il est si fâché ?

– C'est un réflexe, chez lui, un peu comme de battre des cils, répondit Kylie.

Burnett toisa le caméléon d'un air sévère.

– Ne t'en fais pas, il finit toujours par se calmer, ajouta tranquillement Kylie.

– J'espère que tu as raison, murmura Della.

Elle observait l'équipe de l'URF en se disant que, un jour, ce serait son métier. Enfin, pas forcément de découvrir une boule de kangourous, mais d'enquêter sur des affaires surnaturelles. Appréhender des salauds. Elle était fière d'avoir contribué à coincer M. Anthony et d'avoir mis fin à son entreprise d'esclavage organisé. Burnett y verrait-il un argument en sa faveur pour de prochaines enquêtes ? Ou l'accuserait-il d'avoir fait une grosse bêtise en venant là ? Connaissant Burnett, ce serait sûrement la seconde éventualité.

Les agents essayaient de décider s'il valait mieux rendre aux vampires leur forme normale avant de les déscotcher. Della ne quittait pas des yeux la seule femme du groupe. Elle semblait aussi compétente que les hommes, mais encore plus dure qu'eux. Elle ne portait pas la moindre trace de maquillage, pas le moindre bijou, et ses cheveux étaient coupés court. Comme si elle essayait de masquer sa féminité.

Fallait-il en passer par là si on voulait travailler pour l'URF ? Se refuser la moindre coquetterie et adopter une attitude glaciale ? Est-ce que tous les hommes de l'URF partageaient l'opinion de Burnett, obligeant les femmes de l'agence à s'endurcir à outrance pour ne pas passer pour des faibles ?

Burnett et le sorcier s'approchèrent du canapé.

– Pitié, Miranda, dis-moi que tu es capable de les ramener à leur état normal.

Elle hocha la tête.

– Quel genre de sort as-tu utilisé ? demanda le sorcier. Magie du sang ? Potion ?

– Euh... magie du petit doigt, bredouilla Miranda. J'ai dû improviser.

L'agent se retourna vers Burnett, l'air mécontent.

– Elle ment. Seule une grande prêtresse serait capable d'effectuer une quintuple transfiguration sans la moindre préparation.

– Qu'est-ce qui vous dit que ce n'est pas une grande prêtresse ? lança Della, furieuse.

Elle dut se mordre la langue pour ne pas ponctuer sa phrase d'un « connard » bien mérité. Comment osait-il douter des talents de Miranda, alors qu'il en avait la preuve sous les yeux ?

– Je ne suis pas une prêtresse, souffla Miranda, tête basse, tout en posant une main sur le bras de Della. Par contre ma mère en était une, jusqu'à ce qu'elle se désiste.

Burnett la regarda d'un air sévère.

– Est-ce que tu as menti au sujet du sort ?

Della tendit l'oreille pour écouter le rythme cardiaque de Miranda – plus parce qu'elle doutait de son ouïe que de son amie.

– Non, répondit la petite sorcière sans que son cœur trahisse le moindre mensonge.

L'agent bredouilla :

– Mais ce n'est pas…

– Vous l'avez entendue comme moi, dit Burnett en le toisant.

Pourtant le sorcier ne semblait pas convaincu.

– Mais… Un sort comme celui-là requiert des pouvoirs tout à fait extraordinaires.

– Raison de plus pour ne pas la mettre en colère en la traitant de menteuse ! lança Della, furieuse. Elle a parfois du mal à se contrôler. Vous n'avez qu'à demander à Burnett.

Burnett poussa un grondement sourd et fit signe à l'agent de s'éloigner avant de s'adresser à Miranda.

– Comment est-ce que tu as réussi un coup pareil ?

– Je n'en sais rien, répondit-elle en haussant les épaules, ses grands yeux verts brillants de larmes. Ils menaçaient Della et Kylie, alors j'ai paniqué.

Della sentit une drôle de chaleur envahir sa poitrine. Kylie se pencha pour prendre la main de Miranda.

– Tu as été géniale. Je suis super fière de toi.

– Moi aussi, ajouta Della.

– Ça mérite un câlin, non ? dit Miranda en leur tendant les bras.

– Ah non ! Ce n'est pas le moment, râla Burnett. Tu es sûre que tu peux leur redonner leur aspect normal ?

– Certaine. Enfin, presque.

– C'est pas vrai ! soupira-t-il en se passant une main sur le visage. Écoute, concentre-toi, fais de ton mieux. Je doute que notre prison soit conçue pour détenir des kangourous.

Dix minutes plus tard, Burnett et les six autres agents menottaient les cinq vampires afin de les escorter jusqu'au fourgon qui les conduirait en prison. Ils auraient droit à un procès en bonne et due forme, évidemment, mais les preuves que l'URF avait découvertes aussi bien dans le bureau que dans le téléphone de M. Anthony étaient franchement accablantes.

Miranda n'avait eu aucun mal à annuler son sort, et les trois amies avaient assisté à la suite des opérations, sagement assises sur leur canapé.

Le fourgon avait dû arriver, car les agents firent signe aux vampires de sortir du bureau.

Le sorcier ne cessait de jeter des coups d'œil à Miranda. Della n'arrivait pas à savoir si c'était parce qu'il était impressionné ou parce qu'il avait peur d'elle mais, dans un cas comme dans l'autre, l'ego de Miranda s'en trouvait flatté.

– Oups ! s'écria Miranda en riant.

– Qu'est-ce qu'il y a ? demandèrent Kylie et Della en même temps.

– Je trouvais qu'ils marchaient bizarrement, et je viens de me rendre compte que j'ai oublié d'annuler mon sort de démangeaison intime.

– Ah zut ! pouffa Della.

Les trois amies éclatèrent de rire.

Leur hilarité ne dura pas. Burnett revint dans la pièce et se planta devant elles.

– Vous trois. Vous me devez des explications.

– C'est ma faute, déclara Della. Je les ai quasiment forcées à m'aider. Elles ne voulaient pas venir, au début.

C'était un mensonge éhonté, mais elle se devait d'essayer.

– Ce n'est pas vrai ! intervint Kylie en levant le nez de son téléphone, où elle semblait consulter ses mails.

– Pas vrai du tout, confirma Miranda. Si tu veux punir quelqu'un, c'est nous trois, ou personne.

Della jeta un regard courroucé à la petite sorcière. Pourquoi incitait-elle Burnett à les punir ?

– Pour qui vous vous prenez ? Les Drôles de dames ?

– C'est vrai qu'on leur ressemble un peu ! Vous ne trouvez pas ? fit Miranda en souriant.

– Quelles drôles de dames ? demanda Kylie.

– Dans *Charlie's Angels* ! C'est un film adapté d'une vieille série, expliqua Miranda avant de se tourner vers Della. Toi, tu es Lucy Liu, moi, je suis Drew Barrymore, et Kylie, c'est la blonde, là… Cameron Truc. C'est quoi, son nom de famille, déjà ?

– Ça suffit ! hurla Burnett. Est-ce que vous avez la moindre idée de ce qui aurait pu vous arriver ?

– Oui, dit Kylie, mais ce n'était pas du tout la situation à laquelle on s'attendait. Ce n'est pas notre faute.

– À quoi est-ce que vous vous attendiez, exactement, en venant dans un endroit pareil ?

– À rencontrer le monsieur qu'on voit sur cette photo, Tomas Ayala, répondit Kylie en lui tendant son téléphone. Le site du funérarium le présente toujours comme le propriétaire des lieux. On n'avait aucun moyen de savoir qu'il était mort et que son salaud de beau-fils avait pris la relève.

Burnett jeta un coup d'œil à l'écran du téléphone, sans pour autant se radoucir.

– Il n'empêche que vous vous êtes rendues sciemment dans un établissement tenu par des vampires non déclarés.

– Et alors ? Qu'est-ce qu'il y a de mal à ça ? fit Della. Dans un an, on aura fini notre scolarité et on devra quitter Shadow Falls pour aller vivre dans le vrai monde – un monde où tout le monde n'est pas forcément déclaré ! Qu'est-ce que tu attends de nous, exactement ? Qu'on reste enfermées chez nous pour le restant de nos jours ? C'est tout l'intérêt de Shadow Falls, de nous apprendre à survivre dans le monde extérieur. Tu as l'air d'oublier que non seulement on a survécu mais que, en plus, on a appréhendé une belle bande d'escrocs.

– Tu aurais dû me faire part de tes craintes au sujet de ton cousin, dit Burnett.

Della secoua la tête.

– La dernière fois que j'ai mentionné son nom, tu m'as demandé son âge. Je sais très bien pourquoi : s'il avait dix-huit ans ou plus, tu serais obligé de le dénoncer à l'URF pour qu'il figure sur la liste des renégats potentiels.

Burnett pinça les lèvres.

– S'il est adulte, alors il doit se signaler aux autorités. C'est la loi.

– On est bien d'accord… dans un monde idéal. Le problème, c'est qu'on ne vit pas dans un monde parfait.

– Je suis au courant, figure-toi ! gronda Burnett. C'est précisément pour ça que je ne veux pas que vous vous amusiez à aller fourrer votre nez dans des affaires qui risquent de se révéler dangereuses.

Della se leva d'un bond.

– Écoute, je sais que tu t'inquiètes pour nous et que tu tiens à nous protéger, mais là, tu dépasses les bornes ! Tu n'es pas aussi dur avec les garçons. Tu nous prends pour des faiblardes, alors même qu'on t'a fourni la preuve du contraire !

Burnett serra les dents si fort qu'elle vit les muscles de sa mâchoire se crisper, mais elle vit aussi dans son regard une lueur de compréhension. Elle n'avait pas encore vaincu le machisme du vampire, mais elle venait de remporter cette bataille. Belle performance face à une tête de mule comme Burnett.

Il poussa un long soupir.

– Bon. Je vais vous raccompagner à Shadow Falls.

– Non, dit Della. On passe le week-end chez Kylie. Tu nous as donné ton accord.

Les yeux du vampire se mirent à luire légèrement, mais il ne protesta pas.

– OK, mais promettez-moi d'être prudentes.

– Promis, juré ! s'écria Della en souriant. Merci, Burnett.

Kylie et Miranda se levèrent à leur tour.

Elles avaient atteint la porte du bureau, quand Burnett les rappela.

– Vous avez fait du beau boulot, les filles. Ce type, là, Craig Anthony, cela fait des années qu'il est dans le collimateur de l'URF, mais on n'avait jamais réussi à faire le lien entre lui et ses diverses opérations.

Les trois amies se retournèrent, surprises. Clairement, il en coûtait à Burnett de leur faire un aveu pareil, d'admettre que trois jeunes filles avaient résolu une enquête sur laquelle des agents de l'URF s'arrachaient les cheveux depuis des années. Pourtant, il avait eu le courage de le leur dire.

– Merci, répéta Della.

– Oh, je t'adore ! s'écria Miranda.

Elle se précipita sur lui et le serra dans ses bras. Burnett se raidit, mais la laissa faire.

– Soyez prudentes, insista-t-il une fois que Miranda l'eut lâché.

Elles étaient sur le point de sortir quand il lança :

– Della ? Je peux te parler une seconde ?

Merde ! Elle qui s'était crue tirée d'affaire…

– Bien sûr, dit-elle en faisant signe à ses amies d'y aller.

– J'ai obtenu des informations sur le jeune couple assassiné. Dès ton retour, je voudrais que tu poursuives certaines pistes.

Della hocha la tête, un sourire aux lèvres.

– Merci. J'apprécie beaucoup. Est-ce que tu veux que je rentre à Shadow Falls dès maintenant ?

– Non, ça peut attendre demain soir.

Elle resta plantée là, souriante. En une journée, elle avait non seulement reçu la preuve que son oncle était un vampire, mais également regagné la confiance de Burnett.

– Tu peux y aller, dit-il.

Elle hocha la tête et sortit, mais se retourna une fois dans le couloir.

– Encore merci.

Quand Della monta dans la voiture, elle remarqua qu'il se tenait sur le trottoir et les surveillait comme un père de famille anxieux.

Au premier feu rouge, Miranda, qui s'était assise à l'arrière, se pencha entre les deux sièges avant.

– Vous n'auriez pas d'autres sales types dans le même genre à coffrer ? Je crois que j'ai pris goût à la chasse aux salauds. Vous avez vu la tête du sorcier quand je lui ai dit que j'avais transformé ces cinq vampires d'un coup ? Il n'en revenait pas ! J'ai assuré, pas vrai ?

– Carrément ! Tu as été géniale, lança Della en souriant à la petite sorcière.

Elle avait bien mérité de savourer son heure de gloire.

– Ta mère aurait été super fière de toi, renchérit Kylie.

– Tu m'étonnes ! dit Miranda, tout sourires. Si seulement j'étais capable de faire aussi bien lors des compétitions de magie !

Tandis que Kylie leur proposait d'aller faire un tour au centre commercial, Della repensa à l'enquête de l'URF et à la seconde chance que Burnett venait de lui accorder. Une chance de rendre justice à Lorraine.

– Tiens, dit Kylie en lui tendant un mouchoir, la tirant de sa rêverie.

– Quoi ? Pourquoi tu me donnes ça ?

– Tu saignes du nez.

Avant que Della ait eu le temps de s'essuyer, deux petites plumes vinrent se coller sur sa lèvre supérieure.

Quand elle les retira, elles étaient imbibées de sang. Le résultat était parfaitement flippant.

Un frisson lui remonta l'échine.

Au même moment, Kylie freina brusquement. La voiture dérapa un peu avant de s'immobiliser.

– Qu'est-ce qu'il y a ? demanda Della, surprise.

Elle ne voyait rien qui justifie cette réaction.

– Le fantôme ! bredouilla Kylie, l'air paniquée.

– Tu l'as vu ?

– Je l'ai écrasé, souffla Kylie en se mordant la lèvre. Je déteste ça, même s'il est déjà mort.

Les trois amies se retournèrent pour regarder derrière elles. La rue était déserte. Évidemment. Une voiture bleue s'approcha, aussi Kylie redémarra-t-elle, même si ses mains tremblaient encore.

– Tu as eu le temps de le voir ? demanda Della.

– Pas vraiment. Je ne saurais pas te dire si c'était un homme ou une femme. J'ai surtout remarqué ses cheveux.

– Ses cheveux ?

– Oui. Ils étaient noirs et raides, très brillants.

– Comme des cheveux d'Asiatique ?

Kylie hocha la tête.

– Je suis désolée, Della, mais c'est sans doute ton oncle ou ta tante.

Della se tourna vers la vitre, sans pourtant voir les magasins qui filaient au-dehors. Était-elle stupide de ressentir le besoin de faire le deuil de quelqu'un qu'elle ne connaissait même pas ?

– Comment faut-il s'y prendre pour faire parler le fantôme ?

– Ça ne marche pas comme ça. Les fantômes ne communiquent que s'ils en ont envie. En général, on peut leur parler quand on sent leur présence, mais le tien ne reste jamais assez longtemps.

– En gros, je n'ai aucun moyen de savoir qui c'est ou ce qu'il veut.

– En gros, oui, souffla Kylie. Désolée.

Chapitre 21

Ce soir-là, Della se retrouva blottie entre Kylie et Miranda dans le grand lit de Kylie.

Après leur aventure au funérarium, elles étaient passées dans un centre commercial, histoire de ne pas avoir à mentir à Mme Galen. Cette dernière les avait emmenées dîner au restaurant, et Della avait commandé de la soupe à l'oignon, son plat humain préféré. Entre deux bouchées, Mme Galen avait bombardé Miranda et Della de questions au sujet de leurs parents. Ses intentions n'étaient pas mauvaises, mais le fait de parler de ses parents et de sa sœur laissait à Della un arrière-goût amer qui gâchait le plaisir de ce repas.

– Je suis étonnée que ta mère n'ait pas appelé pour prendre de tes nouvelles. Elle a mon numéro, pourtant.

Della n'était pas surprise, elle.

Après le dîner, Mme Galen s'était retirée dans sa chambre.

– Désolée pour l'interrogatoire, murmura Kylie.

– Tous les parents sont comme ça, renchérit Miranda.

– Je sais. Ce n'est pas grave, mentit Della.

Elles allèrent se chercher une cannette dans le frigo et s'installèrent sous la couette pour regarder un film. Elles choisirent

Comment se faire larguer en dix leçons, un titre dont Della aurait pu s'inspirer. Sauf qu'elle n'avait pas exactement envie de se faire larguer. Au contraire.

Elles éteignirent la lumière peu après vingt-trois heures, mais aucune d'entre elles ne semblait capable de trouver le sommeil, ce qui n'était guère étonnant après la journée qu'elles avaient passée.

Della regardait fixement le ventilateur au plafond, l'esprit agité par mille questions – ainsi que par cette fichue migraine qui ne la quittait plus. Comment allait-elle s'y prendre pour retrouver Chan ? Il pourrait peut-être lui apprendre quelque chose au sujet de son oncle et de sa tante. Et puis, elle avait besoin de savoir s'il allait bien. Elle avait rappelé son ami, Kevin Miller, mais il n'avait pas décroché. Elle lui avait laissé un message lui disant qu'elle était à Houston et lui demandant s'il en savait davantage au sujet du gang du Sang Pourpre. Il n'avait pas encore donné de nouvelles.

Della jeta un coup d'œil en direction de la fenêtre. Et si elle partait à la recherche du Sang Pourpre ? Elle n'aurait qu'à suivre son odorat pour détecter d'autres vampires. Même un individu isolé saurait la renseigner sur le gang. Sauf que, en faisant cela, elle trahirait la promesse qu'elle avait faite à Holiday. C'était une chose d'aller poser des questions à un gentil petit vieux ; c'en était une autre de se lancer sur les traces d'un gang dont elle ne savait rien ou presque.

Cela valait-il le coup de décevoir Holiday ? De mettre Burnett en rogne alors qu'il venait de la réintégrer à l'enquête sur le meurtre de Lorraine ? Aussitôt, elle revit l'image de la jeune femme allongée dans son cercueil, si pâle… si morte. Elle frissonna et remonta la couette sous son menton pour lutter contre le froid soudain, tout en s'efforçant de penser à autre chose.

Malheureusement, ce qui lui vint à l'esprit fut le souvenir de Chan, de la gentillesse avec laquelle il l'avait aidée après sa transformation. Dire qu'elle n'avait même pas été fichue de répondre à son message… Peut-être que cela valait le coup d'encourir la colère de Holiday et de Burnett si cela lui permettait de retrouver son cousin. Sauf que, cette fois, elle irait seule. Elle ne voulait pas mêler Kylie et Miranda à cette histoire.

Elle ferma les yeux et écouta le rythme cardiaque de ses amies. Elles ne dormaient pas encore. Elle allait devoir patienter.

Soudain Miranda remua, poussa un gros soupir et se redressa.

– Les filles, je peux vous poser une question ?

Della cilla quand la petite sorcière alluma la lampe de chevet.

– Si on disait non, est-ce que ça t'arrêterait ?

Kylie lui donna un coup de coude.

– Je plaisantais, se défendit Della.

– Tu peux nous demander tout ce que tu veux, dit Kylie.

La sorcière replia les genoux sous son menton.

– C'est comment ?

– De quoi tu parles ? s'enquit Della, même si elle avait bien peur de connaître la réponse.

– Du sexe, souffla Miranda.

C'était bien ce qu'elle craignait.

– Pitié, pas ça ! soupira-t-elle en laissant retomber son avant-bras sur ses yeux.

Cela lui valut un nouveau coup de coude de la part de Kylie.

– J'ai un tiroir plein de dépliants, si tu veux, dit cette dernière.

– Non, ce n'est pas ça qui m'intéresse. Je veux que vous me racontiez comment c'est.

Della s'assit dans le lit.

– C'est facile. Il suffit de se mettre à poil et d'insérer l'appendice A dans l'ouverture B.

Kylie rit doucement, mais Miranda poussa un petit grognement.

– Je suis sérieuse. Je sens que le bon moment approche et j'aimerais être prête.

– Qu'est-ce que tu veux savoir, exactement ? demanda Kylie.

– Est-ce que c'est vrai que ça fait mal, au début ?

– La première fois, oui, répondit Kylie.

Miranda se tourna vers Della, comme si elle attendait confirmation de sa part. Della hocha la tête.

– Est-ce que ça valait le coup ?

– Oui, dit Kylie sans hésiter. C'est génial… à la fois romantique et excitant. Je me sens tellement proche de lui, dans ces moments-là ! Bon, j'admets que c'était un peu gênant, au début. D'ailleurs, ça l'est toujours, des fois, ajouta-t-elle avec un sourire malicieux. Je ne peux pas m'empêcher de rougir chaque fois qu'il me voit toute nue, mais en même temps, je trouve ça parfaitement naturel. Pour moi, c'est le plus beau moyen d'exprimer notre amour, mais c'est aussi parce que j'ai attendu d'être sûre que c'était le bon.

« Est-ce que ça valait le coup ? » Cette question résonnait dans l'esprit de Della. Elle savait que Miranda voudrait entendre son opinion. C'était une question qu'elle s'était posée récemment – et à laquelle elle n'avait pas encore trouvé de réponse.

Miranda se tourna vers elle.

Une émotion soudaine lui serra la poitrine. Elle avait tout donné à Lee, son ex, pourtant il l'avait abandonnée. Moins de trois mois après leur rupture, il était déjà fiancé à une autre. Comment pouvait-elle considérer que cela avait valu la peine d'offrir son cœur et son corps à un type pareil ?

– Non, ça ne valait pas le coup, avoua-t-elle. Attention, je ne dis pas que tu ne dois pas coucher avec Perry. Je pense juste que, comme Kylie, tu devrais attendre d'être sûre que c'est le bon.

– Justement, je crois bien que c'est lui, souffla Miranda. Je l'aime.

– J'aimais Lee de tout mon cœur, tu sais. Je ne prétends pas qu'il ne faut avoir qu'un seul partenaire ou qu'il faut attendre le mariage… Je pense juste qu'il faut être certaine que l'homme que tu as choisi ne risque pas de te laisser tomber en un clin d'œil. J'ai l'impression que Lee ne tenait pas à moi autant que je tenais à lui, et ça me met encore en colère. Je me sens trahie. Si je pouvais revenir en arrière, je ne referais pas la même erreur, conclut-elle, la voix tremblante d'émotion.

Kylie posa une main sur son bras, et Della devina, à la douce chaleur de ce contact, que le caméléon s'était changé en fée pour la consoler.

– Holiday m'a dit un peu la même chose, un jour, dit Kylie. Elle m'a raconté qu'elle avait eu pas mal de partenaires et que certains de ses souvenirs étaient comme des tatouages dont elle aurait bien aimé se défaire. Della a raison, il faut que tu sois certaine de ne pas avoir de regrets, même si Perry et toi finissez par vous séparer – ce que je ne vous souhaite pas, évidemment.

– Comment est-ce que je peux savoir que je ne vais pas le regretter ? demanda Miranda.

– Je... j'étais sûre de moi, mais si tu ressens le besoin de nous poser la question, ça veut sans doute dire que tu n'es pas tout à fait prête, murmura Kylie.

– Ce n'est pas exactement ce que j'avais envie d'entendre, soupira Miranda en se laissant retomber sur son oreiller.

– Désolée. J'aurais mieux fait de la fermer, marmonna Della.

– Non ! Tu m'as répondu honnêtement. J'apprécie.

– Il y a des fois où ça fait mal d'entendre la vérité.

Elle ne pensait pas seulement à Lee en disant cela, mais également à sa famille, ses parents, son oncle et sa tante, son cousin dont elle était sans nouvelles.

– Ouais, fit Kylie. Heureusement, les amies, c'est là pour ça.

Della se redressa en entendant le petit bruit sourd. Elle ne dormait pas encore, trop occupée à peser le pour et le contre d'une expédition à la recherche du gang.

Tout doucement, elle se leva et attrapa son téléphone avant d'aller s'enfermer dans la salle de bains. Un bref coup d'œil à son écran lui apprit qu'il était deux heures du matin.

Elle regarda le numéro en espérant que ce serait Chan ou, à défaut, Kevin Miller. C'était Kevin.

– Allô ? fit-elle, pleine d'espoir.
– Della ?
– Oui, c'est moi.
– Kevin à l'appareil.
– Je sais. Tu as retrouvé Chan ?
– Tu es où ?
– À Houston. Je te l'ai dit dans mon message.

Il était hors de question qu'elle lui donne l'adresse de Kylie. Elle doutait fort que Mme Galen supporte plus d'un vampire sous son toit.

– C'est grand, Houston. Tu es dans quel coin ?
– Pourquoi tu me demandes ça ?
– Je suis là, moi aussi, et... j'ai des nouvelles.
– Quelles nouvelles ?
– Je préfère t'en parler de vive voix.
– Pourquoi ?
– Tu veux savoir ce que j'ai à te dire ou pas ? gronda-t-il.

Et merde ! Elle repensa à sa transformation. Chan avait veillé sur elle, lui passant un gant de toilette frais sur le front en lui répétant qu'elle ne pouvait pas mourir. Elle lui devait bien ça.

– Où est-ce que tu veux qu'on se retrouve ?

Della atterrit dans le parc que Kevin avait mentionné, au nord-ouest de la ville. Ce n'était qu'à une quinzaine de kilomètres de chez Kylie, mais elle était un peu en retard. Miranda avait remué dans son sommeil quand Della était retournée dans la chambre pour s'habiller, aussi avait-elle attendu que la petite sorcière se rendorme complètement.

Il faisait très sombre dans le parc, dont les pins dissimulaient le mince croissant de lune. Della inspira longuement mais ne détecta pas d'odeur particulière. Elle inspecta les environs tout en se répétant sa mission : obtenir des informations au sujet de Chan et se carapater en vitesse. Avec un peu de chance, Kylie et Miranda ne sauraient jamais qu'elle s'était éclipsée – pas plus que Holiday et Burnett.

Elle sortit son téléphone de sa poche pour regarder l'heure.

Kevin était-il déjà reparti ? Elle tendit l'oreille, mais la nuit était silencieuse. Beaucoup trop silencieuse.

– Tu en as mis, du temps, lança une voix qui résonna dans l'obscurité derrière elle.

Elle sursauta. Son ouïe l'avait de nouveau trahie. En venant, elle avait prévu de faire un tour du parc afin de repérer les lieux mais, comme elle avait pris du retard, elle avait décidé de se fier à ses sens.

C'était une erreur qui allait peut-être lui coûter cher.

Elle affecta un air blasé avant de faire volte-face. Les talons de ses bottes s'enfoncèrent dans la terre meuble sous la fine couche d'aiguilles de pins. Elle plissa les paupières mais ne vit qu'un bouquet d'arbres qui semblaient surveiller les lieux comme des sentinelles.

Si elle ne redoublait pas de prudence, elle risquait fort de tomber dans un piège – à moins qu'il ne soit déjà trop tard. Elle comptait minimum huit pins autour d'elle, de quoi abriter une bande de renégats prêts à lui sauter dessus.

Elle renifla de nouveau et ne perçut qu'une seule signature. Oserait-elle se fier à ses sens ?

Non.

Elle se tendit, sur la défensive.

Soudain le craquement sec d'une brindille retentit dans l'obscurité. La lune sortit de derrière un nuage et éclaira doucement le sol couvert d'aiguilles de pin.

Della perçut un nouveau bruit de pas, très discret.

Heureusement, le vampire qui s'avança vers elle était seul. Blond aux yeux clairs, il lui rappelait un peu Chris, en plus petit. Il ne devait pas faire plus d'un mètre soixante-quinze et était plutôt fluet. Elle n'aurait aucun mal à le maîtriser s'il le fallait.

Elle remarqua qu'il l'examinait, lui aussi. Il y avait de fortes chances pour qu'il la sous-estime. Elle était plus forte qu'elle n'en avait l'air.

– Je suppose que tu ne te souviens pas de moi, lança-t-il.

Elle inspira longuement et, cette fois, reconnut son odeur.

– Vaguement. Ce devait être juste après ma transformation.

– Oui, dit-il sans la quitter des yeux. Chan t'avait amenée chez moi. Tu étais encore dans les vapes.

Il l'examina de nouveau mais d'une façon différente… masculine.

Merde ! S'était-elle mal comportée la première fois qu'ils s'étaient rencontrés ?

Il s'approcha un peu.

– Je ne suis plus dans les vapes, dit-elle en relevant le menton.

– Détends-toi, je ne suis pas venu chercher les embrouilles.

– Ouais, fit-elle, peu convaincue. Tu es venu me donner des nouvelles de Chan. Tu sais où il est ?

Il baissa les yeux et donna un coup de pied dans une motte. Un doux parfum de terre meuble parvint aux narines de Della. Au loin, un oiseau poussa un cri aigu et solitaire qui parut rebondir contre les troncs d'arbres. Un courant d'air frais souleva le bas de son tee-shirt à manches longues et la fit frissonner.

– C'est la raison pour laquelle je t'ai fait venir, dit-il.

– Comment ça ?

– Je savais que tu ne me croirais pas. Moi-même, je n'ai pas voulu y croire, au début.

– Croire quoi ? demanda-t-elle, l'estomac noué par un mauvais pressentiment.

– Je savais que tu aurais besoin de le voir pour…

– Pour quoi ? gronda-t-elle en faisant un pas vers lui.

Il ne recula pas, ne cilla pas. Au contraire, il la regarda droit dans les yeux avec une sincérité empreinte de compassion.

– Chan est mort.

– Non ! souffla Della. Je l'ai vu, l'autre soir.

– C'est impossible. Il est mort depuis dix jours. Je t'ai appelée dès que je l'ai su.

– Non ! répéta-t-elle. Je…

Une douleur cuisante lui lacéra le cœur. Quelque chose lui effleura la joue. Elle leva la main d'un geste vif, croyant attraper un moustique. Mais, quand elle ouvrit le poing, elle vit une plume blanche au creux de sa paume.

Il lui devint soudain difficile de respirer.

Chan était mort.

Il était parti.

Elle l'avait laissé tomber. Il lui était venu en aide quand elle avait besoin de lui, mais elle, elle l'avait abandonné.

Chapitre 22

— Je savais que tu ne me croirais pas, alors je leur ai demandé de l'exhumer, dit Kevin en tournant les talons. Enfin, si tu veux le voir, ajouta-t-il en s'arrêtant pour la regarder par-dessus son épaule.

Non, je ne veux pas le voir. Pourtant, elle lui emboîta le pas. Peut-être pour se punir, ou peut-être parce qu'elle avait besoin de se convaincre.

Elle suivit Kevin jusqu'à une clairière, un peu plus loin. Les rayons de lune éclairaient une toile cirée qui recouvrait quelque chose – quelque chose qui ressemblait à un corps. C'est alors que Della remarqua la fosse creusée juste à côté.

Son cœur se serra et sa vision se brouilla.

Kevin se pencha pour retirer la toile cirée.

Della s'attendait à respirer la puanteur âcre de la mort, mais elle ne sentit rien du tout, pas même l'odeur de Chan. Elle s'attendait aussi à voir un corps boursouflé sous l'effet de la décomposition, peut-être même une blessure qui lui indiquerait comment Chan était mort. Elle se trompait.

Elle cilla pour chasser les larmes qui l'aveuglaient. C'était bien Chan qu'elle avait sous les yeux. Juste Chan, ni boursouflé ni décomposé, sans la moindre égratignure. Chan qui ne respirait plus, le visage et les vêtements maculés de terre noire.

Chan… mort.

– Comment… Qui lui a fait ça ? Qu'est-ce qui s'est passé ? bredouilla-t-elle d'une voix étranglée par l'émotion.

– Personne ne lui a rien fait, répondit Kevin. Il ne se sentait pas dans son assiette quand il est parti pour le Texas. Les membres du gang m'ont dit qu'il était tombé malade, puis qu'il avait commencé à avoir des plaques bizarres sur le dos. Et puis, il y a une dizaine de jours, il est mort. C'est complètement dingue. Les vampires ne tombent presque jamais malades.

– Mais comment… ?

Elle ne put finir sa phrase.

– Ce sont les autres membres du Sang Pourpre qui l'ont enterré ici. Ils savaient qu'il avait simulé sa mort après sa transformation, donc ils se sont dit qu'il n'y avait personne à prévenir.

La gorge de Della se noua, et son cœur se serra de plus belle. Chan ne se sentait pas bien quand il l'avait contactée, mais elle n'avait pas pris la peine de répondre à son message. Cousine indigne !

Soudain une image s'invita dans son esprit : Lorraine, immaculée dans son cercueil. Elle tomba à genoux et commença à essuyer le visage de Chan, secouée de gros sanglots. Elle se fichait complètement que Kevin la voie dans cet état et la croie faible. Elle avait le cœur brisé.

Quand Burnett arriva, elle avait cessé de pleurer mais se tenait toujours à côté de Chan. Elle avait demandé à Kevin de la laisser seule, avant d'appeler Burnett pour lui annoncer qu'elle avait retrouvé son cousin – mort. Elle voulait que Chan soit enterré dans la tombe marquée à son nom, là où ses parents croyaient avoir confié leur fils à la terre presque deux ans auparavant.

Burnett piquerait sans doute une colère et lui interdirait peut-être de travailler pour l'URF à tout jamais, mais elle n'arrivait pas à s'en inquiéter. Elle avait laissé tomber Chan alors qu'il avait besoin d'elle. Elle lui devait bien de s'assurer que son corps repose où il l'avait voulu.

Burnett se posa à côté d'elle en silence, s'agenouilla et posa une main sur son épaule.

– Qu'est-ce qui s'est passé ? demanda-t-il d'une voix calme.

Il ne semblait pas en colère. Juste inquiet.

Il fallut à Della quelques secondes pour ravaler ses larmes et oser parler.

– Il était venu vivre ici. Il avait rejoint un gang, le Sang Pourpre. Ses amis ont dit qu'il était tombé malade et qu'il était mort. Comme ça...

Elle se tut un instant, tremblante.

– D'après eux, ça fait déjà dix jours, mais ce n'est pas possible. Il n'a pas l'air... On ne dirait pas qu'il est mort depuis dix jours.

Et puis, elle l'avait aperçu à Shadow Falls, de l'autre côté du grillage. Se pouvait-il que... ?

– Ce n'est pas impossible, Della. Le virus V-1 ralentit la décomposition du corps. Il peut se passer deux semaines entières avant qu'on en voie les premiers symptômes. Quoi qu'il en soit, je vais demander une autopsie. Si la cause de sa mort est suspecte, je ferai tout mon possible pour coincer le responsable. Fais-moi confiance.

Della fondit en larmes.

– Il avait essayé de me joindre ! Il m'a laissé un message il y a environ deux semaines, mais je ne l'ai pas rappelé.

– Tu n'avais aucun moyen de savoir ce qui allait se passer, dit Burnett avant de se relever. Viens, je te ramène à Shadow Falls. Holiday se fait du souci pour toi.

Elle se remit debout, mais hésita.

– Non, je... Kylie et Miranda ne savent pas où je suis.

– Je vais les appeler pour les mettre au courant, ne t'en fais pas. L'équipe qui va s'occuper de ton cousin ne va pas tarder à arriver. Il faut que tout soit réglé avant l'aube.

Della se tourna vers Chan, consciente qu'elle le regardait pour la dernière fois et qu'elle ne verrait plus jamais son sourire en coin, gentiment moqueur et malicieux.

Pourtant, quand elle emboîta le pas à Burnett, elle s'aperçut qu'elle avait tort. Posté derrière un arbre, Chan la regardait. Il n'était pas seul. Quelqu'un se tenait à côté de lui, à moitié dissimulé. Chan lui fit un signe de la main, un sourire triste aux lèvres. Della ralentit.

Désolée, Chan. Je suis vraiment désolée…

– Ça va ? lui demanda Burnett.

– Oui, j'ai cru…

Quand elle se retourna, Chan avait disparu.

– Qu'est-ce que tu as cru ?

J'ai cru voir un fantôme.

– Rien. Je suis fatiguée, c'est tout.

Sauf qu'elle n'était pas fatiguée du tout. Elle voyait des fantômes. Comment était-ce possible ?

À dix heures le lendemain matin, Della était de retour dans son bungalow, assise à la table de la cuisine. Elle n'avait pas fermé l'œil de la nuit et avait l'impression de mourir à petit feu. Le simple fait de respirer lui était douloureux. Elle avait téléphoné à Kylie et à Miranda un peu plus tôt et leur avait promis de tout leur expliquer à leur retour. Mme Galen les raccompagnerait après le déjeuner, ce qui laissait à Della quelques heures pour se préparer à raconter ce qu'elle avait vu.

Elle avait également eu le temps d'apprendre que Steve était retourné au cabinet du vétérinaire la veille, ce qui expliquait pourquoi elle ne l'avait trouvé nulle part. *C'est Jessie qui doit être contente…*

Holiday avait passé plusieurs heures avec elle, à lui prendre la main pour la réconforter, mais son contact n'était pas aussi apaisant que d'habitude. Elle avait elle-même reconnu que la douleur du deuil résistait aux dons des fées.

Della n'était pas certaine de la source de sa douleur. Était-ce le deuil ou la culpabilité ?

Holiday avait dû le sentir car elle répéta plusieurs fois à la jeune fille que ce n'était pas sa faute si Chan était mort.

Sauf que Della n'était pas convaincue. Steve et le Dr Whitman auraient peut-être pu faire quelque chose pour sauver Chan.

Ou alors, elle aurait pu demander à Kylie d'exercer ses talents de guérisseuse. Mais, pour cela, il aurait fallu qu'elle le rappelle.

Si seulement ! Pourquoi est-ce qu'elle ne lui avait pas téléphoné aussitôt qu'elle avait reçu son message ?

Elle faillit confier à Holiday qu'elle avait aperçu Chan près de la clôture de Shadow Falls, puis cette nuit-là, à Houston, mais au dernier moment elle se ravisa. Elle allait d'abord consulter Kylie. Le fait qu'elle soit désormais capable de voir des fantômes aurait dû la faire mourir de trouille, mais elle était trop occupée à se noyer dans son chagrin.

Jenny passa la voir après le départ de Holiday. Elle voulut entrer, offrir ses condoléances à Della, mais cette dernière refusa.

– J'ai besoin d'être un peu seule.

Le caméléon hocha la tête, l'air peiné, et tourna les talons.

Aussitôt Della s'en voulut de l'avoir congédiée comme ça.

– Jenny !

La jeune fille fit volte-face, comme si elle espérait que Della ait changé d'avis. Ce n'était pas le cas, mais elle pouvait au moins se montrer polie.

– Merci pour ta compréhension.

Jenny sourit et remonta les marches du perron en courant pour venir serrer Della dans ses bras.

– Je sais bien que je ne suis pas aussi cool que Kylie, mais je te considère comme mon amie. Je n'imagine même pas ce que tu traverses en ce moment, mais je veux que tu saches que je suis là si tu as besoin de moi. J'aimerais pouvoir me changer en fée pour effacer un peu de ta peine, mais c'est quelque chose que je ne maîtrise pas encore.

– Merci. C'est gentil, mais je vais bien.

Della n'eut même pas besoin de se forcer. Elle appréciait beaucoup Jenny. La vue brouillée par les larmes, elle regarda la jeune fille s'éloigner. Puis, enfin seule, elle retourna s'asseoir à la table de la cuisine. Elle s'était repassé le message de Chan une bonne dizaine de fois, et chaque écoute lui faisait un peu plus mal que la précédente.

Les yeux rivés sur son téléphone, elle hésitait à appeler Steve. Elle lui en avait fait la promesse, la veille, mais elle avait peur de fondre en larmes dès qu'elle entendrait le son de sa voix. Elle avait assez pleuré comme ça.

Elle aurait voulu pouvoir s'ouvrir la poitrine pour en arracher la douleur qui l'étouffait. Elle aurait voulu remonter le fil du temps et réparer toutes ses erreurs. Appeler Chan, ne pas coucher avec Lee, faire en sorte que son père l'aime assez pour ne pas l'abandonner comme ça.

Elle entendit des bruits de pas s'approcher du bungalow. Steve était-il revenu après avoir appris la nouvelle ? Elle aurait tellement voulu le voir !

Elle huma l'air. Ce n'était pas Steve.

L'odeur de Chase lui chatouilla les narines, toujours étrangement familière. Elle n'avait vraiment pas envie d'avoir affaire à lui. Soudain elle se rappela sa théorie selon laquelle Chase était sorti en pleine nuit pour aller s'entretenir avec Chan. Elle s'était trompée, une fois de plus.

Le vampire frappa à la porte. Qu'est-ce qu'il venait faire là ?

– Va-t'en ! cria-t-elle, tête basse, les yeux rivés sur ses mains croisées.

Elle entendait le gaz s'échapper de la cannette de Coca light qu'elle avait ouverte, puis oublié de boire. Le son semblait faire écho aux émotions qui s'échappaient de son cœur.

Elle entendit la porte du bungalow s'ouvrir et le vampire brun faire quelques pas à l'intérieur.

– J'ai dit…

– Je sais, je ne suis pas sourd.

Alors, seulement, elle redressa la tête. Il se tenait devant elle, les bras croisés, sur la défensive.

Et pourtant, tu es entré malgré mon avertissement. C'était ce qui l'exaspérait le plus chez ce mec.

– Dégage ! gronda-t-elle.

Elle n'avait vraiment pas la tête à affronter ce pervers.

– Je suis au courant, pour ton cousin. Je voulais juste te dire que… je suis désolé.

Le cœur de Della se serra.

– Ça y est, tu l'as dit. Maintenant, dégage.

Au contraire, il s'avança encore.

– Ce n'est pas bon pour toi de rester plantée là, à ruminer. Tu as besoin de sortir, d'aller courir, de te dépenser. Ça aide à… Enfin, ça aide.

– Comment oses-tu me dire de quoi j'ai besoin ? hurla-t-elle.

C'était presque agréable de pouvoir diriger sa rage contre une autre cible que soi-même.

– Crois-moi, je sais, souffla-t-il avant de marquer une pause. Je sais ce que tu…

– Ce que je quoi ? Ne t'avise surtout pas de me dire que tu sais ce que je ressens ! Tu n'en as pas la moindre idée. Tu ne me connais pas. Tu n'es qu'un…

Un vampire taré et menteur, que j'ai déjà rencontré quelque part même si je ne m'en souviens pas.

– Dégage ! hurla-t-elle en montrant les dents.

Il ne bougea pas d'un pouce. Allait-elle devoir le jeter à la porte *manu militari* ?

– Écoute, j'ai perdu toute ma famille d'un coup. Mon père, ma mère et ma sœur. Le même jour. Tout ce qu'il me restait, c'était mon chien, Baxter. Crois-moi, je sais ce que tu ressens. Et je sais aussi que rester assise là à te consumer de chagrin ne te fera aucun bien. La seule chose qui aide, c'est de bouger, de se fatiguer. Viens, on va courir.

Elle le regarda, immobile, tout en réfléchissant à ce qu'il venait de lui dire. Il avait perdu toute sa famille. Et si c'était un mensonge ?

Non, elle ne pensait pas.

– Ne me force pas à te traîner dehors, reprit-il.

– Tu n'y arriverais pas, rétorqua-t-elle.

– Oh, si ! lança-t-il avec un demi-sourire, comme si l'idée de relever ce défi l'amusait. Allez, viens. Je te promets que ça va te faire du bien.

Elle ravala son orgueil.

– OK, souffla-t-elle.

Elle décolla d'un bond et s'élança dehors, mais Chase la talonnait de près.

Au début, elle se contenta de courir et de frapper le sol de toutes ses forces. Puis elle se poussa à aller de plus en plus vite, jusqu'à s'envoler complètement. Elle était consciente de brûler une énergie folle à fuser à une vitesse pareille, mais elle ne ralentit pas. Chase n'avait sans doute pas eu l'intention de la provoquer, pourtant cela tourna très vite à la course. Chaque fois qu'elle le dépassait un peu, il accélérait et reprenait la tête. Della déchaîna ses émotions tumultueuses pour ne pas se laisser distancer.

Pourtant, rien n'y faisait. Chaque fois qu'elle prenait un peu d'avance, il la rattrapait, et chaque fois il lui jetait un petit coup d'œil en la doublant, comme pour l'agacer. Évidemment, elle refusait de s'avouer vaincue.

Ce type était une vraie fusée ! On aurait dit Burnett.

Ils longeaient la clôture de Shadow Falls et, très vite, Della perdit le compte du nombre de tours qu'ils avaient effectués. Elle voyait à peine l'image brouillée de la cime des arbres au-dessous d'eux. Elle ne savait même pas depuis combien de temps ils volaient ainsi. Pourtant, elle continuait sans réfléchir et, peu à peu, la douleur qui lui vrillait le cœur, faite de chagrin et de culpabilité, finit par s'estomper.

Cette saleté de Chase avait raison. Cela faisait vraiment du bien.

Combien de temps tiendrait-elle ainsi, à puiser dans ses forces, à se pousser à l'extrême ? *Aussi longtemps qu'il tiendra, lui*, se jura-t-elle. Pourtant, cinq minutes plus tard, elle dut déclarer forfait. Elle ralentit pour aller se poser au bord du lac. Son atterrissage ne fut pas des plus gracieux. Elle perdit l'équilibre et roula au sol.

Avant qu'elle s'immobilise complètement, Chase la saisit par le bras et la remit sur ses pieds.

– Ça va, articula-t-elle péniblement.

Elle se pencha en avant, les mains sur les genoux, tout en prenant de grandes goulées d'air. Quand, enfin, elle recouvra son souffle, son estomac se souleva. Incapable de se retenir, elle vomit. En plein sur les pieds de Chase.

Pour une raison inexplicable, elle trouva cela hilarant. Elle s'essuya la bouche et le nez avant de se redresser. L'expression de Chase, qui contemplait ses bottes souillées, rendit la chose encore plus drôle. Elle commença à rire comme une folle.

– C'est dégoûtant, râla-t-il.

Pourtant, quand il releva la tête, ce fut avec une lueur amusée dans ses yeux verts et un sourire aux lèvres.

– Ça va mieux ? demanda-t-il, sincère.

– Oui, admit-elle.

Cela ne voulait pas dire qu'elle l'appréciait ou qu'elle lui faisait confiance, mais elle devait bien reconnaître qu'il avait raison.

Il entreprit de nettoyer ses chaussures sur les touffes d'herbe alentour. Quand il eut fini, il se retourna vers elle.

– Cours comme ça deux fois par jour, jusqu'à en vomir. C'est le seul remède qu'il te faut, en ce moment.

Brusquement elle retrouva son sérieux en repensant à ce qu'il lui avait dit au sujet de sa famille.

– Qu'est-ce qui s'est passé ? demanda-t-elle avant d'avoir eu le temps d'hésiter.

– Quand on tire un peu trop sur la corde, ça arrive qu'on perde son petit déjeuner, expliqua-t-il avec un sourire forcé. Toi, tu as décidé de déposer le tien à mes pieds. Enfin, sur mes pieds.

– Non, je parlais de ta famille, corrigea-t-elle.

Elle le soupçonnait d'avoir très bien compris, mais de ne pas vouloir en discuter.

C'était quelque chose qu'elle pouvait comprendre. Elle-même avait une boîte de Pandore pleine de secrets douloureux. En même temps, s'il ne voulait pas qu'elle lui pose de questions, pourquoi lui avait-il révélé cette histoire ?

Pour la convaincre d'aller courir, certes, mais pourquoi ? Qu'est-ce que ça pouvait bien lui faire qu'elle aille bien ou mal ? Ça n'avait pas de sens.

– Je te l'ai déjà dit : ils sont morts, grommela-t-il en regardant en direction du lac.

– Oui, mais comment ?

– Je te le dirai si tu refais trente tours de Shadow Falls avec moi.

– C'est bon, oublie, souffla-t-elle.

Elle n'aurait pas dû insister. Non seulement elle devait respecter sa vie privée, mais elle préférait également ne pas trop en savoir sur son compte. C'était de cette façon que commençaient les amitiés, les relations. Della repensa à Jenny. Elle aurait préféré garder ses distances, mais le caméléon et elle s'étaient rapprochés malgré tout. Elle avait même accepté que Jenny la prenne dans ses bras. Elle n'avait pas de place dans sa vie pour une personne de plus. Surtout pas quelqu'un en qui elle n'avait pas confiance du tout.

Brusquement, un bruit d'eau vive parvint à ses oreilles. Elle se tourna vers la forêt. Était-ce la source du lac qu'elle entendait ou… la cascade ? C'était impossible. Elle se trouvait trop loin.

– Il faut que je retourne au bungalow, déclara-t-elle avant de s'élancer en courant.

– Pour quoi faire ? Poser tes fesses sur une chaise et ruminer ton malheur ?

Furieuse qu'il ose réduire son chagrin à un caprice de gamine boudeuse, elle fit demi-tour et revint vers lui en montrant les dents.

Il ne cilla même pas. Clairement, il n'avait pas peur d'elle. Cela dit, elle n'était pas intimidée non plus.

– Non, il faut que j'y retourne parce que Kylie et Miranda ne vont pas tarder à rentrer, gronda-t-elle.

– Bon, c'est bien. Tu ne seras pas seule.

Qu'est-ce que ça pouvait lui faire ? Pourquoi est-ce qu'il s'inquiétait pour elle ?

Elle le toisa en silence un long moment, comme si elle espérait percer le paradoxe qu'il représentait. Sauf qu'elle ne perça rien du tout. La seule chose dont elle était consciente, c'était son odeur. De nouveau, elle eut cette impression de déjà-vu liée à un souvenir de terreur pure. Il fallait vraiment qu'elle découvre où elle avait croisé ce pervers, et pourquoi son instinct lui criait qu'il mijotait quelque chose.

– Tu veux ressortir courir, ce soir ? demanda-t-il.

– Non.

Pas avec toi. D'où est-ce que je te connais ? Qui est-ce que tu allais retrouver près de la clôture en pleine nuit ? Toutes ces questions se bousculaient sur le bout de sa langue, mais elle avait déjà posé la plupart sans obtenir de réponse, alors à quoi bon ? Elle se promit de continuer à mener son enquête de son côté. Tôt ou tard, elle aurait le fin mot de cette histoire.

– Allez, on pourra refaire la course, insista-t-il. Disons trois heures du matin ?

– Pourquoi ?

– Parce que, comme je te l'ai déjà expliqué, tu as besoin de te dépenser pour… faire face.

– Oui, mais pourquoi tu te préoccupes de moi ?

Il se balança légèrement en arrière, en équilibre sur ses talons, les mains dans les poches.

– Tu n'as pas encore compris ? Moi qui te croyais futée.

– Compris quoi ?

Allait-il enfin se décider à lui dire la vérité ?

– Que je t'aime bien, Della Tsang.

– Pourtant, je ne suis pas franchement aimable.

Il sourit.

– C'est vrai que tu ne me facilites pas la tâche.

Chapitre 23

En sortant de la forêt, Della aperçut Steve assis sur les marches du perron de son bungalow. Il se leva et vint vers elle en la voyant. Elle devina à l'expression de son visage qu'il avait appris la nouvelle.

L'espace d'une seconde, d'une brève seconde, elle s'en voulut d'être allée courir avec Chase. Pourtant, elle n'avait rien fait de mal. Chase avait peut-être un faible pour elle, mais elle l'avait envoyé balader.

Dès que Steve arriva à sa portée, il l'attira dans ses bras.

Elle s'appuya contre lui, tout en espérant que personne ne les voie.

– Je croyais que tu étais déjà retourné chez le Dr Whitman, dit-elle en s'écartant un peu.

Elle eut juste le temps de sentir un effluve de parfum féminin. À croire qu'une fille s'était frottée à Steve. *Ça alors…* Della avait une petite idée de l'identité de la pouffe en question. Elle s'empressa d'écraser sa jalousie comme un vulgaire moustique. Elle n'avait pas besoin de ça en plus du reste. Et puis, peut-être que Jessie avait simplement effleuré Steve sans le faire exprès. Cette explication lui convenait parfaitement.

– Oui mais j'avais l'intention de repasser ici pour te voir dans l'après-midi. Et puis, quand je t'ai appelée, tu n'as pas répondu, alors…

– Je n'ai pas entendu ton coup de fil.

Elle mit la main dans sa poche pour en sortir son téléphone, mais il ne s'y trouvait pas. *Merde !*

– J'ai dû oublier mon portable ici.

Pourtant, elle ne sortait jamais sans, c'était devenu un réflexe.

– Bref, comme tu ne répondais pas, j'ai appelé Kylie. Elle m'a raconté ce qui s'était passé. (Il releva légèrement le menton et la regarda dans les yeux.) Pourquoi tu ne m'as pas fait signe ? Je serais venu sur-le-champ.

Elle vit de la déception dans son regard. Elle était décidément très forte pour décevoir les gens. Steve, ses parents… Chan.

– Je… je savais que, si j'entendais ta voix, j'allais me mettre à pleurer.

Pourquoi Steve faisait-il ressortir ses faiblesses comme ça ? Elle n'aimait pas cela du tout.

Comme pour confirmer ses paroles, des larmes lui brûlèrent les paupières. Elle entra dans le bungalow, et Steve lui emboîta le pas, si près qu'elle sentit la chaleur de son corps contre sa hanche.

Une fois qu'elle eut refermé la porte, il la prit dans ses bras de nouveau.

– Peut-être que, justement, tu as besoin de pleurer.

– Non, marmonna-t-elle en s'écartant de lui et en s'essuyant les joues. J'ai déjà assez pleuré comme ça. Et puis, ça ne fait pas avancer les choses.

Elle s'approcha de la table pour voir si son téléphone s'y trouvait. Il n'était nulle part. Elle l'avait sans doute perdu pendant qu'elle volait comme une furie en compagnie de Chase.

Ses parents allaient la tuer si elle ne le retrouvait pas. Quoique… non. Ils se contenteraient d'afficher leur déception, une fois de plus.

Steve fronça les sourcils.

– Raconte-moi ce qui s'est passé.

Soudain elle se rendit compte que son téléphone était le dernier de ses soucis. Elle le chercherait plus tard et, si elle ne le trouvait pas, tant pis.

Elle alla s'asseoir dans le canapé. Les gros coussins poussèrent un soupir triste sous le poids de son corps. Ou peut-être était-ce elle qui trouvait tout triste.

Steve s'installa à côté d'elle et passa un bras autour de ses épaules. De nouveau, elle sentit le parfum de Jessie. Allait-elle perdre Steve ?

Della envoya bouler cette idée et le mit au courant des événements de la nuit passée. Malgré elle, lorsqu'elle évoqua le moment où elle avait vu Chan, le visage couvert de terre, quelques larmes roulèrent sur ses joues.

– Je tenais tellement à retrouver mon oncle et ma tante que j'ai fini par négliger la seule vraie famille vampire que j'avais. Comment est-ce que j'ai pu être aussi bête ?

Steve la serra gentiment contre lui.

– D'abord, ce n'est pas vrai que tu as négligé Chan. Tu m'as souvent répété que tu le suppliais de venir à Shadow Falls mais qu'il refusait. Ce n'est pas ta faute, Della. Tu as essayé de l'aider. Après tout, dans son message, il t'avait bien dit que ce n'était pas urgent. Et puis, c'est normal que tu cherches ton oncle. C'est le jumeau de ton père, c'est naturel que tu aies besoin de te rapprocher de lui. Ce serait un peu comme renouer avec ton père.

Il avait raison. Elle voulait retrouver son oncle pour combler le vide laissé par son père, mais cela n'excusait pas tout.

– Ça n'aurait pas dû devenir plus important que Chan à mes yeux. J'aurais pu faire davantage d'efforts pour le convaincre de venir ici. J'aurais pu le rappeler plus tôt. Cinq minutes ! Il aurait suffi de cinq minutes !

Steve commença à lui caresser les cheveux d'un geste apaisant.

– Ce n'est pas ta faute.

– Pourtant, c'est l'impression que j'ai.

– Oui, parce que tu tenais à Chan et que tu es en colère qu'il soit mort. C'est marrant, la culpabilité. En général, quand on est coupable, on a tendance à rejeter la faute sur quelqu'un d'autre, par contre on se reproche souvent des choses dont on n'est pas responsable.

Della posa la tête contre l'épaule de Steve et écouta son cœur battre lentement. Bientôt un autre son rythmé lui parvint du dehors. Quelqu'un s'approchait du bungalow. Les pas ralentirent un instant avant de reprendre. Della renifla discrètement.

Et merde ! C'était Chase.

Une seconde plus tard, il frappa à la porte. Della se leva pour aller ouvrir, prête à l'envoyer balader et inquiète de la réaction de Steve.

– Oui ?

Chase lui jeta un bref coup d'œil avant de regarder par-dessus son épaule, en direction de Steve. Il ne devait pas être surpris de le trouver ; il avait sûrement senti son odeur en approchant. Était-il venu précisément pour semer la pagaille entre eux ? Elle sentait que Steve la détaillait, tendu.

– Salut, lança Chase au métamorphe.

– Salut, répliqua Steve, l'air de dire : « Va mourir. »

Chase reporta son attention sur Della.

– J'espère que le moment n'est pas trop mal choisi.

Elle plissa les paupières d'un air menaçant, mais il ne parut même pas le remarquer.

– Tu as fait tomber ça près du lac, tout à l'heure, ajouta-t-il en lui tendant son téléphone.

– Merci.

Elle s'autorisa une seconde de soulagement, mais cela ne dura pas. L'hostilité entre les deux garçons rendait l'atmosphère intenable. Elle attrapa son portable et referma la porte.

Elle se retourna et vit Steve, les mains crispées sur ses genoux, l'air déçu. Une fois de plus.

Immobile, elle écouta les pas de Chase, qui s'éloignait.

– Tu étais avec lui ? demanda Steve en se levant.

– Je suis allée courir.

– Avec lui ?

Elle faillit répondre « non », mais refusa de mentir. Après tout, elle n'avait rien fait de mal.

– Oui. Il a appris la nouvelle, alors il m'a emmenée courir pour que je me dépense. On a fait plusieurs fois le tour de Shadow Falls.

– Alors comme ça, vous êtes potes, maintenant ?

Les yeux de Steve avaient pris des reflets dorés, témoins de sa mauvaise humeur.

– Non, on n'est pas potes, rétorqua Della sèchement.

Steve baissa la tête, comme s'il avait trouvé quelque chose de fascinant par terre. Au bout d'un instant, il affronta le regard de Della.

– Je me suis dépêché de revenir ici en me disant que tu aurais peut-être besoin d'une épaule sur laquelle pleurer, mais tu en avais déjà trouvé une.

– Ça n'a rien à voir, souffla-t-elle.

Il soupira.

– Pour reprendre tes mots de tout à l'heure, c'est pourtant l'impression que j'ai. Chase a un faible pour toi, insista Steve sur un ton accusateur.

Comme si c'était sa faute !

– On est juste allés courir. On n'a pas dû parler plus de trois minutes. Il ne s'est rien passé !

– Ne me mens pas.

– Je ne te mens pas !

Cette réaction agressive ne ressemblait vraiment pas à Steve. Pourquoi paraissait-il tellement persuadé qu'elle avait commis une faute ? Soudain, elle comprit. Il lui avait lui-même fourni la réponse. « En général, quand on est coupable, on a tendance à rejeter la faute sur quelqu'un d'autre. »

– Et Jessie a un faible pour toi. Je me trompe ?

Steve pinça les lèvres. Aussitôt, le cœur de Della se serra. De quoi était-il coupable, exactement ?

Il ferma les yeux, l'espace d'une seconde.

– Je lui ait dit qu'il ne se passerait jamais rien entre nous.

– Tu lui as dit ça avant ou après que vous vous êtes embrassés ?

Della le savait depuis le début, ce n'était ni un hasard ni un accident si le tee-shirt de Steve empestait le parfum de Jessie. Elle s'était trouvée dans ses bras, avait peut-être même appuyé sa tête contre son épaule, à l'endroit que Della aimait tant. Elle eut impression de revivre le même déchirement que quand elle avait perdu Lee.

Steve se passa une main sur le visage, comme pour effacer sa faute.

Della sentit sa douleur redoubler et se nourrir de son deuil.

– Tu sais quoi ? dit-elle en secouant la tête. Je n'ai vraiment pas besoin de ce genre d'histoire en ce moment. J'ai déjà bien assez de problèmes comme ça. Va-t'en, s'il te plaît.

– Della, je suis désolé. C'est elle qui m'a embrassé. Je n'ai pas... Je n'aurais pas dû... Oh, et puis merde ! soupira-t-il. Je m'en veux vraiment, Della.

Elle sentait bien que ses remords étaient sincères, pourtant cela ne l'apaisait pas. Au contraire.

– Pourquoi tu t'en veux ? Tu n'as rien à te reprocher. Ce n'est pas comme si on sortait ensemble, toi et moi.

Elle ferait bien de ne pas oublier ce détail, elle aussi. Combien de fois s'était-elle répété qu'elle devait mettre un frein à cette histoire ? Voilà qui était chose faite.

– Je n'ai aucune raison de t'en vouloir. On n'est pas un couple, ajouta-t-elle.

Au même moment, elle entendit des bruits de pas et de voix au loin.

– Miranda et Kylie arrivent. Il est temps que tu partes.

– Non, il faut qu'on parle.

– Impossible. Va-t'en, s'il te plaît. Je n'ai vraiment pas la tête à ça.

Il resta planté devant elle, à la regarder.

– S'il te plaît, Steve.

– Della... Je ne voulais pas... Je ne veux pas gâcher ce qu'on a, toi et moi.

Elle serra les poings, exaspérée.

– On n'a rien du tout, Steve ! Il n'y a jamais rien eu entre nous.

Elle vit de la déception dans son regard, une fois de plus, et se rendit compte à quel point elle détestait décevoir tout le monde. Chan, ses parents, Steve… Sa gorge se noua.

– Va-t'en.

Kylie et Miranda arrivèrent deux minutes après le départ de Steve. Della les attendait à la table de la cuisine, avec trois cannettes de Coca light. Ses amies lui infligèrent des câlins de condoléances avant de s'installer pour écouter le récit de la nuit précédente. Della n'avait absolument aucune envie de raconter la scène du parc une fois de plus, mais elle avait promis des explications à ses amies, et elle comptait bien tenir parole. Tant pis si ça faisait mal.

Elle leur parla du coup de fil que lui avait passé Kevin Miller à deux heures du matin et eut à peine la force d'évoquer le moment où elle avait vu le corps de Chan. En revanche, elle ne mentionna pas ce qui s'était passé avec Steve. Elle se sentait un peu bête de laisser une rupture – surtout une rupture qui n'en était pas vraiment une – l'affecter alors que son cousin venait de mourir.

Pourtant, elle n'arrivait pas à se défaire de cette impression de déchirement, comme si elle avait perdu une personne de plus. Elle avait beau se raisonner en se répétant que Steve ne lui avait jamais appartenu, rien n'y faisait.

– Est-ce que tu l'as revu ? demanda Kylie.

Della hésita, ne sachant pas si son amie parlait de Steve ou de Chan.

– Qui ça ?

– Chan. Est-ce que tu as reçu d'autres plumes ? Ce serait logique que ce soit lui, le fantôme, non ?

– Oui, tu as raison. Je l'ai vu deux fois, très nettement. La première, c'était près de la clôture, l'autre soir, et la seconde, c'était juste avant que Burnett me raccompagne ici, cette nuit.

Miranda écarquilla les yeux.

– Tu as vu un fantôme ? C'est super rare, pour un vampire, non ?

– C'est rare mais ça arrive. Burnett en voit, de temps en temps, expliqua Kylie avant de se tourner vers Della. Chan a osé se montrer, mais est-ce qu'il t'a dit ce qu'il voulait ?

Della secoua la tête.

– Non. Il n'est pas resté plus d'une seconde. Il y avait quelqu'un avec lui.

Et il l'avait regardée avec une telle tristesse…

– Peut-être qu'il voulait juste te dire adieu, suggéra Miranda. Ça ne change rien au côté flippant de l'affaire, remarque.

– Ne t'inquiète pas, souffla Kylie en prenant gentiment la main de Della. Il y a de fortes chances pour qu'il ait quelque chose de précis à te dire. Il n'a pas essayé de parler du tout ?

Della secoua la tête.

– Il veut sans doute me reprocher de l'avoir laissé tomber.

Ce serait douloureux à entendre, mais c'était la vérité pure et simple. Elle ne méritait pas mieux.

– Non. Ça m'étonnerait, dit Kylie. Tu ne l'as pas laissé tomber.

– C'est ce que tout le monde me répète, mais j'ai du mal à le croire.

– Il ne t'est pas venu à l'idée que tout le monde avait raison ? intervint Miranda d'une voix ferme. Della Tsang n'a jamais laissé tomber personne, je te signale ! Regarde-nous, toi et moi. On n'arrête pas de se chamailler, et je sais très bien qu'il y a des moments où tu as envie de m'étrangler, pourtant tu es toujours là quand j'ai besoin de toi, même quand je te saoule ! C'est précisément pour ça que je t'aime !

La petite sorcière avait les yeux brillants de larmes.

– Merci, souffla Della, tellement émue qu'elle avait du mal à respirer.

Elle n'était pourtant pas convaincue que Chan soit du même avis.

– Peut-être qu'il connaissait ton oncle et qu'il voulait te donner des renseignements sur lui, reprit Miranda en s'essuyant les joues.

– Ce n'est pas impossible, renchérit Kylie. Est-ce que tu as parlé de tout ça à Holiday ?

– Non. Je ne lui ai même pas dit que j'avais ressenti la présence d'un fantôme. Pas encore.

– Elle pourrait t'aider, tu sais, fit remarquer Kylie. Elle a l'habitude des esprits.

– Je sais, mais j'en suis encore à digérer la mort de Chan.

– Je comprends. Je me rappelle à quel point c'était dur quand j'ai perdu Nana. J'ai cru que j'allais mourir.

– Je n'ai encore jamais fait cette expérience, mais j'imagine à quel point ça doit être douloureux, intervint Miranda. Je veux que tu saches qu'on est là pour toi et je te promets même de ne pas m'énerver si tu fais ta peste. Je t'accorde un droit-de-balancer-des-vacheries.

– Un droit-de-vacheries ? répéta Della.

Cette idée saugrenue faillit la faire rire, et l'émotion qui lui vrillait la poitrine s'apaisa un peu.

– Exactement, répondit Miranda sur un ton solennel.

– Oh ! Je t'ai rapporté le dossier de ton oncle, s'écria Kylie en le sortant de son sac, posé au pied de sa chaise. Est-ce que tu as eu le temps d'en parler à Derek ? Ça pourrait l'aider dans ses recherches.

– Non, pas encore.

J'étais trop occupée à rompre avec Steve.

Della ouvrit le dossier, mais ce simple geste réveilla sa culpabilité d'avoir négligé Chan pour se lancer dans cette quête.

– Tu as l'air épuisée, fit remarquer Kylie. Tu as dormi un peu ?

– Non, pas encore, répéta Della.

Sa migraine lancinante ne la lâchait toujours pas. Elle était vraiment dans un sale état. Sa vie n'était qu'un vaste désastre. Son père la détestait ; elle s'était pris un coup sur la tête sans savoir si elle devait cela à un assassin ou à un ange de la mort ; Steve avait embrassé Jessie ; son cousin était mort, et elle voyait des fantômes. Qu'est-ce qui pouvait lui arriver de pire ?

Elle eut la réponse à cette question le lundi après-midi. Burnett l'avait appelée pour la convoquer dans son bureau. Il commença par lui apprendre que l'autopsie de Chan avait été repoussée et qu'il faudrait attendre une semaine avant qu'il puisse être enterré dans la tombe qui portait son nom.

– Pourquoi c'est aussi long ? demanda-t-elle, peinée de savoir que le corps de Chan se trouvait dans une morgue glaciale.

– Parce qu'il n'y a aucune raison de croire à un homicide. Son cas n'est donc pas prioritaire.

Della hocha la tête.

– J'aimerais être présente, souffla-t-elle.

– Lors de l'autopsie ? demanda Burnett, surpris.

– Non. Pour l'enterrement.

Il poussa un soupir agacé.

– Il aura lieu en pleine nuit, et ce sera très rapide.

– Je m'en fiche. Je ne veux pas qu'il soit tout seul.

Elle n'avait pas revu le fantôme de Chan. Peut-être qu'il avait fini par passer de l'autre côté, mais quoi qu'il en soit, elle tenait à accompagner son corps jusqu'à sa dernière demeure. Elle repensa aux funérailles de Lorraine et à la foule qui se pressait dans l'église ce jour-là. Tous ces gens étaient venus pour témoigner leur amour à la jeune disparue. Della ne supportait pas l'idée que son cousin soit mis en terre sans personne pour le pleurer.

Burnett l'observait d'un air sceptique, et elle sut immédiatement ce qu'il allait dire.

– Avec tout ce que tu traverses depuis quelques jours, tu ne crois pas qu'il serait plus sage de te retirer de l'enquête ?

– Non ! N'essaie même pas de te servir de cette excuse pour me mettre sur la touche.

Il leva une main, tout en fronçant les sourcils.

– Je me disais simplement que tu en bavais déjà assez comme ça.

Il avait raison, elle avait l'impression de mourir à petit feu, mais ce n'était pas en restant à ne rien faire qu'elle se sortirait de là.

– Au contraire. Non seulement j'ai toujours envie d'enquêter sur ce meurtre mais, en plus, j'ai besoin de m'occuper l'esprit pour ne pas trop penser à mon cousin.

Ainsi qu'à la haine que lui vouait son père et la fin de son histoire avec Steve.

– S'il te plaît, Burnett, reprit-elle. On s'est super bien débrouillées au funérarium, avec Kylie et Miranda.

– C'est vrai, mais je ne suis toujours pas convaincu que c'était une bonne idée de vous rendre là-bas toutes seules.

– Et pourtant, on a appréhendé ce sale type sans problème.

En voyant Burnett se voûter légèrement, elle comprit qu'elle avait gagné.

– Bon. D'accord. Dans ce cas, tu vas commencer à enquêter dès ce soir. J'ai reçu des informations à propos d'un bar où se retrouvent les membres d'un gang local. Je veux que Chase et toi alliez…

– Chase ? répéta Della, en proie à une soudaine panique. Je dois faire équipe avec Chase ?

Burnett hocha la tête.

– Pourquoi ? Ça te pose un problème ?

– Peut-être…

Oui, elle avait un sérieux problème avec Chase. Elle avait bien compris que, quand il était venu lui rapporter son téléphone, c'était avec l'intention de semer la zizanie. Le pire, c'est qu'il avait réussi.

Certes, ce n'était pas la faute du vampire si Steve avait décidé d'échanger de la salive avec Jessie, mais Della en voulait toujours à Chase pour le rôle qu'il avait joué dans cette histoire. Elle était tellement en colère qu'elle avait évité de croiser son regard pendant les deux cours qu'ils avaient en commun. Elle avait bien senti qu'il l'observait avec insistance, mais elle avait refusé de lui accorder le moindre coup d'œil.

Et puis, l'incident du téléphone n'était qu'une partie du problème. Il y avait aussi sa certitude d'avoir déjà croisé Chase, ainsi que ce que lui avait révélé Jenny. Della avait failli confier à Burnett que Chase était allé rencontrer quelqu'un près de la clôture à au moins deux reprises, mais elle s'était souvenu que Jenny lui avait demandé de garder le secret.

– OK. Raconte-moi. Quel est le problème ? reprit Burnett.

Elle ne pouvait pas lui mentir, mais il était toujours possible d'esquiver la vérité.

– Pourquoi ne pas envoyer Lucas à sa place ?

Burnett fronça les sourcils.

– Tu préfères faire équipe avec un loup-garou plutôt qu'avec un autre vampire ? C'est bizarre.

– Non, c'est normal. Je connais bien Lucas ; je lui fais confiance. Et puis, ça fait partie de la mission de Shadow Falls d'enseigner aux différentes espèces à travailler ensemble. Pas vrai ?

Burnett s'adossa à son fauteuil, qui grinça sous son poids.

– Je vois bien que tu n'aimes pas Chase. Pourquoi ? demanda-t-il directement, comme pour l'empêcher de se défiler.

Chapitre 24

Heureusement, Della avait de la ressource quand il s'agissait de contourner la vérité.

– J'ai l'impression qu'il cache beaucoup de secrets.

– Quel genre de secrets ? s'enquit Burnett.

– Si je le savais, ce ne seraient pas des secrets.

Beaucoup de ressource.

– Chase a déjà commencé à enquêter sur ce meurtre, commenta Burnett en fronçant les sourcils.

Della se pencha en avant. Burnett n'était pas le seul à avoir le droit de poser des questions gênantes.

– Pourquoi est-ce que tu lui fais confiance ? Ça fait à peine une semaine qu'il est à Shadow Falls, et tu l'as déjà recruté. Ça ne te ressemble pas. Tu le connaissais avant qu'il arrive ?

– Non.

Della tendit l'oreille pour écouter le rythme cardiaque de Burnett, mais son ouïe ne fonctionnait pas. Cela commençait réellement à l'inquiéter.

– Je te l'ai déjà dit, reprit Burnett. J'ai tout de suite été impressionné par ses capacités.

– Quelles capacités ?

Della avait remarqué l'extraordinaire vitesse de Chase, mais…

– Toutes, répondit Burnett d'un air renfrogné.

Elle avait l'impression qu'il lui cachait quelque chose, mais si elle insistait trop, il risquait de l'écarter de l'enquête une fois de plus.

Il se pencha en avant et posa les coudes sur son bureau.

– Si tu ne te sens pas à l'aise…

– Ça va aller, intervint-elle avant qu'il puisse finir sa phrase.

– Si tu ne lui fais pas confiance…

– Le meilleur moyen d'apprendre à lui faire confiance, c'est de travailler avec lui. Pas vrai ?

Elle attendit la réaction de Burnett, l'estomac noué, mais il se contenta de la dévisager en silence pendant un long moment. Elle voyait bien qu'il hésitait à la laisser enquêter et elle sentait qu'il risquait de ne pas trancher en sa faveur.

– Je veux coincer ce taré, ajouta-t-elle. C'est la moindre des choses.

Burnett parut soucieux.

– Della, il y a une tendance dont tout agent doit se méfier. C'est une chose de vouloir que justice soit faite, mais il ne faut pas tomber dans le piège de se sentir responsable pour toutes les atrocités qu'on voit. Il arrive que des enquêtes n'aboutissent jamais, que des gens meurent – y compris des proches, comme ton cousin Chan. Je sais que tu te sens coupable, mais…

– Je sais très bien que ce n'est pas ma faute s'il est mort.

– Et pourtant, tu te sens coupable. Je me trompe ? insista Burnett.

Voilà une question qu'elle ne pouvait pas esquiver.

– Si j'avais répondu à son coup de fil ou que je l'avais rappelé plus tôt, les choses se seraient peut-être passées autrement. Mais la mort de Chan n'a rien à voir avec mon implication dans cette enquête.

– Les émotions d'un agent peuvent affecter son jugement.

– Je suis tout à fait capable de travailler sur ce meurtre, Burnett.

Il posa les mains à plat sur son bureau. Un rayon de soleil s'infiltra par la fenêtre, donnant des reflets bleutés à ses cheveux noirs. Sans quitter Della du regard, il attrapa un stylo, qu'il fit rouler entre ses doigts.

– Quand j'avais quatorze ans, j'étais amoureux d'une fille mi-humaine, mi-fée. On allait souvent nager ensemble dans le lac.

Il s'interrompit un instant et reposa le stylo, comme si ses souvenirs le ramenaient en arrière.

– Un après-midi, elle m'a appelé pour me proposer d'aller me baigner avec elle, sauf que j'avais déjà promis à un copain d'aller courir avec lui. Elle est quand même allée au lac, avec d'autres amis – et elle s'est noyée. J'ai eu beaucoup de mal à m'en remettre. Pendant au moins un an, je me suis reproché sa mort. Si j'avais été là, j'aurais peut-être pu la sauver, tu comprends. Il m'a fallu très longtemps pour accepter le fait que, parfois, des choses horribles surviennent sans que ce soit la faute de personne.

Della soutint son regard.

– Je vais sans doute arriver à la même conclusion, mais pour ça, j'ai besoin de m'occuper l'esprit.

En contribuant à coincer un assassin, par exemple.

– OK. Tu feras donc équipe avec Chase pour cette enquête, mais ne me fais pas regretter ma décision.

– Je te le promets.

Burnett lui sourit gentiment.

– Le temps est notre ami dans ces cas-là, tu sais. Mais en attendant, ne sois pas trop dure avec toi-même. Cela ne sert à rien de s'alourdir le cœur en portant en soi toute la douleur du monde.

Elle hocha la tête. Elle en sentait justement le poids sur sa poitrine.

– J'ai presque l'impression d'entendre Holiday, fit-elle remarquer.

– Il faut croire qu'elle a une influence positive sur moi, avoua-t-il.

Son expression soucieuse s'adoucit légèrement.

C'est ça, l'amour, pensa Della. Burnett et Holiday étaient toujours fous l'un de l'autre, tout comme Kylie et Lucas, ou Miranda et Perry. Même ses parents semblaient toujours heureux ensemble. Serait-elle de nouveau capable de tomber amoureuse un jour ?

Della se concentra sur l'enquête.

– Est-ce que vous soupçonnez le gang de vampires d'être responsable du meurtre ?

– On n'a pas encore de piste sûre, dit-il. Le rapport d'autopsie est un peu curieux. Le tueur s'est nourri des victimes, mais avec une violence extrême, ce qui semblerait indiquer qu'il ait eu un motif autre que la faim. Il était en colère. Le jeune homme était plus sauvagement mutilé que la jeune femme.

– Tu penses que le vampire les connaissait ?

– C'est possible, mais la piste la plus probable reste celle d'un vampire récent qui n'a pas su se maîtriser.

– Tu dis « il »... Comment tu sais que c'était un mâle ?

– En général, les mâles se montrent moins violents envers leurs victimes de sexe féminin. Et puis, la taille des morsures suggère une mâchoire d'homme. On a aussi retrouvé un cheveu. Les tests ADN sont encore en cours, mais il était brun et court.

– Ça pourrait juste être un cheveu atterri là par hasard.

– Ça pourrait, mais c'est peu probable. Il y avait des traces de sang provenant des deux victimes dessus, déclara Burnett sur un ton détaché.

Della frissonna.

– Notre suspect est donc un vampire mâle avec les cheveux bruns et courts.

– Et sans doute transformé depuis peu, conclut Burnett avant d'hésiter un instant. On se disait que Chase et toi pourriez traîner dans ce fameux bar, faire un peu connaissance avec les membres du gang local. Vous arriverez peut-être à glaner quelques infos, et puis vous avez tous les deux perçu l'odeur du tueur, donc, s'il se montre, vous saurez l'identifier. Ce qui m'inquiète, dans ce plan, c'est que si vous avez mémorisé sa signature olfactive, il est fort possible qu'il reconnaisse aussi la vôtre.

– Ça m'étonnerait. J'y ai déjà réfléchi : il était en train de s'enfuir, ses sens n'étaient sans doute pas en alerte. Si j'ai senti son odeur, c'est uniquement parce que je savais qu'un intrus avait franchi la clôture.

– Peut-être, mais j'insiste pour que vous vous teniez sur vos gardes. Et je tiens absolument à ce que tu restes aux côtés de Chase en toute circonstance, ajouta-t-il en pointant un index autoritaire dans sa direction. Si tu me désobéis, tu peux dire adieu à tes chances d'enquêter pour l'URF à l'avenir. Est-ce que c'est clair ?

C'était parfaitement clair et ça ne l'amusait pas du tout. Elle n'avait vraiment aucune envie de jouer les inséparables avec le pervers anti-Schtroumpfs, mais si c'était le prix à payer pour coffrer le malade qui avait tué Lorraine et son fiancé, alors elle jouerait le jeu.

– Est-ce que c'est clair, Della ?

– Limpide, répondit-elle.

Que cela lui plaise ou non, elle faisait désormais équipe avec Chase. Elle ne put s'empêcher de se demander ce que Steve allait penser de cette nouvelle.

Pourtant, elle n'avait aucune raison de se soucier de ça. Leur début d'histoire était déjà fini.

Quand Della entra dans son bungalow, Miranda et Kylie était attablées devant trois cannettes de Coca light, ce qui voulait dire que l'une d'entre elles avait un problème à régler. Elle repensa à leur discussion du week-end. Miranda avait-elle décidé de franchir le pas avec Perry ? Ou, au contraire, y avait-il de l'eau dans le gaz ?

– Qu'est-ce qui ne va pas ? demanda Della en regardant la sorcière.

Elle espérait sincèrement que tout allait bien entre elle et le métamorphe. La dernière fois qu'ils s'étaient séparés, Miranda avait passé des journées entières à pleurer en mangeant de la glace. Della avait cru devenir folle.

– C'est une intervention, expliqua Miranda en attrapant un bloc-notes et un stylo. Assieds-toi.

– Une intervention ? Mais pourquoi ?

Miranda soutint son regard sans répondre.

– Pour moi ? s'écria Della. Quoi ? Vous voulez que je fasse pipi sur un test de grossesse ou de dépistage de drogue, comme chez mes parents ?

– Non, il ne s'agit pas de ça, répondit Miranda le plus sérieusement du monde.

Della grimaça et se tourna vers Kylie, la plus raisonnable des deux.

– Qu'est-ce qui se passe ?

– Miranda dramatise un peu, mais... Perry lui a dit que Steve lui a dit que vous vous étiez disputés.

– Et que ça concernait la fille qu'on a vue chez le vétérinaire, ajouta Miranda.

– Oh, c'est pas vrai ! râla Della en se laissant tomber sur sa chaise. Le concept de vie privée, ça ne vous dit rien ?

– Il n'y a pas de vie privée qui tienne, rétorqua Miranda. On est tes deux meilleures amies, on est censées tout se raconter et s'épauler en cas de besoin. Tu ne nous as même pas parlé de ton problème, alors qu'on est là pour ça. On va commencer par faire une liste de tout ce qui peut t'aider. J'ai déjà noté quelques idées, conclut-elle en tapotant son bloc-notes.

Della poussa un grognement.

– Franchement, là, tout de suite, Steve est le cadet de mes soucis.

C'était ce qu'elle n'avait cessé de se répéter depuis qu'il avait quitté ce bungalow. Peut-être que, à force, elle parviendrait à s'en convaincre. Certes, ça ne la préoccupait pas autant que la mort de Chan ou le meurtre de Lorraine et de son fiancé, mais elle avait mal chaque fois qu'elle y pensait.

– C'est précisément pour ça qu'on s'inquiète, renchérit Kylie. Tu accumules les coups durs, ces derniers temps, entre l'enquête, ton père, Chan, ton oncle et ta tante, et maintenant Steve. On veut t'aider, c'est tout.

– C'est gentil, mais je ne vois pas ce que vous pouvez faire. Il n'y a rien à faire du tout, marmonna-t-elle, le cœur lourd. Et puis, il valait sans doute mieux qu'on se sépare. On n'était pas vraiment ensemble, de toute façon. Je ne voulais pas être en couple. Je ne comprends même pas pourquoi j'ai laissé les choses aller aussi loin.

– Parce que tu tiens à Steve, tout simplement, dit Miranda. Tu as les yeux qui brillent chaque fois que tu l'aperçois. Il te rend heureuse… Là, tout de suite, tu n'es pas heureuse, par exemple. Ça fait une semaine que ton aura est super sombre. Elle est d'une couleur bizarre, en plus, une espèce de marron boueux. J'ai fait remarquer à Kylie que quelque chose clochait, il y a déjà quelques jours, mais ça a encore empiré depuis.

– Mon aura est toujours sombre. C'est normal pour un vampire. C'est toi qui me l'as dit, non ?

– Oui, mais pas à ce point. Là, franchement, c'est flippant.

– Tu n'as qu'à utiliser ta magie pour me la repeindre d'une autre couleur.

Peut-être que, au passage, la petite sorcière pourrait réparer son ouïe qui partait en sucette. Della avait tenté de percevoir des sons lointains sur le chemin du bungalow, mais en vain.

– J'aimerais bien être capable de soigner ton aura, mais malheureusement, ce n'est pas possible. Il n'y a que toi qui peux arranger ça. Par contre, on peut t'aider à trouver des idées – des trucs qui te rendent heureuse et qui, au passage, apaisent ton aura. Par exemple, poursuivit Miranda en lisant ses notes, regarder un beau coucher de soleil, faire une longue promenade dans les bois et, le meilleur de tous, observer les oiseaux. Je ne sais pas pourquoi, les oiseaux sont un excellent moyen de raviver une aura.

Miranda releva la tête de son papier, l'air très fière d'elle.

Della lui arracha la feuille et le stylo des mains.

– Tiens, moi aussi, j'ai quelques suggestions, dit-elle en écrivant à toute vitesse. Retrouver mon oncle et ma tante, coincer un tueur fou, enterrer mon cousin, oublier que mon père me déteste et que Steve me manque atrocement. Zut alors, ça ne va pas me laisser beaucoup de temps libre pour aller observer des piafs !

Della jeta le stylo sur la table et courut s'enfermer dans sa chambre.

Dix minutes plus tard, on frappa à la porte. Dix longues minutes… C'était ce qu'il avait fallu à Della pour se rendre compte qu'elle venait de passer ses nerfs sur ses amies.

– Oui ? dit-elle en s'adossant à sa tête de lit, prête à encaisser des reproches bien mérités.

Kylie entra, seule.

– Ça va ?

– Ouais. Pas la peine de te fatiguer, je sais que j'ai été odieuse avec notre sorcière bien-aimée. Je vais aller lui présenter mes excuses. Mais, franchement, moi, observer des oiseaux ?!

Kylie rit doucement.

– Personnellement, j'aurais cru que ce serait le coucher de soleil qui t'aurait fait péter un câble, dit Kylie avant de recouvrer son sérieux. Il n'empêche que Miranda s'inquiète vraiment au sujet de ton aura.

Della poussa un gros soupir.

– La couleur d'une aura est censée refléter l'humeur de la personne, non ?

– Je crois, répondit Kylie. Je ne suis pas sûre, j'ai séché le cours sur les auras.

– Dans ce cas, ce n'est pas étonnant que mon aura soit toute sale…

– Peut-être, mais Miranda pense qu'une aura très sombre risque d'attirer une noirceur encore plus grande. Comme si le mal appelait le mal, tu vois ? C'est pour ça qu'elle veut trouver un moyen de te redonner le sourire.

– Je retrouverai le sourire une fois que l'assassin sera derrière les verrous et que Chan sera enterré dans la tombe qui porte son nom.

Kylie s'assit sur le bord du lit.

– C'est pour ça que Burnett t'avait convoquée dans son bureau ?

– Oui. Il va falloir attendre une semaine avant qu'ils procèdent à l'autopsie, ce qui retarde l'enterrement. Par ailleurs, je dois partir enquêter dans… moins d'une heure.

– Dans moins d'une heure ? Qu'est-ce que tu vas faire ?
– Aller dans un bar où le gang de vampires du coin traîne souvent. Oh, et je dois faire équipe avec Chase. Je suis ravie, grommela-t-elle.
– Il ne te revient toujours pas ? demanda Kylie avec une petite grimace.
– Non, soupira Della.
– Il est franchement beau gosse, fit remarquer Kylie sur un ton amusé. Est-ce que ce petit détail aurait quelque chose à voir avec le fait que tu ne veuilles pas passer trop de temps avec lui ?
Della secoua la tête.
– Non, il ne me plaît pas du tout. Au contraire, il... il m'énerve.
Kylie haussa un sourcil, un sourire aux lèvres.
– Bon, d'accord, je le trouve beau, bredouilla Della. Mais ça ne veut rien dire. Je ne le trouve pas... Il n'est pas...
– Ce n'est pas Steve ? suggéra Kylie.
– Voilà, souffla Della malgré elle.
Au bout d'une seconde de silence, Kylie demanda :
– Pourquoi tu ne nous as pas parlé de ta dispute avec Steve ?
Della haussa les épaules.
– Parce que j'ai l'impression de passer mon temps à me plaindre, depuis une semaine. Et puis, ça me fait mal d'en parler.
– Mais on est tes meilleures amies. On veut t'aider.
– Je sais.
– C'est vraiment fini entre vous ? reprit Kylie.
– Je crois bien.
Della se mordit la lèvre, soudain prise du besoin de tout raconter.
– Il a embrassé Jessie. Enfin, c'est plutôt elle qui l'a embrassé, mais il avait l'air super coupable, ce qui veut dire que ça lui a plu. Évidemment, je lui en veux à mort, mais... Le truc, c'est que vendredi dernier, il voulait me présenter à ses parents, et ça m'a fait flipper. Je ne veux pas rencontrer ses parents, moi ! Je ne veux pas que notre histoire devienne...

officielle, si on peut appeler ça une histoire. Alors peut-être que ce n'est pas très honnête de ma part de vouloir continuer comme ça, si je ne sais même pas où ça va nous mener.

– Est-ce qu'il t'a appelée, depuis votre dispute ? demanda Kylie.

– Non, et ça vaut sans doute mieux.

Della n'avait pas cessé de consulter son téléphone. Chaque fois, elle se demandait si c'était du soulagement ou de la déception qu'elle éprouvait en voyant que Steve n'avait pas essayé de la contacter.

Kylie s'allongea sur le dos et regarda le plafond.

– Holiday m'a dit un jour que les filles qui ont des relations compliquées avec leur père trouvent toujours un moyen de reproduire le même schéma dans leur vie amoureuse. On projette nos problèmes non résolus sur les garçons qu'on rencontre. Au début, je trouvais que ça sentait la psychologie de comptoir, mais ce n'est peut-être pas une coïncidence si j'ai enfin accepté mes sentiments pour Lucas après avoir réglé mes problèmes avec mon beau-père.

Della s'allongea à côté de son amie.

– Tu veux dire que je vais devoir me réconcilier avec mon père, si je veux espérer avoir un mec un jour ? s'écria Della en se tapant le front. Il ne me reste plus qu'à devenir lesbienne…

– Désolée, je suis déjà prise, rétorqua Kylie en riant.

Soudain, le chat de Kylie, Socks, sauta sur le lit et vint se frotter à Della en ronronnant. La vampire sourit.

– Ouais, toi et ton super loup-garou… Je crois que Socks n'approuve pas cette relation. Il a sans doute peur que Lucas lui refile des puces.

Kylie fronça les sourcils tout en caressant le chat.

– Lucas n'a pas de puces. Et puis, d'abord, moi, j'approuve cette relation, et c'est tout ce qui compte, ajouta-t-elle avec un sourire affectueux. Je l'aime tellement ! Même quand il lui arrive de jouer les machos, comme au funérarium. Avec lui, je me sens… comblée. Toi aussi, tu mérites de ressentir ça – de trouver quelqu'un avec qui tu es bien, tout simplement. Quelqu'un qui te fasse fondre d'une seule caresse, qui te regarde comme si tu étais la plus belle chose qu'il ait jamais vue, qui arrive à alléger tous tes problèmes rien qu'en te prenant dans ses bras.

– Peut-être que ce n'est pas pour moi, tout ça, dit Della en baissant les yeux sur Socks. Peut-être que je suis destinée à devenir une vieille dame solitaire et entourée de chats.

Pourtant, elle ne pouvait s'empêcher de penser à ce qu'elle ressentait quand elle était avec Steve. Aucun félin ne pourrait remplacer ça.

– Je n'y crois pas une seule seconde, répliqua Kylie. Avec toutes les galères qui t'arrivent en ce moment, ce n'est pas très étonnant que tu aies flippé. Si rien de tout ça ne t'était tombé dessus, tu n'aurais peut-être pas paniqué quand Steve a proposé de te présenter à ses parents.

– Peut-être, mais ça ne change rien au fait qu'il a embrassé Jessie et que ça lui a plu.

– Est-ce qu'il t'a dit que ça lui avait plu ? demanda Kylie. Parce que j'ai bien vu la façon dont il te regarde, et ça m'étonnerait qu'il prenne du plaisir à en embrasser une autre.

– Non, il ne l'a pas dit, mais c'est évident qu'il a apprécié. C'est un mec.

Kylie fit la grimace.

– Ce n'est pas faux. Mais j'ai quand même l'impression que tu cherches des raisons de t'éloigner de lui. Tu ne crois pas que ton problème, c'est justement que tu t'es rendu compte que tu tenais vraiment à lui et que ça te fait peur ?

Della ouvrit la bouche pour protester, mais les mots refusèrent de franchir ses lèvres.

– N'empêche. Ça me met hors de moi qu'il ait embrassé cette pouffe, même si c'est elle qui a commencé, grommela-t-elle avant de se relever, soucieuse de changer de sujet. Je ferais bien d'aller voir Miranda pour lui présenter mes excuses. Contrairement à la vengeance, ce n'est pas un plat qui se mange froid.

Kylie sourit.

– Elle est partie retrouver Perry.

– Ah. Tant mieux. J'espère que tout va bien entre eux.

Elle espérait entraîner la conversation vers une autre histoire de cœur que la sienne, mais Kylie pinça les lèvres, comme si elle avait vu clair dans son jeu. Cette fille était décidément beaucoup trop maligne.

– Écoute, c'est parfaitement naturel que tu sois en colère. Crois-moi, je parle en connaissance de cause. Mais ça ne veut pas forcément dire que tout est fini entre vous. Regarde Lucas et moi, ou Miranda et Perry. On a eu des passages difficiles, nous aussi, mais on s'en est sortis. Attention, je ne dis pas ça pour défendre Steve, hein. C'est ton intérêt à toi qui me préoccupe. Si je peux te donner un conseil, accorde-lui une autre chance. Ne t'avoue pas vaincue aussi facilement.

Della tourna la tête et vit le réveil sur la table de nuit.

– Merde ! Il faut que j'y aille.

– On pourrait au moins discuter, dit Chase dans un murmure à peine audible.

L'ouïe de Della fonctionnait, c'était déjà ça.

– Discuter de quoi ?

Elle avait bien deux ou trois questions à lui poser, mais ce n'était ni le lieu ni le moment.

Della leva les yeux en regrettant que ce ne soit pas quelqu'un d'autre assis en face d'elle. Elle s'en voulait d'apprécier autant la carrure de ses épaules, son assurance effrontée ou la ligne virile de sa mâchoire, qui prouvait qu'il n'était déjà plus un adolescent. Ils s'étaient retrouvés devant le portail de Shadow Falls et avaient volé jusqu'à cette vieille maison abandonnée au beau milieu de la forêt, transformée en bar à globules par le gang du coin. L'endroit manquait de charme, mais il s'y trouvait au moins six vampires. Apparemment, l'affaire était rentable grâce aux différents gangs établis dans la région.

Della survola la pièce du regard avant de reprendre une gorgée du sang que Chase avait commandé pour elle. C'était du A positif et il n'était pas vraiment frais, mais elle n'avait pas eu le temps de dîner et c'était mieux que rien.

– Je ne sais pas. On pourrait parler du temps qu'il fait, des derniers résultats sportifs ou, pourquoi pas, de la raison pour laquelle tu m'en veux tant, déclara-t-il, sans prendre la peine de chuchoter, cette fois.

– J'ai cru comprendre qu'il allait pleuvoir demain, fit-elle remarquer sur un ton sarcastique.

Chase éclata de rire.

Della jeta un coup d'œil à deux vampires installés à l'autre bout de la pièce. Attablés devant une bouteille de whisky dont ils ajoutaient de généreuses doses à leur sang, ils n'avaient pas l'air commodes. L'un d'eux était blond, l'autre était brun mais avait les cheveux longs, attachés en queue-de-cheval.

Pendant un bon quart d'heure, Della et Chase avaient eu droit à des regards hostiles, aussi bien de la part des autres clients que du serveur, mais plus personne ne faisait attention à eux, à présent. Cependant Della demeurait sur ses gardes. Elle n'avait pas le choix : son odorat n'était toujours pas opérationnel. Elle en était donc réduite à essayer d'identifier leur suspect à son apparence – ses cheveux bruns et courts, sa mine d'assassin…

– Allez, Della. Dis-moi ce que je t'ai fait.

Elle le fusilla du regard avec toute l'amabilité d'une vipère en plein syndrome prémenstruel, mais tint sa langue. Ils étaient venus pour enquêter, pas pour régler leurs comptes.

– C'est marrant, je ne pensais pas que tu étais du genre timide et réservé, insista Chase pour la provoquer.

Elle ne faisait pas franchement partie de ceux qui croient que le silence est d'or. Après tout, ils pouvaient discuter, tant qu'ils n'ébruitaient pas la raison de leur présence.

– Tu as fait exprès de me rapporter mon téléphone alors que Steve était là.

Chase pinça les lèvres comme s'il réfléchissait.

– Peut-être.

Della haussa un sourcil.

– Bon, d'accord, probablement. Je me suis dit que ça ne lui ferait pas de mal de savoir qu'il avait de la concurrence. Vendredi soir, après ton départ, il a reçu trois coups de fil de la même fille. Je n'ai pas pu m'empêcher de remarquer qu'elle lui faisait du charme. Je ne sais pas ce qui se passe entre vous, mais ça ne m'a pas paru très sain, comme situation.

Della sentit son cœur faire un plongeon. Jessie avait appelé Steve ? Non, ce n'était vraiment pas le moment de se laisser abattre par cette histoire. Elle jeta un regard froid à Chase.

– Ce ne sont pas tes affaires. Tu n'aurais pas dû écouter ses conversations.

– Peut-être, mais je choisis d'en faire mon affaire. Je te l'ai déjà dit : je t'aime bien. J'ai l'impression que ce qu'il y a entre nous pourrait aboutir à quelque chose de chouette, alors je tiens à veiller sur toi.

– Je n'ai pas besoin que tu veilles sur moi ! Et puis, pour que ça mène à quelque chose, il faudrait que le sentiment soit réciproque.

– Je sais que tu m'aimes bien. Tu n'oses pas encore l'admettre, c'est tout. Il va peut-être te falloir un peu de temps pour t'habituer à moi. Je suis comme ces bières étrangères et un peu exotiques, conclut-il avec un sourire arrogant.

Elle frissonna malgré elle – et s'en voulut aussitôt.

– Je n'aime pas la bière. Ni la bière ni…

– Pourtant, tu es là.

– C'est uniquement parce que…

Elle s'interrompit avant d'ébruiter leur mission.

– Je connais une douzaine de personnes avec qui je préférerais discuter en ce moment.

– Seulement une douzaine ? Tu veux bien me donner leurs noms ? Comme ça, je pourrai me débarrasser d'eux.

Elle lui montra les crocs.

Il éclata de rire et porta son verre de sang à ses lèvres, sans la quitter du regard.

– Comment ça va avec… avec ton cousin ? demanda-t-il, soudain sérieux.

Elle repensa à ce qu'il lui avait raconté au sujet de sa propre famille. C'était sûrement inventé de toutes pièces.

– Et toi ? Comment ça va avec ta famille ? lança-t-elle sur un ton accusateur.

Elle vit quelque chose dans ses yeux… de la colère mêlée de chagrin.

– Ce n'était pas un mensonge ? reprit-elle.

– Non.

Il surveilla la pièce rapidement tout en reniflant.

– Tu as senti quelque chose ?

Il tourna la tête vers elle d'un geste vif, presque trop rapide.

– Non. Et toi ?

Il était hors de question qu'elle lui avoue que son odorat ne fonctionnait pas. Elle leva le nez et prit une inspiration.

– Non.

En revanche, elle entendit quelqu'un s'approcher d'un pas lourd et se prépara à avoir de la compagnie – et peut-être même des ennuis. Un des deux types qui buvaient du sang au whisky vint s'asseoir à côté d'elle.

– Salut, beauté, lança-t-il en se penchant vers elle.

Chapitre 25

– Vous êtes nouveaux dans le coin, tous les deux.

Della s'écarta un peu. Le vampire ne devait pas avoir plus d'une vingtaine d'années, mais il semblait avoir eu la vie dure. Il détailla Della des pieds à la tête avant de se tourner vers Chase.

– Puisque tu n'as pas l'air d'être son genre, je me suis dit que j'allais tenter ma chance.

Ce salaud avait épié leur conversation. En même temps, elle ne s'était pas gênée pour les espionner, son pote et lui. Leurs histoires de matchs de foot ne l'avaient pas franchement captivée.

– C'est juste une petite dispute d'amoureux, rétorqua Chase d'une voix grave. Elle est avec moi.

– C'est vrai, ça ? demanda le type en se tournant vers Della. Tu sais, poulette, au début, j'ai cru que tu travaillais ici. En tant que professionnelle, tu vois.

Ce pervers visqueux insinuait-il qu'elle ressemblait à une prostituée ?

– Premièrement, je ne travaille pas ici, deuxièmement, je ne m'appelle pas « poulette », et troisièmement, si je devais être la petite amie de quelqu'un, je serais effectivement avec lui, dit-elle en désignant Chase.

Puis, en voyant le sourire narquois de ce dernier, elle s'empressa d'ajouter :

– Sauf que je ne suis avec personne.

– Dommage, commenta le vampire à moitié saoul. Moi, je ne suis pas comme ces bières exotiques auxquelles il faut s'habituer. Je suis délicieux dès la première gorgée, lança-t-il en dévoilant des canines qui avaient besoin d'un bon coup de dentifrice.

Della réprima une grimace quand elle comprit son sous-entendu écœurant.

Elle s'écarta davantage, ce qui n'empêcha pas le vampire de passer un bras sur le dossier de sa chaise et de lui caresser les cheveux. Elle aussi aurait bien aimé jouer avec les cheveux de ce type. Plus précisément, elle avait très envie de l'attraper par sa queue-de-cheval et de l'envoyer voler à travers la pièce.

– Vous venez d'où, tous les deux ? demanda-t-il.

Il effleura le cou de Della, qui frissonna de dégoût.

Elle hésita à casser les doigts de ce type. Elle pourrait facilement lui saisir la main et lui briser toutes les phalanges avant qu'il ait eu le temps de crier « maman ». En même temps, elle espérait pouvoir glaner quelques informations.

– Je viens de Californie, et elle est de Houston, répondit Chase.

– De Californie ? Qu'est-ce que tu es venu faire ici ? reprit Queue-de-cheval.

Il inclina la tête, comme s'il guettait un mensonge. Della tendit l'oreille à son tour mais ne perçut pas le moindre battement accéléré de cœur.

– Ma mère est venue vivre ici.

Le pervers parut satisfait de cette réponse, pourtant Chase avait dit à Della que sa mère était morte. L'ouïe de la jeune fille fonctionnait bien à ce moment-là et il n'avait pas semblé mentir. En revanche il avait brièvement regardé sur sa gauche au moment de répondre au vampire à moitié saoul. Della avait lu quelque part que c'était typique de quelqu'un qui ne disait pas la vérité.

Elle avait eu raison de ne pas faire confiance à Chase. Elle rangea cette information dans un coin de sa mémoire pour se concentrer sur le problème du moment. Un problème qui devenait de plus en plus envahissant. Le pervers avait glissé sa main sous le col du tee-shirt de Della et s'aventurait à lui caresser la nuque.

Elle remua une épaule comme pour se débarrasser d'un insecte, en espérant que le vampire saisisse le message.

Peine perdue.

Chase s'aperçut de la manœuvre et, aussitôt, ses yeux se mirent à luire sous l'effet de la colère. Della lui jeta un regard d'avertissement. Elle tenait à s'occuper de ce sale vicieux elle-même.

– Je cherche quelqu'un, déclara-t-elle en s'efforçant de ne pas se laisser déconcentrer. Ça ne fait pas longtemps que son virus est activé. Il a les cheveux bruns et courts.

– C'est l'un des douze mecs que tu préférerais à ce minable ? demanda le vampire en désignant Chase, mais sans lui accorder un coup d'œil.

Heureusement, car Della vit qu'il avait sorti les crocs et que ses yeux émettaient une lueur inquiétante.

– Oui. Là, tout de suite, je préférerais être avec lui.

C'était la vérité, après tout, elle aurait préféré se trouver face au taré qui avait assassiné Lorraine. Elle aurait aimé qu'il soit là et qu'il la provoque, qu'il lui donne une bonne excuse pour qu'elle lui rentre dans le lard avant de le livrer à Burnett.

Le vampire hocha la tête.

– J'ai entendu dire qu'il y avait un nouveau dans le coin, la semaine dernière. Le gang des Veinards voulait le recruter.

Tout en parlant, il glissa ses doigts un peu plus loin sous son tee-shirt, jusqu'à son omoplate. Elle frémit, écœurée, mais elle était prête à supporter ça pour obtenir des réponses.

– Et où est-ce qu'on peut trouver les Veinards en question ?

– Je n'en sais rien. Je ne fais pas partie d'un gang. Je n'ai pas besoin de ça ; je me débrouille très bien tout seul. Évidemment, il y a des jours où j'apprécie un peu de compagnie, surtout une petite beauté comme toi.

Il rapprocha sa chaise et referma sa main moite sur son épaule. Elle n'éprouvait plus le besoin de lui casser les doigts. Elle se contenterait de lui tordre le cou.

– Est-ce que vous connaissez certains des membres du gang ? demanda-t-elle sans desserrer les dents.

– Non. Ça fait seulement une semaine que je vis ici. Mais j'en ai vu un ou deux qui traînaient dans le coin.

– Est-ce qu'il y en a dans le bar ce soir ? chuchota-t-elle.

– Aucune idée. Depuis que tu es entrée, toute jeune, toute fraîche, je n'ai pas fait attention à grand-chose d'autre, dit-il avec un sourire lubrique.

– Vous ne voudriez pas jeter un coup d'œil aux clients pour voir si vous en reconnaissez un ?

Au lieu de répondre, il passa les doigts sous la bretelle de son soutien-gorge. Elle s'efforça de cacher ses canines de plus en plus saillantes, mais vit que Chase tremblait de rage.

Qu'est-ce qui le mettait dans cet état ? Ce n'était pas ses sous-vêtements à lui que ce pervers tripotait.

– Allez, quoi… S'il vous plaît, plaida-t-elle en essayant de battre des cils.

Il parcourut la pièce du regard, tout en faisant jouer ses doigts sous la bretelle de son soutien-gorge. À chaque mouvement, il se rapprochait un peu plus de la naissance de son sein – et du moment où Della craquerait et lui botterait les fesses.

– Non, je ne reconnais personne, déclara tranquillement Queue-de-cheval avant de se retourner vers elle. Et si on allait faire un tour dehors ?

– Et si vous me disiez plutôt ce que vous savez sur ce petit nouveau ? répliqua-t-elle en luttant pour parler d'une voix douce. Est-ce qu'il a les cheveux bruns et courts ?

– Tu ne préfères pas qu'on parle plus tard ?

Un grondement sourd et sinistre retentit de l'autre côté de la table.

– Moi, je préférerais que tu ôtes tes sales pattes d'elle.

Chase se pencha vers le vampire, les crocs entièrement sortis, les yeux si luisants qu'il aurait fallu des lunettes de soleil pour le regarder en face.

L'espace d'une seconde, le pervers recula, ébloui, mais il ne parut pas plus impressionné que ça. Grave erreur de sa part.

– Dis donc, mon pote, je n'ai pas entendu la poulette se plaindre, alors ferme-la.

Ce fut la goutte d'eau qui fit déborder le vase – et qui risquait de faire couler du sang.

– Je vous ai déjà dit que je ne m'appelais pas « poulette » ! hurla Della.

Elle saisit le bras du vampire et le tordit violemment dans son dos.

Il poussa un grognement de douleur et tenta de se défendre de sa main libre, mais elle accentua la pression pour faire comprendre à ce taré que, au moindre geste malheureux, son bras pendouillerait à un angle incongru. Et elle ferait en sorte que ce soit un angle bien moche. Certes les vampires guérissaient vite, mais elle avait entendu dire qu'une fracture, ça faisait quand même un mal de chien.

Le pervers tourna la tête pour lui jeter un regard mauvais, qu'elle soutint sans ciller.

Puis elle se concentra sur le reste du bar. Tous les autres clients les observaient dans un silence hostile. Elle avait comme l'impression que ce n'était pas contre Queue-de-cheval qu'ils en avaient. Chase et elle pouvaient facilement se défendre contre quatre agresseurs, mais si tous les vampires présents décidaient de les attaquer en même temps, elle risquait fort de tester elle-même sa théorie de la fracture. Il fallait qu'ils se sortent de là, et vite. Elle jeta un coup d'œil à Chase puis désigna la porte d'un geste presque imperceptible. Elle relâcha le bras du salaud et, aussitôt, fonça vers la sortie, persuadée que Chase la suivrait sans traîner.

Elle se trompait.

Elle s'arrêta juste avant de franchir le seuil.

Chase se leva tranquillement de sa chaise mais ne fit pas mine de s'éloigner de leur table. Au contraire, il défiait Queue-de-cheval du regard tout en adoptant une posture hostile qui semblait appeler à la bagarre. Della ne comprenait pas à quoi il jouait. Ne voyait-il pas que tout le monde le toisait méchamment ?

Ne se rendait-il pas compte qu'ils ne faisaient pas le poids ?

– Viens ! lança-t-elle.

Aussitôt elle comprit son erreur.

– Tu obéis toujours aux ordres de ta pute ? demanda le vampire à Chase tout en se frottant le bras.

– Qui est-ce que tu viens de traiter de pute ? rétorqua Chase en serrant les poings.

Della se tendit, prête à se battre, mais avant qu'elle ait pu faire un pas en avant, Chase avait plaqué le salaud contre un mur… à l'autre bout du bar. Elle ne l'avait même pas vu bouger ! Ce type était vraiment d'une vitesse hallucinante !

Il tenait Queue-de-cheval par la gorge, si haut que les pieds de ce dernier se balançaient à trente centimètres du sol. Il n'essayait même pas de se défendre. À en juger par la couleur de son visage, il manquait d'air et avait compris que, au moindre faux mouvement, il se ferait broyer la trachée.

– Présente-lui tes excuses, ordonna Chase.

– Si vous cassez quelque chose, c'est vous qui payez les réparations ! cria le serveur, accoudé au bar. Et si vous voulez vous entretuer, allez faire ça dehors. On se fera un plaisir de venir prendre les paris sur le vainqueur.

Chase ne parut même pas l'avoir entendu.

– J'exige que tu lui présentes tes excuses !

Le visage du vampire avait pris une teinte rouge foncé. Il remua les lèvres mais aucun son n'en sortit.

– Je n'ai rien entendu. Essaie encore, gronda Chase.

L'ami de Queue-de-cheval se leva. Della fonça vers lui mais, avant qu'elle arrive à sa hauteur, il avait lancé une table en direction de Chase.

Sans même un regard en arrière, ce dernier l'attrapa au vol et la maintint en l'air sans effort apparent.

– Assis ! cria-t-il.

Il gardait les yeux rivés sur Queue-de-cheval, mais cela ne faisait aucun doute qu'il s'adressait au pote de celui-ci.

Della observa les autres clients pour évaluer d'où viendrait la prochaine offensive mais, bizarrement, personne ne semblait vouloir intervenir. Ils profitaient du spectacle, tout simplement.

Chase reposa la table, doucement, sans la casser. Puis il parcourut la pièce du regard.

– J'ai dit : assis !

Le vampire blond resta debout, visiblement indécis.

– J'ai une main de libre, l'avertit Chase sur un ton menaçant, alors pose ton cul sur une chaise, ou je t'attrape et je t'étrangle à côté de ton pote. Et si l'un d'entre vous s'avise d'imiter ce guignol, je lui ferai subir le même sort aussitôt que j'en aurai fini avec ces deux-là.

Le vampire se rassit en soupirant.

– De toute façon, il me gonfle, ce mec.

Le serveur et les autres clients éclatèrent de rire.

En revanche, cette plaisanterie ne suffit pas à dérider Chase. Il reporta son attention sur Queue-de-cheval, qui avait le visage cramoisi et les yeux exorbités.

– Alors, ces excuses ? À moins que tu ne préfères que je te torde le cou…

Le type émit un son étranglé. Chase parut s'en satisfaire. Il lâcha prise, et le vampire s'écroula au sol.

Il se mit à tousser et à se masser la gorge, tandis que Chase l'observait en silence, comme s'il voulait laisser une chance à ce minable de se relever pour reprendre la bagarre. Puis, voyant que l'autre restait prostré, à essayer de recouvrer son souffle, Chase se dirigea vers la porte. Lentement, tranquillement, sûr que personne n'oserait l'attaquer.

Il s'arrêta à côté de Della et, d'un geste, l'invita à le précéder.

Sauf qu'elle n'avait aucune envie d'obéir à ses ordres. Elle lui fit signe de passer le premier.

Il leva les yeux au ciel, mais sortit sans protester. Tandis qu'elle tournait les talons pour le suivre, elle entendit quelqu'un marmonner :

– Je ne sais pas quel type de sang il boit, ce gamin, mais j'en veux bien une pinte du même !

Della sortit dans l'air frais de cette soirée d'octobre. Il faisait déjà nuit noire, mais la lune presque pleine éclairait la forêt d'une lueur argentée. La jeune fille inspecta les environs du bar, à l'affût du moindre danger, mais elle ne vit qu'un couple appuyé au mur de la vieille maison, à moitié dévêtu.

Elle se détourna et observa le dos large de Chase, qui marchait devant elle. Elle n'avait aucune envie d'être impressionnée par ce mec, mais... *Merde, alors !* Elle aussi aurait bien bu une pinte de ce qui donnait tant de force à Chase.

Dix minutes plus tard, ils couraient à toute allure. Elle tentait de rester à sa hauteur, mais il accélérait sans cesse.

– Suis-moi si tu peux, lui avait-il lancé une fois qu'ils étaient sortis du bar.

Il n'y avait qu'une seule chose que Della détestait plus que de relever un défi en sachant qu'elle allait perdre, c'était de ne pas le relever du tout. Elle frappait le sol de ses pieds à un rythme effréné, les yeux rivés sur Chase qui ne semblait pas fournir le moindre effort. Bientôt il s'envola, et Della s'élança après lui, même si cela lui demandait une concentration telle qu'elle en avait mal au ventre.

Sans ralentir, Chase tourna la tête vers elle, comme pour voir si elle allait bien. Voyant qu'elle avait du mal à garder le rythme, il piqua vers le sol en esquivant les arbres. Il atterrit en douceur, à peine essoufflé, et surveilla la descente de Della.

Elle heurta la terre meuble avec un bruit sourd, mais parvint à garder l'équilibre. En revanche, ses poumons semblaient incapables de lui fournir assez d'oxygène. Comme la première fois qu'ils avaient couru ensemble, elle sentit son estomac se révolter. Elle eut à peine le temps de se tourner vers les buissons pour vomir.

Lorsqu'elle se redressa en s'essuyant la bouche, Chase se tenait à côté d'elle.

– Au moins, cette fois, ce n'était pas sur mes chaussures.

Elle le fusilla du regard. Elle n'avait pas pour habitude de se rendre malade en courant. Ou plutôt, d'habitude, elle ne courait pas jusqu'à s'en rendre malade.

– OK, je l'admets, tu es plus rapide que moi, lança-t-elle sur un ton acerbe. Pas la peine d'en remettre une couche.

Sa fierté venait de prendre un coup.

– Je n'essaie pas d'en remettre une couche.

L'espace d'une brève seconde, elle vit quelque chose comme de l'inquiétude dans ses yeux verts.

– Ça fait du bien de courir. Allez, viens. Je t'assure que ça aide, reprit-il en décollant de nouveau.

Cette fois elle refusa de le suivre.

Au bout d'une quinzaine de mètres, il s'en aperçut et fit demi-tour pour revenir se planter devant elle.

– Allez, ne te dégonfle pas.

Elle ne releva même pas cette pique.

– Ça aide à quoi ?

Il hésita avant de répondre.

– À faire face au deuil.

– Ça va, je fais face.

C'était la vérité. En se concentrant sur l'enquête qui permettrait de coincer l'assassin de Lorraine, elle pensait moins à son chagrin.

– Pas si bien que ça.

Il s'éloigna d'un pas vif. Elle se dépêcha de le rattraper, et ils marchèrent en silence pendant de longues minutes.

– Tu es prête à repartir ? demanda-t-il enfin.

– Pour aller où ? À la recherche du gang des Veinards ?

– Non, prête à recommencer à courir, corrigea-t-il. Notre mission est finie pour ce soir.

– Quoi ? Mais…

– Quelqu'un va prévenir les Veinards qu'on s'intéresse à eux. Ils seront là demain, quand on reviendra.

– Qu'est-ce qui te fait dire que quelqu'un va les prévenir ?

– Parce que ce genre de débit de boisson est toujours affilié à un gang. Ils ont besoin de protection, tu comprends. Et puis, ça leur permet d'avoir une clientèle stable.

– Comment ça se fait que tu en saches autant sur les gangs et les bars à globules ?

Cela avait-il quelque chose à voir avec les circonstances dans lesquelles elle l'avait rencontré ? Avait-il fait partie du gang qui était en pleine bagarre quand elle avait revu Chan pour la première fois ?

– J'ai passé pas mal de temps à la rue avant d'arriver à Shadow Falls.

– Combien de temps ? Quel âge avais-tu quand ton virus a été activé ? demanda-t-elle en s'arrêtant pour attendre sa réponse.

Il fit encore quelques pas avant de se retourner vers elle.

– J'avais quatorze ans.

Il tourna les talons et se mit à courir, mais doucement, cette fois.

Elle l'imita.

– Comment tu as fait pour survivre ?

Déjà les muscles de ses jambes protestaient.

– Voilà ce que je te propose, on fait la course jusqu'à Shadow Falls. Si tu gagnes, je réponds à ta question.

Son cœur battit plus fort sous le coup de la tentation, mais elle refusa de mordre à l'hameçon.

– J'ai déjà reconnu que tu étais plus rapide que moi.

Il s'arrêta.

– On fait la course, et je réponds à ta question pour te récompenser d'avoir essayé.

Elle n'aimait pas les prix de consolation.

– Peut-être que je m'en fiche, en fait, lança-t-elle.

Elle mourait d'envie de savoir la vérité, mais cela l'irritait plus que tout d'éprouver de l'intérêt pour ce type.

– Non, tu ne t'en fiches pas. Tu ne m'aurais pas posé la question, sinon.

Della réfléchit à un moyen de retourner la situation à son avantage.

– Voilà ce que moi, je te propose. On fait la course, et en échange, tu me dis où on s'est rencontrés la première fois. Et cette fois, ne me raconte pas de bobards.

Il cilla.

– Je ne vois pas de quoi tu parles.

– Moi, je pense que si, rétorqua-t-elle en soutenant son regard.

– Tu n'entends pas mon rythme cardiaque ? Je dis la vérité.

– Tu oublies une chose : j'étais là quand tu as raconté à notre pote le pervers que ta mère était venue vivre ici alors que tu m'as dit que tes parents étaient morts. Tu as menti à l'un d'entre nous sans que ton cœur te trahisse.

Chase semblait pris en faute.

– Je mens quand je n'ai pas d'autre choix.

– Ou quand ça t'arrange.

Ou peut-être que tu es un mythomane qui ne se rend pas compte qu'il invente des histoires.

– Si seulement c'était aussi simple. Il m'a fallu beaucoup de temps et d'efforts pour arriver à contrôler mon rythme cardiaque.

Elle repensa au tic qu'elle avait remarqué dans le bar. Elle vint se placer juste devant lui pour étudier son visage mais, en même temps, inclina la tête sur le côté pour qu'il croie qu'elle écoutait son cœur.

– Est-ce que ta mère vit ici ?

– Je t'ai déjà dit que mes parents étaient morts, répondit-il en la regardant droit dans les yeux.

– Où est-ce qu'on s'est rencontrés ? lança-t-elle avant de retenir son souffle.

– Je ne pense pas qu'on se soit croisés avant mon arrivée à Shadow Falls.

Il ne cilla même pas, mais son sourcil gauche remua. Était-ce suffisant pour considérer qu'il mentait ?

Et s'il mentait, pourquoi ? Que lui cachait-il ?

Il se remit en marche, et elle lui emboîta le pas tout en réfléchissant.

Au bout de quelques minutes, Chase rompit le silence.

– Tu n'aurais pas dû laisser ce type te toucher.

Comme elle ne disait rien, il se planta devant elle et commença à marcher à reculons.

– Il répondait à mes questions, lui, au moins, objecta-t-elle.

– Moi aussi, j'aurais pu le faire parler.

Elle redressa le menton.

– J'en doute. Tu n'es pas vraiment son genre.

Le rire de Chase la surprit, tant il semblait franc et spontané. Elle repensa à la façon dont il avait géré la situation dans le bar. Cela l'agaçait vraiment d'être aussi impressionnée par ce type – par ce menteur.

– Prête à courir ?

Il croyait peut-être qu'ils avaient conclu une espèce de pacte, mais il n'en était rien. Della ne comptait pas lâcher l'affaire. Elle se rappela ce que lui avait dit Jenny. Qui était cette mystérieuse personne que Chase allait retrouver en secret, en pleine nuit, près de la grille de Shadow Falls ?

– S'il te plaît, juste un petit sprint, insista-t-il.

– J'ai assez couru pour ce soir, dit-elle.

Il s'entraînait pour les jeux Olympiques, ou quoi ?

Elle le contourna et prit la direction de Shadow Falls.

– Allez, quoi ! Ça te fera du bien, plaida-t-il en marchant à ses côtés.

– Ce qui me ferait du bien, ce serait de connaître la vérité.

Elle sentait sa présence tout près d'elle, trop près, comme s'ils étaient de vieux amis.

Ils marchèrent en silence pendant un long moment. La nuit semblait particulièrement calme. Seul le bruit de leurs pas sur le tapis de feuilles mortes résonnait doucement.

Ils étaient presque arrivés, lorsque Chase reprit la parole.

– Mon père était médecin ; il avait un petit avion, qu'il pilotait lui-même. Un jour, il s'est écrasé. On était tous à bord.

Della sonda son regard. Rien n'indiquait qu'il mentait, au contraire, son visage était empreint de tristesse.

– J'ai été grièvement blessé, mais j'ai survécu. J'étais le seul.

Le type qui m'a secouru était un vampire. C'est comme ça que mon virus a été activé.

– Et il t'a recueilli ?

– Oui.

– C'était un renégat ?

Elle tentait de déceler la raison de sa venue à Shadow Falls. S'était-il infiltré à l'école pour le compte d'une organisation rebelle ou d'un gang ? Pour pouvoir espionner l'URF ?

Il ne serait pas le premier à tenter le coup.

– Ça dépend de ce que tu entends par là. C'est un type bien, même s'il n'est pas déclaré.

Il y avait bien quelque chose que Della pouvait comprendre... C'était exactement pour cette raison qu'elle avait évité de parler de Chan à Burnett et qu'elle refusait de mentionner l'existence de son oncle ou de sa tante.

– Mais alors... pourquoi tu es venu à Shadow Falls ?

– J'en ai entendu parler, ça avait l'air intéressant.

Aussitôt, la pupille de son œil gauche se dilata légèrement.

Il était donc venu pour une raison précise, mais laquelle ? Della faillit lui dire qu'elle ne le croyait pas, mais elle décida d'utiliser sa capacité à détecter les mensonges de Chase pour en apprendre davantage. Il finirait peut-être par se retrouver coincé et obligé de tout avouer.

Soudain, elle aperçut la clôture de Shadow Falls. Elle sortit son téléphone de sa poche pour prévenir Burnett qu'ils arrivaient et se rendit compte qu'elle avait manqué deux appels.

Deux personnes différentes, et aucune n'avait laissé de message. Elle ne reconnut pas tout de suite le premier numéro, puis se souvint que c'était celui de Kevin, l'ami de Chan. Le deuil qu'elle croyait avoir écarté pour l'instant lui revint en pleine figure.

Que lui voulait ce type ? « Tu es au courant que les faveurs, ça peut devenir de vraies galères. » Or elle lui devait une faveur.

Quand elle vit le deuxième numéro, son cœur cessa de battre un instant. Steve.

Elle refoula toutes ces émotions turbulentes et s'apprêta à appeler Burnett. Mais son téléphone sonna. C'était justement le directeur de Shadow Falls.

– On est là, près de la clôture nord, dit-elle en décrochant.

– Tout va bien ? demanda-t-il d'une voix sèche, tendue.

– Oui.

– Dans mon bureau. Tout de suite, lança-t-il.

Oh, misère ! Qu'était-il encore arrivé ?

– OK, on arrive.

– Non, Della. C'est toi que je veux voir pour l'instant. Je contacterai Chase quand j'aurai besoin de lui, déclara Burnett avant de raccrocher.

Chase la regardait, les sourcils froncés. Il avait manifestement écouté la conversation. Soudain elle se demanda qui avait des ennuis – elle, ou le vampire anti-Schtroumpfs ?

Chapitre 26

Burnett se tenait sous le porche du bureau quand Della arriva. Elle atterrit juste en bas des marches du perron mais, au lieu de la regarder, il inclina la tête et huma l'air comme pour s'assurer qu'ils étaient seuls.

Quand, enfin, il reporta son attention sur elle, ce ne fut pas avec l'expression sévère qu'elle commençait à connaître un peu trop bien. Elle se prit donc à soupçonner que ce n'était pas elle qui était sur la sellette, mais Chase.

– Comment ça s'est passé ? demanda Burnett en la faisant entrer dans le bureau.

Il désigna une chaise et, tandis qu'elle s'asseyait, il se laissa tomber dans son fauteuil. Son bureau avait beau être un truc monstrueux en acajou massif, il semblait tout petit quand Burnett s'installait derrière.

Della commença à raconter les détails de la soirée, mais il l'arrêta d'un geste.

– Je suis déjà au courant de ça. J'avais un autre agent sur place, il m'a déjà fait son rapport.

Della fronça les sourcils.

– Tu ne nous faisais pas confiance ?

Burnett tapa du poing sur le bureau.

– Ne commence pas avec ça. C'est la procédure habituelle d'envoyer un agent en renfort quand de jeunes recrues qui manquent d'expérience sont en mission.

Cette histoire de manque d'expérience lui resta en travers de la gorge, mais elle ne dit rien.

– Ce que je veux savoir, c'est comment ça s'est passé entre Chase et toi. Tu te méfies toujours de lui ?

– Je...

Elle repensa à la façon dont il avait pris sa défense quand le sale pervers l'avait insultée.

– Pourquoi ? demanda-t-elle en croisant le regard de Burnett.

– Réponds à ma question, s'il te plaît.

Elle dut réfléchir quelques secondes pour être sûre de ses sentiments.

– Oui, je suis toujours méfiante, mais pas autant qu'avant.

– Et pourtant, tu ne veux toujours pas m'expliquer ce qui te chiffonne chez ce garçon ?

De nouveau, Della prit quelques secondes pour répondre. Elle avait promis à Jenny de ne pas révéler ce qu'elle lui avait dit, mais à part ça...

– J'ai reconnu son odeur la première fois que je l'ai croisé ici. Je ne sais pas où j'ai pu le rencontrer avant, mais j'ai l'impression que c'était dans des circonstances effrayantes.

– Et tu n'as pas cru bon de m'avertir plus tôt ? lança Burnett.

– Je voulais d'abord être sûre de ne pas me tromper, expliqua Della en redressant les épaules.

– Et alors ?

Elle hésita, chose que détestait Burnett.

– Della, est-ce que tu lui fais confiance ? Oui ou non ?

– Pas entièrement, mais je n'arrive pas à me rappeler où je l'ai rencontré.

– Est-ce que tu lui en as parlé directement ?

– Oui, mais il me dit qu'on ne s'était jamais vus avant qu'il arrive ici.

– Et pourtant, tu n'es pas convaincue...

Burnett posa les mains à plat sur son bureau et se pencha en avant, les traits tirés.

– Tu n'as pas écouté son cœur ?

– Il arrive que le cœur mente. C'est toi qui me l'as appris.

Brusquement, elle comprit que Burnett aussi soupçonnait Chase de savoir mentir sans se faire prendre. Sinon, ce serait à lui qu'il poserait toutes ces questions. Franchement, elle aurait bien aimé savoir où on pouvait apprendre à contrôler son rythme cardiaque. Cela devait être bien pratique, surtout pour un agent de l'URF.

Burnett croisa les mains.

– Est-ce que tu t'es sentie en danger au cours de cette mission ? Est-ce que tu as eu l'impression que Chase allait te faire du mal ou te trahir ?

Della réfléchit, mais se souvint surtout de la colère de Chase quand l'autre vampire avait pris la liberté de poser les mains sur elle.

– Non.

– Malgré ça, tu ne lui fais pas confiance.

– Pas entièrement, non, dit-elle, sincère, avant de contre-attaquer. Toi non plus, d'ailleurs. Qu'est-ce qui a changé ?

– Je n'ai pas…

– Tout à l'heure, tu te fiais entièrement à lui, et maintenant… tu as des doutes.

Burnett décroisa les mains.

– Si je t'ai convoquée ici, c'est parce que pendant que vous étiez en mission, j'ai eu la preuve que certaines des infos qu'il m'avait fournies étaient… bancales.

Burnett et elle partageaient donc les mêmes soupçons.

– Il m'a raconté que ses parents étaient morts dans un accident d'avion quand il avait quatorze ans, et que c'était à ce moment-là qu'il était devenu vampire.

– Oui, j'ai eu confirmation de ces faits, dit Burnett.

Della n'imaginait même pas l'horreur que le jeune Chase avait dû traverser à l'époque, entre le deuil de sa famille et sa transformation. Cela n'excusait pas tout, mais ce genre de tragédie pouvait expliquer qu'une personne saine et normale perde toute notion du bien et du mal.

– Alors qu'est-ce qui était bancal, exactement ? demanda-t-elle.

– L'endroit où il habitait avant de venir ici. Des renseignements de base.

– Il m'a dit qu'il venait de Californie, dit Della avant d'insister : quels autres renseignements ?

Elle repensa à l'homme qui avait secouru, puis recueilli Chase – un vampire non homologué. Si c'était là ce qu'il cachait, elle ne pouvait pas vraiment lui en vouloir.

– Je vais mener ma petite enquête, répondit Burnett.

C'était sa façon à lui de faire comprendre à Della qu'elle n'avait pas à se mêler de ça. Elle hésita un instant.

– Tu sais… ce n'est pas parce qu'il te cache des choses qu'il est forcément mauvais. Il a peut-être de bonnes raisons de ne pas vouloir tout dévoiler.

Elle était bien placée pour le savoir.

Burnett fronça les sourcils.

– Tu as raison, mais je préfère m'assurer que ses secrets ne risquent pas de causer du tort à l'école ou à l'URF. Malheureusement, je sais aussi que quand les gens cachent quelque chose, c'est rarement innocent. Tu lui fais confiance, ou pas ? répéta-t-il en se penchant vers elle. Pourquoi es-tu aussi indécise à son sujet ?

« Je sais que tu m'aimes bien. Tu n'oses pas encore l'admettre, c'est tout. » En se rappelant ces paroles, elle revit le sourire sexy de Chase.

– Je… je ne sais pas. Je ne lui fais pas autant confiance qu'à Lucas ou à Derek ou… à Steve, mais je ne pense pas qu'il soit foncièrement mauvais.

Cette vérité lui laissa un drôle d'arrière-goût.

– Bon, fit Burnett en tapant sur le bureau. Tiens-moi au courant si tu en apprends davantage, d'accord ?

Leur entretien était terminé. Della se leva de sa chaise.

– Est-ce qu'on a des nouvelles de l'autopsie de Chan ?

– Non, pas encore. Désolé.

Elle hocha la tête, le cœur lourd, et tourna les talons. Alors qu'elle s'apprêtait à franchir le seuil, la voix grave de Burnett résonna dans son dos.

– Tu as fait du beau travail, ce soir, Della. Entre ça et l'arrestation de Craig Anthony, je suis fier de toi.

Sans se retourner, elle murmura :

– Merci.

Une joie bienvenue lui réchauffa le cœur, et elle s'accrocha de toutes ses forces à cette émotion positive. Elle allait en avoir besoin pour lutter contre les galères qui ne cessaient de s'accumuler.

Alors qu'elle descendait les marches du perron, son téléphone lui indiqua qu'elle avait reçu un texto. Sans doute Steve. Les galères pouvaient commencer.

Sur le chemin de son bungalow, Della se trouva entourée d'un profond silence. La nuit était étrangement calme, ce qui la mit en état d'alerte. Elle sortit son téléphone de sa poche. Elle s'était trompée. Ce n'était pas Steve qui lui avait envoyé un message. C'était Kevin, l'ami de Chan.

« Appelle-moi. »

Elle lui téléphona aussitôt mais tomba sur sa boîte vocale.

– Qu'est-ce qui se passe ? C'est Della.

À peine eut-elle raccroché qu'un courant d'air glacial lui donna la chair de poule.

Des nuages passèrent devant la lune, privant le chemin de sa lumière argentée. Della n'arrivait pas à décider ce qu'elle trouvait le plus flippant, cette lueur métallique, l'obscurité étouffante qui l'avait remplacée, ou le froid silence qui régnait autour d'elle.

Brusquement, elle sentit une présence. Elle leva le nez au vent, mais son odorat refusa de fonctionner. Elle sonda la forêt alentour et aperçut les yeux dorés d'un opossum. Sauf que ce n'était pas la présence d'un animal qui l'avait alertée.

Elle repensa au fantôme de Chan, et aussitôt son cœur se serra. Était-ce lui ? Elle avait cru qu'il était passé de l'autre côté, mais peut-être s'était-elle trompée.

– Chan ? C'est toi ?

Le vent froid sembla aspirer sa question et la réduire au silence.

Les nuages s'écartèrent suffisamment pour qu'elle aperçoive le chemin. Elle entendit un léger bruissement au-dessus de sa tête et leva les yeux, espérant presque voir une pluie de plumes. Mais ce fut une feuille morte qui lui tomba sur le nez.

Chan avait-il troqué les plumes pour les feuilles ? Ou voyait-elle un signe là où il n'y en avait pas ?

– Si tu es là, je tiens à te dire que je suis désolée. Je ne voulais pas te laisser tomber.

La lune se dégagea complètement, et Della perçut un bruit de pas dans l'obscurité derrière elle.

Chan ?

Les fantômes faisaient-ils du bruit en marchant ? Une peur soudaine la fit frissonner, et elle dut lutter contre l'envie de s'enfuir à toutes jambes. Même mort, Chan restait son cousin – un cousin qu'elle avait laissé tomber.

Elle tourna les talons et sursauta en apercevant la silhouette qui la suivait. Incapable d'identifier l'inconnu à son odeur, elle sentit ses canines s'allonger sous l'effet de la panique.

– N'aie pas peur. C'est moi, souffla une voix douce.

– Jenny ! Il ne faut pas faire ce genre de blague à un vampire ! J'aurais pu attaquer…

– Désolée, dit Jenny sans s'approcher davantage. Je ne voulais pas… t'interrompre, ajouta-t-elle en jetant un coup d'œil nerveux autour d'elle. Il y a un fantôme, là ?

– Est-ce que tu sens la présence d'un fantôme ? demanda Della.

Sa voix fit écho au tremblement qui résonnait dans celle de Jenny.

– Non, j'en serais bien incapable, expliqua Jenny, mais tu parlais à… ton cousin. Tu perçois la présence des esprits ?

– Non. Pas vraiment.

Elle n'en était pas sûre elle-même. Elle avait vu Chan mais ne l'avait pas réellement senti. En tout cas, pas de la façon dont Kylie sentait les fantômes.

– Il n'y a que nous deux ici ? Tu es certaine ? demanda Jenny.

– Oui.

C'était du moins ce qu'elle avait envie de croire.

– Bon, souffla Jenny en s'approchant d'elle. Est-ce que Derek t'a appelée ?

– Non. Pourquoi ?

Della se remit en marche. Elle n'aimait guère l'admettre, mais elle était plutôt contente de ne pas être seule.

– Il a récupéré le *yearbook* dont vous aviez parlé. Il y a les photos de tes deux tantes, de ton oncle et de ton père dedans.

Un vague espoir gonfla la poitrine de Della. Elle allait peut-être retrouver une vraie famille, après tout. Elle sortit son téléphone de sa poche.

– Derek est déjà chez toi. Avec Kylie. Seul avec Kylie, marmonna Jenny sur un ton accusateur. J'ai vu Miranda sortir du bungalow avec Perry un peu plus tôt.

Impatiente de voir ce fameux *yearbook*, Della rangea son téléphone et pressa le pas. Ce n'est qu'au bout de quelques mètres qu'elle se rendit compte que Jenny ne la suivait pas.

– Tu viens ? lança-t-elle par-dessus son épaule.

– Non, marmonna Jenny en déplaçant des feuilles mortes du bout de sa chaussure.

Della comprit ce qui se passait dans la tête du caméléon. Elle revint vers elle en soupirant.

– Écoute, Jenny. Derek et Kylie sont seulement amis, maintenant.

– Tu n'en sais rien.

– Bien sûr que si ! Kylie est folle amoureuse de Lucas. Elle n'irait pas faire des bêtises avec Derek. Quant à lui, il s'est complètement remis de leur histoire. Tu es au courant que les vampires sentent les phéromones des autres, pas vrai ? Fais-moi confiance, Derek n'émet pas de phéromones du tout quand il est avec Kylie. Par contre, quand tu es dans les parages, ça devient irrespirable.

Du moins était-ce le cas quand son odorat fonctionnait.

– Peut-être, mais il admire Kylie.

– Et alors ? C'est une protectrice. Moi aussi, je l'admire. Ça ne veut pas dire que j'en pince pour elle.

– Elle est tellement géniale... Je ne fais pas le poids, grommela Jenny avec une moue chagrine.

– C'est ce que j'essaie de te dire : tu n'as pas à essayer de faire le poids. Vous n'êtes pas en concurrence, Kylie et toi.

Soudain elle eut une idée.

– Tu ne me croiras pas tant que tu ne l'auras pas vu de tes propres yeux, pas vrai ?

– Tant je n'aurai pas vu quoi ?

– Kylie et Derek ensemble, en train de discuter gentiment, sans rien faire de mal. Viens, rends-toi invisible et donne-moi la main.

– Je... Je ne crois pas que ce soit une bonne idée.

– Pourquoi ? Tu serais fixée, au moins.

– Oui, mais... Je ne sais pas si je suis capable de te faire disparaître. Je ne suis pas aussi douée que Kylie. Et puis, Burnett m'a interdit d'espionner les gens.

– Il ne s'agit pas de les espionner, mais de te rassurer. Nuance.

– Burnett s'est montré très clair. La règle, c'est que...

– Parfois il est nécessaire de ne pas obéir trop scrupuleusement. D'ailleurs en toute rigueur, tu n'es même pas censée te promener comme ça, je te signale.

– Oui, mais...

– Et ce n'est qu'en essayant de me rendre invisible que tu sauras si tu en es capable ou pas.

Jenny ne dit rien, mais Della vit qu'elle était tentée par ce plan. Cette fille avait du cran. C'était peut-être pour ça que Della la trouvait sympathique.

– Ça se tente, non ? dit-elle en prenant la main du caméléon. Allez, essaie.

– C'est génial ! Un peu flippant, mais génial, souffla Della.

Elle sentait son propre corps mais ne se voyait pas. Elle ne voyait pas non plus Jenny. Debout sous le porche du bungalow, elles regardaient Kylie et Derek par la fenêtre. Ces derniers discutaient de la mère de Derek.

– Chut, fit Jenny en lui serrant la main un peu plus fort.

Kylie proposa quelque chose à boire à Derek, et ils allèrent s'installer à la table de la cuisine.

– Tu veux que j'appelle Burnett pour savoir à quelle heure Della devrait rentrer ?

– Non, c'est bon. Je vais attendre encore un peu, mais si elle n'arrive pas, je lui laisserai l'album et on parlera demain matin. Malheureusement, il n'y a pas grand-chose de nouveau là-dedans, mais peut-être que ça va nous ouvrir de nouvelles pistes.

Kylie hocha la tête.

– Et sinon, comment ça va avec Jenny ?

Cette dernière crispa la main sur celle de Della.

La vampire eut soudain peur que sa bonne idée lui explose à la figure. Elle ne se faisait aucun souci au sujet de Kylie et de Derek, mais… Et s'il disait quelque chose que Jenny n'aimerait pas entendre ? *Merde !* La règle de Burnett avait peut-être du bon, après tout.

– Tout doucement, répondit Derek, l'air déçu.

– Tu lui as parlé ? Tu lui as dit ce que tu ressentais ? demanda Kylie.

Della se détendit un peu.

– Si on veut… Je l'ai embrassée.

– Ce n'est pas pareil. Si elle te plaît vraiment, il faut que tu lui en parles.

– Peut-être, mais je ne voudrais pas l'effrayer en étant trop direct.

– Moi, je crois que c'est toi qui as peur, rétorqua Kylie. Comme dirait Della, fais-toi violence et sors-toi le cul des ronces !

– Oh, elle me cite ! s'écria Della en riant.

– Chut, fit Jenny.

– Qu'est-ce que je peux lui dire ? demanda Derek.

– Je ne sais pas, moi. Pourquoi tu ne commences pas par lui révéler ce que tu ressens ? suggéra Kylie avant de marquer une pause. Tiens, dis-moi : qu'est-ce que tu ressens pour elle ?

– Elle me plaît. Beaucoup. Je perçois ses émotions bien plus clairement que celles de n'importe qui d'autre. Même là, tout de suite, je sens sa présence et je devine qu'elle n'est pas très à l'aise, qu'elle doute de quelque chose.

– Arrête de douter, souffla Della.

– J'aimerais bien, figure-toi, rétorqua Jenny. Et puis, ils ne peuvent pas nous entendre quand on est invisibles, alors ce n'est pas la peine de chuchoter.

– Je sais, mais je veux suivre ce qu'ils disent.

Derek secoua la tête d'un air pensif.

– Elle est douce et, en même temps, elle a un sacré caractère. J'admire le courage dont elle fait preuve depuis qu'elle est arrivée, même si tout le monde ou presque la regarde de travers parce qu'elle est caméléon.

Derek se tut un instant avant de poursuivre.

– Elle est super belle mais elle ne semble même pas s'en rendre compte. Elle est innocente, et pourtant elle n'aspire qu'à découvrir de nouvelles expériences. Elle est intelligente et elle n'hésite pas à la ramener de temps en temps, dit-il en souriant. Et puis, j'adore la façon dont elle voit la vie. J'aimerais être là pour… partager toutes ces nouvelles expériences avec elle et… et m'assurer qu'il ne lui arrive rien.

– C'est trop mignon ! souffla Jenny d'un air attendri.

Della eut l'impression d'entendre Miranda quand elle leur parlait de Perry. Elle se demanda si Jenny était consciente que certaines des expériences auxquelles Derek faisait allusion étaient sans doute interdites aux moins de dix-huit ans. Mais ce n'était qu'un détail. Jenny avait raison. Derek était adorable.

Della n'était peut-être pas prête à se lancer dans ce genre de romance, mais elle devait bien admettre que cela avait de bons côtés. Peut-être même qu'un jour, une fois que sa vie serait redevenue à peu près normale, elle pourrait s'autoriser ce luxe.

– On dirait qu'il tient vraiment à moi, reprit Jenny.

– Je te l'avais dit ! Maintenant, est-ce que je peux aller lui parler et récupérer ce *yearbook* qui m'a coûté un mois d'argent de poche ?

À vingt-deux heures, Della était couchée et feuilletait l'album. Elle avait regardé toutes les photos des Tsang, mais était particulièrement fascinée par celles de sa tante et de son oncle disparus. Avant de partir, Derek avait noté les noms des personnes que ces derniers avaient fréquentées. Il comptait les contacter grâce à Facebook pour essayer d'obtenir davantage d'informations.

– C'est impressionnant, le nombre d'enquêtes qui sont résolues grâce aux réseaux sociaux, que ce soit par la police ou par des détectives privés, avait-il dit.

– Je peux le faire, si tu n'as pas le temps, avait répliqué Della, qui commençait à avoir mauvaise conscience de tant compter sur lui.

– Si tu veux, mais il faut ruser quand tu formules tes questions, sinon tu risques de te faire claquer des portes au nez.

Elle avait donc fini par le laisser s'en occuper. Après tout, elle avait déjà fort à faire de son côté.

Son téléphone lui annonça qu'elle avait un message, ce qui lui rappela qu'elle avait reçu un texto pendant qu'elle discutait avec Derek. Elle avait juste jeté un coup d'œil – et vu que c'était de la part de Steve. Elle n'avait donc pas lu le message. Elle n'en avait pas envie. Elle avait peur de se laisser submerger par le chagrin parce qu'il lui manquait – et par la rage de savoir qu'il avait non seulement embrassé Jessie, mais aussi passé du temps au téléphone avec elle. À trois reprises !

Elle tourna une page de l'album et poussa un gros soupir. Non, elle n'était clairement pas prête à affronter Steve. Peut-être que, dans un an ou deux, ça irait mieux. Elle enfouit la tête dans son oreiller avec un grognement sourd avant de se concentrer sur le *yearbook*.

Une photo du club de débat attira son attention. Il y avait trop de monde pour que les noms soient notés, mais elle reconnaissait l'un des garçons, sans savoir s'il s'agissait de son père ou de son oncle. Du bout du doigt, elle traça les contours de ce visage familier, en se demandant si elle éprouverait pour son oncle le même attachement qu'elle avait eu autrefois pour son père.

Non. Un attachement qu'elle avait toujours. C'était lui qui avait cessé de l'aimer, pas l'inverse.

Elle ferma les yeux, la gorge nouée.

Soudain, elle ravala sa peine en entendant quelqu'un approcher du bungalow. *Merde !* Et si c'était Steve ? Elle huma l'air, mais en vain.

Son cœur bondit dans sa poitrine. Elle n'était vraiment pas prête à faire face à Steve.

Chapitre 27

Della tendit l'oreille. La démarche était trop légère pour que ce soit Steve.

On aurait dit… La porte du bungalow s'ouvrit.

– Coucou ! Il y a quelqu'un ?

– Oui ! lança Della.

Elle se leva et sortit de sa chambre. Elle n'avait pas encore présenté ses excuses à la petite sorcière.

– Salut, dit Miranda en la voyant.

Elle ne semblait pas fâchée, aussi Della envisagea-t-elle de se taire, mais elle lui devait bien ça.

– Je suis désolée… pour ma réaction de tout à l'heure. J'ai été odieuse.

– Carrément, mais ce n'est pas grave, lança Miranda. Je te l'ai dit, je suis prête à passer l'éponge sur tes vacheries étant donné toutes les galères que tu te traînes en ce moment. Mais attention, si tu ne t'es pas calmée d'ici deux semaines, je dégaine mon petit doigt.

Si je ne me suis pas calmée ?! Della se mordit la joue pour ne pas s'énerver.

– C'est gentil, mais il n'empêche que je suis désolée.

– J'accepte tes excuses, déclara Miranda en souriant. Kylie est là ?

– Non, elle est allée faire une promenade au clair de lune avec Lucas.

Miranda ouvrit le frigo et en sortit deux cannettes. Elle en tendit une à Della tout en l'observant attentivement.

Della reconnut cette expression : la petite sorcière examinait son aura.

– Qu'est-ce que tu vois ? demanda-t-elle.

– Ton aura est toujours dangereusement sombre.

Miranda ouvrit sa cannette mais ne quitta pas Della des yeux, l'air inquiète.

– Qu'est-ce qui s'est passé entre Steve et toi ? demanda-t-elle au bout d'un moment.

– Jessie l'a embrassé.

Cela ne l'amusait pas du tout de raconter cette histoire, surtout pour la seconde fois, mais si Miranda apprenait qu'elle en avait parlé à Kylie et pas à elle, elle était susceptible de se vexer. Cela risquait de mener à une attaque du petit doigt, ce qui pouvait se révéler dangereux.

– Attends, là. Il t'a larguée pour sortir avec elle ?

– Non. On s'est disputés et je lui ai dit que j'avais déjà suffisamment d'ennuis comme ça.

Certes, elle n'avait pas lu le texto qu'il venait de lui envoyer. Peut-être qu'il lui apprenait qu'il était désormais fou amoureux de Jessie, mais elle en doutait.

– Est-ce qu'il s'est excusé, pour le bisou ? demanda Miranda.

– Oui, mais…

– Mais tu es quand même furieuse contre lui, conclut la sorcière à sa place.

Della se tassa sur sa chaise.

– Ouais. Pourtant on n'était même pas ensemble, lui et moi.

– Mais si ! Évidemment que vous étiez ensemble. Vous évitiez de le crier sur tous les toits, c'est tout.

Della aurait voulu pouvoir le nier, mais elle en fut incapable.

Miranda but une gorgée.

– Tu le crois, quand il te dit que c'est Jessie qui l'a embrassé et pas l'inverse ? Ou tu penses qu'il t'a menti ?

– Non, je le crois. Ce n'est pas ça, le problème.

– Le problème, c'est que ça te fait mal, devina Miranda.

Della soupira.

– Peut-être… Oui, tu as raison, ça fait super mal.

Miranda hocha la tête d'un air compréhensif. Pendant un long moment, elles burent leur Coca en silence, tranquillement. La petite sorcière enroulait une mèche de cheveux roses autour de son doigt, pensive. Soudain elle écarquilla les yeux.

– J'ai une idée ! Bon, tu vas me prendre pour une folle, mais…

– Mais vu que je te prends déjà pour une folle, tu n'as rien à perdre. Dis-moi tout.

– Ça a marché pour Perry et moi, quand il m'en voulait d'avoir embrassé Jacob.

Miranda marqua une pause, histoire de ménager le suspense.

– Il a embrassé Mandy, on a eu une grosse dispute, puis on s'est pardonné. Et voilà !

Della n'était pas sûre de comprendre ce que suggérait son amie.

– Quoi ? Tu veux que j'embrasse Perry ?

– Mais non ! Pas Perry ! Par contre, si tu embrasses quelqu'un d'autre que Steve, ça t'aidera à oublier ta colère.

Della leva les yeux au ciel.

– Écoute, Miranda, je sais bien que les maths, ce n'est pas ton point fort, mais tu es sans doute au courant que ce n'est pas en faisant une bêtise qu'on en rattrape une autre.

– Pourquoi pas, si ça permet de régler le problème ? Tu tiens vraiment à Steve, je le sais. Et il t'aime beaucoup. Alors va embrasser quelqu'un d'autre. Le nouveau, là, Chase, par exemple ! Tu vas le voir, tu lui fais un gros bisou bien torride, et le tour est joué. Vous serez à égalité, Steve et toi, et vous pourrez tourner la page. Ton aura retrouvera une couleur normale, et tout le monde sera content. C'est ça ou aller observer les oiseaux. À toi de voir.

Della ne put s'empêcher de rire.

– Désolée. Je sais que tu essaies de m'aider, mais je crois bien que c'est le pire conseil que j'aie jamais entendu.

– Quoi ? Observer les oiseaux ?

– Non ! Embrasser Chase !

Le lendemain, Della prit soin d'éviter Chase pendant toute la matinée. Jusqu'à ce que, à l'heure du déjeuner, il l'intercepte alors qu'elle gagnait la cantine en compagnie de Kylie, Miranda et Jenny. Il s'approcha d'elles et la prit par le bras.

– Tu veux bien m'accorder une minute ?

Il l'entraîna vers la forêt tout en criant à ses amies :

– Allez-y, elle vous rejoint !

Le premier réflexe de Della fut de se libérer, mais elle fut choquée de sentir à quel point la main de Chase lui paraissait froide. Sa fièvre n'était donc pas retombée ? Son mal de tête était passé, aussi s'était-elle crue guérie. Enfin, à l'exception de son odorat.

C'est alors qu'une idée la heurta de plein fouet. Chan était mort d'une maladie soudaine. Et si… ?

Ça ne va pas, non ? Elle n'était pas en train de mourir ; c'était juste un petit rhume de rien du tout. D'après Kevin, Chan était vraiment mal en point. Ce n'était pas le cas de Della, et elle n'était pas hypocondriaque.

Elle refoula ces réflexions absurdes et jeta un coup d'œil à ses amies. Miranda lui adressa un grand sourire, auquel elle répondit par un regard courroucé. Elle savait très bien ce que la petite sorcière avait en tête, mais il n'était pas question qu'elle embrasse cet arrogant personnage. Jamais de la vie !

Pourtant, sans bien savoir pourquoi, elle se laissa entraîner vers la forêt.

– Qu'est-ce que tu veux ? lança-t-elle lorsqu'ils atteignirent les premiers arbres.

– J'ai trois questions. D'abord, à quelle heure est-ce qu'on se retrouve, ce soir ?

– Il me semble que Burnett nous a donné rendez-vous à vingt heures devant le bureau. Question suivante.

– À ton avis, comment ça se fait que le directeur du centre ait soudain perdu confiance en moi ?

– Question suivante.

Della n'avait aucune envie de parler de la méfiance de Burnett à l'égard de Chase – ou de son manque de méfiance à elle. Elle n'en revenait toujours pas d'avoir plus ou moins pris la défense de ce type face à Burnett.

– Il m'a convoqué dans son bureau hier soir et m'a fait subir un interrogatoire d'une heure.

– Il va falloir t'y habituer, il fait ça à tout le monde.

– J'ai du mal à le croire. Est-ce qu'il t'a posé des questions sur moi ?

L'espace d'une seconde, elle faillit lui avouer que Burnett le soupçonnait d'avoir menti sur certaines choses. Elle ouvrit la bouche pour parler… puis se ravisa.

Les yeux de Chase se mirent à luire légèrement.

– Qu'est-ce qui se passe, Della ?

– C'est à Burnett qu'il faut poser cette question. D'ailleurs, tu devrais.

– Je devrais quoi ?

– Aller lui parler. Il n'est pas… Je sais qu'il a l'air dur, comme ça, mais en général il est juste. Au moins soixante pour cent du temps.

– Tu lui racontes tout, toi ? demanda-t-il d'un air soupçonneux.

Non, je ne lui ai pas parlé de mon oncle.

– Presque.

Au même moment, le bruit de la cascade résonna à ses oreilles.

– Tu entends ça ?

– Quoi donc ? fit Chase.

– Rien, dit-elle, furieuse contre elle-même.

Elle baissa les yeux et commença à taper du pied sur le sol froid.

– C'est tout ce que tu avais à me demander ou tu veux autre chose ?

– C'est dangereux, de me poser une question pareille, rétorqua-t-il d'une voix charmeuse.

Elle lui jeta un regard noir tout en croisant les bras.

– Mes amies m'attendent.

– Tu me donnes ton numéro ? dit-il en sortant son téléphone de sa poche. Comme ça, la prochaine fois que j'aurai quelque chose à te demander, je t'appellerai et tu pourras continuer à faire semblant de ne pas voir que j'existe.

– Je…

– Tu as passé la matinée à m'éviter, Della. Je l'ai bien remarqué.

Elle tapa du pied un peu plus fort, un peu honteuse d'avoir été prise en flagrant délit de gaminerie. Pourtant elle n'avait pas vraiment le choix. Chase avait clairement manifesté son intérêt pour elle, et elle ne voulait surtout pas l'encourager dans cette voie.

– Ton numéro, Della, insista-t-il.

Il semblait perdre patience et, quand il leva les yeux vers elle, elle vit de la peine dans son regard.

Elle s'en voulut aussitôt – et faillit paniquer quand elle s'en rendit compte.

– Allez, donne-moi ton numéro, qu'on en finisse.

Elle céda. Après tout, il valait mieux recevoir un coup de fil de sa part que de se faire traîner jusque dans la forêt.

– Merci, dit-il. Je t'appellerai tout à l'heure, comme ça tu auras le mien aussi.

Je ne veux pas du tien, faillit-elle rétorquer. Mais elle se tut. Ils travaillaient ensemble, elle aurait peut-être besoin de le contacter. Elle aurait préféré savoir ce qu'il mijotait – à supposer qu'il mijotât effectivement quelque chose.

Alors qu'elle s'apprêtait à tourner les talons, il lui caressa la joue pour écarter une mèche de cheveux.

Elle repoussa sa main d'une tape vive.

Il éclata de rire, mais recouvra vite son sérieux.

– Ça va, toi, sinon ? demanda-t-il en mettant les mains dans les poches.

– Comment ça ?

Avait-il remarqué qu'elle avait de la fièvre ?

Il hésita un instant.

– Je voulais dire… avec la mort de ton cousin, expliqua-t-il, l'air sincère.

– Ça va, souffla-t-elle doucement.

Elle aurait préféré qu'il arrête de se montrer trop gentil. Cela lui aurait évité de se montrer trop méchante à son tour. Elle ne savait pas comment lui faire comprendre qu'il ne l'intéressait pas sans jouer les garces hautaines. En même temps, il n'était pas obligé d'insister autant.

Elle ne lui faisait pas confiance, pourtant elle avait pris sa défense face à Burnett.

Elle ne l'aimait pas, pourtant elle ressentait de la sympathie pour lui parce qu'il avait perdu sa famille.

Elle savait qu'il leur cachait des choses, à Burnett et à elle, mais en même temps elle avait elle aussi ses petits secrets.

Où l'avait-elle croisé la première fois ? Pourquoi lui avait-il menti à ce sujet ? Mais d'ailleurs, était-elle sûre qu'il mentait ? Peut-être qu'elle avait perçu son odeur sans qu'il identifie la sienne. Ce n'était pas impossible.

Et puis, tu as vu ce dont il était capable et ça t'impressionne beaucoup, murmura une petite voix dans sa tête. Elle s'efforça de la faire taire, en admettant que ses sentiments pour ce garçon étaient nuancés, noir et blanc, comme le yin et le yang. Sauf que le noir était en train de virer au gris.

Cela ne voulait pas dire qu'il y avait quoi que ce soit de romantique entre eux.

« Va embrasser quelqu'un d'autre. Le nouveau, là, Chase, par exemple ! Tu vas le voir, tu lui fais un gros bisou bien torride, et le tour est joué. »

Un gros bisou bien torride. Elle observa les lèvres de Chase en se demandant ce que ça ferait de… *Oh, merde !* Pourquoi fallait-il qu'elle pense à ça, justement à ce moment précis ?

Soudain elle se rendit compte qu'ils étaient plantés là depuis une minute, chacun regardant bêtement la bouche de l'autre comme dans une comédie romantique à la noix.

– Il faut que j'y aille.

Elle tourna les talons, mais à peine avait-elle fait quelques pas qu'elle entendit la voix de Chase dans son dos.

– À ce soir !

Elle y décela une certaine impatience et crut deviner que ce n'était pas dû qu'à l'enquête.

Elle faillit lui crier de ne pas se faire d'illusions, mais se ravisa. Elle le lui avait déjà dit. Elle se l'était répété à elle-même aussi, au cas où.

Elle partit en courant rejoindre ses trois amies qui l'attendaient avec une curiosité évidente. Naturellement, ce fut Miranda qui posa la question.

– Alors ? Tu l'as fait ?

– Mais non ! gronda-t-elle.

– Je te l'avais bien dit, souffla Kylie en regardant la sorcière.

Della se tourna vers les deux caméléons.

– Elle vous a fait part du super conseil qu'elle m'a donné ? Franchement, où est-ce qu'elle va chercher des idées pareilles ?

– Hé ! Je la trouve très bien, mon idée, protesta Miranda.

– Je peux comprendre que ça fonctionne, intervint Jenny d'une voix douce. Mais, en même temps, c'est risqué. Imaginez que Della aime un peu trop embrasser Chase…

– Impossible, dit Della. Ça n'arrivera pas, parce que… parce que ça n'arrivera pas.

Elle jeta un coup d'œil aux deux caméléons en espérant qu'elles ne s'étaient pas transformées en vampires pour l'occasion. Sinon, elles auraient entendu son cœur battre un peu plus fort.

– Pourtant il est franchement canon, fit remarquer Kylie avec un sourire taquin.

Malheureusement, Della n'était pas d'humeur à plaisanter.

– Tu n'as qu'à aller l'embrasser, toi, puisque tu le trouves si beau !

– Non merci, j'ai trouvé l'homme de mes rêves, rétorqua Kylie avec un bref regard en direction de Jenny.

– Si je proposais ça, c'est parce que ça a marché pour Perry et moi, commenta Miranda. Ça vaut peut-être le coup d'essayer, non ?

Della leva les yeux au ciel.

– Ouais. J'essaierai quand les poules auront des appareils dentaires. Maintenant, si vous voulez bien, j'aimerais qu'on arrête de parler de Chase. Ça me donne des idées bizarres.

– Oh ! Quel genre d'idées bizarres ? demanda Miranda en ouvrant de grands yeux malicieux.

Della poussa un grondement, mais au même moment son téléphone sonna. Sans doute Chase qui appelait pour lui laisser son numéro. Elle sortit le portable de sa poche.

Ce n'était pas Chase.

– Qui c'est ? s'enquit Miranda.

– Personne, rétorqua Della.

Cette sacrée sorcière était décidément bien trop curieuse.

– Ça, ça veut dire que c'est Steve, conclut Miranda.

Della lui montra les dents avant de s'éloigner d'un pas vif. Elle aurait aimé laisser derrière elle ses ennuis, Steve, Chase et ses amies indiscrètes.

Puis son téléphone lui annonça qu'elle avait un nouveau message vocal, et elle comprit que, tôt ou tard, il lui faudrait affronter Steve. Mais comment ?

« C'est impressionnant, le nombre d'enquêtes qui sont résolues grâce aux réseaux sociaux. »

Elle passa tout son cours de littérature – le dernier de la journée – à réfléchir à ce qu'avait dit Derek. Ce n'était peut-être qu'une ruse de son esprit pour la divertir de tous ses autres problèmes, mais cela avait porté ses fruits. Elle venait d'avoir une idée.

Facebook, me voilà.

Elle n'avait peut-être pas la finesse nécessaire pour faire parler les anciens camarades de classe de son père et de ses oncle et tantes, mais elle n'aurait aucun problème avec des filles de son âge. Peut-être que, avec un peu de chance, elle parviendrait à glaner des informations utiles au sujet de Lorraine. Cela ne la mènerait peut-être à rien, mais ça ne pourrait pas lui faire de mal d'essayer.

Une fois de plus, elle se trompait.

Plus elle en apprenait sur Lorraine, plus c'était douloureux. C'était une jeune fille saine, généreuse et pleine de vie qui avait été sauvagement assassinée, et le gâchis lui paraissait immense.

Della avait commencé par rechercher tout ce qu'elle pouvait au sujet de Lorraine sur Facebook et Twitter, ainsi que dans les journaux de la région. Elle avait découvert que Lorraine avait fait un stage de danse à New York au cours de l'été. Elle avait même aperçu quelques tweets avec des photos du chiot que Lorraine avait adopté. C'était un de ces petits machins avec le museau tout écrasé et des oreilles démesurées. Une pauvre bestiole si laide que seule sa maman pourrait l'aimer.

Du moins jusqu'à ce que la bestiole en question soit transformée en vampire, chuchota une petite voix cynique dans sa tête.

Rejetant cette pensée désagréable, Della contacta six personnes qui connaissaient Lorraine. Heureusement, les gens sont toujours contents d'avoir de nouveaux amis sur Facebook. Deux heures plus tard, Della était « amie » avec quatre des copines de classe de Lorraine.

Elle leur envoya un message, en expliquant qu'elle avait rencontré Lorraine à New York et qu'elle venait seulement d'apprendre la nouvelle de sa mort. Le seul risque qu'elle courait, c'était que l'une de ces filles ait fait le même stage de danse que Lorraine, mais cela ne semblait pas être le cas.

Trois d'entre elles lui répondirent dans l'heure qui suivit, et Della entama des conversations simultanées. Très vite, elle eut trois versions différentes des derniers jours de Lorraine, et était au courant aussi bien de la couleur préférée de la jeune femme que de la dispute qu'elle avait eue avec sa mère le soir de sa mort.

Malheureusement, parmi toutes ces informations, elle ne voyait pas de piste utile.

– Qu'est-ce que tu fais ? demanda Kylie en entrant dans le bungalow.

– Je fais des recherches pour mon enquête.

– Au sujet du couple assassiné ?

– Oui.

Della se demanda une fois de plus pourquoi sa curiosité se portait exclusivement sur Lorraine et pas sur son petit ami.

Elle se sentait peut-être plus concernée parce que c'était une fille, tout simplement.

– Tu viens dîner ? reprit Kylie.

– Non, j'ai du sang dans le frigo.

– OK. Mais si tu n'as pas envie de rester toute seule, on va aller au bord du lac pour faire griller des Chamallows sur un feu de camp.

– C'est gentil, mais je sors en mission, ce soir.

Elle vit de l'inquiétude dans les yeux bleus de Kylie.

– J'aimerais bien que Burnett m'autorise à t'accompagner. Je pourrais te défendre, en cas de besoin.

Della secoua la tête.

– Tu as beau être protectrice, ça ne fait pas de toi un agent.

– Pourtant on s'est bien débrouillées au funérarium, dit Kylie en tournant les talons.

– C'est vrai !

Della sourit et lui fit au revoir de la main avant de se concentrer sur son écran.

Lindsey, l'une des trois copines de Lorraine, venait enfin d'écrire quelque chose d'intéressant.

« Quand j'ai entendu parler de l'accident, je te jure, ma première réaction, ç'a été de me dire que c'était un coup de Phillip. Il aurait très bien pu les suivre et les forcer à sortir de la route. »

Pas vraiment… à moins que ce ne soit un vampire, pensa Della. Elle se rappelait avoir entendu deux filles parler du dénommé Phillip à l'enterrement de Lorraine. C'était son ex. Elle s'empressa de répondre.

« Oui, j'ai entendu dire qu'ils s'étaient séparés, mais je n'avais pas l'impression qu'il était méchant. Si ?

– Pas au début, mais à partir du moment où il a commencé à jouer dans ce groupe, là, il est parti en sucette. Je ne sais pas si c'était parce qu'il se droguait ou quoi… »

Tiens donc. Le Phillip en question avait donc rejoint un groupe. Et il était parti en sucette. Devenir vampire pouvait avoir ce genre d'effet secondaire. Della hésita un instant, les mains au-dessus du clavier. Puis elle finit par demander aux trois jeunes filles : « C'était quoi, le nom de famille de Phillip, déjà ? J'ai oublié. »

Une fois de plus, ce fut Lindsey qui répondit la première.

« Lance.

– Ah oui, c'est vrai, écrivit Della. Et son groupe, il s'appelait comment ? Tu les as déjà vus jouer ? »

Le temps qu'elle pose la même question aux deux autres filles, Lindsey avait déjà répondu.

« Non, je ne les ai jamais vus. Ils n'arrêtaient pas de changer le nom du groupe. D'ailleurs, ils ont fini par se séparer, mais, aux dernières nouvelles, ils s'appelaient Sang Pourpre. »

Sang Pourpre ? C'était le nom du gang que Chan était venu rejoindre. Un désagréable frisson parcourut l'échine de Della. Se pouvait-il que ce ne soit qu'une coïncidence ? Elle se rappela ce que Burnett lui avait dit au sujet des coïncidences : il n'y croyait pas.

Elle agita les doigts au-dessus de son clavier, cherchant un moyen d'en apprendre davantage sans éveiller les soupçons des trois filles.

« Je n'ai jamais compris ce que Lorraine lui trouvait, à ce type. J'ai vu une fois une photo de lui. Il n'était même pas beau. Il avait les cheveux roux, non ? »

Personne ne répondit pendant plusieurs minutes puis, finalement, Lindsey se dévoua de nouveau.

« Non, il était brun. Moi, je le trouvais plutôt sexy. Il avait un tatouage dans le cou. Un crâne. »

Soudain, Della vit l'heure qu'il était. *Merde !* Elle n'avait pas le temps de creuser davantage. Il fallait qu'elle aille retrouver Chase devant le bureau de Burnett. Elle envisagea de faire part de ses découvertes à ce dernier, mais se ravisa bien vite. Il risquait de lui reprocher son manque de distance émotionnelle avec la jeune morte et de lui rappeler que les meurtres commis par des vampires n'avaient souvent aucun lien avec la victime. Sauf que l'ex de la victime en question était peut-être un vampire.

« Il faut que j'y aille », écrivit-elle aux trois filles avant de sortir. Elle se promit de faire une recherche sur le groupe de rock qui s'appelait Sang Pourpre dès son retour. Soudain, elle se souvint que Kevin, le copain de Chan, connaissait certains des membres du gang. Il pourrait peut-être la renseigner au sujet du fameux Phillip Lance.

Son instinct lui disait que c'était une piste bien ténue, mais cela n'allait pas l'empêcher de la suivre jusqu'au bout.

Les conversations et les éclats de rire qui résonnaient depuis l'intérieur du bar se turent lorsque Chase et Della atterrirent devant la vieille maison. Della aperçut un couple enlacé contre un tronc d'arbre, non loin. Des amants ? Ou une pauvre fille qui vendait son corps ? Cette idée la fit frémir.

– Le gang est là, l'informa Chase dans un murmure.

Elle hocha la tête.

– Reste près de moi.

Elle répondit par une grimace, mais lui emboîta le pas. La pièce lui parut plus sombre que la veille, comme si les vampires présents en avaient noirci l'atmosphère. *Tant d'auras malades*, pensa-t-elle en inspirant longuement, mais son odorat refusa de coopérer.

– Il y a une table libre, là, dit Chase tranquillement.

Della sentit vingt paires d'yeux dans son dos. Si les choses tournaient mal, Chase et elle risquaient de finir six pieds sous terre. Un courant d'air froid la fit frissonner malgré son pull, mais ce n'était pas le moment de s'inquiéter de sa fièvre.

Le serveur – le même que la veille – s'approcha d'eux.

– Qu'est-ce qui vous ferait plaisir, ce soir ? J'ai du B positif. Ça se marie très bien avec un doigt de whisky.

– On va juste prendre un verre de sang, déclara Della.

Ils allaient avoir besoin de leurs réflexes s'ils voulaient survivre à cette nuit.

Le serveur hocha la tête puis s'éloigna. Della jeta un coup d'œil aux autres clients et découvrit que tous n'étaient pas des vampires. Il y avait aussi une poignée de loups-garous et de sorciers. Ils n'avaient donc pas seulement affaire au gang.

Soudain, elle reconnut trois des quatre personnes assises à une table non loin. C'étaient des agents de l'URF, dont la femme qui était venue coffrer les kangourous à Houston. Della n'en avait identifié que quatre, mais ce n'étaient sans doute pas les seuls.

Elle ne savait pas si elle devait se sentir rassurée ou vexée par leur présence mais, après un nouveau coup d'œil aux individus louches qui les entouraient, elle se dit que Burnett avait bien fait de leur envoyer des renforts.

– Ça va ? demanda Chase.

– Super.

Une serveuse – une jeune vampire – leur apporta deux verres de sang. Elle détailla Chase de la tête aux pieds, puis se passa la langue sur les lèvres d'un air gourmand. Il lui décocha un grand sourire. En d'autres circonstances, ils auraient sûrement terminé la soirée contre un tronc d'arbre, derrière le bar. Cela dit, Chase ne semblait pas avoir besoin de payer pour ce genre d'aventure, et Della doutait que les charmes de la serveuse soient gratuits.

– Je crois que tu lui plais, dit-elle une fois que la jeune femme se fut éloignée.

– Ce n'est pas mon genre, rétorqua Chase en levant les yeux vers elle.

– Ah bon ? C'est quoi, ton genre ?

Elle se maudit aussitôt pour cette question stupide.

– J'aime les défis… apparemment, répondit-il avec l'ombre d'un sourire dans ses yeux verts. Je préfère les cheveux bruns, et j'apprécie les filles qui osent dire ce qu'elles pensent. Les têtes de mule ne me font pas peur, au contraire. Une bonne dispute de temps en temps, ça fouette le sang, et c'est toujours agréable de se réconcilier après coup.

Voilà pourquoi elle regrettait sa question. C'était elle qui avait lancé ce sujet, c'était donc à elle d'y mettre un terme.

– Il y a plein de filles comme ça, tu n'auras pas de mal à trouver.

– Je n'en suis pas si sûr, dit-il en faisant tourner son verre entre ses paumes. Et toi ? Quel genre de mec te plaît ?

– Je n'ai pas de genre précis, bafouilla-t-elle en se concentrant sur son sang.

– Menteuse.

Elle releva les yeux vers lui.

– Tu ne me connais pas, alors arrête de faire semblant.

– Tu aimes les cheveux bruns. Tu recherches quelqu'un de fort, suffisamment pour te tenir tête mais pas trop buté non plus. Grand et musclé, plutôt beau gosse.

– Décidément, tu as un ego de la taille du Texas, railla-t-elle.

– C'était Steve, que je décrivais, mais merci, rétorqua Chase avec un grand sourire.

Elle poussa un grondement sourd, mais Chase ne parut pas impressionné.

– Je suis sans doute un peu trop têtu pour toi, ajouta-t-il.

– Pour le coup, je suis d'accord.

– Mais tu arriverais peut-être à me convaincre de faire un effort.

Elle leva les yeux au ciel. Au même moment, un couple entra dans le bar. Chase jeta un coup d'œil nonchalant par-dessus son épaule, mais Della remarqua qu'il se crispait légèrement. Il commença à lui parler de tous les endroits qu'il avait visités – la France, l'Allemagne, la Chine… – et Della comprit qu'il soupçonnait quelqu'un d'espionner leur conversation.

Elle l'écouta donc avec un intérêt sincère et, un instant, oublia d'étudier son visage pour voir s'il mentait ou non.

– C'est grand, la Chine. Tu es allé où, exactement ? demanda-t-elle en se concentrant sur son œil gauche.

– Shanghai, Pékin, Wuhan, répondit-il.

Il semblait dire la vérité.

– Et tu y es resté longtemps ?

– Pas trop, mais j'y suis allé deux fois.

Il jeta un bref coup d'œil sur sa droite, comme pour attirer l'attention de Della sur quelque chose. Ce n'est qu'alors qu'elle entendit quelqu'un approcher.

Un grand type d'une vingtaine d'années, avec le crâne rasé, des tatouages partout et assez de piercings pour qu'un aimant de frigo lui colle à la figure, s'arrêta à côté de leur table.

– J'ai cru comprendre que tu t'intéressais à l'un de mes frères ? lança-t-il en s'adressant à Della.

Il devait donc s'agir du chef du gang des Veinards. Elle se demanda si cet honneur revenait automatiquement au vampire qui avait le plus de piercings. Elle en comptait huit rien que sur son visage.

– C'est vrai, répondit-elle.

Elle s'efforça de ne pas trop regarder l'anneau qui pendait au nez de ce type, mais ne put s'empêcher d'y voir un atout potentiel en cas de bagarre.

– J'ai entendu dire que vous aviez une nouvelle recrue, un vamp récemment activé. Le garçon que je recherche a les cheveux bruns et courts.

– Qu'est-ce que tu lui veux ? demanda le tatoué d'une voix brusque.

Elle avait le choix entre mentir ou embellir la vérité.

– On s'est croisés brièvement, expliqua-t-elle.

Ce n'était pas faux, le vampire lui était passé juste au-dessus de la tête.

– Mais il ne t'a pas dit son nom ? C'est bizarre, non ?

– Oh, pas vraiment, intervint Chase. Elle l'a rencontré juste après sa transformation, il était encore à côté de la plaque. Tu sais ce que c'est, les premières quarante-huit heures...

M. Piercing ne semblait pas convaincu.

– Je croyais que c'était ta copine. Il paraît que tu as failli étrangler un naze hier parce qu'il avait osé poser la main sur elle.

Chase haussa les épaules.

– J'essaie de la persuader de sortir avec moi. Pour le moment, elle pense à ce type qu'elle a croisé lors d'une folle nuit. Elle croit que c'est le destin qui l'a mis sur sa route. Moi, je dis que c'est des conneries, mais bon...

Non mais oh ?! Chase venait de la traiter de pouffe qui se tape un mec à moitié fou sans même savoir comment il s'appelle. Il n'aurait pas pu inventer un mensonge un peu moins insultant ?

– À mon avis, poursuivit Chase, quand elle reverra ce type, elle comprendra qu'elle serait vachement mieux avec moi.

Le tatoué le toisa un instant avant de demander :

– Ça te dirait de rejoindre nos rangs ?

– Ce n'est pas mon genre de jouer les groupies, intervint Della.

– C'était à ton copain que je parlais, lança le chef du gang en se tournant vers elle. Cela dit, si tu es aussi facile que ce qu'il raconte, on devrait pouvoir te trouver une place parmi nous.

Elle poussa un grondement.

– Hé ! fit Chase, l'air contrarié.

Pourtant, il ne pouvait s'en prendre qu'à lui-même.

– Elle ne m'a même pas laissé la toucher, ajouta-t-il. C'est aussi pour ça que je suis curieux de retrouver ce type, pour voir ce qu'il a de plus que moi.

Le tatoué parut satisfait par cette explication. Della ne savait pas si elle devait s'en réjouir ou se mettre en colère.

– Et moi, je suis curieux de voir si tu es vraiment aussi fort et rapide que ce que tout le monde raconte, rétorqua le leader.

Chase se cala contre le dossier de sa chaise.

– Je te propose un marché : tu nous présentes ton petit nouveau, et on se fait un petit match amical dans une ruelle sombre, toi et moi.

– Et si on se le faisait tout de suite, ce petit match ?

M. Piercing montra les crocs, et Della comprit que le match en question n'aurait rien d'amical.

Ça allait mal finir, cette histoire.

Chapitre 28

Della jeta un bref coup d'œil aux agents de l'URF. Au moins, ils n'étaient pas seuls.

– Non, fit Chase d'un air détendu, même si ses yeux luisaient légèrement. Je préfère mon idée.

– Pas moi, reprit le chef du gang. Qu'est-ce qu'il faut faire pour te mettre d'humeur bagarreuse ? Toucher à ta petite pute, là ?

– Non, gronda Della. C'est moi que ça mettrait d'humeur bagarreuse. Et tu prendrais le risque de te faire botter le cul par une fille. C'est ça, que tu veux ?

Elle soutint son regard et sortit les crocs. Elle n'aimait pas se faire traiter de pute, et elle détestait encore plus qu'on la croie incapable de se défendre toute seule.

– Je ne veux pas d'embrouilles, Luis ! cria le serveur. Tu ne m'as toujours pas remboursé pour les dégâts de la dernière fois.

Le tatoué fit un doigt d'honneur au barman avant de se retourner vers Chase.

– Je comprends pourquoi elle te plaît. Elle a du cran et elle est pas mal du tout.

– Je t'ai proposé un marché, rétorqua Chase sur un ton

cassant. Tu nous amènes ton petit nouveau, puis on s'explique dehors, toi et moi. OK ?

– Faut voir. Je vais passer quelques coups de fil pour m'assurer que ça intéresse ma nouvelle recrue de retrouver son amour d'un soir, déclara Luis avant de s'adresser à Della. Tu sais, ma belle, s'il sortait tout juste de sa transformation, il y a de fortes chances pour qu'il ne se souvienne même pas de toi. Tu es sûre que ça ne va pas briser ton petit cœur ?

– J'espère que non, répondit-elle aussi calmement qu'elle le put.

Le chef du gang alla s'accouder au bar, et Chase reprit leur conversation au sujet de ses voyages. Il s'interrompit quand le téléphone de Della l'avertit qu'elle avait reçu un message. Elle lut le texto.

C'était Burnett, qui écrivait : « Sortez tout de suite du bar ! »

Elle montra le portable à Chase.

Il se renfrogna mais, quand elle se leva de table, il la suivit sans protester. Du coin de l'œil, elle vit que les agents de l'URF les observaient. Qu'est-ce qui se passait ?

– Où vous allez, comme ça ? cria Luis depuis le bar.

– On revient. J'ai juste besoin de faire la vidange, dit Chase.

– Et tu as besoin que ta copine te la tienne ? lança un des clients.

Tout le monde dans le bar éclata de rire.

Della salua la foule d'un doigt d'honneur.

Ils sortirent dans la nuit noire, et Chase alla se poster à l'orée du bois, derrière la vieille maison. Là, il huma l'air pour s'assurer qu'ils étaient seuls.

Une fois satisfait, il se tourna vers elle.

– Qu'est-ce qui se passe ? C'est quoi, cette histoire ?

– Aucune idée, mais, en général, Burnett ne fait rien sans raison.

– Il ne peut pas nous envoyer en mission pour ensuite nous dire de tout arrêter ! protesta Chase.

– C'est pourtant ce qu'il vient de faire, et…

Chase lui posa un doigt sur les lèvres pour la faire taire et, tout en désignant les arbres, l'attira à l'ombre de la bâtisse.

Della renifla, mais en vain. En revanche, quand elle tendit l'oreille, elle perçut des voix qui approchaient depuis deux directions différentes. Impossible de se cacher ! Ils pouvaient prendre la fuite, mais il était peut-être déjà trop tard.

Elle vit quatre hommes sortir de la forêt sur sa gauche, puis deux autres sur sa droite. Ils avaient le nez en l'air, ce qui voulait sans doute dire qu'ils avaient repéré leur odeur – et qu'il était trop tard pour fuir. La seule solution pour se tirer de ce mauvais pas, c'était de ne pas se faire remarquer. Et pour ça…

Elle fit volte-face, passa les bras autour du cou de Chase et l'embrassa. Un gros bisou bien torride. Ses lèvres étaient froides mais douces. Il avait un léger goût de menthe, comme s'il s'était brossé les dents peu de temps auparavant. Très vite, elle oublia la raison de ce baiser.

Après une hésitation d'une fraction de seconde, Chase la prit dans ses bras. Il passa les mains au creux de sa taille puis remonta doucement. Sans cesser ses caresses, il la fit pivoter de façon à tourner le dos aux vampires qui approchaient.

Della les entendit rire, et l'un d'entre eux déclara :

– Elles ne chôment pas, les putes, ici.

Une rage vive lui réchauffa la poitrine, aussitôt remplacée par un désir brûlant qui se propagea comme un incendie. Elle se rendit compte qu'elle avait posé les mains sur le torse de Chase, et la sensation de son corps musclé sous ses paumes fit battre son cœur à un rythme affolé. Il lui caressa lentement le dos, puis fit glisser ses mains de chaque côté en effleurant ses seins, tout doucement, avant de passer le pouce sur un de ses tétons durcis. Elle faillit gémir de plaisir et perçut un murmure sourd dans la gorge de Chase.

Ce n'était qu'une ruse, elle ne devait pas l'oublier. Pourtant elle ne contrôlait pas ses réactions au contact de Chase, de ses mains et de son grand corps ferme contre le sien.

Arrête ! Ça suffit ! Elle tenta de lutter contre la passion qui la réchauffait de l'intérieur.

Les quelques neurones de son cerveau qui n'étaient pas complètement enivrés par ce baiser lui firent passer le message que les vampires s'étaient éloignés. Ils venaient de tourner au coin de la maison quand Chase se recula. Elle croisa son regard et vit que ses yeux luisaient franchement. Était-ce dû au danger, ou à leur baiser ?

– Ouah, souffla-t-il, hors d'haleine.

Voilà qui répond à ma question.

Une voix retentit au loin. Sans un mot de plus, Chase prit la main de Della et partit en courant. Brusquement ses pieds décollèrent du sol et il l'entraîna dans les airs à sa suite.

Cela dit, elle avait l'impression de ne plus toucher terre depuis qu'elle avait posé les lèvres sur les siennes. Heureusement, sa conscience du danger reprit le dessus et la passion qui l'avait saisie, même violente, fut balayée par le vent. Ce baiser avait été une très mauvaise idée.

Ils venaient à peine de gagner la forêt, quand ils entendirent la voix du leader, beaucoup trop proche.

– Où est-ce qu'ils sont passés ?

Chase accéléra, sans lâcher la main de Della. Elle essaya de rester à sa hauteur au lieu de se laisser entraîner comme un poids mort, mais elle n'était tout simplement pas assez rapide.

Les vampires s'étaient élancés à leur poursuite, aussi Chase se mit-il à zigzaguer entre les arbres afin de les semer. Pourtant elle entendait toujours leurs voix derrière eux. Soudain, Chase la prit à bras le corps et, la tenant contre lui, accéléra encore. La vue de Della se brouilla. Elle ne savait même plus où était le ciel et où était la terre. Chase fusait à une vitesse qu'elle n'aurait jamais crue possible.

Un vent mordant lui picotait la peau tandis qu'ils fendaient l'air glacial, et elle dut cacher son visage contre la poitrine de Chase pour empêcher ses yeux de la brûler.

Elle avait peut-être perdu ses sens de vampire, mais si près de lui, elle sentit de nouveau son odeur mâle et épicée, ce parfum qui l'avait enivrée alors qu'ils s'embrassaient, merveilleusement frais et propre. Il avait dû se doucher avant de venir la rejoindre.

Soudain, elle eut l'impression qu'il penchait la tête vers elle et appuyait ses lèvres contre sa tempe.

– Je vais faire une boucle pour m'assurer qu'ils ne puissent pas suivre notre trace jusqu'à Shadow Falls, murmura-t-il à son oreille.

Elle ne dit rien. Cela n'appelait pas de réponse, de toute façon.

Une minute plus tard – ou peut-être deux, ou cinq, elle avait perdu toute notion du temps –, Chase atterrit tout en la gardant serrée contre lui. Le cœur de Della battait la chamade, à moins que ce ne soit celui de Chase qu'elle sentait. Elle ouvrit les yeux et vit qu'ils étaient près d'un étang. Pas n'importe lequel : c'était le lac de Shadow Falls.

Chase leva la tête pour humer l'air et s'assurer que personne ne les avait suivis. Alors, seulement, il croisa son regard. Ses yeux verts luisaient doucement, et il semblait particulièrement fier de lui. Il y avait de quoi. Où avait-il appris à voler à une vitesse pareille ?

– Ça va ? demanda-t-il.

Elle hocha la tête et déglutit avant de pouvoir parler.

– Tu peux me lâcher, maintenant.

Il la reposa lentement par terre, mais au lieu d'ôter les mains de sa taille, il l'attira contre lui et l'embrassa. Doucement. Tendrement.

Ce baiser était différent du premier. Il était encore meilleur.

Il avait un goût de danger, un goût nouveau… un goût d'interdit.

C'est parce qu'il est interdit, justement ! Elle se botta mentalement les fesses et s'écarta vivement. Elle posa les deux mains à plat sur son torse et le poussa si fort qu'il en tomba à la renverse.

– Arrête, gronda-t-elle.

– C'est toi qui as commencé, je te signale, rétorqua-t-il en souriant.

Comment osait-il sourire, alors que… ?

– C'était uniquement pour qu'ils croient que…

– Qu'on était sur le point de s'arracher nos vêtements.

– … pour qu'ils ne croient pas que…

Elle entendit la voix de Miranda résonner dans sa tête.

« Va embrasser quelqu'un d'autre. Le nouveau, là, Chase, par exemple ! »

– C'était uniquement parce que…

Parce qu'une chipie de sorcière m'a jeté un sort ! Non, c'était injuste, Miranda n'aurait jamais fait une chose pareille. Et puis elle n'en avait même pas eu besoin, il avait suffi qu'elle lui souffle cette idée de génie pour semer la pagaille. Et quelle pagaille ! Della n'avait aucune envie d'apprécier les baisers de Chase, d'en vouloir davantage… *C'est décidé, je vais la tuer.*

Elle tourna les talons et s'éloigna, mais Chase la suivit. Elle entendait ses pas résonner dans la nuit.

– Il faut qu'on parle, Della.

– Non, lança-t-elle tout en longeant le lac.

Elle n'était même pas sûre d'avoir pris la direction de son bungalow, tant elle était déboussolée.

– Ne t'enfuis pas comme ça ! lança-t-il sur un ton accusateur.

– Je ne m'enfuis pas, je marche tranquillement, rétorqua-t-elle.

– Della !

Va-t'en, je ne veux plus te voir, pensa-t-elle en baissant les yeux pour éviter de croiser son regard. Sauf que, une seconde plus tard, elle fonça droit dans un torse musclé. Il était vraiment trop rapide ! Sans réfléchir, elle le poussa de toutes ses forces et, une fois de plus, il tomba sur les fesses.

C'est alors qu'elle entendit les pas de Chase dans son dos. Mais alors, s'il était derrière elle… qui est-ce qu'elle venait de flanquer par terre ?

– Qu'est-ce qui te prend, Della ? demanda Burnett en se relevant, les yeux brillants de colère.

Elle le dévisagea, muette.

Il fronça les sourcils et renifla rapidement. *Oh non !* Il avait dû sentir ses phéromones.

Elle aurait tellement voulu pouvoir prétendre que ce baiser ne lui avait rien fait du tout ! Prétendre que c'était juste un coup de folie passager, dû au danger auquel ils venaient d'échapper.

Sauf qu'elle ne pouvait pas le nier, elle avait aimé ce baiser.

– Qu'est-ce qui ne va pas ? insista Burnett.
– Rien… Je ne t'ai pas reconnu, c'est tout.
– Comment ça ? C'est absurde !
– C'est parce que…
Elle sentit Chase s'arrêter à sa hauteur.
Parce que j'étais complètement déboussolée par un baiser torride. Parce que mes sens se sont fait la malle.
Elle prit une profonde inspiration pour se calmer et oublier ce fichu baiser. Il était temps de se ressaisir et de se concentrer sur l'enquête.
– Parce que je suis en colère. Pourquoi tu nous as fait évacuer le bar ?
– Le coup de fil que le chef du gang a passé après vous avoir parlé, c'était pour rameuter le reste de ses troupes. Il voulait vous faire la peau.
– Comment tu sais ça ? demanda Chase.
Il se tenait si près d'elle que sa hanche frôlait la sienne.
– Il avait d'autres agents dans le bar, répondit Della sans quitter Burnett des yeux.
Elle n'était pas encore prête à affronter le regard de Chase. Elle avait besoin de quelques secondes pour oublier leur baiser. Malheureusement, le souvenir de cet instant fit sortir ses griffes et s'accrocha sauvagement. Le goût de Chase. Son odeur. Ses caresses. Ses lèvres…
– Quoi ? fit Chase. Et vous n'avez pas cru bon de m'en parler ? Ni l'un ni l'autre ?
– Je ne savais pas, dit Della. Je m'en suis rendu compte quand on est entrés dans le bar et que je les ai reconnus.
Elle lui jeta un bref coup d'œil, mais détourna aussitôt la tête quand elle vit que ses lèvres étaient encore humides.
– Pourquoi tu ne nous as pas prévenus ? lança Chase à Burnett sur un ton accusateur.
Le directeur ne releva pas l'insolence de cette question.
– Je n'envoie jamais de nouveaux agents en mission sans m'assurer qu'ils ont des renforts, au cas où ça tourne mal, répondit-il le plus calmement du monde.
– Je m'en serais très bien sorti tout seul, rétorqua Chase.

Della n'aimait pas lui donner raison, mais elle avait eu l'occasion de voir ce dont il était capable et elle était à peu près sûre qu'il n'exagérait pas. Il était super fort, il savait voler comme personne, il embrassait super bien…

– Peut-être, dit Burnett, mais j'ai préféré ne pas prendre de risque. Ce qui compte, c'est que nous ayons appréhendé notre suspect. Le nouveau membre du gang, un certain Billy Jennings, est arrivé environ deux secondes après votre départ. Le leader lui a posé des questions au sujet de sa rencontre avec Della, ajouta Burnett en se tournant vers elle. Il est reparti du bar en compagnie de seulement deux autres vampires, donc mes agents les ont suivis. Je viens d'apprendre qu'ils avaient réussi à l'attraper. Ils sont en train de le conduire à…

Della cessa d'écouter. Ils avaient arrêté le suspect ! Un immense soulagement s'empara d'elle. *On l'a coincé, Lorraine !* Elle ne savait pas pourquoi elle s'adressait à la jeune morte comme si cette dernière pouvait l'entendre, mais c'était plus fort qu'elle. *On a coincé le salaud qui t'a fait ça !*

– Je vais vous demander de m'accompagner afin de confirmer que c'est bien sa signature olfactive que vous avez identifiée le soir du meurtre.

Une panique sourde envahit peu à peu Della. Si son odorat restait aux abonnés absents, comment allait-elle savoir si c'était bien lui le coupable ? Il était hors de question qu'elle avoue à Burnett qu'elle n'était pas en pleine possession de ses moyens quand elle avait accepté cette mission. Il la réduirait en miettes.

Peut-être pas elle personnellement, mais sa carrière dans l'URF.

Burnett ouvrit une porte et fit signe à Della et à Chase d'entrer dans une petite salle grise et triste. L'un des murs était percé d'une grande vitre qui donnait sur la pièce voisine. Il n'y avait personne à l'intérieur.

– Ils vont y faire entrer le suspect d'ici quelques minutes, indiqua Burnett. Vous pourrez le voir, mais il ne vous verra pas, et le système d'aération devrait vous permettre d'identifier son odeur.

Normalement, pensa Della.

– Je reviens tout de suite, dit Burnett.

Il sortit, et le bruit de la porte qui se refermait derrière lui joua sur les nerfs de Della comme sur des cordes trop tendues.

– Ça va ? demanda Chase, qui semblait percevoir son angoisse.

Elle hocha la tête et tenta de faire taire les pensées qui grésillaient sous son crâne. Elle inhala profondément pour voir si, par chance, son odorat était revenu, mais en vain. Elle ne percevait même pas l'odeur de Chase.

Des bruits attirèrent son attention vers la pièce attenante. Un agent de l'URF – la louve-garou – fit entrer un jeune homme et lui ordonna de s'asseoir. Della dut se rappeler que ce n'était pas n'importe quel jeune homme. Il s'agissait de Billy Jennings, le vampire accusé d'avoir sauvagement assassiné Lorraine et son petit ami.

Della inspira de nouveau. Toujours rien. Son estomac se noua.

Elle examina le visage de Billy. Alors qu'ils étaient dans le bar avec Chase, elle avait tenté d'identifier de potentiels tueurs parmi les clients, mais il ne lui serait jamais venu à l'esprit de soupçonner Billy Jennings. Certes, il avait les cheveux bruns et courts, mais il paraissait plus jeune qu'elle et aurait tout à fait eu sa place dans l'orchestre de jazz du lycée. Elle l'imaginait sans mal à la trompette ou à la clarinette.

Il respirait l'innocence, avec ses joues roses de premier de la classe. Il n'avait sans doute jamais bu la moindre bière et ne semblait pas du genre à planter les dents dans une jugulaire pour se goinfrer de sang.

Della sentit le regard de Chase peser sur elle et devina la question qu'il s'apprêtait à lui poser.

Sa décision était prise, elle ne mentirait pas. Elle en était incapable. Elle n'aurait peut-être pas le cran d'avouer à Burnett que ses sens partaient en sucette, mais elle n'oserait jamais faire condamner quelqu'un sans être absolument sûre d'elle.

– Alors ? demanda Chase.

Elle se retourna vers Billy. Il semblait effrayé. Terrifié. Elle se souvenait encore de la semaine qui avait suivi sa transformation. Arrachée à sa vie d'avant, elle venait d'être transformée en monstre et se faisait horreur.

Innocent, innocent, innocent, lui répétait son esprit en boucle.

Malgré le froid qui régnait dans la pièce, elle eut soudain l'impression d'étouffer, comme si les murs se refermaient sur elle. Elle entendait son sang battre follement à ses tempes et fut prise de vertige. Il fallait qu'elle sorte de là.

Elle tourna les talons et, laissant la petite pièce grise derrière elle, longea le couloir jusqu'à une porte qui donnait sur l'extérieur. Ce n'est qu'une fois dans le parking, sous la lune et les étoiles, qu'elle s'autorisa à respirer.

– Du calme, Della. Détends-toi, dit Chase en posant les mains sur ses épaules.

Son contact lui parut froid et pourtant réconfortant. Elle fut tentée de s'appuyer contre lui, puis elle repensa à leur baiser.

– Ça va aller, souffla-t-il.

– Non, ça ne va pas aller du tout, rétorqua-t-elle en secouant la tête. Je ne peux pas… Mon… Je ne sais pas si c'est lui. Je n'en suis pas sûre.

Soudain elle comprit qu'elle n'avait pas besoin d'en être sûre. Elle fit face à Chase.

– Toi aussi, tu avais perçu la signature olfactive du tueur. Est-ce que c'est lui ?

Après un instant d'hésitation, il hocha la tête.

– Oui.

Pourtant, malgré l'obscurité, elle vit un tic nerveux agiter son sourcil gauche.

– Tu mens, déclara-t-elle. Toi non plus, tu n'es pas sûr.

– Je ne suis pas certain à cent pour cent, mais ça me suffit.

Innocent, innocent, innocent. Ce mot recommença à tourner en boucle dans son esprit.

– Tu ne peux pas condamner ce gamin si tu n'es pas absolument sûr de toi !

– Della, réfléchis une minute, dit-il en lui prenant les épaules.

Écoute, reprit-il une fois qu'elle eut levé les yeux vers lui. Il correspond à la description du tueur et il a un motif valable. L'URF va faire un test ADN avant de le condamner. Si ce n'est pas lui, il sera disculpé, tout simplement.

– Peut-être, mais en attendant les résultats, il va être traité comme un criminel, et il va croire qu'il a effectivement tué ce jeune couple parce qu'il n'a sûrement aucun souvenir de ses premiers jours de vampire.

Sa poitrine se serra lorsqu'elle repensa aux tests qu'elle avait elle-même subis dans ces locaux, afin qu'on détermine si elle avait tué quelqu'un après sa transformation. Elle n'avait jamais éprouvé un tel dégoût de soi que ce jour-là.

Billy ressentait-il la même chose en ce moment ?

– Ce n'est pas juste, dit-elle en essayant d'empêcher sa voix de trembler. On ne peut pas l'accuser si on n'est pas certains que c'est lui.

– Ce serait encore pire si on le laissait repartir et qu'il se révélait coupable. Crois-moi, si on le relâche, il va disparaître dans la nature, même s'il est innocent. Le gang ne va pas le reprendre maintenant qu'il a attiré l'attention de l'URF. En plus, les statistiques indiquent qu'un vampire qui tue pour se nourrir juste après sa transformation a deux fois plus de chances de recommencer à tuer.

– Tu n'en sais rien.

– Si, ça a été prouvé. Crois-moi.

– Prouvé par qui ? Et comment ? D'où tu sors tous ces chiffres, d'abord ?

– Laisse tomber, ça ne change rien, rétorqua-t-il, les mâchoires serrées, comme s'il en avait trop dit.

Sauf qu'il se trompait. Cela changeait tout – pour les victimes, Lorraine et Jake, ainsi que pour Billy.

Chase prit le menton de Della pour la forcer à le regarder.

– Della, je suis persuadé que c'est bien sa signature olfactive que j'ai perçue le soir du meurtre. Fais-moi confiance.

– Non. Tu m'as dit que tu n'en étais pas sûr à cent pour cent.

– Personne n'est jamais sûr à cent pour cent ! râla-t-il, l'air excédé. Écoute, s'il est innocent, tout ce qu'il risque, c'est de passer une journée de plus dans une cellule. Mais s'il est coupable, le laisser filer risque de coûter d'autres vies. Tu tiens vraiment à avoir ça sur la conscience ?

Della revit l'image de Lorraine et de Jake, sauvagement égorgés. Envers qui devait-elle faire preuve de loyauté ? Envers les morts ou envers un gamin terrifié qui n'avait peut-être rien fait de mal ?

Innocent, innocent, innocent.

– Je ne suis pas sûre, dit Della à Burnett dix minutes plus tard.

Ils étaient de retour dans la petite pièce grise, et le directeur les avait fait asseoir. Della se concentrait sur Chase et Burnett pour éviter de regarder Billy, de l'autre côté de la vitre.

Burnett n'avait pas l'air content, et Chase non plus. Elle ne comprenait toujours pas pourquoi ce dernier était si contrarié.

Burnett posa les coudes sur la table et se pencha vers elle.

– Je croyais que tu avais identifié son odeur.

– Moi aussi, je le croyais, mais… Il y a quelque chose qui cloche. Je… je suis désolée, mais je ne suis pas sûre que ce soit lui.

– Je sais que c'est dur, Della, reprit Burnett plus doucement, mais si ce soit lui qui…

Innocent, innocent, innocent.

– C'est justement pour ça que c'est dur, intervint-elle. Si j'étais certaine que ce soit lui, ce serait facile, mais… je ne peux pas.

Burnett poussa un profond soupir et s'adressa à Chase.

– Dis-moi que tu as une bonne nouvelle à m'apprendre, s'il te plaît.

– C'est lui, affirma Chase en hochant la tête.

Della le vit ciller rapidement. Malgré elle, elle jeta un regard en direction de Billy. Il avait les yeux brillants de larmes et l'air anéanti. Elle se leva brusquement – si brusquement que sa chaise se renversa.

Innocent, innocent, innocent.

– Chase ne te dit pas toute la vérité, Burnett. Lui non plus, il n'est pas sûr. On ne peut pas condamner ce pauvre gamin sans preuve.

Elle savait très bien ce que cela faisait d'être traité comme un assassin. La douleur et la honte étaient intolérables.

Burnett se tourna vers Chase, l'air choqué.

– Est-ce que c'est vrai ?

– Non.

L'assurance avec laquelle Chase répondit, son culot estomaquèrent Della.

– Regarde-le, enfin ! s'écria-t-elle en désignant la vitre du doigt. Ce n'est qu'un gamin ! Tu vas lui faire subir un truc pareil alors que tu n'es même pas sûr de toi ?

Chase ne lui accorda même pas un coup d'œil. Il resta tourné vers Burnett.

– C'est lui, le coupable.

Chapitre 29

Aussitôt que Burnett arrêta la voiture devant le portail de Shadow Falls, elle sortit en courant.

– Della ! cria-t-il.

Elle hésita à faire la sourde oreille mais, connaissant Burnett, elle savait qu'il viendrait la chercher de toute façon.

Elle s'arrêta et fit volte-face, à temps pour voir Burnett renvoyer Chase à son bungalow. Personnellement, elle l'aurait bien envoyé au diable. Surtout si Billy Jennings était innocent. *Oui, mais s'il est coupable ?* Elle avait envisagé cette possibilité, naturellement, mais son instinct et ses tripes lui disaient le contraire – ainsi que cette petite voix insistante.

– Désolé, j'ai fait ce qui me semblait juste, dit Chase en passant à côté d'elle.

Elle lui jeta un regard hostile. Il mentait. Comment cela pouvait-il être juste ?

Burnett arriva à sa hauteur et lui fit signe de le suivre jusqu'au bureau. *Génial !* Elle allait se faire remonter les bretelles, en prime. Elle n'était vraiment pas d'humeur.

Elle avait besoin d'être seule. Il était plus d'une heure du matin, et tous ses ennuis s'entrechoquaient dans sa tête. Elle avait embrassé ce pervers de Chase – pire, elle avait aimé ça. Elle redoutait secrètement d'avoir attrapé le virus qui avait tué son cousin. Elle avait perdu ses sens super aiguisés de vampire. Et elle n'avait pas réussi à empêcher que la vie d'un jeune homme sans doute innocent soit complètement ruinée.

Holiday les attendait sous le porche du bureau. À en juger par l'expression de son visage, Burnett l'avait appelée pour la mettre au courant de ce qui s'était passé.

– Je sais combien c'était dur, dit-elle à Della une fois que celle-ci se fut installée sur le canapé.

La fée s'assit à côté d'elle, une main posée sur son ventre, qui grossissait de jour en jour. Burnett s'appuya contre le bureau. Il semblait contrarié, mais pas autant que Della. *Et certainement pas autant que Billy.* Elle imaginait sans mal ce qu'il devait traverser, le pauvre.

– Le plus dur, c'est qu'il croit Chase sur parole au lieu de m'écouter ! lança-t-elle tout en fusillant Burnett du regard. Pourtant, il sait très bien que Chase n'est pas tout à fait honnête.

– Je ne le crois pas sur parole, intervint Burnett.

– Pourtant, Billy est toujours enfermé.

– Oui, parce que c'est le principal suspect dans une affaire de meurtre.

– Ha ! Et moi qui croyais qu'on était innocent jusqu'à preuve du contraire, dans ce pays !

– J'ai dit « suspect », Della. On ne l'a encore accusé de rien.

– Ça revient au même ! Vous le gardez enfermé dans sa cellule ! Il sait très bien que vous le croyez coupable d'un meurtre et, comme il ne se souvient de rien, il doit commencer à le croire lui-même. Il vient de comprendre qu'il était désormais un vampire et il se considère sans doute comme un monstre. Vous n'allez faire que le conforter !

Burnett fronça les sourcils.

– Qu'est-il arrivé à la jeune fille qui est venue me supplier d'enquêter sur ce meurtre il y a quelques jours parce qu'elle tenait absolument à ce que justice soit faite ? Tu es même allée à l'enterrement d'une des victimes. Tu disais vouloir coincer le salaud qui lui a fait ça, et maintenant…

– Rien n'a changé ! cria-t-elle. C'est toujours vrai, je veux que justice soit faite, et si c'est Billy le coupable, alors coffrez-le, mais pour le moment, vous n'avez aucune preuve contre lui. Chase t'a menti, il n'est pas sûr de lui, pas plus que moi.

Holiday posa une main sur le bras de Della.

– Ne perdons pas notre calme, souffla-t-elle.

Della se détendit légèrement à son contact, mais ce n'était pas suffisant.

Innocent, innocent, innocent.

Burnett se passa une main sur le visage avant de regarder Della.

– Même sans le témoignage de Chase, j'aurais détenu le suspect jusqu'à ce qu'on ait les résultats du test ADN.

– S'il est innocent, il souffre pour rien, objecta Della avant de marquer une pause. Pourquoi tu n'as pas examiné l'empreinte de ses dents, comme tu l'as fait avant de m'amener ici ? Ça permettrait au moins d'accélérer le processus.

Burnett tressaillit, comme si ce souvenir était aussi pénible pour lui que pour elle.

– Les victimes étaient trop amochées pour qu'on puisse prélever une empreinte valable, expliqua-t-il avant de pousser un profond soupir. Écoute, Della, même si ce gamin n'a rien fait de mal, il a choisi de faire partie d'un gang de renégats. Une bonne frayeur lui sera peut-être salutaire.

Della sentit l'émotion lui nouer la gorge.

– Ce que tu viens de dire montre bien que tu es né avec le virus actif. Tu n'as pas idée de ce qu'on ressent pendant et après la transformation.

– Je sais que…

– Non, tu n'en sais rien du tout. Tu n'as jamais eu l'impression de voir un monstre en te regardant dans la glace. Je suis sûre que la plupart des vampires qui vont grossir les rangs des gangs le font pour éviter de commettre un crime plutôt que pour jouer les hors-la-loi. Chan m'a dit que les gangs promettaient du sang frais à tous leurs membres et qu'ils ne tuaient qu'en cas d'extrême nécessité.

– J'en suis conscient, Della, mais mon boulot…

– Ton boulot, c'est d'aider à faire régner la justice, or je ne suis pas sûre que ta décision de ce soir ait été très juste envers Billy.

– Pourquoi es-tu si sûre qu'il est innocent ? demanda Burnett.

Elle réfléchit un instant. Elle-même s'était posé la question, sans y trouver de réponse satisfaisante.

– Je ne sais pas, c'est mon instinct qui me le dit.

Mon instinct, et cette fichue petite voix dans ma tête.

Della tressaillit quand l'image du jeune couple mutilé s'imposa à elle, une fois de plus.

Elle se tourna vers Holiday.

– Est-ce que Lorraine est revenue te voir ? Tu pourrais peut-être lui demander si c'est Billy qui l'a tuée.

La fée secoua la tête.

– Je ne l'ai pas revue. Je ne sais pas si c'est parce qu'elle est passée de l'autre côté ou parce qu'elle n'est pas encore prête à communiquer.

– Est-ce que l'enquête se poursuit ? demanda Della à Burnett. Est-ce qu'on a d'autres pistes ?

– Non, répondit-il.

Moi, si. Elle repensa à ce que lui avait appris Lindsey, l'amie de Lorraine qui lui avait parlé du Sang Pourpre sur Facebook.

– Apparemment, certaines amies de Lorraine soupçonnent son ex-petit copain.

Burnett la dévisagea comme si elle avait perdu la tête.

– Le tueur était un vampire.

– Je sais, mais peut-être que…

– On n'enquête pas sur des « peut-être ». On suit des pistes fiables, comme on vient de le faire ce soir.

– Mais il jouait dans un groupe qui…

– Ça suffit, Della !

Elle serra les mâchoires. Burnett avait décidé de ne pas l'écouter. Il ne lui restait donc plus qu'à parler à Kevin.

– Je peux y aller ? demanda-t-elle.

Burnett fronça les sourcils et se tourna vers Holiday.

– Il est tard, fit remarquer cette dernière en se caressant le ventre.

– OK, dit Burnett. On en reparlera demain.

Della se promit que, le lendemain, elle en saurait davantage au sujet de Phillip Lance. Qu'elle aurait une piste fiable qui lui permettrait d'innocenter Billy Jennings.

À mi-chemin de son bungalow, Della sortit son téléphone de sa poche et envoya un texto à Kevin.

« T'est toujours à Houston ? Faut que je te voie. »

Elle s'arrêta et ferma les yeux un instant. Le verrait-il ? Y répondrait-il ?

Elle se remit en marche et aperçut la petite icône qui lui disait qu'elle avait un message vocal. De la part de Steve.

Elle se mordit la lèvre et, peut-être parce qu'elle était déjà submergée d'émotions, elle s'autorisa à l'écouter.

« Je sais que tu n'as pas envie de me parler, mais je tenais à te dire que je suis désolé. Ce baiser… ce n'était pas mon idée, mais je serais furieux si quelqu'un t'avait embrassée. Alors, s'il te plaît, mets-toi en colère, dis-moi que tu m'en veux. Je l'ai mérité, mais… Je tiens à toi, Della ! Je m'en fiche, de cette fille. C'est toi, que je veux. Appelle-moi, s'il te plaît. »

Son cœur se serra. Elle aurait donné n'importe quoi pour avoir Steve à son côté en cet instant – pour qu'il la serre dans ses bras et l'aide à trouver du sens à toute cette folie.

Le doigt sur la touche « rappeler », elle hésita. Que pourrait-elle bien lui dire ?

À cet instant, son téléphone annonça un nouveau texto.

C'était Kevin.

« Me voir pour quoi ? Me demander une autre faveur ? Tu vas finir par y laisser ta chemise… ou ta culotte. »

Il ponctuait ce message d'un smiley. Avec un peu de chance, il plaisantait. Après tout, elle s'était déjà fait traiter de prostituée à deux reprises… Elle ne laisserait jamais ce type la toucher, mais elle n'était pas obligée de le lui dire.

« Ha ha ! T'es où ?

– Près de ton école. Qu'est-ce qui t'arrange ? »

Della envisagea de sauter par-dessus la clôture pour aller le rejoindre quelque part à Fallen, mais Burnett piquerait une crise. Soudain, elle eut une idée. Pourquoi ne pas s'inspirer de Chase et de ses rencontres secrètes ? Tant que Kevin ne touchait pas la grille, ils ne risquaient rien. À quoi bon enfreindre la règle quand on pouvait la contourner gentiment ?

Elle indiqua à Kevin l'endroit exact où la retrouver.

« N'essaie surtout pas de toucher ou de sauter la clôture. »

Dix minutes plus tard, elle attendait à l'endroit où le ruisseau passait sous le grillage. Assise sur un tronc d'arbre, les genoux repliés contre sa poitrine, elle frissonnait, les bras couverts de chair de poule, ce qui voulait sans doute dire que sa température était toujours trop élevée. L'air résonnait de bruits nocturnes, un chœur d'insectes, de grenouilles et de petits rongeurs qui se faufilaient sous les buissons.

Seule et désœuvrée, elle sortit son téléphone de sa poche et passa ses textos en revue. Il y en avait un qu'elle n'avait pas lu, de la part de Steve.

« Tu me manques. »

Lui aussi lui manquait. Épuisée, elle ferma les yeux et posa le front sur ses genoux. Elle imagina son visage, son sourire. La douceur de ses baisers, qui prenaient peu à peu de l'intensité jusqu'à devenir terriblement enivrants.

Elle avait mauvaise conscience d'avoir embrassé Chase, même si elle l'avait fait uniquement pour sauver leur mission – et leur peau. À moins que ce n'ait été l'idée lumineuse de la petite sorcière qui avait fait son chemin et l'avait contaminée.

Soudain elle se rendit compte qu'elle n'en voulait plus autant à Steve pour… s'être laissé faire quand Jessie l'avait embrassé. C'était toujours douloureux d'y penser, mais sa colère avait disparu. Cela ne lui importait même plus de savoir s'il avait apprécié ou pas. Après tout, elle avait aimé les baisers de Chase.

Miranda aurait-elle eu raison ? Non, impossible ! On ne réparait pas une bêtise par une autre bêtise. Pourtant, en se mettant à la place de Steve, Della avait compris qu'un baiser ne signifiait pas qu'il ne tenait plus à elle, ou qu'il risquait de recommencer.

Elle-même savait que ce qui s'était passé avec Chase ne se reproduirait pas.

Jamais.

Elle en avait la certitude.

Elle se redressa et composa un message pour Steve.

« On en discute ce week-end, d'accord ? »

Il lui fallut plus de temps pour se décider à l'envoyer que pour l'écrire.

Trente secondes plus tard, elle avait une réponse.

« D'accord. Tu me manques. »

Son cœur se serra. Il était réveillé à côté de son téléphone, dans l'espoir qu'elle lui fasse signe. Elle repensa à la douleur qu'elle avait lue dans son regard pendant leur dispute.

« Toi aussi, tu me manques. »

Aussitôt, un autre message lui parvint.

« Tu veux qu'on parle maintenant ? Je peux appeler Burnett et rentrer à Shadow Falls. »

Elle fut prise de panique, et pas seulement parce qu'elle attendait la visite de Kevin. Elle n'était pas encore prête à affronter Steve. Allait-elle lui parler de ce qui s'était passé avec Chase ? Allait-elle accepter que ce qu'il y avait entre eux devienne… officiel ? Non, clairement, elle n'était pas encore prête.

« Non. Ce week-end, c'est mieux.

– OK. »

Elle entendit un bruit lointain et rangea son téléphone tout en inclinant la tête sur le côté. Il s'agissait de bruits de pas légers qui s'approchaient d'elle de l'autre côté de la clôture. Elle inspira, dans l'espoir de reconnaître l'odeur de Kevin, mais en vain.

Soudain les autres bruits de la forêt cessèrent. Les animaux et les insectes se turent, et même les arbres parurent s'immobiliser dans l'obscurité.

Ce devait être Kevin mais, peu désireuse de se faire assommer de nouveau, elle alla se cacher derrière un tronc pour guetter le nouveau venu sans être vue.

Chapitre 30

Della vit Kevin s'avancer entre les buissons, le nez en l'air, comme s'il cherchait à distinguer son odeur.

– Je suis là, dit-elle en s'approchant de la clôture.

Il s'arrêta et leva les mains comme pour les poser sur le grillage.

– Stop ! Ne touche pas ça, c'est dangereux.

Il recula d'un pas et mit les mains dans ses poches.

– C'est donc vrai qu'il y a des alarmes partout autour du terrain ?

– J'en ai bien peur.

– Et si on passe au-dessus en volant ?

– On les déclenche aussi.

– C'est une vraie prison ! Je ne pourrais jamais vivre ici.

– C'est pour empêcher des intrus d'entrer par effraction, pas pour nous empêcher de sortir.

– Mais bien sûr.

Della fronça les sourcils.

– Écoute, si je t'ai fait venir, c'était parce que j'espérais que tu pourrais m'aider. Je cherche quelqu'un qui, apparemment, fait partie du gang du Sang Pourpre.

– Pourquoi ? demanda-t-il.

– C'est l'ex d'une fille que j'ai croisée.

Rien ne l'obligeait à préciser que la fille en question était morte.

– Je ne les ai pas tous rencontrés, tu sais. Je n'ai passé qu'un jour ou deux avec eux.

– Il s'appelle Phillip Lance, il est musicien. Il a les cheveux bruns et courts, avec un crâne tatoué dans le cou.

– Ça ne va pas m'attirer des ennuis, cette histoire ?

– Non, ne t'inquiète pas.

– Et qu'est-ce que j'y gagne, moi ? demanda-t-il en souriant.

– J'aurai une dette envers toi.

– Tu as déjà une dette envers moi, je te signale.

– Ce sera une grosse dette.

Il haussa les épaules.

– Je ne sais pas pourquoi, mais je t'aime bien, dit-il avant de marquer une hésitation, accompagnée d'un soupir. Il y a bien un Phillip dans le gang. Je ne connais pas son nom de famille et je ne sais pas s'il est musicien, mais il a les cheveux bruns et un tatouage dans le cou.

Ce devait être lui.

– Merci, dit-elle en souriant, pleine d'espoir.

Il ne lui restait plus qu'à obtenir une dernière information.

– Est-ce que tu sais où ils traînent ? Histoire que je puisse aller le voir ?

– Non, là, tu m'en demandes trop, lança Kevin en levant les mains.

– S'il te plaît.

Elle détestait supplier d'habitude, mais comme c'était pour aider Billy, cela la dérangeait beaucoup moins.

Kevin hésita un instant.

– Je ne saurais pas te dire où ils habitent, mais ils vont souvent au *Hot Stuff*, un bar tenu par des surnaturels au nord de Houston.

– Je connais. Chan m'y a déjà emmenée.

C'était juste après sa transformation, donc ses souvenirs

étaient franchement lacunaires, mais elle était à peu près sûre que, s'il le fallait, elle saurait retrouver le lieu.

– Si tu passes un peu de temps là-bas, tu es quasiment sûre de croiser un des vamps du Sang Pourpre.

– Merci, souffla-t-elle.

Il la détailla des pieds à la tête, avec une lueur d'intérêt dans ses yeux bleus.

– Tu as un copain ? demanda-t-il enfin.

– Oui.

C'est en percevant le rythme régulier de son cœur qu'elle comprit que c'était la vérité. Steve était son copain. Elle ne savait pas encore comment les choses évolueraient après leur conversation du week-end, mais...

– Dommage, fit Kevin. Et sinon, tu as pu faire enterrer Chan comme tu voulais ?

– Non, pas encore. L'URF veut procéder à une autopsie pour confirmer la cause du décès.

– Ils ont raison. On m'a dit que c'était flippant, ce qui lui est arrivé.

Était-ce le même virus qui lui donnait la fièvre et la privait de son odorat ?

– Est-ce que... Enfin, c'était comment, exactement ?

– Il ne se sentait déjà pas très bien quand il est parti du Texas, mais ses potes du gang m'ont dit que son état avait empiré, puis qu'il avait commencé à avoir des espèces de plaques sur la peau.

Della prit une profonde inspiration, quelque peu soulagée. Elle n'avait rien remarqué de ce genre.

Kevin secoua la tête.

– Tu sais, c'est la première fois que j'entends parler d'un vampire qui meurt de maladie. J'ai perdu pas mal d'amis à cause de rivalités entre gangs, mais je ne pensais pas qu'on pouvait tomber malades.

– Il y a des virus qui peuvent nous atteindre, dit Della.

Elle-même se remettait tout juste d'une espèce de grippe. Enfin, elle serait pleinement remise quand son odorat daignerait fonctionner de nouveau.

– Oui, mais ce sont de petits rhumes de rien du tout, rien de mortel. Là, je…

Kevin s'interrompit et leva le nez au vent.

– Quelqu'un approche. À plus tard !

Et il détala.

Della renifla, en vain. C'est alors qu'elle entendit un léger sifflement. Quelqu'un venait de passer à grande vitesse. Elle ne connaissait que deux personnes qui se déplaçaient avec une telle rapidité. C'était soit Burnett, soit Chase.

Ce dernier se posa à côté d'elle et huma l'air.

– Qui c'était ?

– Quelqu'un avec qui j'avais besoin de discuter, répondit Della.

Chase détourna la tête.

– Pourquoi donner rendez-vous à quelqu'un en pleine nuit ?

– Ça ne te regarde pas.

Elle commença à s'éloigner mais fit demi-tour presque aussitôt. Rien ne l'empêchait de lui révéler ce qu'elle savait sans trahir la confiance de Jenny.

– À moins que toi, tu ne veuilles me dire avec qui tu avais rendez-vous, ici, en pleine nuit.

Chase écarquilla les yeux.

– Je ne vois pas de quoi tu parles, dit-il.

Un tic agita son sourcil gauche.

– Tu mens.

– Comment est-ce que tu… ? demanda-t-il, surpris, avant de pousser un soupir. OK, je l'avoue, c'était un vieil ami.

Cette fois, rien dans son visage ne démentit ses paroles.

– Pourquoi tu le vois en cachette ?

– Parce qu'il n'est pas déclaré, dit-il, visiblement sincère.

Elle hocha la tête.

– À ton tour, reprit-il. Qu'est-ce que tu fais ici en pleine nuit ?

Il semblait inquiet. Pourquoi ?

– Disons que j'essaie de rattraper le coup après ta bêtise de ce soir, répondit-elle. J'ai une autre piste, pour l'enquête.

Il inclina la tête sur le côté, comme pour mieux écouter son cœur.

– Ce n'est pas faux mais c'est vague, fit-il remarquer.

– Tu ne mérites pas mieux. Tu as menti à Burnett au sujet de Billy.

– Non. Je suis persuadé que ce type est coupable et je suis quasiment sûr que c'est son odeur que j'ai perçue le soir du meurtre. J'ai dit ce que je croyais être la vérité.

– Eh bien, moi, je crois que Billy est innocent, rétorqua Della.

Chase garda le silence.

– Je m'en vais, lança-t-elle en tournant les talons.

Elle n'avait fait que quelques pas quand il la rappela.

– Attends !

Elle s'arrêta, sans pour autant se retourner. Malgré tous ses efforts, elle repensa au baiser – à ce qu'elle avait ressenti dans ses bras.

– Qu'est-ce que tu veux ?

– Discuter.

– Rien de ce que tu pourrais dire ne m'intéresse.

Elle avait gagné les arbres lorsqu'il lança :

– Et si je te disais d'où je te connais ?

C'était sans doute le seul argument susceptible de la retenir. Elle ralentit jusqu'à ce qu'elle l'entende arriver à sa hauteur.

Ils marchèrent quelques instants en silence.

– J'attends tes explications, dit-elle enfin.

– Je te dirai si tu acceptes de faire la course.

– Non, lança-t-elle en se remettant en marche. J'en ai marre de jouer à ton petit jeu.

– Ce n'est pas un jeu. On fait la course, juste une fois. Avoue que tu aimerais bien savoir.

Elle étudia son visage et n'y vit pas l'ombre d'un mensonge. L'idée de céder à ce chantage lui répugnait, mais il avait piqué sa curiosité.

Il vint se poster en face d'elle, si près qu'elle sentit son parfum. Elle repensa au moment où il l'avait serrée contre lui pour voler à toute allure.

– Juste un tour de Shadow Falls, plaida-t-il. Après, si tu réponds à une question, je te dirai tout.

Elle recula d'un pas.

– D'abord, c'était juste une course, maintenant c'est une course et une question…

– C'est une question facile, répliqua-t-il en se rapprochant. Je voudrais savoir si ça t'a plu, quand on s'est embrassés. J'ai l'impression que oui. Moi, en tout cas, j'ai adoré.

Elle releva le menton d'un geste de défi, en regrettant de ne pas savoir mentir.

– Tu embrasses bien, mais ça ne veut rien dire du tout, déclara-t-elle.

– Ça pourrait vouloir dire que j'ai le droit de recommencer, suggéra-t-il avec un sourire en coin.

– Va mourir.

Son sourire s'effaça.

– Tu l'aimes vraiment, ton métamorphe, hein ?

– Tu avais dit une question, pas deux.

– Une question, et on fait la course.

Sur ce, il décolla.

Della envisagea de ne pas le suivre du tout, mais elle voulait vraiment savoir où elle l'avait rencontré. Aussi s'élança-t-elle à son tour. Quand elle s'approcha de Chase, il accéléra encore. Elle l'imita, mais pas au point de se rendre malade. Deux fois, c'était déjà beaucoup trop.

Quand il comprit qu'elle n'avait pas l'intention de repousser ses limites, il ralentit et – au plus grand étonnement de Della – il tint parole. Après un tour du camp, il se posa au sol, et elle atterrit à côté de lui, essoufflée mais pas trop.

– Tu aurais pu accélérer un peu, commenta-t-il en étudiant son visage.

– Il est tard.

– C'est vrai, concéda-t-il.

Le téléphone de Della lui annonça qu'elle avait un texto. Pensant que c'était Steve, elle n'y fit pas attention. Elle ne voulait pas lire son message ni y répondre devant Chase.

– Allez, crache le morceau. Où est-ce qu'on s'est rencontrés ?

Chase alla s'asseoir sur le tronc d'arbre où Della avait attendu Kevin et lui fit signe de le rejoindre.

– Dis-moi, insista-t-elle.

– Ça va prendre un peu de temps. Assieds-toi.

Elle obéit, en prenant soin de mettre un peu de distance entre eux.

– Voilà, je suis assise, râla-t-elle, à bout de patience. Maintenant, parle !

Chapitre 31

– Je faisais partie des Lames.

Les Lames ? Della sentit son estomac se nouer, et la cicatrice du coup de couteau qu'elle avait reçu se rappela à son bon souvenir. Les Lames, comme le Sang Pourpre, était le nom d'un gang de hors-la-loi. Steve et elle avaient enquêté pour savoir si c'étaient eux qui exigeaient de leurs nouvelles recrues qu'ils tuent des humains en guise de rite initiatique. C'était bien eux et, au cours de leur mission, Della avait reçu un coup de couteau qui l'aurait sans doute tuée si Steve ne lui avait pas procuré du sang à temps.

– Tu es un renégat, souffla-t-elle sur un ton accusateur tout en s'écartant un peu plus.

– Non, je… Si j'ai rejoint le gang, c'était pour une bonne raison.

– Comment ça ?

Il poussa un long soupir.

– Si je te le dis, tu me promets de ne pas le répéter ? Même pas à Burnett ?

– Je ne promets rien du tout. Si ça met qui que ce soit en danger, je serai obligée d'en parler.

– Personne n'est en danger, affirma Chase. Ma mission consistait à infiltrer le gang pour rechercher quelqu'un. Je travaillais pour le compte du Conseil des vampires.

– Et c'est censé me rassurer, ça ? C'est une bande de hors-la-loi qui refuse de se plier aux règles de l'URF !

– Mais non. Le Conseil n'est pas toujours d'accord avec l'URF, mais ça ne fait pas d'eux des criminels pour autant.

Soudain elle repensa à un détail désagréable – et personnel.

– Les Lames ont essayé de me tuer, et tu les aurais laissés faire…

– Non ! s'écria Chase. Au contraire, c'est moi qui les ai empêchés de vous suivre, ce soir-là. L'incendie que Steve a déclenché les a ralentis, mais ça n'aurait pas suffi à les arrêter.

Della le dévisageait, bouche bée. Il ne semblait pas mentir, et pourtant…

– Qu'est-ce que tu fais ici, alors ? Le Conseil des vampires essaie-t-il de faire fermer Shadow Falls ?

– Non, ils trouvent que Holiday et Burnett font du très bon travail.

– Mais alors… pourquoi tu es venu ?

Il hésita un instant.

– Je suis toujours à la recherche de quelqu'un.

– De qui ?

– Je ne peux pas te le dire.

– Si tu trouves cette personne, est-ce que tu vas lui faire du mal ? demanda-t-elle en sondant son regard vert clair.

– Non, au contraire. Mon but est de lui venir en aide.

Il semblait parfaitement sincère.

– Cette personne… elle est ici ? insista Della.

– Ça non plus, je ne peux pas te le dire.

Il se redressa un peu, une main posée sur sa cuisse.

– Pourquoi tu me racontes tout ça ? demanda brusquement Della.

Elle vit l'expression de son visage changer.

– N'essaie pas de me mentir, Chase.

Il serra le poing.

– Parce qu'il y a de fortes chances pour que tu découvres la vérité, de toute façon.

– Comment ça ?

– Je ne peux pas t'en révéler davantage, souffla-t-il en secouant la tête.

Une mèche de cheveux bruns retomba sur son front, et elle serra le poing pour résister à la tentation de la repousser.

Elle émit un soupir agacé. Avait-elle réellement promis qu'elle ne parlerait pas de ça à Burnett ?

Elle avait besoin d'en savoir plus afin de décider si cela méritait qu'elle alerte le directeur.

– Pourquoi as-tu demandé à faire partie de l'URF ?

– Je n'ai rien demandé du tout. C'est Burnett qui est venu me voir parce qu'il était impressionné par ma force et par ma vitesse, et je me suis dit que je pourrais vous aider à coincer le tueur.

– Sauf que tu t'es trompé là-dessus. Ils détiennent Billy à cause de toi, alors qu'il est innocent.

– Ce n'est pas seulement à cause de moi, Della. Réfléchis. Burnett se méfie de moi. Il aurait déjà relâché ce gamin s'il ne le croyait pas coupable, lui aussi.

– Vous vous trompez, tous les deux.

Chase se pencha vers elle, si bien que son épaule effleura celle de la jeune fille.

– OK, admettons que j'aie fait une erreur. Donne-moi une chance de la réparer. Dis-moi qui est ton suspect numéro un, et je t'aiderai à enquêter sur lui.

– Pourquoi est-ce que je devrais te confier quoi que ce soit ? râla-t-elle en se décalant un peu.

Elle n'aimait pas le sentir aussi près d'elle.

Il fronça les sourcils, l'air offensé.

– Je viens de te dire la vérité. Ça ne te suffit pas ?

– Justement, tu viens seulement de me dire la vérité, alors que tu me mens depuis le début.

– Tu es dure, soupira-t-il en secouant la tête.

– Je suis franche, ce que tu aurais dû être depuis le début.

Elle se leva et s'essuya les fesses pour en faire tomber les bouts d'écorce avant de s'éloigner.

– Della ?

Quelque chose dans la voix de Chase la força à se retourner.

Il se tenait juste derrière elle, si près que leurs souffles se mêlèrent, lui rappelant leur baiser.

– Continue à courir, d'accord ? Une ou deux fois par jour.

C'était vraiment une obsession, chez lui. En même temps, ce devait être enivrant de savoir voler à une vitesse pareille. Elle recula légèrement et inclina la tête. Ce conseil avait des allures d'adieux.

– Tu t'en vas ? demanda-t-elle.

– Je n'ai pas le choix, répondit-il avec, dans le regard, l'ombre d'un sourire qui n'atteignit pas ses lèvres. Il faut croire que moi non plus, je ne te fais pas confiance. Tu vas tout raconter à Burnett.

Elle n'avait encore rien décidé à ce sujet.

– J'hésite encore, mais tu as raison sur le principe. Je fais passer Shadow Falls avant toi.

Il rit doucement.

– C'est vrai que tu es franche.

– Tu devrais essayer, un jour, rétorqua-t-elle.

– C'est justement ce que je viens de faire, mais le résultat n'est pas très concluant.

Il soutint son regard pendant quelques secondes avant de poursuivre.

– Ne t'inquiète pas, ce n'est pas ta faute.

Il lui caressa doucement la joue pour repousser une mèche de cheveux. Elle faillit écarter sa main, mais se retint.

– Il a de la chance, Steve, souffla-t-il avec, dans le regard, quelque chose qui ressemblait étrangement à des regrets.

Avant qu'elle ait pu deviner son intention, il l'embrassa, mais ce baiser était différent des précédents.

Ce n'était pas une étreinte torride et exigeante.

C'était un au revoir, simple et doux.

Puis Chase tourna les talons. Della suivit du regard ses larges épaules, jusqu'à ce qu'il disparaisse entre les arbres.

Ce type ne lui avait jamais inspiré confiance, alors pourquoi avait-elle mal de le voir partir ? Pourquoi éprouvait-elle l'envie de le rappeler ?

Peut-être parce que, étrangement, elle l'aimait bien. C'était un drôle de sentiment, fait d'admiration et de... quelque chose d'indéfinissable. Elle était certaine d'une chose, en revanche, cela n'avait rien à voir avec ce qu'elle ressentait pour Steve. Peut-être était-ce de la sympathie pour ce garçon qui avait perdu sa famille si jeune ? Ou de la reconnaissance pour la manière dont il l'avait protégée lors de leur mission ?

À moins que... *Oh, et puis zut !* Cela ne servait à rien de trop y réfléchir. Il était parti, de toute façon, et leurs chemins s'étaient croisés trop brièvement pour qu'elle en soit influencée.

En parlant de chemin...

Soudain, elle se rendit compte que, en s'éloignant, il avait repris la direction de son bungalow. Avait-il réellement l'intention de quitter Shadow Falls, ou avait-il menti dans l'espoir de récolter un dernier baiser ?

Ce pervers en était certainement capable.

Della sortit son téléphone pour regarder le message qu'elle avait reçu un peu plus tôt. C'était Kevin.

Elle rappela aussitôt, et il répondit après deux sonneries.

– Allô ?

– C'est moi, Della.

– Comment tu...

Sa voix lui parvenait par bribes, comme si sa connexion était mauvaise.

– Je t'entends très mal. Rappelle-moi quand tu auras du réseau, lança-t-elle avant de raccrocher.

L'esprit encore tout embrouillé par sa discussion avec Chase, elle s'apprêta à rentrer au bungalow, mais au même moment, quelque chose lui effleura la joue. Elle leva la main, pensant attraper une feuille morte, mais ses doigts se refermèrent sur une plume.

Elle la laissa tomber au sol et, aussitôt, l'air de la nuit se fit glacial. Pivotant lentement, Della sonda la forêt dans l'espoir d'y apercevoir le fantôme d'un jeune homme brun et mince.

Rien.

Ce n'était peut-être pas Chan qui lui envoyait ces plumes. Elle leva les yeux vers le ciel noir, où scintillaient quelques étoiles. La lune, qui serait pleine dans deux jours, paraissait lourde. Une nouvelle plume passa devant le visage de Della en décrivant une lente spirale avant d'aller se poser à ses pieds.

Chan était-il encore là ? Mais pourquoi ? Voulait-il lui dire quelque chose au sujet du tueur de Lorraine ? Après tout, ils avaient fait partie du même gang, tous les deux.

– Qu'est-ce que tu veux ? cria-t-elle face au vent froid. Arrête de m'envoyer des plumes débiles et dis-moi ce que tu veux !

Il était plus de trois heures du matin lorsque Della regagna son bungalow. Malgré son immense fatigue, elle dormit à peine. Elle ne cessait de penser à Chan, de se faire du souci pour Billy et de se demander comment elle allait s'y prendre pour enquêter sur Phillip Lance. Par ailleurs, elle ne pouvait s'empêcher de penser à Chase. Était-il vraiment parti ? Et pourquoi est-ce que cela l'affectait autant ?

Quand, enfin, le soleil s'invita dans sa chambre, elle fut tentée de se réfugier sous sa couette. Elle se cacha les yeux en grimaçant. Son mal de tête était revenu. Cependant, ayant raté la réunion matinale quotidienne des vampires depuis déjà plus d'une semaine, elle se força à se lever et à s'habiller. En revanche, elle n'eut pas la force de se brosser les cheveux et se contenta de les attacher à l'aide d'une pince. Elle ressemblait vaguement à une Gorgone, mais tant pis. Personne n'oserait lui faire de remarque.

Elle se rendit à la clairière où les vampires se retrouvaient. Ses camarades se tenaient près des tables où étaient disposées des rations de sang. Leurs bavardages ravivèrent sa migraine et, lorsque Chris s'approcha, elle eut l'impression que ses pas résonnaient sous son crâne.

– Tu as une sale gueule ce matin, dit-il en s'arrêtant à sa hauteur.

Bon, quelqu'un avait osé lui faire une remarque. Tant pis. Elle était trop occupée à chercher Chase des yeux pour faire attention à Chris. Elle se contenta de lui montrer les dents.

Le vampire blond éclata de rire. Elle lui jeta un regard en coin qui le fit ricaner de plus belle, mais il recouvra brusquement son sérieux en voyant Burnett atterrir à côté de lui. Le directeur était nettement plus menaçant qu'elle.

– Viens, on va faire un tour, gronda-t-il.

Della attendit que Chris dise quelque chose quand, soudain, elle comprit que c'était à elle que Burnett s'adressait. *Oh, merde. Quoi, encore ?*

Avant même qu'ils soient hors de portée des autres vampires, Della avait une petite idée de la réponse.

– Est-ce que tu as vu Chase après être sortie du bureau, hier soir ? demanda Burnett.

Elle avait bien deviné – ce qui ne l'avançait pas beaucoup.

– Oui.

Il était temps de prendre une décision. Allait-elle tout avouer à Burnett ? Sans bien comprendre pourquoi, elle ressentait une certaine loyauté envers ce sale pervers de Chase, et ce sentiment lui pesait sur le cœur.

– Est-ce qu'il t'a prévenue qu'il comptait quitter Shadow Falls ?

– Plus ou moins.

– Et tu n'as pas cru bon de m'en informer ?

– Je n'étais pas sûre qu'il dise la vérité. Je pensais le trouver ici ce matin.

Burnett fronça les sourcils, l'air inquiet.

– Est-ce qu'il t'a dit où il allait ?

– Non.

– Qu'est-ce qu'il t'a dit ? insista Burnett.

C'était une question directe, à laquelle elle ne pouvait pas se dérober.

– Il m'a avoué où on s'était rencontrés. Il faisait partie du gang des Lames quand Steve et moi l'avons infiltré.

Comme Burnett ne réagissait pas à cette nouvelle, elle décida de lui révéler ce qui ferait sans doute l'effet d'une bombe.

– Il m'a aussi confié qu'il travaillait pour le Conseil des vampires.

– J'étais au courant, déclara Burnett.

Della ouvrit de grands yeux avant de lui retourner sa question.

– Et tu n'as pas cru bon de m'en informer ?

– C'est différent.

– Oui, je vois bien. Tu attends de moi que je te raconte tout ce que je sais, alors que toi, tu gardes tes petits secrets pour toi.

– Tu ne m'as pas exactement raconté tout ce que tu savais, je te signale, gronda-t-il avant de se passer une main sur le visage.

– Je comptais te prévenir dès que j'aurais eu confirmation qu'il était parti.

– Oui, une fois qu'il aurait été trop tard pour réagir, rétorqua-t-il.

Della ne trouva rien à répondre à cela.

– Comment a-t-il fait pour partir sans déclencher l'alarme ?

– Il m'a appelé au milieu de la nuit pour me dire qu'un vieil ami à lui avait besoin d'aide. Je l'ai cru, mais… comme je me méfiais de lui, je l'ai fait suivre.

– Ah bon ? Mais alors, tu n'as pas perdu sa trace. Où est le problème ? demanda Della.

– Justement, si, on a perdu sa trace.

– Il faut dire qu'il est rapide.

Burnett hocha la tête.

– Quand je suis passé à son bungalow ce matin, j'ai vu qu'il avait emporté toutes ses affaires, déclara-t-il avant de marquer une pause. Il ne t'a rien dit d'autre ?

– Si. Apparemment, il était à la recherche de quelqu'un.

– Qui ça ?

– Il n'a pas voulu me le révéler, mais puisqu'il est parti, j'imagine qu'il n'a pas trouvé sa cible ici.

– Mais alors, pourquoi est-il resté aussi longtemps ? Et pourquoi a-t-il accepté de nous aider concernant le meurtre du jeune couple ?

– Je lui ai posé la même question, figure-toi. Il m'a répondu que c'était toi qui lui avais proposé d'enquêter et que, comme il était plutôt doué, il avait voulu se rendre utile. C'est peut-être pour ça qu'il est resté.

– Tu penses qu'il t'a dit la vérité, ou qu'il avait d'autres raisons d'être ici ?

Elle réfléchit quelques secondes.

– Je n'en suis pas sûre à cent pour cent, mais j'aurais tendance à le croire, répondit-elle en se massant la tempe.

Cette douleur sourde et lancinante ne voulait pas la lâcher.

Quand elle releva les yeux vers Burnett, elle remarqua qu'il la regardait bizarrement.

– Quoi ? fit-elle.

– Chris a raison, tu n'as pas l'air en forme. Tu es sûre que ça va ?

– Ce n'est pas exactement ce que Chris a dit. Il m'a fait remarquer que j'avais une sale gueule, répliqua-t-elle en souriant.

Burnett haussa un sourcil.

– Holiday me tanne pour que je surveille mon langage. D'après elle, les étudiants disent de plus en plus de gros mots, surtout les vampires. Elle pense que j'ai une mauvaise influence sur vous.

Il toisa Della d'un air accusateur.

– Oh ben mince, alors ! s'écria-t-elle, amusée que ce gros balèze se soit fait reprendre par sa femme parce qu'il parlait mal. Détends-toi ! Je te promets que je ferai attention en présence de Holiday, enchaîna-t-elle comme il ne se déridait pas. D'ailleurs, comment va-t-elle ?

– Un peu comme toi. Elle a l'air fatiguée, épuisée, même. Sauf qu'elle a une bonne raison, elle. Alors que toi…

– Je ne suis pas enceinte, si c'est ce que tu veux savoir.

– Je ne veux surtout pas savoir ! rétorqua-t-il, horrifié.

– Je n'ai quasiment pas dormi de la nuit. Ça ira mieux demain, dit-elle.

Brusquement, l'image de Billy s'invita dans son esprit.

– Je vais certainement mieux que ce pauvre Billy.

– Ça, c'est évident. Les résultats du test ADN sont arrivés.

– Et alors ?

Della mourait d'envie de l'entendre dire qu'elle avait eu raison. Elle avait bien mérité cela. Ce serait le moment idéal pour lui parler de Phillip Lance.

– Le cheveu qu'on a retrouvé sur le lieu du crime appartient bien à Billy. Il a été officiellement inculpé à cinq heures ce matin.

– Non ! Ce n'est pas possible ! Je ne…

– C'est lui, le coupable, Della, souffla Burnett en posant une main sur son épaule. Je sais que tu n'as pas envie d'y croire et, si ça peut te consoler, je t'assure que nous nous montrerons cléments envers lui. Il venait de subir sa transformation et ne se contrôlait sans doute pas. Cela dit, il va quand même passer un petit moment en prison. Avec un peu de chance, dans quelques années, on pourra le réhabiliter.

– Mais j'ai un autre…

– C'est fini, Della. Le rapport est formel. Je dois aller finaliser la paperasse en préparation de sa condamnation. Maintenant, va prendre ton petit déjeuner. Si tu es toujours fatiguée après avoir mangé, retourne te coucher et ne viens en cours que cet après-midi.

– Tu ne comprends pas ! insista Della. J'ai essayé de te le dire, mais tu refuses de m'écouter. Je crois que j'ai trouvé un autre suspect.

– Non, c'est toi qui refuses de m'écouter. Le test ADN est positif. L'affaire est close, dit-il non sans une certaine douceur. Dans ce métier, ce qu'il y a de plus difficile, après le fait de voir les victimes, c'est d'appréhender les coupables, surtout quand ce sont de jeunes vampires encore déboussolés par leur transformation. Je sais à quel point ça fait ch… euh, ça fait mal de se rendre compte que des gens bien peuvent commettre des crimes atroces.

La gorge nouée, Della tenta d'accepter la vérité, mais cette fichue petite voix recommença à retentir dans sa tête, en rythme avec les élancements de sa migraine.

Innocent, innocent, innocent.

Chapitre 32

Au lieu de se rendre à l'Heure pour faire connaissance, Della retourna à son bungalow pour faire une recherche Internet sur Billy Jennings. Elle ne s'était pas trompée : il faisait bien partie de l'orchestre de jazz du lycée – ainsi que du club d'échecs. Il avait eu les félicitations pendant toute sa scolarité. C'était un geek absolu. Il n'essayait même pas d'avoir l'air cool. Comment un type aussi droit avait-il pu assassiner Lorraine et Jake aussi sauvagement ?

Découragée de se sentir aussi impuissante à aider Billy, elle éteignit son ordinateur et se rendit à son cours de sciences, le premier de la journée. Mais à peine s'était-elle assise que sa migraine s'intensifia. Elle avait l'impression que ses yeux allaient lui sortir de la tête.

Le professeur, M. Yates – qui était également le frère de Jenny –, commença à leur expliquer le fonctionnement des téléphones portables et des réseaux satellites.

Della s'en fichait éperdument. Sa migraine l'empêchait de se concentrer sur quoi que ce soit, à part Billy. Du jour au lendemain, il était passé du statut de trompettiste du lycée à celui d'assassin.

– Il y en a une à deux ou trois kilomètres d'ici, dit Perry, d'une voix qui parut étrangement distante à Della. Je n'ai jamais de réseau quand j'y passe.

Soudain le téléphone de M. Yates sonna.

– Au moins, on a la preuve que Shadow Falls n'est pas une zone muette, plaisanta-t-il avant de répondre.

Puis il se tourna vers Della d'un air presque agressif.

– Innocent, lança-t-il sur un ton caverneux. Innocent !

– Quoi ? demanda Della.

Puis elle cilla et se rendit compte que M. Yates ne la regardait pas. Il parlait au téléphone, le plus calmement du monde. Qu'est-ce qui venait de lui arriver ? Avait-elle rêvé ?

Elle cilla de nouveau, l'esprit plus embrumé que jamais. Autour d'elle, l'atmosphère avait changé. Il faisait nuit, et elle sentait une puissante odeur de terre humide. Elle tourna la tête, s'attendant à voir la salle de classe, mais elle se trouvait au milieu des bois. Les arbres immenses semblaient la toiser. En baissant les yeux vers ses mains, elle aperçut un diamant – une bague de fiançailles à son annulaire gauche. *Hein ?!*

Elle ne reconnaissait même plus ses mains. C'était comme si on l'avait arrachée à sa réalité. Plus rien n'avait de sens. Plus rien n'avait d'importance, à part retirer cette fichue bague ! Elle essaya de l'enlever, mais elle avait les mains couvertes de sang – de plus en plus de sang. Pourtant, c'était la bague qui la préoccupait plus que tout. Elle tentait de la retirer, mais malgré tous ses efforts, elle ne parvenait pas à bouger. Elle avait l'impression d'être paralysée ou… morte.

Son cœur bondit dans sa poitrine. Elle était bien vivante. L'odeur de terre s'évanouit, mais pas le sang qui lui souillait les mains. Elle sentait le dossier de sa chaise en bois. Elle voulut se relever, mais c'est alors que le sang disparut.

Puis la bague.

Elle retint son souffle.

– Della ? Della ?

Elle entendait quelqu'un l'appeler, très loin, mais elle s'en fichait complètement. Elle examinait ses mains, le dos et la paume.

Que venait-il de se passer ?

Elle ferma les yeux. *Innocent, innocent, innocent.* Les mots résonnaient dans la classe comme si tout le monde les répétait en chœur. Pourtant, quand elle rouvrit les yeux, elle vit que ses camarades l'observaient, muets.

– Della ? Della !

De nouveau, quelqu'un dit son nom, et cette fois elle reconnut la voix de M. Yates.

Elle se força à tourner la tête vers lui. Il la dévisageait, interdit. C'est alors qu'elle se rendit compte que tout le monde la regardait comme si elle était folle. Ils n'avaient peut-être pas tort.

– Della ? répéta M. Yates.

– Oui, souffla-t-elle, après avoir montré les dents à tous ces curieux.

– Tout va bien ? demanda-t-il en s'approchant de sa table.

Non, je suis en train de devenir dingue.

Elle hocha la tête.

– Tu m'as entendu ?

Ne sachant quoi répondre, elle le regarda en silence, et il finit par comprendre le message.

– Holiday veut te voir dans son bureau. Tout de suite.

Tremblante, elle rassembla ses affaires et sortit de la classe. Elle allait demander à Holiday d'appeler les hommes en blouse blanche parce qu'elle était quasiment sûre d'avoir perdu les pédales. Si cela continuait comme ça, elle allait finir en camisole de force dans une cellule capitonnée.

Heureusement, le temps qu'elle arrive au bureau, elle avait décidé que ce sort ne l'attirait pas plus que ça.

Holiday se leva en la voyant entrer, l'air inquiète.

– Qu'est-ce qui se passe ? demanda Della, aussitôt paniquée.

Elle s'imagina le pire – et pas une histoire de bague de fiançailles ensanglantée. Était-il arrivé quelque chose à sa famille ?

Holiday lui fit signe de s'asseoir, mais elle resta debout au milieu de la pièce, encore sonnée.

– Qu'est-ce qui se passe ? répéta-t-elle.

– Lorraine Baker est passée me voir ce matin. Elle n'est pas restée longtemps, dit la directrice en se rasseyant et en se caressant le ventre.

– Et alors ?

Della essaya de se persuader que c'était une bonne nouvelle. Peut-être que la jeune morte allait leur en apprendre davantage sur ce qui lui était arrivé – peut-être même de quoi innocenter Billy.

– Quand j'ai essayé de la convaincre de me parler, elle m'a dit qu'elle était déjà en contact avec quelqu'un, mais que cette personne ne l'écoutait pas.

Della tenta de réfléchir.

– C'est faux. Kylie est toujours attentive aux fantômes qui font appel à elle. Est-ce que tu lui as demandé si Lorraine lui avait parlé ?

Holiday ramena ses cheveux par-dessus son épaule et les enroula lentement, l'air soucieuse.

– Ce n'est pas Kylie qu'elle a essayé de contacter. C'est toi.

Finalement, c'était peut-être une bonne idée de s'asseoir. Della se laissa tomber dans le canapé, qui poussa un soupir comme pour protester sous son poids. Pourtant, c'était plutôt elle qui avait des raisons de se plaindre.

– Mais je suis une vampire, bredouilla-t-elle.

Soudain une sueur froide lui coula dans le dos quand elle se rendit compte qu'elle était déjà entrée en contact avec un fantôme. Celui de Chan. Mais Kylie l'avait rassurée en lui disant que ce n'était pas rare qu'un fantôme s'attache à une personne normale s'ils avaient eu des liens très forts de son vivant. Elle avait cru que c'était son cas, même si sa normalité était toute relative.

– Les vampires ne parlent pas aux esprits, ajouta-t-elle.

– Oui, c'est ce que je croyais, moi aussi, mais Burnett en est capable… et maintenant, toi. Je t'avoue que je ne comprends pas bien. Je pensais que, comme on ne connaît pas vraiment les ancêtres de Burnett, il descendait peut-être d'une tribu amérindienne, d'où sa connexion avec la cascade et le monde des esprits.

– Je suis chinoise, pas…

– Seulement du côté de ton père, intervint Holiday. Je me suis inscrite sur le site Ancestry.com pour en apprendre davantage au sujet de Burnett, et, avant de te convoquer ici, j'ai fait une petite recherche en utilisant le nom de jeune fille de ta mère.

– Et alors ?

– Ça n'a rien donné, répondit Holiday.

Elles soupirèrent en même temps, mais Della soupçonnait que Holiday exprimait sa déception, alors qu'elle-même était soulagée. Elle n'avait aucune envie de se découvrir une lignée d'ancêtres liés aux esprits.

– On s'occupera de ça plus tard, reprit Holiday. Ce qui compte, pour l'instant, c'est d'aider Lorraine. Qu'est-ce qu'elle t'a dit ?

– Rien du tout ! Je ne l'ai même pas vue. Elle a dû te raconter…

Soudain elle repensa à la petite voix qui ne cessait de résonner dans sa tête.

– Quoi ? fit Holiday.

– Ça fait un moment que j'entends une voix. Je croyais que… J'avais l'impression que c'étaient juste mes pensées, tu vois, comme quand une chanson te trotte dans la tête.

– Qu'est-ce qu'elle te dit, cette voix ?

– Elle me répète toujours le même mot : « Innocent. »

Della crut que son cerveau allait disjoncter quand elle comprit qu'elle était bel et bien en contact avec deux fantômes, mais elle décida de remettre sa crise de nerfs à plus tard.

– Lorraine essaie sans doute de me dire que ce n'est pas Billy, le tueur. C'est sûrement lui, l'innocent en question.

Holiday pinça les lèvres.

– Burnett m'a dit que le test ADN était accablant. Il s'est justement rendu aux locaux de l'URF pour présenter les résultats de l'enquête et condamner Billy.

– Comme ça ? En une journée ? demanda Della en écarquillant les yeux.

Holiday hocha la tête.

– Qu'est-il arrivé à cette bonne vieille tradition qui assure à chacun un procès équitable, dans un tribunal, avec un avocat et un jury ?

– Ce n'est pas comme ça que ça fonctionne à l'URF. Quand un suspect est inculpé, les enquêteurs présentent l'affaire à un panel d'anciens, et la sentence est prononcée dans la foulée. La mauvaise nouvelle, c'est qu'il est quasiment impossible de faire appel une fois que la sentence est édictée.

– Alors il faut les arrêter avant qu'il ne soit trop tard.

Della sortit son téléphone de sa poche et, en baissant les yeux sur ses mains, elle repensa à la vision qu'elle avait eue en classe.

– La bague ! s'écria-t-elle.

– Quelle bague ? demanda Holiday.

– Pendant le cours de science, j'ai…

Elle hésita, de peur que Holiday la prenne pour une folle, puis elle se rassura en se disant que ce genre de chose arrivait souvent à Kylie. Certes, elle n'avait aucune envie de marcher dans ses traces quand il s'agissait de parler aux esprits, mais elle s'en inquiéterait un autre jour.

– J'ai eu une vision où…

– Raconte-moi, l'encouragea Holiday.

– Eh bien, mes mains étaient couvertes de sang, et je portais une bague de fiançailles, avec un diamant. Je… Elle me répugnait. J'essayais de la retirer, mais je n'y arrivais pas.

Holiday se leva, une main posée sur son ventre.

– Tu crois que ça veut dire quelque chose ? demanda Della. Tu penses que Lorraine essaie de me parler ?

– Ça veut toujours dire quelque chose. Le problème, c'est de comprendre quoi. Les morts sont assez nuls quand il s'agit de s'expliquer, déclara la fée en attrapant son sac à main pendu au dos de son fauteuil. Viens, ne perdons pas de temps.

– Où va-t-on ?

– On va voir Burnett. Tu as raison, il faut absolument les arrêter avant qu'il ne soit trop tard.

– Pourquoi on n'appelle pas ? suggéra Della en saisissant son téléphone.

– Parce que. J'aime cet homme plus que tout, mais il est incapable d'entendre raison au téléphone. Déjà qu'il n'est pas très fort pour ça de vive voix… En tout cas, pas quand il est sûr d'avoir raison. Or il est persuadé que Billy est coupable.

– Qu'est-ce qu'on va faire ? demanda Della en emboîtant le pas à Holiday.

– On va le convaincre qu'il se trompe.

– Oui, mais comment ?

– Ça, on y réfléchira en route.

Elles eurent beau se creuser la tête, elles n'avaient toujours pas la moindre idée de ce qu'elles allaient dire à Burnett. Cela ne les empêcha pas de débouler comme des furies dans les locaux de l'URF. Enfin, Della déboula comme une furie. Holiday, vêtue d'une robe jaune vif à manches longues qui soulignait son ventre arrondi, se dandinait lentement. Della se fit la réflexion qu'elle ressemblait à un gros canard. Un canard magnifique avec de sublimes cheveux roux. Si la situation n'avait pas été aussi grave, elle aurait trouvé cela très drôle.

– Bonjour, monsieur Adkins, lança Holiday en gratifiant l'homme assis à l'accueil d'un chaleureux sourire. Il faut que je parle à mon mari.

M. Adkins ne se donna pas la peine de sourire, sans doute parce que d'après sa configuration, c'était un loup-garou.

– Je suis désolé. M. James est en réunion avec le comité de justice.

– C'est important, insista Holiday en l'implorant du regard.

– Pas plus important que leur réunion.

Holiday tendit la main vers le garou, qui recula vivement.

– Les fées ne sont pas censées user de leur influence dans ce bâtiment.

Holiday jeta un bref coup d'œil à Della, puis au couloir qui menait à l'arrière de l'immeuble. La jeune fille n'en était pas absolument sûre, mais il lui semblait bien que la directrice lui faisait signe de foncer.

Elle n'hésita pas une seconde.

– Voyons, monsieur Adkins, vous ne voudriez pas vous attirer les foudres de Burnett en refusant de l'avertir que sa femme – enceinte – demande à le voir de toute urgence, déclara Holiday pour détourner l'attention du garou.

Tout en s'éloignant, Della l'entendit rétorquer :

– Je suis désolé, mais la règle, c'est la règle.

Elle cessa de les écouter pour se concentrer sur les voix qui lui parvenaient depuis une salle au bout du couloir.

Malheureusement, celles-ci furent couvertes par les hurlements du garou, qui lui criait de s'arrêter. Elle se mit donc à courir et, consciente qu'il la suivait, elle poussa la double porte avec un peu trop d'élan. Les battants heurtèrent le mur, et l'un d'eux se détacha de ses gonds.

Oups.

D'un rapide coup d'œil, elle compta quatorze personnes présentes dans la pièce – que des hommes. Elle sut qu'elle se trouvait au bon endroit quand elle aperçut Burnett. Pas une seule femme ! Elle savait bien que l'URF était un repaire de machos, mais quand même…

Treize de ces messieurs se levèrent brusquement.

Elle reconnut également le seul qui demeura assis. C'était Billy. Épaules voûtées, tête basse, il contemplait ses mains croisées d'un air désespéré, comme si plus personne ne se souciait de lui.

Sauf que c'était faux. Della se souciait de lui. Burnett aussi. Il suffisait qu'elle lui fasse entendre raison.

Elle entendit la voix essoufflée d'Adkins dans son dos.

– Veuillez m'excuser. Je la fais sortir immédiatement.

– Non, dit Burnett. Je m'en occupe. Elle est inoffensive.

Au cas où ce sale cabot ne croirait pas Burnett, Della fit volte-face et lui montra ses canines. Comme il faisait un pas vers elle, elle gronda :

– Touche-moi et je te ferai regretter de ne pas avoir été castré quand tu n'étais encore qu'un chiot.

Burnett se racla la gorge.

– Je disais donc qu'elle est inoffensive, même si elle n'en a pas l'air, déclara-t-il en jetant un regard menaçant à la jeune fille. Della, ce n'est vraiment pas le moment.

– Si, justement, c'est le moment ou jamais ! lança une voix dans leur dos.

Holiday.

Della ne put qu'admirer son timing.

Burnett écarquilla les yeux en voyant sa femme approcher. Il se tourna vers les membres du comité avant de reporter son attention sur Holiday, qui s'avançait tranquillement vers le centre de la pièce de sa démarche de canard.

– Vous avez tous eu l'occasion de rencontrer mon épouse, je crois, marmonna-t-il.

– Oui, grommela l'un des hommes d'un air mécontent.

Burnett lui jeta un regard hostile.

– Quelque chose ne va pas ? demanda-t-il à Holiday, visiblement inquiet.

Il semblait prêt à accourir vers elle, craignant sans doute qu'il y ait un problème avec le bébé.

– En effet. Billy Jennings est innocent.

Burnett poussa un soupir de soulagement et, au même moment, Billy redressa la tête. Il semblait perdu et accablé mais, dans ses yeux brillants de larmes, Della vit une étincelle d'espoir.

– Et comment êtes-vous arrivée à cette conclusion ? demanda un des membres du comité, un vampire blond.

– Lorraine Baker elle-même clame son innocence, déclara fièrement Holiday.

– J'étais sûr que ce n'était pas moi ! s'écria Billy. Je leur ai dit que je ne pensais pas être capable d'une chose pareille, mais comme mes souvenirs étaient flous…

– Vous devez faire erreur, madame, intervint un vampire âgé à l'allure pincée. Lorraine Baker est le nom d'une des victimes. Je ne vois pas comment elle aurait pu le défendre.

– Ma femme se trompe rarement, dit Burnett en redressant les épaules. Elle a le don de communiquer avec les esprits.

Della fut surprise que Burnett n'ait jamais mentionné ce fait à ses collègues de l'URF.

Puis elle comprit pourquoi. Les douze autres agents présents eurent l'air choqués par cette révélation. Ou, plutôt, effrayés.

Quelle bande de nazes ! Certes, les fantômes lui fichaient la trouille, mais elle ne faisait pas partie d'un panel de juges super importants au sein de l'URF. Elle trouvait cela étonnant que ces messieurs, qui se permettaient de décider qui était innocent et qui était coupable, soient terrorisés par la simple mention des esprits et des anges qui jugeaient les âmes de ces derniers.

Un sorcier finit par prendre la parole, s'adressant à Burnett.

– Vous espérez nous convaincre que la parole de votre épouse, qui est enceinte jusqu'aux yeux, vaut mieux qu'un test ADN ? Il est pourtant bien connu que le QI des femmes diminue pendant la grossesse.

Burnett fit face au sorcier, mais Holiday le devança.

– C'est amusant, déclara-t-elle d'une voix glaciale. Il paraît aussi que ça nous rend extrêmement agressives. Quant à mon QI diminué de femme enceinte, je suis à peu près sûre qu'il dépasse le vôtre.

– Et de loin, renchérit Burnett en fusillant le sorcier du regard. J'ajouterais que Holiday m'a aidé à résoudre de nombreuses enquêtes, avant ou pendant sa grossesse.

Vas-y, Burnett ! Della était très émue par l'ardeur avec laquelle il défendait sa femme. Elle n'avait jamais rien vu d'aussi romantique.

– Donc, si mon épouse nous dit que Lorraine Baker clame l'innocence de Billy Jennings, je recommande que l'on rouvre l'enquête sur ce meurtre.

Il se tourna vers Holiday.

– Que t'a-t-elle dit, exactement ?

Oh, merde, pensa Della. Il ne lui restait plus qu'à avouer qu'elle jouait la confidente des morts malgré elle. Elle s'avança d'un pas.

– Ce n'est pas à Holiday que Lorraine Baker a parlé. C'est à moi.

– Ça suffit ! s'écria un Fae aux cheveux roux. Vous êtes une vampire. Nous savons tous très bien que les esprits ne communiquent pas avec les gens de votre espèce. C'est ridicule !

– Je suis assez d'accord, dit-elle.

Burnett n'avait donc pas non plus révélé ses propres talents à cette bande de vieux schnocks. Della n'avait aucun mal à le comprendre.

– Je ne comprends pas comment c'est possible. Peut-être qu'elle s'est attachée à moi parce que j'étais présente sur les lieux du crime, tout simplement, dit-elle.

Elle espérait de tout cœur que c'était le cas.

Un loup-garou aux tempes grisonnantes secoua la tête.

– Nous n'allons quand même pas laisser cette vampire détraquée exonérer un criminel !

– Della n'est pas détraquée ! s'écria Burnett, en même temps que Holiday.

Leur soutien sans faille réchauffa le cœur de Della. Puis cela lui rappela que Billy ne pouvait compter que sur eux pour le défendre. Et encore, elle était bien consciente que, s'il retrouvait sa liberté, ce serait surtout grâce à Lorraine. Elle n'en eut que davantage de respect pour la jeune morte.

Burnett se tourna vers elle.

– Est-ce que tu as des preuves à nous apporter ?

Elle lut sur son visage un mélange d'espoir et de sévérité.

Ce n'était pourtant pas lui qui avait le plus à espérer – ni le plus à perdre. Le cœur de Della se serra quand elle croisa le regard de Billy, qui l'observait, bouche bée. Elle aurait sacrifié son soutien-gorge préféré pour la moindre preuve tangible.

Malheureusement, elle n'en avait aucune.

Chapitre 33

– Je suis désolée, je… bredouilla Della, l'estomac noué.

Soudain la voix de Lorraine retentit dans sa tête, et un courant d'air froid lui descendit l'échine. *La bague de fiançailles.*

– La bague de fiançailles, répéta-t-elle, en espérant que c'était la bonne réponse.

– Quelle bague de fiançailles ? demanda le sorcier.

– C'est ridicule ! s'esclaffa un métamorphe.

– Peut-être pas, dit un vampire en s'approchant de Burnett. J'ai reçu un coup de téléphone de la famille Baker ce matin. Jusqu'ici, je ne voyais pas l'intérêt d'en parler, mais les parents de la victime ont trouvé une bague qui n'appartenait pas à leur fille, parmi les effets personnels que nous leur avons remis. Enfin, plus précisément, la bague en question ne lui appartenait plus. C'était un cadeau de son ex-fiancé, mais elle la lui avait rendue après leur séparation. Ils ne comprenaient pas comment ce bijou s'était retrouvé en notre possession. J'ai relu le rapport : apparemment, la jeune fille la portait à son doigt quand elle est décédée.

Della poussa un soupir de soulagement.

– L'ex de Lorraine s'appelle Phillip Lance, déclara-t-elle.

Je suis presque sûre qu'il fait partie du gang du Sang Pourpre. J'ai entendu dire qu'ils fréquentaient souvent un bar au nord de Houston, le *Hot Stuff*.

– Je l'ai rencontré, je crois ! intervint Billy, d'une voix pleine d'espoir. J'étais au *Hot Stuff*, justement. J'hésitais à rejoindre le gang, mais… Je ne me souviens plus très bien de ce qui s'est passé ensuite, ma mémoire est tout embrouillée. Je sais juste que, à un moment, j'ai discuté avec un certain Phillip. Il me semble même qu'on s'est battus.

– Ce qui expliquerait la présence de votre ADN sur le lieu du crime, commenta le loup-garou et qui semblait diriger le comité. Nous allons devoir rouvrir l'enquête, ajouta-t-il en regardant ses collègues avant de toiser Burnett. Je dois dire que je suis extrêmement déçu par la façon dont elle a été menée jusqu'ici.

Burnett ne cilla même pas.

– La seule chose qui me déçoit, monsieur, c'est qu'un innocent ait failli être condamné par notre faute, précisément parce que nous étions trop pressés de conclure l'enquête. C'est la détermination de cette jeune fille qui a permis de réparer cette erreur, poursuivit Burnett en désignant Della. Permettez-moi de vous présenter Della Tsang, l'agent qui nous a également permis d'appréhender Craig Anthony, il y a de cela quelques jours. Jusqu'à présent, elle a toujours fourni un travail exemplaire.

– En effet, approuva le loup-garou. Nous ne manquerons pas de faire appel à elle pour de futures enquêtes.

Della avait envie de sourire, mais elle contint sa joie face à l'austère garou.

Ce dernier tourna la tête vers la porte de la salle.

– À présent, si Mlle Tsang et votre… délicieuse épouse veulent bien nous excuser, nous devons clore cette réunion. Leur présence, quoique fort charmante, nous empêche de poursuivre.

– Nous ne vous dérangerons pas plus longtemps, dit Holiday en adressant un clin d'œil à Burnett.

Puis, bizarrement, son regard fut attiré vers le plafond.

Alors que Della s'apprêtait à sortir, Billy lui sourit, reconnaissant. Une fois qu'elles furent sorties, elle se tourna vers Holiday.

– Il faut être diplômé en débilité profonde pour postuler à ce comité ?

Holiday éclata de rire.

– Il n'y a même pas une seule femme dans le lot ! reprit Della.

– Qui sait ? Tu parviendras peut-être à changer ça un jour, dit Holiday.

– C'est tentant, en tout cas.

Leurs pas résonnaient sur le marbre du couloir. Della se massa la tempe. Son mal de tête ne la lâchait pas, mais elle était trop heureuse pour y faire attention. Elle venait plus ou moins de se voir offrir une place au sein de l'URF.

– On s'en est pas mal sorties, pas vrai ?

– Pas mal du tout, surtout pour une vamp détraquée et une femme enceinte au QI diminué ! renchérit Holiday en riant.

Soudain elle porta une main à son ventre en grimaçant.

– Aïe ! Si on en juge par ce coup de pied, je dirais que mon bébé est d'accord.

Une fois qu'elles furent arrivées à la voiture, Holiday déverrouilla les portières, puis marqua une pause.

– Tu te rends compte que tu viens de sauver Billy ?

– Ce n'est pas moi, c'est Lorraine qui l'a sauvé.

Tout en montant dans la voiture, Della repensa à la silhouette qu'elle avait aperçue derrière le fantôme de Chan. Était-ce Lorraine qu'elle avait vue, cette nuit-là ?

Elle se mordit la lèvre.

– S'il te plaît, dis-moi qu'elle va s'en aller, maintenant.

– Elle est déjà partie, lui assura Holiday avec un sourire angélique. Je l'ai vue survoler le comité de justice. Elle est en paix, grâce à toi.

La fée s'assit tant bien que mal derrière le volant, puis recula son siège. Après un instant de réflexion, elle se tourna vers Della.

– Chan était présent, lui aussi. Enfin, je pense que c'était lui. Un jeune homme tout mince aux traits asiatiques. Il n'a pas suivi Lorraine quand elle est partie.

Della déglutit.

– Tu l'as vu ?

– Oui, répondit Holiday en fronçant les sourcils. Pourtant, il ne cherchait pas à me contacter. Il se tenait à côté de toi. Est-ce qu'il t'a parlé ?

– Non, mais je l'ai déjà vu, avoua Della.

Elle ferma les yeux l'espace d'une seconde.

– Depuis combien de temps es-tu consciente de sa présence ? demanda Holiday.

– Depuis qu'il est mort, je crois. Au début, Kylie le sentait passer près de nous, mais ne le voyait pas. J'ai commencé à le sentir, moi aussi, et puis… Il s'est mis à me lancer des plumes.

– Des plumes ? répéta Holiday.

– Ça a démarré un jour où j'ai déchiré un oreiller sans le faire exprès et où les plumes ont voleté partout dans ma chambre. Mais, après ça, j'ai commencé à recevoir des plumes alors que je me trouvais dans la forêt, ou en voiture.

– Est-ce que les plumes ont une signification particulière pour Chan ?

– Non, je ne crois pas. Pourquoi ?

– En général, les fantômes essaient de nous faire comprendre quelque chose. Ils utilisent des indices, même s'ils ne sont pas toujours très clairs.

Della secoua la tête.

– Pourquoi ça m'arrive à moi, tout ça ? Je suis une vampire !

– Je ne peux pas te répondre, ma puce, souffla Holiday. Tout ce que je sais, c'est que tu n'es pas la seule. Burnett aussi ressent la présence des esprits. Et puis, ce n'est pas une malédiction, au contraire. La preuve, ça t'a permis d'innocenter Billy et d'identifier le tueur de Lorraine et de son copain.

Holiday démarra la voiture et, pendant quelques minutes, Della réfléchit en silence.

– Est-ce que Chan t'a parlé ? demanda-t-elle enfin. Est-ce qu'il m'en voulait de ne pas l'avoir rappelé ?

– Il ne m'a rien dit, mais… mais j'ai ressenti ses émotions, avoua Holiday après une seconde d'hésitation. Il n'était pas en colère du tout. Il se faisait du souci pour toi, Della, et je ne te cache pas que ça m'inquiète. Il faut que tu lui parles, ajouta-t-elle en soupirant. Parfois, les morts ont besoin de notre assistance, comme Lorraine, mais il arrive aussi qu'ils interviennent pour aider les vivants. Je crois que Chan essaie de te mettre en garde contre quelque chose qui l'angoisse.

Tandis que Holiday les reconduisait à Shadow Falls, Della se demandait ce que Chan pouvait bien avoir à lui dire. Jusque-là, elle avait cru que, faisant partie du même gang que Phillip Lance, il cherchait uniquement à l'aider dans son enquête. Cependant, s'il était resté auprès d'elle alors que Lorraine passait de l'autre côté, c'était peut-être parce qu'il savait quelque chose au sujet de son oncle et de sa tante. Mais Holiday avait parlé d'une mise en garde. Son oncle et sa tante n'étaient certainement pas dangereux. À moins que…

À moins qu'il ne s'agisse d'autre chose.

Le téléphone de Della sonna. En le sortant de sa poche, elle vit que c'était Kevin qui cherchait à la joindre. Aussitôt elle repensa à ce qu'il lui avait appris sur la maladie de Chan, et cela réveilla ses inquiétudes quant à ce fichu virus qui ne la lâchait pas. Se pouvait-il que ce soit sa santé qui angoisse Chan ?

Non. Kevin lui avait dit que Chan n'allait vraiment pas bien et qu'il avait des plaques sur la peau. Della n'allait pas si mal que ça. Juste un petit mal de tête. Son téléphone sonna de nouveau.

Elle jeta un coup d'œil à Holiday.

– Ça t'ennuie si je réponds ?

– Non, pas du tout.

– Salut, ma belle, lança Kevin aussitôt qu'elle décrocha.

Della leva les yeux au ciel, espérant que Holiday n'entende pas ce qu'il disait.

– Je ne t'entendais pas, hier soir, expliqua-t-elle. Ça n'arrêtait pas de couper.

– Je voulais te parler de Chase, dit-il.

Della jeta un bref regard à Holiday, qui conduisait d'une main tout en se frottant le ventre de l'autre.

– Comment tu le connais ? demanda-t-elle.

– Il est passé voir Chan.

– Quoi ? fit-elle, le cœur battant.

– Il est resté deux ou trois jours, juste avant que Chan parte pour le Texas. J'avais identifié son odeur, mais je ne l'ai pas reconnu tout de suite quand je l'ai croisé hier soir. J'allais faire demi-tour pour en être sûr, quand j'ai senti un autre vampire dans les parages. Je n'étais pas le seul à traîner près de la clôture.

Della se fichait bien de savoir qui rôdait près de Shadow Falls. Ce qui l'intéressait, c'était de savoir pourquoi Chase ne lui avait pas révélé qu'il connaissait Chan. Que lui avait-il caché d'autre, ce salaud ?

– Qu'est-ce qu'il lui voulait, à Chan ? demanda-t-elle.

Elle n'entendit pas la réponse de Kevin, car la ligne ne cessait de couper.

– On ne va pas tarder à arriver à l'endroit où le signal ne passe pas, l'avertit Holiday.

– Écoute, je vais perdre le réseau. Je te rappelle, d'accord ? dit Della avant de raccrocher.

Furieuse et déboussolée, elle rangea le téléphone dans sa poche.

– Mauvaises nouvelles ? demanda Holiday, qui avait sans doute ressenti ses émotions.

– Oui, soupira Della.

– Tu veux m'en parler ?

– Chase connaissait Chan, mais il s'est bien gardé de me le dire. Holiday, il n'est pas net, ce type.

Holiday poussa un gémissement sourd et arrêta la voiture sur le bas-côté.

Della tourna la tête vers elle, surprise, mais elle comprit aussitôt que cette réaction n'avait rien à voir avec Chase. Holiday avait les traits tirés et la main crispée sur le volant.

– Holiday ? Ça va ?

– Non, souffla-t-elle entre ses dents. Le bébé…

Della sortit son téléphone pour appeler Burnett, mais il n'y avait pas de réseau.

Holiday poussa un grognement de douleur, qui fut suivi d'un bruit étrange. Sa robe jaune s'assombrit entre ses jambes.

– J'ai perdu les eaux, gémit-elle en posant le front contre le volant.

Elle semblait souffrir atrocement.

– OK. Euh…

Della tenta de garder son calme, malgré la panique qui la prenait aux tripes.

– Viens. Prends ma place, je vais te conduire chez le Dr Whitman.

Holiday acquiesça, mais ce fut au prix d'un immense effort qu'elle relâcha le volant.

Della descendit de voiture, mais le temps qu'elle fasse le tour, Holiday était allongée par terre sur le bas-côté.

– Holiday ! cria Della en s'agenouillant auprès d'elle. Parle-moi, dis-moi quelque chose.

La fée leva une main.

– Je… Le bébé arrive.

– Je vais chercher de l'aide.

– Ne t'avise pas de me laisser là ! hurla Holiday en lui serrant la main si fort que Della crut entendre un os craquer. Si tu t'en vas, je lance les anges de la mort à tes trousses.

Holiday n'avait pas pour habitude de proférer ce genre de menace. L'heure était grave.

– Je ne bouge pas, souffla la vampire.

De sa main libre, Holiday toucha son ventre, et c'est alors que Della vit le sang qui tachait le devant de sa robe.

Ses yeux s'emplirent de larmes. Que se passait-il ? Elle se souvenait du documentaire qu'elle avait vu sur l'accouchement. Il y avait du sang, mais pas autant que ça.

– Aide-moi à monter sur la banquette ! gémit Holiday.

Della prit une profonde inspiration avant d'aller ouvrir la portière et de soulever Holiday le plus doucement possible pour l'installer à l'arrière.

Aussitôt la fée poussa un cri strident.

– Ma culotte ! hurla-t-elle. Retire-moi ma culotte.

– Tu es sûre que tu ne veux pas que je t'emmène chez le médecin ?

– On n'a pas le temps ! Le bébé arrive !

Della prit son courage à deux mains – ainsi que la culotte de Holiday. Une petite mare de sang s'était déjà formée entre ses jambes. Della dut faire taire sa panique.

S'il arrivait quoi que ce soit à Holiday ou au bébé, elle s'en voudrait toute sa vie. Ce qui ne durerait pas bien longtemps, car Burnett la tuerait aussitôt.

Holiday redressa la tête avec un grognement sourd. Della crut apercevoir la tête du bébé.

Si, ce matin-là, quelqu'un lui avait demandé quels étaient ses projets pour la journée, elle n'aurait jamais imaginé répondre « aider une fée à accoucher ». Pourtant, elle ravala sa trouille et attrapa le sac à main de Holiday pour en sortir le gel désinfectant qu'elle avait toujours avec elle.

– Qu'est-ce que tu fais ? hurla Holiday en voyant Della s'en mettre sur les mains.

– Ne t'inquiète pas, tout va bien, mentit-elle. J'ai vu une fois un reportage sur l'accouchement.

Elle essaya de paraître sûre d'elle, mais elle éprouvait autant d'assurance qu'une fourmi décidant de faire une petite promenade sur le trajet d'un marathon.

Holiday, trop occupée à tenter de trouver son souffle, se contenta de hocher la tête.

– Je vois le bébé, reprit Della, ce qui veut dire que tu vas devoir commencer à pousser. Dès qu'il est sorti, je te conduis à la clinique.

Holiday se redressa, comme pour faire des abdominaux, et poussa un hurlement perçant. Le bébé glissa si vite que Della faillit ne pas l'attraper à temps.

– C'est une fille ! s'écria-t-elle.

Une petite fille couverte de sang, qui ressemblait à un chiot tout mouillé. Della fut prise de panique quand elle s'aperçut que la fillette ne respirait pas.

Elle repensa au documentaire et, passant un doigt dans la bouche du bébé, elle s'assura que rien ne l'encombrait. Puis elle lui posa une main sur la poitrine pour la retourner et lui tapoter gentiment le dos. Une fois. Deux fois.

– Respire !

La petite fille ne réagit pas.

– Oh, non ! marmonna Della.

Elle remit le bébé sur le dos et lui massa tout doucement la poitrine avant de la retourner une seconde fois et de tapoter un peu plus fort.

Le bébé sursauta, émit une sorte de gargouillis, puis prit une inspiration. Della respira à son tour. Elle ne s'était même pas rendu compte qu'elle retenait son souffle. Ce n'est que quand la fillette se mit à pleurer qu'elle osa se redresser et regarder Holiday.

– Tout va bien ! lança-t-elle.

Son soulagement fut de courte durée. Holiday avait perdu connaissance.

– Oh, non ! Holiday ?

Comme la fée ne répondait pas, Della se concentra pour percevoir les battements de son cœur. Ils étaient faibles et irréguliers, mais elle était bien vivante.

Baissant les yeux, elle aperçut le cordon ombilical qui reliait encore la mère à l'enfant. En fouillant dans le sac de Holiday, elle y trouva du fil dentaire. Elle en noua un morceau autour du cordon et, à l'aide d'un autre, le sectionna proprement. Holiday ne bougeait toujours pas. Della n'avait pas de temps à perdre.

Elle installa la fillette, qui hurlait, entre sa mère et le dossier de la banquette, puis alla prendre place derrière le volant.

Tandis qu'elle conduisait à toute allure en direction de la clinique, les mains poisseuses du sang de Holiday, elle se surprit à prier à voix haute.

– Écoute, Dieu, je Te propose un marché. S'il Te manque une âme pour remplir Ton quota de la semaine, prends-moi, mais pas Holiday. Pitié, pas Holiday.

Assise à l'accueil de la clinique vétérinaire, Della se tordait les mains tout en tapant du pied par terre. Elle avait appelé Burnett aussitôt que Whitman et Steve avaient emmené Holiday et le bébé dans l'une des salles à l'arrière. Quand il avait décroché le téléphone, elle avait la gorge trop nouée pour expliquer quoi que ce soit. Elle avait à peine réussi à articuler :

– Viens à la clinique.

– Holiday ?

– Oui.

– Tout va bien ?

– Non. Pas bien du tout.

Puis elle avait appelé Kylie, dont les talents de guérisseuse pourraient peut-être aider Holiday. Elle avait réprimé un grondement en tombant sur son répondeur.

– Holiday a besoin de toi. On est chez le Dr Whitman.

Deux minutes plus tard, la porte de la clinique s'ouvrit sur Burnett, les traits tirés. Della ne cessait de repenser à la façon dont il avait défendu sa femme face aux grincheux du comité de justice. L'amour qu'il éprouvait pour elle faisait tellement partie de lui que, s'il la perdait, ce serait comme de mourir un peu lui-même.

Il y laisserait son cœur.

Les larmes que Della avait retenues jusque-là s'échappèrent enfin et roulèrent sur ses joues. Burnett ne dit rien. Il avait compris la gravité de la situation en la voyant ainsi. Aussitôt il se dirigea vers l'arrière de la clinique.

Della entendit des voix lui ordonner de sortir, mais elle savait déjà qu'il n'en ferait rien. Burnett ne laisserait pas Holiday seule. Il ne l'abandonnerait jamais.

Della replia les genoux sous son menton en sanglotant.

– Prends-moi à sa place. Pitié, prends-moi à sa place.

– Della ?

Elle reconnut la voix de Steve. Elle l'avait aperçu en arrivant, mais ils n'avaient pas eu le temps de se parler. Elle releva la tête vers lui tout en s'essuyant les yeux.

– Elles vont bien ?

– Le bébé est en bonne santé.

– Et Holiday ? demanda-t-elle d'une voix étranglée par l'angoisse.

Steve croisa son regard d'un air triste, et elle sanglota de plus belle.

Chapitre 34

– Elle n'a pas encore repris connaissance et elle a perdu beaucoup de sang, mais le Dr Whitman vient de lui faire une transfusion. Il espère que ça va l'aider.

– Il espère ? répéta-t-elle d'une voix tremblante. Il ne peut pas faire mieux qu'espérer ? Il ne faut pas qu'elle meure ! Ce n'est pas possible ! Retourne dire au docteur qu'il ne doit pas la laisser mourir !

Steve s'assit à côté d'elle et passa un bras autour de ses épaules. Elle enfouit le visage dans son cou.

– Tu as été extraordinaire, Della. C'est grâce à toi qu'elles sont encore en vie, toutes les deux. Tes parents ont peut-être raison de vouloir que tu deviennes médecin.

– Non. C'était horrible. Si elle meurt, ce sera ma faute. Oh, non ! C'est ma faute !

– Hé ! Tu sais très bien que ce n'est pas vrai, souffla-t-il tout près de son oreille. Et puis, Holiday est une battante. Fais-lui un peu confiance.

Della étouffa un sanglot.

– Chut. Elle va s'en sortir, la rassura Steve.

– Tu n'en sais rien ! s'écria-t-elle. Elle était tellement heureuse à l'idée d'avoir ce bébé ! Si ça se trouve, cette petite fille ne connaîtra jamais sa mère… Et Burnett… Holiday, c'est toute sa vie.

Della cacha son visage contre le torse de Steve pour qu'il ne la voie pas pleurer, mais elle était incapable de contrôler les sanglots qui la secouaient.

Il déposa un baiser sur le sommet de sa tête tout en lui caressant les cheveux.

– Il ne nous reste plus qu'à espérer et à prier pour que Holiday se réveille. Tu l'as dit toi-même, elle est folle de joie à l'idée d'accueillir ce bébé et elle aime Burnett plus que tout. Elle ne va pas se laisser abattre. Elle a trop de choses à vivre.

Della ferma les yeux. Peu à peu, ses sanglots se calmèrent, et elle se laissa envelopper par la chaleur des bras du métamorphe.

Elle n'avait pas oublié qu'ils devaient discuter de leurs propres problèmes, mais cela lui paraissait tellement trivial, comparé à l'état de santé de Holiday… Elle se remit à prier pour que la fée s'en sorte. Elle avait déjà perdu Chan, elle ne voulait pas perdre Holiday en plus.

Quand, enfin, le Dr Whitman revint à l'accueil, Della aurait été incapable de dire s'il s'était écoulé dix minutes ou une demi-heure. Elle se redressa et, voyant le sourire du médecin, se détendit aussitôt.

– Tout va bien, déclara ce dernier. Et c'est grâce à toi, Della.

Elle crut qu'elle allait s'évanouir de soulagement, mais Steve la soutint.

Au même moment, la porte de la clinique s'ouvrit et Kylie entra en coup de vent, les yeux brillants.

– Où est-elle ? demanda-t-elle de sa voix grave de protectrice.

– Elle est dans la salle du fond, mais elle va bien, maintenant, indiqua le Dr Whitman.

– Qu'est-ce qui s'est passé ?

– Elle a subi une légère rupture du placenta.

– « Légère » ? s'esclaffa Della.

La situation ne lui avait pas paru légère du tout, sur le coup.

– Attention, je ne prétends pas que son cas n'était pas sérieux, expliqua le médecin. Ce que je voulais dire, c'est que, en cas de rupture sévère, le bébé n'aurait pas survécu, et Holiday aurait sans doute fait une hémorragie. Elle avait déjà perdu beaucoup de sang…

– Il faut que je la voie, intervint Kylie. Je peux l'aider, je suis guérisseuse.

– Elle a demandé à voir Della, dit le médecin. Vous pouvez y aller toutes les deux, mais ne restez pas plus de cinq minutes. Elle a besoin de se reposer. Venez, je vais vous montrer où vous laver, ajouta-t-il avant de se tourner vers Steve. Est-ce que tu pourrais prêter un tee-shirt à Della ?

Ce n'est qu'alors que la jeune fille s'aperçut qu'elle portait sur elle le sang de Holiday. De nouvelles larmes lui piquèrent les paupières.

Steve mena Della et Kylie aux toilettes, puis les laissa seules un instant avant de revenir avec un tee-shirt bleu marine, qu'il tendit à Della. Quand il ressortit, Kylie verrouilla la porte derrière lui.

– Ça va, Della ? demanda-t-elle.

– Oui, mentit la vampire.

Elle retira son tee-shirt raidi par le sang séché et enfila celui de Steve. Le coton en était doux et frais contre sa peau. Elle le porta à son nez. Il était imprégné du parfum de Steve.

Cela lui avait manqué.

Steve lui avait manqué.

Quand Della entra dans la pièce et vit Burnett avec sa petite fille dans les bras, elle faillit fondre en larmes. Holiday était encore très pâle, mais elle souriait.

– Merci, dit-elle à Della avant d'adresser un petit signe de tête à Kylie.

– On n'avait pas encore décidé quel deuxième prénom lui donner, alors on a choisi Rose, comme toi, annonça Burnett.

– Ton deuxième prénom, c'est Rose ? s'esclaffa Kylie.

Della jeta un regard sévère à son amie avant de se retourner vers Holiday.

– Pitié, ne faites pas ça. J'en veux à mes parents de m'avoir appelée comme ça. On dirait un nom d'actrice porno !

– Ce n'est pas vrai ! se défendit Burnett. Moi, j'aime bien. Je vous présente Hannah Rose James, nommée en l'honneur de la sœur de Holiday et de toi, Della. Le Dr Whitman m'a dit que tu leur avais sauvé la vie à toutes les deux. Je vais devoir être gentil avec toi, dorénavant.

– Ça, je le croirai quand je le verrai ! plaisanta Della dans l'espoir de détendre l'atmosphère.

– Quoi ? C'est toi qui as mis le bébé au monde ? fit Kylie en écarquillant les yeux.

Della hocha la tête.

– Je n'ai pas vraiment eu le choix. Holiday m'a interdit de la laisser toute seule le temps d'aller chercher de l'aide. Elle m'a menacée de lancer les anges de la mort à mes trousses.

Tout le monde éclata de rire.

– Désolée, dit Holiday avec un sourire malicieux.

– Il ne faut pas, souffla Della.

– Ça a dû être une expérience incroyable ! lança Kylie.

– Incroyable, c'est le mot, rétorqua Della en regardant les jeunes parents. D'ailleurs je vous préviens, si vous décidez d'en avoir un deuxième, je quitte cette ville. On ne m'y reprendra pas deux fois. Et puis, pour mes dix-huit ans, je m'offre une ligature des trompes. J'étais beaucoup trop jeune pour voir ça.

Cette tirade fut accueillie par un nouvel éclat de rire qui lui réchauffa le cœur.

Le bébé gazouilla doucement, et Burnett baissa les yeux sur la minuscule créature qu'il tenait dans ses bras. Della sentit son cœur fondre en voyant tant d'amour dans le regard de ce grand méchant papa vampire. Elle se demanda si son père aussi l'aimait à ce point quand elle était née, mais refoula bien vite ces idées sombres. Elle observa cette petite fille qui, malheureusement, se retrouvait affublée de son deuxième prénom.

À présent qu'elle était toute propre, elle ressemblait davantage à une vraie petite personne qu'à un chiot tout mouillé.

Une magnifique petite personne, mi-fée mi-vampire, avec une dominante vampire. Della n'en fut pas étonnée. Cette petite tenait de son père. De fait, Hannah Rose James le menait déjà par le petit doigt.

Littéralement.

Elle avait refermé le poing sur l'auriculaire de Burnett, qui paraissait immense dans la main de la petite. Elle avait d'épais cheveux noirs comme lui, mais combinés aux traits délicats de sa mère.

– Elle est magnifique, dit Kylie avant de se tourner vers Holiday. Est-ce que je peux t'offrir un peu d'énergie guérisseuse pour t'aider à te rétablir ?

– C'est gentil, mais ça va.

– Laisse-la faire, plaida Burnett. Je serai plus rassuré.

– Je vais bien ; je ne veux pas qu'elle gaspille ses forces à cause de moi.

– Je te rappelle qu'il y a moins d'une heure, tu étais inconsciente, gronda Burnett avant de s'adresser à Kylie. Vas-y. Je la tiendrai s'il le faut.

– Et garde un peu d'énergie pour le bébé aussi, ajouta Della.

Elle revit l'instant où elle avait tenu cette fragile petite chose qui refusait de respirer.

Soudain, ses yeux s'emplirent de larmes. Des larmes de soulagement, certes, mais la journée avait été riche en événements – et en miracles.

Billy avait échappé à la prison, et Holiday et sa fille avaient survécu.

Elle repensa à la prière qu'elle avait faite : « Prends-moi à sa place. » Il semblait même que Dieu ait déjà rempli son quota d'âmes pour la journée.

Quelques minutes plus tard, le Dr Whitman les fit sortir, à l'exception de Burnett. Le médecin avait déclaré vouloir garder Holiday et sa fille en observation pendant quelques jours, et Della aurait parié ses canines que Burnett ne quitterait pas leur chevet. Elle espérait que Whitman était de nature patiente.

Alors qu'elles s'apprêtaient à partir, Burnett demanda à Kylie de raccompagner Della afin que cette dernière laisse la voiture de Holiday à la clinique. Le couffin de la petite se trouvait dans le coffre. Elles acquiescèrent et sortirent dans le couloir. Steve les attendait à l'accueil, et Della repensa à l'intense réconfort qu'elle avait ressenti, blottie dans ses bras.

– Je vais ramener Della à Shadow Falls, annonça-t-il.

Kylie jeta un regard interrogateur à Della, comme si elle s'attendait à ce que cette dernière proteste. Elle garda le silence. Steve et elle avaient besoin de discuter, même si elle ne savait pas encore quoi lui dire… ou quoi ne pas lui dire. *Ah, au fait, j'ai embrassé Chase.* Ou : *Ah, au fait, je te pardonne.*

Brusquement, elle repensa à ce que lui avait appris Kevin au téléphone, juste avant que le bébé arrive. Elle faillit retourner dans la chambre de Holiday pour prévenir Burnett que Chase connaissait Chan, puis elle se ravisa. Ç'aurait été égoïste. Il avait mérité de savourer pleinement la naissance de sa fille, sans avoir à se préoccuper d'autre chose.

Je lui dirai plus tard, décida-t-elle.

– Tu viens avec moi, ou… ? demanda Kylie.

Tirée de sa rêverie, Della regarda le métamorphe qui l'avait rassurée et réconfortée au moment où elle en avait tant besoin.

– Non, je… Steve va me raccompagner, bredouilla-t-elle.

Elle vit du soulagement dans les yeux de Steve – et de la surprise dans ceux de Kylie.

– OK. On se retrouve au bungalow. On fêtera ça avec un Coca light.

Della sourit, puis la regarda s'éloigner.

Steve la fit monter dans une Honda Civic flambant neuve. Della ne put s'empêcher de se demander si c'était celle de Jessie. Étaient-ils devenus tellement proches qu'elle lui prêtait sa voiture ? Il lui fallut dix minutes pour oser dire quelque chose.

– Elle est chouette, cette voiture.

– Merci. Ce sont mes parents qui me l'ont offerte pour mon anniversaire.

– Ton anniversaire ?

Il hocha la tête en silence, et Della déglutit, mal à l'aise.

– C'est pour ça qu'ils t'ont emmené dîner, vendredi dernier ?

– Oui.

Elle poussa un gros soupir.

– Je n'étais même pas au courant…

– Je sais.

– Tu aurais dû me le dire, bredouilla-t-elle en regardant par la vitre.

Elle ne supportait pas l'idée de voir son air déçu.

– Tu avais déjà des projets pour le week-end. Ce n'est vraiment pas grave, tu sais.

Pourtant elle se sentait horriblement bête. Il l'avait invitée à aller dîner avec ses parents à l'occasion de son anniversaire, et elle avait flippé comme s'il l'avait demandée en mariage. Au final, elle ne lui avait même pas souhaité un joyeux anniversaire. D'ailleurs elle n'en connaissait toujours pas la date exacte. Elle était vraiment nulle, comme copine – enfin, comme « presque copine ».

– Et toi ? Tu connais la date de mon anniversaire ? demanda-t-elle en osant enfin se tourner vers lui.

– Oui, c'est le 18 novembre.

– Comment tu le sais ?

– J'ai regardé ton permis ton conduire, une fois.

Elle était vraiment trop nulle…

– Je suis désolée, dit-elle.

– Pourquoi ?

– Parce que je ne savais même pas que c'était ton anniversaire et que je me suis montrée odieuse.

Et parce que j'ai embrassé Chase.

– Tu n'es pas odieuse, Della. Tu as la trouille, c'est tout. C'est bien compréhensible. Plusieurs hommes t'ont déçue avant moi, et je ne me suis pas montré à la hauteur. C'est plutôt moi qui devrais te demander pardon pour… pour avoir laissé Jessie m'embrasser. Je n'avais pas le moral et j'étais un peu fâché, mais ça n'excuse rien. Je savais qu'elle avait un faible pour moi et je n'ai rien fait pour la décourager. J'aurais dû lui dire dès le départ qu'il ne se passerait jamais rien, mais…

– Mais c'était agréable d'avoir quelqu'un qui faisait attention à toi alors que moi, je te maintenais à distance. Et puis, moi aussi, je t'avais déçu.

Était-ce l'une des raisons pour lesquelles elle avait embrassé Chase ? Peut-être…

Steve se gara devant Shadow Falls et se tourna vers elle.

– Peut-être, mais ce n'est pas une excuse pour faire n'importe quoi. Je m'en veux terriblement.

– Il ne faut pas.

Alors pourquoi se sentait-elle coupable, elle aussi ?

– J'ai fait une erreur, Della, et je suis assez grand pour l'admettre.

Elle examina ses bottes en silence. La moindre des choses, c'était de lui rendre la politesse.

– J'ai embrassé Chase, avoua-t-elle.

Voilà. C'était dit. Steve allait pouvoir diriger sa colère contre elle au lieu de s'en vouloir.

Elle ne savait pas à quelle réaction s'attendre de sa part mais, comme il ne disait rien, elle commença à avoir peur.

– Tu vois, tu n'as pas à te sentir coupable, ajouta-t-elle en levant les yeux vers lui.

Au lieu de paraître soulagé, il semblait furieux. Le plan de Della n'avait pas franchement fonctionné comme prévu.

– Est-ce que tu as fait ça pour te venger ? demanda-t-il d'une voix tendue.

– Non… je ne pense pas. Enfin, peut-être un peu. C'est compliqué, et je te mentirais si je prétendais que ça ne m'a pas traversé l'esprit. J'étais mal, tu sais…

Elle se tut un instant et chercha un moyen d'expliquer les faits. Elle opta pour la vérité.

– C'est Miranda qui m'a suggéré d'embrasser quelqu'un d'autre. D'après elle, ça devait m'aider à te pardonner parce que ça avait fonctionné pour Perry et elle.

– C'est débile !

– Je sais. C'est ce que je lui ai dit.

– Et pourtant, tu as suivi son conseil, reprit Steve, l'air blessé.

– Non. Ce n'est pas comme ça que ça s'est passé. Enfin, peut-être qu'elle m'avait mis cette idée en tête, mais ce qui est arrivé, c'est que nous étions en mission, Chase et moi. On était dans un bar plein de vampires et il fallait qu'on se sorte de là avant que les membres d'un gang n'arrivent. Sauf qu'ils ont été trop rapides, alors je me suis dit que c'était le seul moyen de passer inaperçus...

En jouant à la prostituée avec un client.

Steve se détourna un instant et contempla les arbres qui se balançaient au gré du vent. Della se fit la réflexion que cela illustrait sans doute les sentiments de Steve. À présent qu'elle savait ce qu'elle voulait, il hésitait.

Elle était tellement nulle, comme « presque copine », qu'il devait se demander si elle saurait jouer le jeu pour de vrai.

– Est-ce que ça a fonctionné ?

– Oui. Ils n'ont pas fait attention à nous et on a réussi à s'enfuir.

– Non, je voulais dire... le plan de Miranda. Ça a marché ? demanda-t-il en la regardant.

Cela lui faisait mal de l'admettre, mais...

– Aussi bizarre que ça puisse paraître, je crois que oui.

Steve prit une profonde inspiration.

– Et... ça t'a plu ?

Un peu trop. Elle faillit mentir.

– Sans doute pas plus que ça ne t'a plu, à toi, d'embrasser Jessie.

Elle savait qu'il avait apprécié ce baiser, même malgré lui. Elle l'avait deviné à son air coupable quand il le lui avait avoué.

Il se détourna de nouveau.

– Tu aurais pu mentir, sur ce coup-là.

– Je suis en train de devenir une maniaque de la vérité, plaisanta-t-elle.

Peut-être en avait-elle assez que les autres lui mentent – son ex-petit copain ; ses parents, qui n'avaient jamais daigné lui parler de son oncle et de sa tante ; Chase, qui lui avait caché qu'il connaissait Chan…

Et pourtant, malgré sa colère, elle-même continuait à mentir. Elle n'avait toujours pas avoué à ses parents qu'elle était une vampire. Ses raisons étaient certes compréhensibles, mais cela n'en demeurait pas moins un mensonge. Et puis, elle n'avait rien dit à Burnett au sujet de son oncle et de sa tante, et il y avait de fortes chances pour qu'elle ne lui en parle jamais. Pourtant, à cet instant, elle avait envie d'être parfaitement honnête avec Steve.

– Je suis désolée. Je m'en veux de l'avoir embrassé. On était en danger, et la situation était très tendue, mais… mais ce n'était pas toi. Après coup… j'ai regretté que ça n'ait pas été toi, conclut-elle dans un soupir.

Chase était parti, de toute façon.

– C'est exactement ce que j'ai ressenti, moi aussi, dit Steve.

Pendant quelques secondes, ils se dévisagèrent en silence.

– Qu'est-ce que ça signifie ? demanda-t-il enfin.

– Je sais seulement ce que j'aimerais que ça signifie, répondit-elle. J'aimerais qu'on soit ensemble, mais en même temps, j'ai la trouille.

– Dans ce cas, on n'a qu'à y aller doucement.

Elle prit une longue inspiration, le cœur gonflé d'espoir et de peur mêlés.

– Ce n'est pas ce qu'on faisait jusqu'ici ? Parce que… ça n'a pas été très concluant.

– Alors on ne se force pas à y aller doucement. On laisse les choses se faire naturellement, reprit Steve.

Elle se mordit la lèvre.

– Je n'étais même pas au courant de ton anniversaire. Je ne sais pas si je suis capable de… d'être avec toi pour de vrai. Tu mérites sans doute mieux que ça.

– Impossible. Il n'y a rien de mieux que toi.

Il sourit, et des paillettes vert et or dansèrent dans ses yeux noisette. Il se pencha vers elle et, lui caressant les cheveux, il passa une main sur sa nuque pour l'attirer plus près.

– Tu es belle, drôle, intelligente…

Elle sentit son souffle sur ses lèvres tant ils étaient proches.

– Et belle, reprit-il. Est-ce que je t'ai dit que tu étais belle ? J'adore te voir porter mon tee-shirt…

Il l'embrassa, tout en faisant glisser sa main le long de son cou. Elle frissonna, émue par ses caresses, et se tendit vers lui.

Soudain, leur baiser doux et romantique se fit torride, impérieux. Le cœur battant à tout rompre, la peau brûlante, Della n'avait qu'une envie : se rapprocher encore de lui, mais le levier de vitesse les séparait.

Elle se faufila par-dessus pour se retrouver face à Steve, mais heurta le volant avec ses fesses et donna un coup de Klaxon.

Ils éclatèrent de rire et se baissèrent pour échapper aux regards des curieux. Steve recula son siège et rabattit le dossier pour lui faire de la place. Elle se mit à califourchon sur lui, et il se redressa pour lui permettre de passer les jambes autour de sa taille. Cette position n'était pas très commode, mais terriblement sexy. Le cœur de Della s'emballa de plus belle, et elle entendit celui de Steve l'imiter.

Elle se recula un peu, les yeux rivés sur ses lèvres encore humides.

– Tu te rends compte que c'est le milieu de la journée et qu'il y a peut-être des gens qui nous regardent ?

– Et alors ? fit-il en l'attirant plus près.

Il passa les mains sous son tee-shirt et reposa les paumes au creux de sa taille, si chaudes, si rassurantes. Il les fit doucement remonter, jusqu'à effleurer les côtés de ses seins. Elle mourait d'envie de sentir ses caresses, là, partout…

Steve interrompit leur baiser, haletant, les yeux brillants d'émotion et de désir.

Pourtant il semblait inquiet.

– Qu'est-ce qui ne va pas ? demanda-t-elle.

Chapitre 35

– Tu es chaude comme la braise, Della.

– Toi aussi, souffla-t-elle.

– Non, tu ne comprends pas, dit-il en retirant sa main de sous son tee-shirt pour se la passer sur le visage. Tu es super sexy, évidemment, mais ce n'est pas ce que je voulais dire. Tu es brûlante, comme si tu avais toujours de la fièvre. Qu'est-ce qui t'arrive ?

– Oh, euh… Je suis sûre que ce n'est rien du tout, bredouilla-t-elle, répétant tout haut ce dont elle essayait de se convaincre depuis deux semaines. Je ne suis pas aussi froide que d'habitude, c'est tout.

Elle ne voulait pas penser à ces histoires de maladie et savait exactement ce qu'il lui fallait pour se changer les idées.

Elle se pencha vers Steve pour l'embrasser, mais il leva une main pour l'arrêter.

– Ce n'est peut-être pas rien du tout, Della. Si tu n'es pas aussi froide que d'habitude, ça veut précisément dire que tu as de la fièvre. Retourne t'asseoir à ta place, s'il te plaît.

– Pourquoi ?

– Je te ramène à la clinique pour que le Dr Whitman t'examine.

– Non, dit Della en appuyant son front contre celui de Steve.

– Mais pourquoi ?

Il se recula afin de pouvoir sonder son visage.

– Parce que… Je vais bien, et je ne veux pas que Burnett et Holiday se fassent du souci pour moi. Si ma température n'est pas revenue à la normale dans quelques jours, je viendrai à la clinique, d'accord ? En attendant, je vais demander à Kylie de me transmettre un peu de son énergie de guérisseuse.

– Même les guérisseurs ne peuvent pas faire des miracles, objecta-t-il, l'air déçu. Quels sont tes symptômes ?

Je n'ai pas de plaques sur la peau. C'était tout ce qui comptait, pas vrai ?

– Steve, je t'assure que je vais bien. Et puis, je te rappelle que Kylie a déjà réussi à guérir le cancer de son amie. Je suis sûre qu'elle saura me débarrasser d'un petit virus.

Elle parvint à se rassurer elle-même par ces paroles. Cependant, si elle révélait à Steve qu'elle craignait d'avoir la même maladie que Chan, il flipperait complètement, et elle ne voulait pas faire face à un Steve complètement flippé.

– Quels sont tes symptômes, répéta-t-il avec fermeté. Est-ce que tu as mal quelque part ?

– Non… J'ai eu un peu mal à la tête pendant quelques jours, mais c'est passé, maintenant.

Ce n'était pas un vrai mensonge. Elle atténuait seulement les faits.

– Quoi d'autre ?

Elle n'avait pas eu l'intention d'en dire plus, mais Steve avait lu dans ses pensées.

– Ça reste entre nous, d'accord ?

Il lui jeta un regard impatient.

– Tu es assise sur mes genoux et j'ai une main sous ton tee-shirt, lui rappela-t-il.

– C'est ton tee-shirt, corrigea-t-elle en souriant.

– Oui, bon… Ce que je voulais dire, c'est que je te pose cette question parce que je suis ton petit ami, pas ton médecin.

Elle sourit de plus belle.

– Mon petit ami, hein ? Ça me plaît bien, de t'entendre dire ça.

L'expression sévère de Steve s'adoucit quelque peu.

– À moi aussi. Maintenant, décris-moi tes symptômes.

Elle pouvait peut-être en révéler une partie.

– Tu me promets que tu ne répéteras rien à personne ? demanda-t-elle en lui effleurant les lèvres du bout des doigts.

Elles étaient tellement douces…

– Oui, c'est promis, céda-t-il.

– Mon ouïe et mon odorat de vampire se font la malle de temps en temps. C'est super bizarre.

Steve se tendit, et ses beaux yeux bruns, qui luisaient de désir un instant plus tôt, se voilèrent d'inquiétude.

– Tu commences à ressembler à un médecin plus qu'à un petit copain, l'avertit-elle.

Il poussa un grognement agacé.

– S'il te plaît, Della, laisse-moi te conduire chez le Dr Whitman. Je me sentirai tellement mieux quand il t'aura fait une prise de sang et t'aura examinée.

– Non. Pas tout de suite. J'irai dans quelques jours, quand Holiday et le bébé seront sortis de la clinique.

– Mais…

– Arrête d'en faire tout un plat. Je vais bien !

Les vampires ne tombaient presque jamais malades.

Sauf que certains tombent malades et ne s'en remettent pas, lui souffla une voix qui ressemblait étrangement à celle de Chan.

Au même moment, Della entendit d'autres voix, bien réelles et ponctuées d'éclats de rire. Steve releva la tête et regarda par la vitre.

Tête basse, Della lui jeta un coup d'œil à travers ses longs cheveux, en espérant qu'elle se trompait. Quand, enfin, il se retourna vers elle, elle se mordit la lèvre.

– Pitié, dis-moi que personne ne nous a vus nous embrasser dans ta voiture comme deux ados en chaleur.

D'un geste doux, il repoussa les cheveux qui lui tombaient devant le visage.

– Quand bien même… ce serait si grave que ça ?
– Combien ?
– Quoi ?
– Combien de personnes vais-je devoir tuer ? demanda-t-elle.
Il jeta un coup d'œil alentour, un sourire malicieux aux lèvres.
– Six. Non, sept. Ouh là… huit. Enfin, beaucoup, quoi.
Elle se sentit rougir. Depuis combien de temps les observait-on ainsi ?
– Je ferais peut-être bien de descendre de tes genoux.
– Je ne sais pas… dit-il en haussant un sourcil. Moi, je trouve que tu es bien, là.
Elle s'écarta et tenta de passer une jambe par-dessus le levier de vitesse.
– Si je klaxonne avec mes fesses une deuxième fois, je vais mourir de honte.
Le sourire de Steve s'évanouit, et elle comprit à quoi il pensait.
– Personne ne va mourir, le rassura-t-elle.
Il lui prit doucement le menton pour la forcer à le regarder.
– Je te donne deux jours, Della. Dans deux jours, si tu ne viens pas de toi-même à la clinique, je t'y traîne de force.

– Je suis désolée, mais c'était trop drôle ! gloussa Miranda en sortant trois Coca light du frigo. Et puis, on ne savait pas que c'était vous. Tout ce qu'on voyait, c'était un couple qui se bécotait sur le siège avant d'une voiture qu'on ne reconnaissait pas, expliqua-t-elle en posant les cannettes sur la table.
– Eh bien moi, je ne trouve pas ça drôle ! gronda Della.
Miranda, Kylie, Perry et cinq autres étudiants se trouvaient devant le portail de Shadow Falls au moment où Steve et elle s'étaient embrassés. Elle ne comprenait pas comment elle avait pu ne pas les voir quand ils s'étaient garés, mais en même temps, elle n'avait d'yeux que pour son chauffeur à ce moment-là.
Elle était entièrement focalisée sur Steve, sur ses baisers, ses caresses, cette impression merveilleuse qu'il la comprenait.

Était-ce ça qui lui donnait l'impression d'être si spéciale à ses yeux ? Il l'acceptait telle qu'elle était, sans la juger – et il tenait quand même à elle.

– Ne t'énerve pas. Après tout, c'était juste un bisou, intervint Kylie.

Pourtant, Della voyait bien que cette situation l'amusait beaucoup.

– Ça, je ne sais pas, renchérit Miranda. Il avait une main sous son tee-shirt, et on ne voyait pas celles de Della.

La vampire fusilla la sorcière du regard.

– Tu vas te taire, oui !

– Bon, parlons d'autre chose, décida Kylie. Tout le monde est super heureux de savoir que Holiday et Hannah vont bien. C'est grâce à toi, d'ailleurs. Et puis, on est ravies que tu te sois réconciliée avec Steve.

– Ça, c'est grâce à moi, fit remarquer Miranda. C'est moi qui t'ai conseillé d'embrasser Chase, et ça a marché.

– C'était une erreur, d'embrasser Chase, grommela Della.

Aussitôt, elle se rappela qu'elle devait téléphoner à Kevin pour tenter d'apprendre ce que ce menteur arrogant voulait à Chan, mais elle remit cela à plus tard. Pour l'instant, elle n'avait pas envie d'y penser. Kylie avait raison : tout allait bien, elle avait gagné le droit de se détendre un peu. Et ce n'était pas une légère migraine qui allait l'en empêcher.

– N'empêche, ç'a été une sacrée journée ! souffla Kylie en ouvrant sa cannette.

En plus, j'ai sauvé Billy, pensa Della en prenant une gorgée.

Quand elle releva les yeux, elle remarqua que Miranda l'observait d'un air soucieux.

– Quoi ?

La petite sorcière posa sa cannette sur la table.

– Tu es heureuse, mais…

– Mais quoi ?

– Ton aura est toujours très sombre. Encore plus qu'hier.

– Moi, je crois que c'est ton détecteur d'aura qui est cassé.

Miranda secoua la tête.

– Demain, tu vas observer les oiseaux, et tant pis si je dois te les apporter moi-même.

À vingt heures, ce soir-là, il ne restait plus que Della à la table de la cuisine. Elle se sentait seule – et franchement mal en point. Sa migraine avait empiré et l'élançait à la fois aux tempes et dans la nuque. Elle aurait peut-être dû accepter que Steve la raccompagne chez le Dr Whitman – ou, du moins, demander à Kylie qu'elle lui transmette un peu de son énergie guérisseuse avant de partir.

Ses deux meilleures amies l'avaient abandonnée plus d'une heure auparavant pour aller retrouver leurs chéris respectifs. Elle ne pouvait pas leur en vouloir. Si Steve avait été à Shadow Falls, elle aurait passé la soirée avec lui.

Elle gardait les yeux rivés sur son téléphone, comme si cela allait le faire sonner. Elle avait appelé Kevin à deux reprises, dans l'espoir de terminer leur conversation au sujet de Chase, mais elle était tombée sur son répondeur. Une question lui trottait dans la tête, obsédante. Pourquoi Chase lui avait-il caché qu'il connaissait Chan ? Qu'est-ce que cela signifiait ?

Elle eut l'impression que les murs du bungalow gémissaient et que la température tombait brusquement. Elle se frotta les bras tout en regardant autour d'elle. Chan était-il venu la voir ? Elle n'aurait pas dû le redouter, et pourtant cette idée la mettait extrêmement mal à l'aise. Que lui voulait son cousin ? Cela avait-il un rapport avec Chase ?

Ce dernier lui avait dit qu'il était à la recherche de quelqu'un. Était-ce un mensonge de plus ?

Soudain, elle ressentit un picotement dans la nuque et tourna la tête. Elle s'attendait presque à voir quelqu'un derrière elle.

La pièce était vide – à ses yeux, du moins.

– Chan ? C'est toi ? murmura-t-elle.

Silence.

Elle hésita à téléphoner à Steve, mais quand elle l'avait appelé un peu plus tôt dans la soirée, il lui avait dit qu'ils avaient plusieurs patients à la clinique et qu'il lui ferait signe dès qu'il aurait une minute. Évidemment, son esprit agité lui souffla qu'il était avec Jessie. Certes, Della faisait confiance à Steve, mais pas à la petite blonde souriante. Sa migraine s'intensifia encore.

Lorsqu'un frisson lui parcourut l'échine, elle décida d'aller prendre une douche chaude. Elle se rendit dans la salle de bains et alluma le jet d'eau avant de se déshabiller. Le bruit de la douche lui rappela celui de la cascade. Della tourna la tête et vit des volutes de buée monter de derrière le rideau. Elle posa une serviette propre à portée de main puis, tout en se massant la tempe, elle examina son reflet nu dans le miroir. C'est alors qu'elle l'aperçut.

– Chan ! Ça ne va pas, non ? Sors de là !

Affronter le fantôme de son cousin était déjà suffisamment flippant. L'affronter alors qu'elle était nue, c'était trop. Elle se cacha derrière la serviette avant de se tourner vers lui. Elle s'attendait presque à ce qu'il soit parti, mais il se tenait toujours là, dans un nuage de buée.

– Regarde derrière toi, dit-il.

– Sors de là, répéta-t-elle en s'enroulant dans sa serviette.

– Regarde derrière toi, insista-t-il.

Étrangement, il paraissait encore plus terrifié qu'elle.

Elle jeta un coup d'œil par-dessus son épaule sans bien savoir à quoi s'attendre. Tout ce qu'elle vit, ce fut son reflet dans le miroir, ainsi que celui de son cousin, qui la dévisageait d'un air triste.

Elle lui fit face de nouveau, et ce simple mouvement suffit à l'étourdir un instant. Elle agrippa le bord du lavabo pour garder l'équilibre.

– Qu'est-ce que je suis censée voir ? demanda-t-elle en grimaçant.

Sans répondre, il leva un bras et tendit l'index. De nouveau, elle tourna la tête mais ne vit rien d'autre qu'eux dans le miroir. Soudain l'image de Chan s'effaça, comme happée par le nuage de vapeur.

Quand elle se retourna, il avait disparu.

Regarde derrière toi, Della !

Elle ne savait pas ce qui était le pire, le voir ou entendre sa voix résonner sous son crâne.

Elle obéit malgré tout mais, une fois de plus, ne distingua que son reflet.

– Qu'est-ce que je suis censée voir ?

La douleur qui lui vrillait les tempes et la nuque commençait à se propager le long de ses épaules.

– Qu'est-ce que je suis censée voir, Chan ? répéta-t-elle, impatiente.

Seul un silence de mort lui répondit. Elle n'entendait même plus le bruit de la douche. Elle ne s'entendait plus respirer.

Elle cilla et était sur le point de se retourner, quand une flèche se dessina sur le miroir embué. Elle suivit la flèche des yeux…

– Merde !

Elle lâcha sa serviette, toute peur d'être nue devant un fantôme oubliée. Une terreur nouvelle s'était emparée d'elle.

Son cœur s'emballa et la douleur à ses tempes et dans ses épaules devint intolérable. Debout dans la salle de bains embuée, elle se remémora les paroles de Kevin. « Les membres du gang m'ont dit qu'il était tombé malade, puis qu'il avait commencé à avoir des plaques bizarres dans le dos. Et puis, il est mort. »

Della examina les marques rouges qui partaient de sa nuque et descendaient le long de son échine. Elles ressemblaient un peu à des plumes.

La vérité s'imposa à elle. Elle souffrait de la même maladie que Chan – de la maladie qui l'avait tué.

La porte de sa salle de bains s'ouvrit. S'attendant à ce que ce soit Kylie ou Miranda, Della se baissa pour rattraper sa serviette.

Il lui fallut rassembler toute son énergie pour se redresser. Elle fut prise de vertige et sa vision se brouilla, mais elle se concentra sur la porte. Elle retint son souffle en voyant qu'elle s'était trompée. Ce n'était ni Kylie ni Miranda.

– Qu'est-ce que tu fiches ici ?

Chapitre 36

– Tu m'as menti ! gronda Della, choquée de voir Chase débarquer dans sa salle de bains. Tu n'étais à la recherche de personne.

– Si. C'était toi que je cherchais.

Elle dut faire un effort intense pour se concentrer malgré la douleur.

– Tu connaissais Chan, mon cousin.

– Oui.

Voyant qu'il la détaillait, elle se rappela qu'elle était à peine vêtue d'une serviette.

– Va-t'en.

– J'ai essayé, mais j'en étais incapable. C'est terrible, d'avoir une conscience. Que ça te plaise ou non, nous allons devenir très liés, toi et moi.

– Hein ?

Elle secoua la tête, mais le moindre mouvement était une vraie torture.

De nouveau, il l'observa de la tête aux pieds.

– Ça pourrait être pire. Tu pourrais être moche.

– Sors de ma salle de bains !

Il obéit mais ne daigna pas refermer la porte derrière lui. Della s'appuya contre le lavabo, prise de vertige. Elle avait l'impression que les nuages de buée avaient envahi son cerveau. Chase était-il réellement entré dans la salle de bains ou avait-elle rêvé ? Avait-elle également imaginé la visite de Chan et les plaques rouges dans son dos ?

– Tiens, lança Chase en revenant dans la salle de bains, en chair et en os et le plus naturellement du monde.

Il lui tendit des vêtements et son téléphone.

– Habille-toi.

– Dégage ! hurla-t-elle.

Un froid intense la fit frissonner de l'intérieur. Elle tremblait comme une feuille, en proie à une migraine atroce.

– Habille-toi, sinon ton métamorphe risque de faire la tronche en te voyant arriver toute nue avec moi. Il ne va pas être content, de toute façon, mais on n'a plus le temps de trouver quelqu'un d'autre, ajouta-t-il, comme s'il se parlait à lui-même.

– Quoi ? fit-elle.

– Habille-toi ! insista-t-il.

– Pas tant que tu restes dans la pièce.

Ses dents s'entrechoquaient tellement elle avait froid.

Chase lui tourna le dos.

– Allez, maintenant, habille-toi. On n'a pas de temps à perdre.

– Mais pourquoi ? gronda-t-elle en serrant les mâchoires.

Soudain, elle eut une désagréable impression de déjà-vu. Ce n'était pas la première fois qu'elle ressentait cette douleur, ce froid intense…

La première fois, Chan était auprès d'elle.

Les yeux rivés sur le reflet de Chase dans le miroir, elle lâcha sa serviette et tendit la main vers ses vêtements. Soudain, il se retourna et observa son corps nu.

Elle poussa un grondement, et il sursauta, croisant son regard dans le miroir.

– Désolé. Je croyais que tu avais déjà fini.

Désolé, mon cul, oui ! Littéralement… Elle lui montra les dents et commença à s'habiller.

Chase continua à l'observer.

– Pourquoi es-tu allé voir Chan ? demanda-t-elle.

Elle parvint à enfiler son pantalon de jogging et son tee-shirt, au prix d'un immense effort. Le moindre geste relançait sa migraine.

Chase saisit son téléphone.

– Il est temps d'appeler ton métamorphe.

Une vive douleur partit de sa nuque et se répandit dans son dos quand elle tendit le bras, mais elle ne voulait pas que Chase sème encore la panique entre Steve et elle. Chase lui prit la main, et la douleur redoubla. Elle n'eut pas la force de se dégager. Ses genoux cédèrent, et elle tomba contre lui. Il passa un bras autour de sa taille pour la retenir. Pourquoi lui paraissait-il si chaud ?

– Tout va bien, lui murmura-t-il à l'oreille tout en lui caressant doucement le dos. On va s'en sortir.

Sauf que ça n'allait pas du tout.

Elle parvint à se redresser et à s'appuyer contre le lavabo, mais son corps tout entier la faisait souffrir. Des muscles dont elle ignorait l'existence jusque-là se mirent à se crisper violemment. Ses yeux s'emplirent de larmes. Elle reconnaissait ces symptômes, c'étaient ceux de la métamorphose d'humain à vampire.

– Salut, Steve, c'est Chase, annonça ce dernier au téléphone.

Della crut entendre de la colère dans la voix de Steve.

Elle tenta de saisir le portable, mais Chase l'en empêcha en lui prenant le poignet. Ses gestes étaient très doux. Il n'avait pas besoin d'user de la force, elle était trop faible pour se défendre, mais elle lui en voulait de se montrer aussi tendre envers elle.

Elle baissa la tête. Le simple fait de respirer lui faisait mal.

– Tais-toi et écoute-moi ! lança Chase au téléphone, furieux. Della n'a pas beaucoup de temps. Je vais l'emmener au bungalow de Holiday. Retrouve-nous là-bas. Je sais comment la sauver, mais je vais avoir besoin de ton aide.

Chase raccrocha.

– Qu'est-ce qui se passe ? demanda Della en levant les yeux vers lui.

– Tu te rappelles ta métamorphose ?

– Oui. Pourquoi ? fit-elle, terrifiée qu'il ait deviné ce qu'elle ressentait.

– Il existe une faible proportion de vampires qui ont la chance – ou, plutôt, la malchance – de subir une seconde métamorphose.

– C'est la première fois que j'entends ça, dit-elle en secouant la tête.

– Normal, c'est super rare. Viens, dit-il en la prenant par la taille.

– Non ! Explique-moi ce qui se passe.

– OK. La version courte, c'est que, sur les centaines de familles porteuses du virus V-1, il y a six lignées dont les membres sont susceptibles de renaître.

Elle tenta de réfléchir malgré la migraine qui tambourinait sous son crâne et les plaques qui lui brûlaient le dos et les épaules.

– C'est ce qui est arrivé à Chan ?

Chase hocha la tête.

– C'est ta faute ! l'accusa Della. Tu nous as empoisonnés !

– Non.

Elle était juste assez lucide pour remarquer qu'il ne cillait pas. Disait-il la vérité ? Était-elle en état de juger de ça ?

– Le problème, reprit-il, c'est que moins de trois pour cent de ceux qui renaissent survivent à cette seconde transformation. Par contre, ceux qui s'en sortent voient leurs pouvoirs décuplés. Heureusement, un médecin associé au Conseil des vampires a découvert un moyen d'augmenter nos chances de survie.

– Quel moyen ?

– Il faut se lier à quelqu'un qui a déjà traversé ça.

– Comment ça ?

– En procédant à une transfusion complète. Tu profites des anticorps d'un survivant. C'est un peu le même principe qu'un vaccin, sauf que, dans notre cas, les deux vampires se retrouvent liés à jamais. C'est presque comme s'ils devenaient une seule et même personne. On a déjà comparé cela à la relation que peuvent entretenir de vrais jumeaux – ou deux âmes sœurs, si tant est que ça existe.

Della le dévisagea, les yeux écarquillés.

– Tu es un survivant ?

– Oui. Heureusement qu'on s'aime bien, hein ?

– Ce n'est pas vrai. Je te déteste, grommela-t-elle.

– Ton cœur ne sait pas mentir, Della Tsang, murmura-t-il en se penchant vers elle.

Bon, d'accord, elle ne le détestait pas complètement, mais…

– Je ne veux pas me retrouver liée à toi.

Cette fois, son cœur garda son calme. Elle n'était pas sûre de vouloir se lier à qui que ce soit, mais si elle devait choisir, ce serait un certain métamorphe.

Chase soupira.

– Honnêtement, je n'étais pas enchanté quand j'ai appris la nouvelle, mais on n'a pas vraiment le choix. Allez, viens, dit-il en lui tendant la main. Plus on commencera vite, moins on souffrira.

– Comment ça, « on » ?

De quoi parlait-il ? Il ne semblait pas avoir mal.

– En recevant ton sang, je vais partager ta métamorphose.

Elle tenta de réfléchir. Il allait subir une chose pareille de son plein gré ? Ce devait être un mensonge.

Elle refusa de saisir la main qu'il lui tendait.

– Je vais demander à Kylie de m'aider. Je n'ai pas besoin que tu… Appelle-la, dit-elle en désignant son téléphone.

– Les guérisseurs ont beau être doués, ils ne peuvent rien dans ce cas-là. Au cours des cinq derniers siècles, les quelques survivants qui sont sortis indemnes de cette épreuve ont vu leur famille mourir dans d'atroces souffrances. Tu penses bien que, avec leurs pouvoirs décuplés, ils n'avaient aucun mal à faire venir des sorcières, des magiciens et des guérisseurs, mais en vain.

– Comment sais-tu tout ça ?

Une crampe soudaine lui coupa le souffle, et ses genoux se dérobèrent sous elle.

– Je me suis intéressé à la question après avoir moi-même survécu, expliqua-t-il en se penchant pour la soulever. Allez, il est temps.

Elle posa les mains sur son torse.

– Je ne veux pas.

– Tu préfères mourir ?

Il sortit de la salle de bains et du bungalow. Lorsqu'ils arrivèrent sous le porche, un vent frais joua dans les cheveux de Della et la fit frissonner.

– Je ne vais peut-être pas mourir. Je fais peut-être partie des trois pour cent qui ont de la chance.

C'est alors qu'elle repensa à sa prière. « Prends-moi à sa place. »

Dieu n'avait peut-être pas rempli Son quota, après tout.

– J'aime mieux ne pas parier là-dessus, lança Chase.

Sans même courir pour prendre son élan, il décolla du sol.

Il volait à une vitesse folle tout en serrant Della contre lui comme si c'était un bien précieux. Sauf qu'elle n'était pas son bien à lui.

Il atterrit devant le bungalow de Holiday et entra comme s'il était chez lui. Il déposa Della sur le canapé, près d'une table où était disposé tout un assortiment d'équipement médical. Il avait préparé sa venue.

Une nouvelle décharge parcourut l'échine de Della, et elle eut l'impression que sa colonne vertébrale allait se briser. Elle crispa les mâchoires pour s'empêcher de pleurer.

Quand la douleur fut passée, elle prit une grande goulée d'air. Chase lui caressa doucement le front.

– Pas de fausse pudeur entre nous. Je sais à quel point ça fait mal.

Une seconde plus tard, il lui passa un gant de toilette humide sur le visage. La tendresse de ses gestes lui rappela celle de Chan. C'était lui qui s'était occupé d'elle, la première fois. Une idée soudaine la frappa.

– Ça ne marche pas.

– Qu'est-ce qui ne marche pas ? demanda Chase.

– Ton lien, là. Tu étais avec Chan, pourtant tu n'as pas réussi à le sauver.

Chase pinça les lèvres.

– Je ne lui ai pas fait de transfusion.

Le chagrin qu'elle éprouvait pour son cousin se mêla à sa douleur physique.

– Tu l'as laissé mourir ?

Un bref éclair de culpabilité traversa le regard de Chase.

– Non. J'ai essayé de le sauver, mais il n'était pas comme toi, dit-il avant de se tourner vers la porte d'un air impatient. Il faut combien de temps pour venir de la clinique ?

Elle ne répondit pas.

– Comment ça, Chan n'était pas comme moi ? C'est mon cousin, on vient de la même lignée.

– Oui, mais il était faible. Il n'avait aucune détermination, aucun désir de se battre. Toi, tu n'hésites pas à tester tes limites et à les repousser si tu peux.

– Ce n'est pas vrai. Chan s'est battu pour moi. C'est lui qui m'a aidée à traverser ma première métamorphose alors qu'il ne me devait rien du tout. Sans lui, je ne sais pas ce qui me serait arrivé.

– Je ne nie pas que c'était quelqu'un de bien. Je dis juste qu'il était faible. J'ai essayé de l'emmener courir pour l'endurcir et le préparer à ce qui l'attendait, mais il n'a même pas voulu essayer. Il est resté prostré dans son coin et s'est laissé gagner par la maladie. Même si je m'étais lié à lui, ses chances de survie étaient minces, et j'aurais…

– Tu aurais quoi ? demanda Della dans un souffle presque inaudible.

– Il n'aurait pas survécu, et je n'aurais pas pu…

– Tu n'aurais pas pu faire quoi ? Et puis, tu n'en sais rien, il s'en serait peut-être tiré. Tu n'as même pas essayé !

– Je voulais le sauver, mais je n'ai pas pu, soupira Chase.

Le pouls de Della battait contre ses tempes, et son cœur se tordait de douleur.

– Je ne veux pas de ton sang.

Soudain, la porte du bungalow s'ouvrit si brusquement que la battant heurta le mur. Della parvint à peine à redresser la tête pour voir Steve entrer dans la pièce. Il émit un grondement menaçant à l'encontre de Chase, puis vint s'agenouiller près d'elle.

Elle sentit sa main sur son front.

– Tu es brûlante. Je t'emmène chez le Dr Whitman, dit-il en faisant mine de la soulever.

– Non. Repose-la, intervint Chase d'une voix sévère.

Steve se redressa.

Saisie d'une violente crampe, Della se roula en boule.

À travers ses larmes, elle vit Steve foncer sur Chase. Des bulles éclatèrent autour de lui, comme s'il s'apprêtait à se métamorphoser en animal féroce.

Mais Chase le repoussa brutalement contre le mur.

– Écoute-moi bien avant de te changer en quelque chose qui sera incapable de réfléchir. Si tu veux que Della survive, tu vas devoir faire exactement ce que je te dis. Je sais de quoi je parle. C'est la raison précise pour laquelle je suis venu à Shadow Falls, expliqua Chase avant de jeter un regard à Della par-dessus son épaule. On n'a plus beaucoup de temps.

Plus beaucoup de temps. Plus beaucoup de temps.

Della ferma les yeux et, quand elle les rouvrit, Chan se tenait devant elle avec, sur les lèvres, ce sourire en coin qui n'appartenait qu'à lui. Pourtant, cette fois, c'était différent. Ce n'était pas lui qui était près d'elle, c'était elle qui était près de lui. De petits nuages les dépassaient en silence.

Ce n'était pas si mal, finalement. La mort n'était pas aussi horrible que ça. Et puis, Holiday était en vie, elle.

Chapitre 37

Della avait dû perdre connaissance. Enfin, presque. Elle entendait Chase expliquer quelque chose à Steve, mais elle avait l'impression qu'ils s'éloignaient peu à peu d'elle. Ou peut-être que c'était elle qui partait à la dérive. Elle se laissa entraîner, paisible.

Soudain quelque chose la réveilla – ou la ramena auprès d'eux. Elle sentit une brève piqûre au creux de chaque coude, puis une chaleur nouvelle se répandit dans l'un de ses bras.

Elle plissa les paupières, désireuse de retrouver quelque chose, sans savoir quoi exactement.

Soudain, cela lui revint. Elle voulait retourner dans ce lieu de lumière et de calme, cet endroit parcouru de brises légères où elle avait aperçu Chan.

Elle avait conscience d'être éloignée de lui à présent. Il lui avait fait signe de la main à travers les nuages. Adieu. Il lui disait adieu. Elle l'avait supplié de rester, de ne pas la laisser seule, mais soudain elle comprit. Ce n'était pas lui qui partait, c'était elle qui le quittait.

– Non, souffla-t-elle, inquiète.

Elle avait conclu un marché avec Dieu. Sa vie contre celle de

Holiday et du bébé. Pourtant, quelque chose l'avait rappelée sur terre. La gravité, peut-être ? Non, ce n'était pas la gravité, mais deux silhouettes vêtues de longues toges. Tandis qu'elles la raccompagnaient, l'une d'entre elles, aux yeux d'un bleu très pâle, lui avait murmuré quelque chose à l'oreille :

– Pas encore.

C'est alors qu'elle avait entendu la cascade.

Les anges de la mort.

Brusquement, elle se rendit compte qu'elle n'avait plus aussi froid.

– Salut, toi.

Elle ouvrit les yeux en entendant la voix de Steve. Agenouillé à côté d'elle, il s'assurait que l'aiguille restait bien fixée à son bras. Son front était barré d'une ride soucieuse.

Elle cilla et, tandis qu'elle revenait à elle, prit peu à peu conscience d'une douleur lancinante dans sa poitrine. Pourtant, cela n'avait plus rien à voir avec l'atroce souffrance qu'elle avait ressentie plus tôt. Ce n'est qu'en apercevant la transfusion dans son bras qu'elle se rappela ce qui s'était passé.

– Arrête ! dit-elle dans un souffle tout en essayant d'arracher l'aiguille.

– Non, dit Steve en lui saisissant le poignet. Chase a raison, Della. Tu es en train d'assimiler ses anticorps. Ta fièvre a déjà commencé à tomber.

Elle se passa la langue sur les lèvres. Elles étaient tellement sèches.

– Il a dit que… je serais liée à lui pour toujours.

En voyant la grimace de Steve, elle comprit que Chase lui en avait déjà parlé.

– Je ne le permettrai pas, souffla-t-il en passant une main sur son front moite de sueur.

Elle entendit un gémissement et, tournant la tête, vit Chase allongé sur la table basse à côté du canapé. Il paraissait inconscient.

– Qu'est-ce qui se passe ? demanda-t-elle.

– Il est en train de recevoir ton sang, donc il traverse la même chose que toi, tout à l'heure.

Les yeux rivés sur Chase, elle le vit cambrer le dos sous le coup de la douleur – de sa douleur à elle. Il n'aurait pas dû…

– Il faut arrêter ça, insista-t-elle en faisant une nouvelle tentative pour retirer l'aiguille de son bras.

– Impossible, dit Steve en l'en empêchant. Chase a bien précisé que si on interrompait le processus, il en mourrait. Il doit subir ça jusqu'au bout pour survivre.

Della ferma les yeux, mais les gémissements de Chase lui rappelèrent la souffrance qui avait parcouru son corps peu de temps auparavant. Des larmes lui brûlèrent les paupières. Pourquoi avait-il fait une chose pareille ?

Elle peina à déglutir, tant elle avait la gorge sèche. Si Chase l'avait sauvée, elle, pourquoi avait-il laissé Chan mourir ?

Il était faible. Elle se rappela les paroles de Chase, mais cela ne suffit pas à apaiser sa peine.

Steve lui humecta les lèvres, comme s'il avait deviné à quel point elle avait soif.

– Tu as toujours de la fièvre, mais ça va déjà beaucoup mieux. Tu vas t'en sortir. Repose-toi.

Il se tut un instant et lui déposa un baiser sur le front.

– Je suis là, je vais m'occuper de toi. Je ne bouge pas.

Mais alors même qu'il disait cela, elle sentait le sang de Chase courir dans ses veines.

Ils étaient liés à jamais.

Une odeur épouvantable lui souleva le cœur. Quelque chose lui effleura le nez et, alors qu'elle tentait de le repousser, elle entendit un fracas impressionnant. Elle tenta d'ouvrir les yeux, mais ses paupières lui semblaient sèches et irritées. Sa langue était collée à son palais.

– Je vous avais prévenus que l'ail, ce n'était pas une bonne idée, dit quelqu'un. Je suis sûr qu'elle n'avait pas l'intention de vous faire tomber. Maintenant, sortez ce truc puant d'ici, s'il vous plaît.

Elle reconnut cette voix. Ce n'était pas Steve. Ni Chase.

Elle se souvenait de ses gémissements de douleur. Elle avait eu peur qu'il meure. Cela n'aurait vraiment pas été juste.

Enfin, elle se força à ouvrir les yeux et se rendit compte qu'elle n'était plus allongée sur le canapé, mais dans un lit. Elle dut plisser les paupières pour distinguer où elle se trouvait. C'était la chambre de Holiday.

Burnett était assis à son chevet. Non loin de lui, quelque chose remuait par terre. En levant la tête, elle vit que c'était le Dr Whitman. « Je suis sûr qu'elle n'avait pas l'intention de vous faire tomber. » C'était Burnett qui avait dit cela.

Avait-elle frappé le médecin ?

Burnett se pencha vers elle.

– Elle est réveillée, indiqua-t-il à Whitman. Laissez-nous, s'il vous plaît.

– Vous êtes sûr que c'est sans danger ? demanda le médecin en se relevant péniblement.

– Certain, répondit Burnett sans la quitter du regard.

Della passa la langue sur ses lèvres desséchées.

– Où est Chase ?

– Il n'est plus là, dit Burnett en fronçant les sourcils.

Elle se redressa, la gorge nouée par l'émotion. Il était mort en cherchant à la sauver. Un chagrin profond, immense, vint peser sur sa poitrine et l'empêcha de respirer.

– Il est mort ?

Elle avait l'impression qu'on lui avait arraché le cœur, laissant un trou béant au centre de son être.

– Non, il est parti, expliqua Burnett. Il voulait sans doute éviter de me voir.

Son chagrin se mua en une intense colère. Il l'avait quittée ? Il lui avait sauvé la vie, puis il s'était carapaté ? Il avait osé ?

Burnett approcha un verre d'eau de ses lèvres.

– Tiens, tu dois avoir soif.

Elle tendit la main, mais il recula vivement.

– Doucement, ou tu risques de le casser.

Elle haussa les épaules et attrapa le verre, qui vola en éclats.

– Zut, murmura-t-elle en constatant les dégâts.

– Je t'avais prévenue, gronda Burnett avec une grimace. Ne bouge pas, je vais nettoyer ça, ajouta-t-il en se levant.

Il approcha une poubelle du lit et, à l'aide d'une serviette, ramassa tous les morceaux de verre.

– Il va te falloir un peu de temps pour t'y habituer, expliqua-t-il en se rasseyant.

Il lui prit les mains et les inspecta doucement, mais elle n'était pas blessée. Ou alors, si elle s'était coupée, elle avait déjà cicatrisé.

– Pour m'habituer à quoi ?

Elle avait la tête dans le brouillard et le cœur en lambeaux.

– À tes nouveaux pouvoirs.

Elle ferma les yeux. Chase avait dit quelque chose dans ce genre, mais ses souvenirs étaient très embrumés. En temps normal, elle aurait sauté de joie à l'idée d'avoir de super pouvoirs, mais pas ce jour-là.

Cela lui semblait sans importance. Chase était parti.

Elle s'assit dans le lit. Elle pouvait peut-être le retrouver.

– Où est-il allé ?

– Qui ça ? Steve ?

– Non, Chase. Est-ce que tu sais où il est ?

– Non, dit Burnett en la dévisageant d'un air étrange.

– Quoi ? fit-elle.

– Rien, je… Il y a quelque chose…

Elle secoua la tête.

– Tu veux bien m'expliquer ? Parce que je suis complètement perdue, là.

Burnett se pencha en avant et posa les coudes sur ses genoux.

– Quand j'avais quatorze ans, je suis tombé malade. Je me tordais de douleur, c'était horrible. J'ai perdu connaissance, et mes parents adoptifs m'ont emmené chez le médecin. Ils m'ont dit que j'avais failli mourir. Quand je me suis réveillé, j'avais gagné en force et en vitesse. C'est tout ce dont je me souviens.

Il se tut un instant, puis prit une profonde inspiration avant de poursuivre :

– Tous les médecins surnaturels sont déclarés, donc, dès que l'URF a entendu parler de mon cas, j'ai reçu la visite d'un agent.

Della secoua la tête. Les explications de Chase lui revenaient par bribes et, soudain, elle comprit ce que Burnett était en train de lui dire.

– Tu es un survivant.

Il hocha la tête.

– Mais… Pourquoi tu n'as jamais rien dit ? Je sais que tu es super fort mais je ne t'ai jamais vu faire… ce que fait Chase, par exemple.

– Toi non plus, tu ne dois pas révéler tes pouvoirs, Della. Les vampires – surtout les renégats, mais pas seulement – ont parfois une mentalité de vieux cow-boys. Si quelqu'un se distingue un peu trop par sa rapidité ou son adresse, il a vite fait de représenter un défi. Un ennemi à abattre, en quelque sorte.

Il baissa les yeux et examina ses mains croisées.

– Regarde ce qui est arrivé à Chase. Quand il a montré de quoi il était capable au bar, le chef du gang l'a provoqué en duel. Tes pouvoirs sont un atout formidable, mais tu vas devoir apprendre à les dissimuler et à ne les utiliser qu'en cas d'extrême urgence. Il ne s'agit pas de faire semblant d'être faible, mais de ne pas te faire remarquer. Sinon, tu risques de t'attirer des ennuis, ainsi qu'à tes proches. C'est encore plus difficile à gérer que des talents de protecteur, qui sont considérés comme quelque chose d'honorable. Un vampire qui étale ses pouvoirs de survivant sera vu comme un individu arrogant qui mérite une bonne leçon.

Della ferma les yeux. Elle comprenait ce qu'il lui disait, mais ce n'était pas ce qui l'inquiétait pour l'instant. Elle s'efforça de se rappeler ce qui lui était arrivé.

– Tu savais que Chase était un survivant ?

Burnett hocha la tête.

– Je l'ai vu voler, le jour de son arrivée – chose qu'il ne se serait sans doute pas permise dans un endroit moins protégé que Shadow Falls. J'ai aussitôt commencé à me renseigner à son sujet. J'avais peur qu'il soit venu pour une raison peu avouable, puis je me suis dit qu'il cherchait uniquement à se faire recruter par l'URF. Je ne me doutais pas qu'il était venu pour toi.

– Pour moi ? demanda-t-elle d'une voix éraillée.

Alors même qu'elle posait cette question, elle se rappela que Chase lui avait dit être venu à Shadow Falls pour y chercher quelqu'un, avant de lui avouer que cette personne, c'était elle.

– Oui, répondit Burnett.

Il remplit un nouveau verre d'eau, qu'il tendit à Della.

– Il a expliqué à Steve qu'on l'avait envoyé ici pour assurer ta survie.

Elle attrapa le verre avec mille précautions et but une petite gorgée. L'eau lui brûla la langue, mais ce n'était pas aussi douloureux que les idées qui se bousculaient dans sa tête. Chase avait souffert le martyre pour la sauver, mais il n'en avait pas fait autant pour Chan.

– Tu crois qu'il aurait pu aider mon cousin ?

– Peut-être, mais je ne crois pas que ce soit sa faute si Chan est mort, Della. Chase a dit à Steve que Chan était trop faible pour supporter une seconde métamorphose. Ses chances de survie auraient été très minces. C'est tout nouveau, cette histoire de transfusion, alors je n'y connais pas grand-chose, mais ce n'est pas un remède miracle. Ça paraît logique que ça ne fonctionne que si les deux vampires sont suffisamment résistants.

Le cœur de Della se serra. Elle ne savait pas si elle devait être reconnaissante ou furieuse – ou les deux.

– Peut-être que Chase ne pouvait sauver qu'une personne, et qu'il a choisi celle qui avait le plus de chances de s'en sortir, reprit Burnett.

Une émotion familière la saisit à la gorge – la culpabilité. Elle avait survécu alors que Chan était mort.

– La question qui me préoccupe le plus, c'est de savoir qui a envoyé Chase à Shadow Falls, ajouta Burnett.

Mon oncle et ma tante. C'était la seule explication possible. Peut-être que, une fois qu'elle aurait eu le temps d'y réfléchir, elle en parlerait à Burnett. Il était encore trop tôt.

– Il y a de cela quelques années, on a appris qu'un médecin indépendant de l'URF faisait des expériences pour essayer d'améliorer les chances de survie des vampires comme toi et moi. Apparemment, ce serait héréditaire, poursuivit Burnett. Je me suis penché sur la question quand Holiday est tombée enceinte, parce que ça risque de concerner notre enfant un jour, mais tout ce que j'ai déniché, c'étaient des rapports assez vagues.

– Comment vont Holiday et Hannah, d'ailleurs ? demanda Della.

Elle se sentait terriblement égoïste de ne pas avoir pensé à elles plus tôt.

– Elles vont bien, merci. Elles sont magnifiques, toutes les deux, dit Burnett avec un sourire attendri. Je dois t'avouer une chose : j'en ai appris davantage sur notre condition aujourd'hui qu'en plusieurs semaines de recherches. Je suis désolé que tu aies dû traverser une épreuve pareille, mais ça nous a permis d'amasser de précieuses informations. Si ça se trouve, tu as sauvé la vie de ma fille deux fois en une journée, et je t'en serai éternellement reconnaissant. Si Holiday n'avait pas autant tenu à l'appeler Hannah, je lui aurais également donné ton premier prénom.

Della lui adressa un sourire tremblant et reprit une gorgée d'eau.

Après quelques minutes de silence, Burnett reprit la parole.

– Phillip Lance a été arrêté. Il a avoué avoir tué Lorraine et son petit ami. Tu as fait de l'excellent travail, Della. Je suis sûr que tu vas devenir un agent hors pair.

Elle hocha la tête et tenta de retirer du plaisir de ce compliment, mais en vain. Elle ne cessait de penser à Chase. Elle finit par poser la question qui l'inquiétait par-dessus tout.

– Qu'est-ce que tu sais à propos de cette histoire de lien entre les vampires transfusés ?

– Rien du tout, malheureusement, répondit Burnett en soupirant. Je n'en avais jamais entendu parler avant que Steve mentionne ce détail.

Il se tut une minute avant de demander :

– Pourquoi ? Ça te tracasse ? Tes sentiments à l'égard de Chase ont changé ?

– Non.

Elle sentit son cœur bondir dans sa poitrine, et sut que Burnett l'avait entendu.

– Il m'a sauvé la vie, s'empressa-t-elle d'ajouter. Il a souffert le martyre pour m'aider. C'est normal que je lui en sois reconnaissante, non ?

– Oui, c'est normal, dit Burnett.

Pourtant, il ne semblait pas convaincu.

Elle déglutit, la gorge toujours très sèche.

– Il aurait dû essayer d'aider Chan, reprit-elle, les paupières brûlantes. Je me sens super mal de savoir qu'il est mort parce que j'étais un peu plus résistante que lui, alors que c'est lui qui s'est occupé de moi pendant ma première transformation. Ce n'est vraiment pas juste, conclut-elle en essuyant quelques larmes.

– La vie n'est pas toujours juste, dit Burnett en posant une main sur son bras. Ce qui est juste, en revanche, c'est que tu soies toujours parmi nous. D'ailleurs, ajouta-t-il en désignant la porte, il y a là plusieurs personnes qui seront très heureuses de te savoir en bonne santé. Ça fait deux jours que Kylie et Miranda n'ont pas bougé de ce bungalow.

– Deux jours ? J'ai dormi deux jours ?

Aussitôt elle se demanda depuis combien de temps Chase était parti, mais elle préféra se taire. Elle ne voulait pas penser à lui, mais c'était plus fort qu'elle. Qu'est-ce que cela signifiait ? En admettant que cela ait un sens…

– Oui, répondit Burnett en hochant la tête. On commençait à se faire du souci. Maintenant… je sais qu'ils sont très impatients de te voir, mais est-ce que toi, tu te sens prête ?

Non, pensa-t-elle, mais elle hocha la tête. Si ç'avait été Kylie ou Miranda à sa place, elle serait déjà folle d'inquiétude.

– Rappelle-toi que Steve est au courant, et que le docteur a une idée assez précise de ce qui s'est passé, mais c'est tout. Je sais que tu partages tout avec Kylie et Miranda et je ne peux pas t'interdire quoi que ce soit, mais dans ce cas précis, je te conseillerais de ne rien leur dire.

Cacher un truc pareil à ses deux meilleures amies ? Hors de question !

Après avoir fait un brin de toilette, Della fit signe à Burnett d'ouvrir la porte de la chambre. Kylie se précipita à l'intérieur, l'air paniquée, Miranda sur les talons. Cette dernière avait les larmes aux yeux, et Perry la soutenait, un bras passé autour de sa taille. Steve entra plus lentement, suivi de Jenny et de Derek. Elle vit même Lucas, tout au fond.

Ses amis. Elle se fit la réflexion qu'elle commençait à en avoir beaucoup.

Miranda, ce distributeur de câlins, s'assit au bord du lit et tendit les bras à Della, mais cette dernière l'arrêta d'un geste.

– Je vais bien !

En levant les yeux, elle croisa le regard de Steve, qui lui adressa un clin d'œil. Pourtant elle crut lire de la peur sur son visage et comprit aussitôt ce qu'il redoutait.

Des bribes de leur conversation lui revinrent en mémoire :

« Il a dit que… je serais liée à lui pour toujours.

– Je ne le permettrai pas. »

Steve avait cherché à la rassurer, mais il devait savoir qu'il ne pouvait rien contre un tel lien du sang. Et pourtant, il avait quand même procédé à la perfusion. Chase avait mis sa propre vie en jeu et avait enduré d'atroces souffrances pour la sauver, et Steve l'avait aidé tout en sachant qu'il risquait de la perdre.

– Ne nous refais plus jamais ce coup-là ! gronda Miranda.

– Je vais essayer, promit Della avant de se tourner vers Kylie. Arrêtez d'avoir l'air aussi inquiets. Je vais bien, vraiment.

– J'ai essayé de te guérir, mais ça n'a pas marché, souffla Kylie, les yeux brillants de larmes. Mes mains refusaient de se réchauffer.

Chase avait donc dit vrai, les guérisseurs ne pouvaient rien pour aider les vampires lors de cette seconde transformation.

– Oui, mais ça va, maintenant. Détendez-vous.

– Oh purée ! C'est trop bien ! Je suis super soulagée ! piailla Miranda en rebondissant sur le lit.

– Qu'est-ce que tu ne comprends pas dans « détendez-vous », Miranda ! râla Della.

La petite sorcière leva les yeux au ciel.

– Estime-toi heureuse que ton droit-de-vacheries n'ait pas encore expiré.

– Son quoi ? demanda Lucas.

Della soupira.

– Ton aura ! reprit Miranda. Elle est encore sombre, mais d'une couleur normale pour une vampire. Elle n'est plus toute moche.

– Hé, c'est de Della qu'on parle. Il n'y a rien de moche chez elle, intervint Steve.

Il s'approcha du lit et s'assit à côté d'elle, puis tendit la main et lui saisit le poignet d'un geste très doux, presque hésitant.

Elle aurait aimé pouvoir lui dire de ne pas s'en faire.

Sauf qu'elle en était incapable.

Personne ne la contrôlait. Elle était libre de faire ses propres choix. Il ne fallait pas qu'elle oublie cela. Elle tourna la main, paume vers le haut, et entremêla ses doigts à ceux de Steve. Pourtant, son cœur lui faisait mal. Chase lui manquait.

Une heure plus tard, Della était de retour dans son bungalow. Seule dans sa chambre, elle faisait les cent pas, ce qui n'était pas facile étant donné l'exiguïté de la pièce.

Steve les avait raccompagnées, Kylie, Miranda et elle. Puis, quand il avait compris que ses deux amies ne les laisseraient pas seuls, il l'avait embrassée sur la joue et lui avait demandé de l'appeler dès qu'elle aurait une minute.

Elle ne l'avait pas encore fait. Elle savait qu'il allait lui poser la question, lui demander si ses sentiments pour Chase avaient changé. Que lui répondrait-elle ? Il méritait de savoir la vérité, et pourtant…

Elle n'avait pas encore parlé à Kylie et à Miranda de ce qui s'était réellement passé. Della voyait bien qu'elles attendaient des explications – elles avaient même sorti le Coca light –, mais elle avait joué la carte de la convalescente fatiguée et s'était isolée dans sa chambre.

Cela faisait donc d'elle la pire des amies et des petites copines. Et alors ? Avec la meilleure volonté du monde, elle aurait été bien incapable d'expliquer quelque chose qu'elle ne comprenait pas – ou de dire la vérité alors qu'elle l'ignorait elle-même.

Liés à jamais ? Qu'est-ce que ça voulait dire, d'abord ?

Elle refusait de croire que cela revêtait une signification particulière.

Et pourtant, elle n'avait cessé de penser à lui depuis qu'elle s'était réveillée. Ses émotions faisaient des loopings dans tous les sens.

Colère.

Incompréhension.

Gratitude.

Tout cela dirigé vers une seule et même personne.

Cette histoire de nouveaux pouvoirs l'agaçait presque autant que Chase. Presque. Comment pouvait-elle évaluer en quoi ils consistaient, tant qu'elle ne les avait pas testés ? Et quand aurait-elle l'occasion de les tester ?

Burnett allait la surveiller de près pour s'assurer qu'elle ne s'expose pas à des dangers inutiles, comme Chase.

Franchement, plus elle y pensait, plus elle comprenait ce dernier. À quoi lui servaient ces super pouvoirs tout neufs si elle n'avait jamais le droit de s'en servir ?

Ou seulement en cas d'extrême urgence, comme l'avait dit Burnett. *Qu'est-ce que tu appelles une « extrême urgence », d'abord ?*

Della attrapa son téléphone. Sa mère lui avait laissé un message en lui demandant de la rappeler, mais ça ne devait pas être une extrême urgence, parce que Della ne ressentait pas le besoin d'obéir. À moins que ce ne soit parce qu'elle ne savait pas quoi dire à sa mère – pas plus qu'à tous les autres.

Elle savait très bien ce qu'elle aurait voulu dire.

Salut, maman. Tu savais que Chan était mort ? Enfin, la première fois, il n'était pas vraiment mort, il était juste devenu un vampire, mais cette fois, il est mort pour de bon. Et au fait, moi aussi, je suis une vampire. Mais attention, pas juste une banale vampire, j'ai des super pouvoirs secrets. Ah, et puis, il semblerait que je sois liée à jamais à un type, sauf que je n'ai pas la moindre idée de ce que ça signifie. Bref, tu voudrais bien arrêter les conneries et me parler enfin du frère et de la sœur de papa ? Ceux qui sont morts ? Parce que je suis à peu près sûre que ce sont eux qui m'ont envoyé le type à qui je suis liée.

Aucun doute, ce message serait aussi bien accueilli qu'un pet pendant la messe.

Della entendit quelqu'un s'approcher du bungalow et leva le nez dans l'espoir d'identifier une odeur. Pas n'importe quelle odeur. Elle voulait sentir Chase.

Mais pourquoi, au juste ? Qu'attendait-elle de lui ?

Des réponses, se dit-elle. Chase lui devait des explications, et pas seulement sur cette histoire de lien du sang. Elle voulait savoir qui l'avait envoyé sur ses traces.

Ce n'était pas Chase.

Elle entendit Derek demander si elle était là, et Miranda s'écrier :

– Tu comptes lui dire ça maintenant ?

Della ouvrit la porte.

– Me dire quoi ?

Kylie et Miranda se retournèrent, l'air inquiet.

Derek entra et alla s'asseoir sur le canapé.

– Dis-moi ! insista-t-elle. C'est à propos de Chase, c'est ça ?

– Non, répondit Derek.

– Qu'est-ce que c'est, alors ?

– Il y a deux jours, j'ai enfin trouvé quelqu'un qui a accepté de me parler de ton oncle et ta tante.

– Et alors ?

– Ta tante est morte.

Della l'entendit parfaitement, mais elle refusait de l'admettre.

– Elle a peut-être fait semblant, comme mon oncle.

– Je ne crois pas, dit Derek.

– Pourquoi ? Je sais bien qu'elle n'a pas été enterrée par le même funérarium, mais ça ne veut rien dire. Il y en a peut-être d'autres qui…

– Elle a été assassinée, Della.

– Quoi ? souffla-t-elle, estomaquée.

Quelqu'un avait tué sa tante ?

– Quand ? Et comment ? demanda-t-elle.

– Environ un an après l'accident de voiture dans lequel ton oncle a disparu.

– Qui l'a tuée ?

Elle pensa à son père, au chagrin qu'il avait dû ressentir en perdant d'abord son frère jumeau, puis sa sœur. Elle comprenait mieux pourquoi il n'aimait pas parler de son passé.

– Est-ce que le salaud qui lui a fait ça a été arrêté ? insista-t-elle.

Derek soutint son regard d'un air triste.

– Quand j'ai découvert ça, je suis allé voir mon copain détective pour lui poser la question. Il a pas mal de contacts dans le métier.

Il s'interrompit et croisa les mains.

– Et alors ?

– Il a retrouvé le dossier. L'affaire a été classée. Ils n'ont jamais coincé le coupable, faute de preuves.

– Ils n'avaient même pas de suspects ? Rien ? Quelqu'un a tué la sœur de mon père et n'a même pas été inquiété ?

Derek se mordit la lèvre.

– Crache le morceau !

– Ils avaient un suspect. Un seul.

Elle attendit qu'il en dise plus, mais comme il se taisait, elle perdit patience.

– Il faut que je t'arrache les mots de la bouche ou quoi ? C'était qui, ce suspect ?

Il hésita une seconde.

– C'était ton père.

Della déglutit bruyamment.

– Ils ont cru que… ? Ce n'est pas possible. Mon père ne ferait jamais…

– Je n'ai pas dit qu'il avait tué sa sœur, je te dis juste que c'était le seul suspect à l'époque.

Della se tourna vers Kylie et Miranda et vit de la compassion dans leur regard. La petite sorcière allait sûrement essayer de lui imposer un câlin.

– Ce n'était pas lui ! persifla-t-elle. Je vous dis que ce n'est pas possible !

– On te croit, Della, souffla Kylie. Il n'empêche qu'on est désolées que tu aies dû entendre une nouvelle pareille, surtout que tu viens à peine de te remettre de…

Della sortit en coup de vent pour ne pas hurler de rage. Au début, elle oublia de ne pas voler trop vite, puis elle ralentit suffisamment pour éviter que Burnett lui fasse des reproches. Elle fit sept fois le tour de Shadow Falls à vive allure, sans même se fatiguer. Quand enfin elle se posa, il régnait un silence de mort autour d'elle.

Puis son téléphone lui indiqua qu'elle avait reçu un texto.

Elle retint son souffle en voyant qui c'était. Chase.

« Je m'inquiète pour toi. Il faut qu'on parle. »

– Sans blague !

Elle commença à lui répondre, mais s'interrompit quand elle entendit et sentit quelqu'un approcher.

Kylie atterrit à côté d'elle, avec Miranda perchée sur son dos. Della rangea son téléphone.

– Ça va ? demanda Kylie.

– Non, ça ne va pas, avoua Della sans même chercher à mentir.

– Tu veux un câlin ? demanda Miranda.

Della regarda la petite sorcière et imagina une dizaine de reparties bien vaches, mais quand elle ouvrit la bouche, ce fut pour dire :

– Oui. Je veux bien.

Des larmes roulèrent sur ses joues. Une douleur qu'elle ne comprenait même pas lui tordait le cœur. Son père avait été soupçonné d'avoir assassiné sa propre sœur. Elle était liée à un type qu'elle connaissait à peine et elle avait beau essayer de se persuader que ça ne voulait rien dire, les conséquences lui paraissaient déjà lourdes de sens.

Coincée entre Kylie et Miranda, qui la serraient de toutes leurs forces, elle eut une révélation. Elle était peut-être écrasée par le poids des questions qu'elle se posait et des décisions qu'elle devrait prendre mais, en attendant, elle avait les deux meilleures amies du monde.

Tant qu'elle serait consciente de cette chance incroyable, elle survivrait. Et elle trouverait les réponses à ses questions. C'était obligé.

Après tout, elle était une survivante.

Remerciements

À mon mari – mon univers et mon inspiration. Tu m'as permis de poursuivre un rêve fou et aidée à croire que je pouvais l'attraper. Merci de tout mon cœur. Merci également à mon éditrice, Rose Hilliard, et à mon agent, Kim Lionetti – nous formons une belle équipe, toutes les trois. Merci à mes assistantes, Kathleen Adey et Shawnna Perigo, sans qui je déraillerais parfois. Je salue bien bas tous mes amis qui, auteurs eux aussi, ont partagé avec moi angoisses, prises de tête, crises de fous rires et longues balades. J'ai besoin de vous comme Della a besoin de Kylie et de Miranda. Merci, merci à tous !

D'autres envies de lecture ?

Rejoignez-nous sur :

facebook

Michel Lafon Jeunesse

et

twitter

@ Serial Lecteur

Concours • exclus • news

conception
réalisation
mise en page
44405 Rezé cedex

IMPRIM'VERT®
PEFC 10-31-1510

Imprimé en France

par Corlet Imprimeur
14110 Condé-sur-Noireau
Dépôt légal : novembre 2016
N° d'impression : 185992
ISBN : 978-27499-2474-8
LAF1976